北条五代

下

火坂雅志・伊東 潤

朝日文庫

本書は二〇二〇年十二月、小社より刊行されたものです。

北条五代　第二部／伊東 潤

〈上巻・目次〉

〈主な登場人物〉

北条早雲（伊勢宗瑞）……小田原北条氏の初代。姉の北川殿が今川義忠に嫁いだことをきっかけに今川家の内紛を取りまとめ、駿河興国寺城主として地歩を固める。

北条氏綱……小田原北条氏二代。小田原城主として、古河公方当主の足利政氏の嫡男・高基を調略し、政氏に叛旗をひるがえさせた。父・早雲の遺志を継いで、関東平定を目指す。

北条氏康……小田原北条氏三代。西国で愛洲移香斎から教えを受け、小田原に帰還する。

北条氏政……氏康の次男にして嫡男。四代目当主となる。氏康の命で武田信玄と連携し、越後の上杉輝虎（後の謙信）と対峙する。

北条氏直……氏政の嫡男。五代目当主となる。

北条氏照……氏康の三男（実質次男）。北条氏の関東制圧の尖兵となる。

北条幻庵（長綱）……早雲の末子で氏綱の腹心。箱根権現別当を務める。

風間孫右衛門……北条家の忍び・風魔一族の長。

陳林太郎……明からの渡来人・陳外郎の末子。若き氏康と西国に旅する。

板部岡江雪斎……氏康の家臣。北条家の外交から内政までを一手に担うことになる。

北条家一族家系図

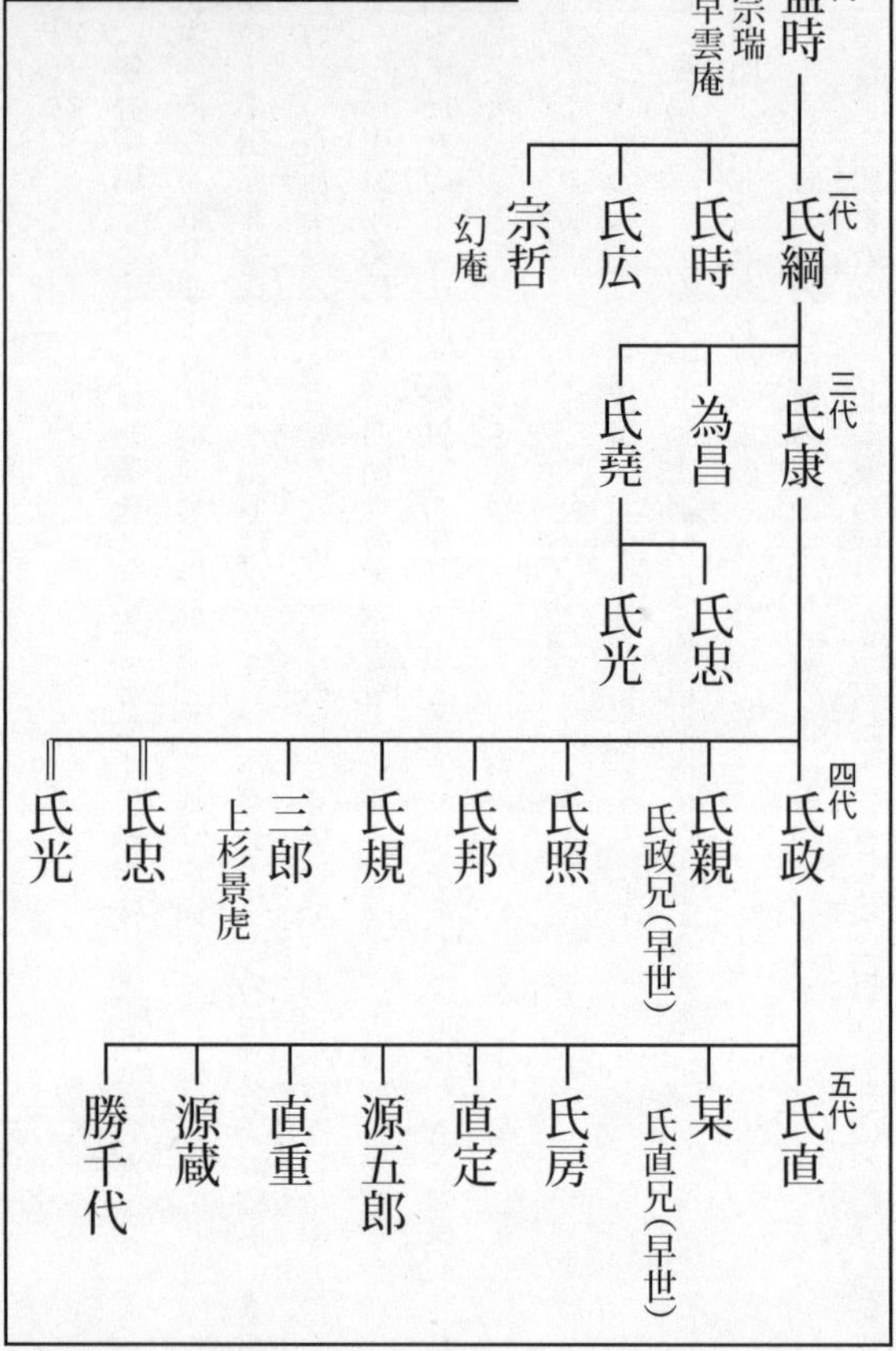

図版作成：谷口正孝（6～9頁）

関東諸城分布図
(天正年間後半)
越後
坂戸城
樺沢城
上野
下野
常陸
武蔵
甲斐
相模
駿河
伊豆
安房
上総
下総
名胡桃城
沼田城
岩櫃城
大戸城
白井城
箕輪城
厩橋城
深沢城
桐生城
金山城
唐沢山城
榎本城
鹿沼城
宇都宮城
烏山城
壬生城
祇園城
(小山城)
太田城
水戸城
府中城
結城城
古河城
栗橋城
館林城
花園城
倉賀野城
松井田城
宮崎城
国峰城
西牧城
日尾城
天神山城
鉢形城
忍城
騎西城
河越城
松山城
関宿城
下妻城
土浦城
牛久城
江戸崎城
布川城
森山城
守谷城
岩付城
小金城
八王子城
滝山城
茅ケ崎城
江戸城
葛西城
臼井城
佐倉城
東金城
土気城
岩殿城
躑躅ヶ崎館
津久井城
小机城
椎津城
真里谷城
足柄城
玉縄城
長南城
興国寺城
長久保城
小田原城
佐貫城
万喜城
久留里城
大多喜城
勝浦城
山中城
三崎城
戸倉城
韮山城
稲村城
下田城

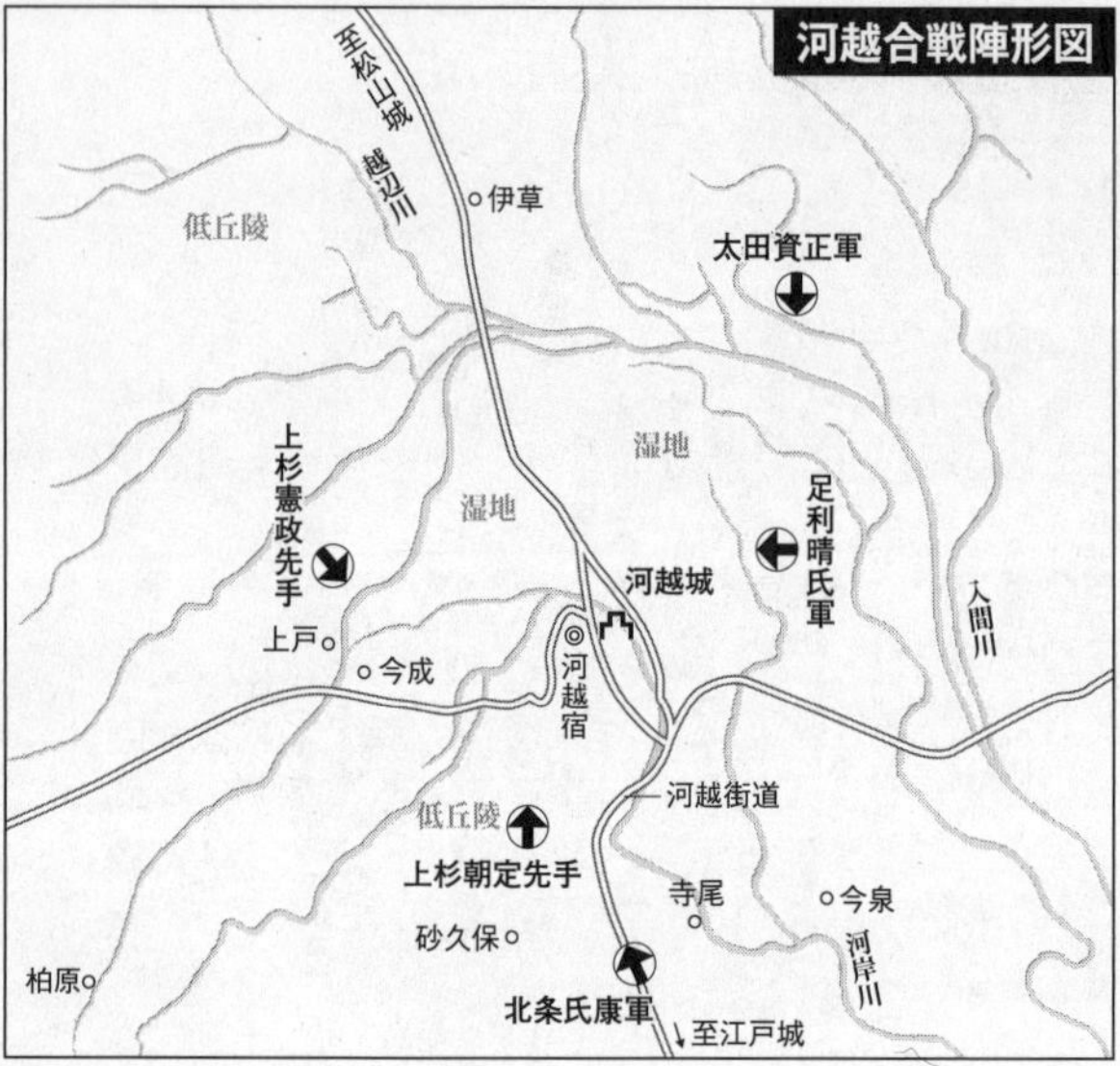
河越合戦陣形図
至松山城
越辺川
伊草
低丘陵
太田資正軍
湿地
上杉憲政先手
湿地
足利晴氏軍
河越城
入間川
上戸
今成
河越宿
河越街道
低丘陵
上杉朝定先手
寺尾
今泉
砂久保
河岸川
柏原
北条氏康軍
至江戸城

小田原合戦時の伊豆・相模国の拠点城
新城
浜居場城
竹ノ下
足柄城
深沢城
足柄峠
宮城野城
小田原城
塔ノ峰砦
古東海道
鷹巣城
進士ヶ城
石垣山城
湯坂城
三国山
芦ノ湖
屏風山城
根府川城
箱根峠
山中城
長久保城
興国寺城
日金山
三島大社
三島
東海道
三枚橋（沼津）城
相模灘
獅子浜城
韮山城
駿河湾
韮山道
長浜城

北条五代　下

北条五代　第二部

伊東潤

第二章　関東大乱

一

年が明けて天文《てんぶん》十五年（一五四六）になった。

事前に打てる手をすべて打った氏康《うじやす》だったが、案に相違せず、両上杉《うえすぎ》家と古河公方《こがくぼう》家からは何の返事もなかった。

公方家中で北条《ほうじょう》氏との取次を務める親北条派の渋江《しぶえ》徳陰斎《とくいんさい》によると、晴氏《はるうじ》は親上杉派の簗田《やなだ》高助《たかすけ》に丸め込まれており、親北条派の宿老の言葉に耳を傾けないという。

徳陰斎が「双方の争いにかかわらないように」と諫言《かんげん》しても聞く耳を持たず、再三の氏康の詫《わ》び言に対しても、「御逆鱗以ての外《ごげきりんもつ》」という状態だという。

――こうなると頼みの綱は、岩付太田《いわつきおおた》だけか。

敵の結束に少しでも穴を開けないことには、戦う断が下せない。

それでも氏康は、京下りの公家《くげ》、高僧、連歌師といった様々な立場の使者を晴氏の許《もと》に送り、脅したりすかしたりしながら、何とか退陣させようとした。

一方、山内《やまのうち》・扇谷《おうぎがやつ》両上杉氏の方も、河越《かわごえ》城を囲むだけで惣懸《そうが》かりする気配はない。沼沢地の平城である河越城は攻め口が決まってくるので、力攻めを行えば、相応の損害を覚悟せねばならないからだろう。

――だが理由は、それだけではないはずだ。

すでに氏康は気づいていた。

――河越城を囮《おとり》にし、わしをおびき出そうとしているのだ。

こうした場合、自重するのが将たる者だが、氏康の考えは違っていた。

唯一の問題は河越城の兵糧《ひょうろう》だが、戻ってきた福島弁千代《ふくしまべんちよ》の報告によると、四月までは何とかなるとのことだった。

四月初旬、待ちに待った朗報が届いた。田中源十郎《たなかげんじゅうろう》が太田全鑑《ぜんかん》の調略《ちょうりゃく》に成功したというのだ。

ただし全鑑は戦わないというだけで、北条方に与《くみ》するわけではない。また兵を引き揚げさせれば連合軍から袋叩《ふくろだた》きに遭うので、資正《すけまさ》を包囲陣に加わらせているという。

それではあてにはできないと思っていたところ、太田家宿老の息子たちが人質として送られてきた。これにより全鑑が、約束を守るつもりでいることがはっきりした。

また別の吉報が、甲斐《かい》にいる林太郎《りんたろう》から届いた。

関東で事が起こらないことに痺《しび》れを切らした晴信《はるのぶ》が、雪が溶けて進軍しやすくなった信州に兵を進めたという。

——これで、義元《よしもと》が約定を破ったとしても、晴信はやってこない。

万が一、義元が伊豆《いず》方面に侵攻してきても、今川《いまがわ》勢だけなら韮山《にらやま》城の線で押しとどめられる。

——これで河越に向かう条件が整ったな。

両上杉氏が氏康の命を狙っているのなら、「無二の一戦」は必至となる。

「爺《じい》！」と、氏康が吉政《よしまさ》を呼ぶ。

「どうかなさいましたか」

清水《しみず》吉政が駆けつけてきた。

「天が勝機を示した。河越に行くぞ！」

「承知仕《つかまつ》った！」

突然、小田原《おだわら》城は色めき立ち、出陣の支度で蜂の巣をついたようになった。

同時に氏康は、江戸《えど》城にいる遠山綱景《とおやまつなかげ》と富永康景《とみながやすかげ》にも出陣するよう使者を送った。

江戸と河越の間には岩付があるため、これまで江戸衆の動きは制約されていたが、岩付太田勢が何もしないなら江戸衆にも参陣を促せる。当然、岩付領を通過することになるが、もし太田勢が打ち掛かってくれれば、全鑑は偽りを言っていたことになる。それを試すためにも、江戸衆を河越に向かわせる意義はあった。

四月中旬、氏康が小田原を出陣した。いったん府中《ふちゅう》にとどまった氏康は、全軍で五千余になる軍勢を、江戸からの右翼軍、府中から脇往還を使う氏康主力、同じく府中から鎌倉街道上道の河越支線を使う左翼軍の三手に分けた。

四月十九日、河越近郊の砂久保《すなくぼ》付近に着陣した氏康は、晴氏に兵を引くよう「詫び言」をやめなかった。それが聞き入れられないと分かると、山内上杉憲政《のりまさ》と扇谷上杉朝定《ともさだ》に城兵の解放と引き換えに、城を明け渡すという条件を提示した。しかしこれも黙殺される。

砂久保の北方には、敵の前衛にあたる扇谷上杉勢が居座っている。これを破らないことには、城兵の救出はままならない。

十九日の夜、物頭《ものがしら》以上を集めた氏康は方針を明かした。

「明日未明、三方から扇谷上杉勢に打ち掛かる！」

宿老たちに声はなく、侍大将たちの顔も強張《こわば》る。十倍する敵に打ち掛かろうというのだから当然のことだ。

——だがこの張り詰めた緊張が、士気の高さにつながる。

氏康は移香斎《いこうさい》の言葉を思い出していた。

「戦というのは、多少不利な態勢でも、味方の士気が横溢《おういつ》し、敵の戦意が弛緩《しかん》している時に勝機がある」

——つまり、われらは意気盛んだが、敵は長陣《ながじん》に疲れてきている。

氏康が厳かに言った。

「わが家の盛衰はこの時にある。命を惜しむな。名を惜しめ！」

「おう！」

それぞれが出陣の支度で散っていく。砂久保陣に活気が満ちてきた。

「弁千代！」

「はっ」と言いつつ、弁千代が前に出る。

「もう一度、城内に入れるか」

弁千代の顔色が変わる。

「明日未明に喊声《かんせい》が聞こえたら、城から打って出てほしいのだ。孫九郎《まごくろう》（北条綱成《つなしげ》）にこう伝えよ。城方を二手に分かち、大道寺《だいどうじ》（盛昌《もりまさ》）は西に向かい、入間《いるま》川の線で山内勢の渡河を阻止し、孫九郎は東に向かい、公方勢に打ち掛かれと」

絵図面を開いて氏康が説明する。

河越城周辺は泥田や沼沢地に囲まれており、移動がままならない。それゆえ河越籠城衆が敵を分断することにより、扇谷上杉勢は孤立する。

「山内・古河両勢に扇谷勢を後詰《ごづめ》させないためには、城方の出陣が必須だ」

弁千代の顔が強張る。それだけ緊張は高まってきており、扇谷上杉陣を突破して城に入るのは至難の業なのだ。

「難しいか」

「いえ、何とかやってみます」

「無理強いはせぬぞ」

必死の思いで籠城している綱成の末弟を、無駄に殺すわけにはいかない。

「いいえ。敵陣の緊張は高まっています。おそらく、目もくれぬでしょう」

「此度《こたび》の手はどうする」

「同じ手を使います」

弁千代は前回、武田家の使者として城に入り、城から堂々と出てきた。つまり敵は、いまだ武田家の使者だと思っている可能性が高い。

「よし、任せたぞ」

「承知仕った！」

弁千代が駆け去ると、入れ違うように使番が入ってきた。

「申し上げます。江戸衆は岩付で足止めを食らわず、調儀（作戦）通り、砂久保の東に着きました」

太田全鑑の内応に偽りはなかったのだ。

――源十郎め、やりおったな。

氏康が田中源十郎の才気走った顔を思い浮かべた。

これで右翼、中央、左翼の三軍が配置に就いたことになる。

いよいよ戦機は熟してきた。

――わが家の盛衰を懸けた無二の一戦か。武人として生まれ、これほどの誉れはない。

勝敗は時の運だが、氏康は天が味方してくれると信じていた。

――祖父も父も戦いに明け暮れた。それもこれも、民が安堵《あんど》して暮らせる世を作るためだ。それを天が知っている限り、必ずや天運はわれにある。

両上杉氏が関東を支配していた頃、民は五公五民ないしは六公四民の税制に苦しんでいた。それを四公六民としたのは北条氏だった。北条領国の民は飢えの恐怖から解き放たれ、進んで農耕にいそしむようになった。その結果、北条領国の生産性は飛躍的に向上し、北条氏の蔵入れ高（年貢収入）も毎年、前年を上回るようになった。

――われらの支配を関東全土に広げるのだ！

氏康は床几《しょうぎ》を蹴って立ち上がると、背後の小姓から装飾一つない三十二間筋兜《すじかぶと》を受け取った。

「先手衆出陣！」

「おう！」

先手を担う松田盛秀《まつだもりひで》（顕秀《あきひで》）勢が陣所から出ていく。それを見送った後、氏康は「馬引けい！」と怒鳴った。すぐに出陣するわけではないが、陣内を引き締めるために馬を傍らまで引かせ、兜をかぶるのだ。

張り詰めた空気が陣内に満ちてくる。

――これは戦の前の雲気だ。今日は大戦になる。

氏康の武人としての本能が、それを教えた。

二

どこからか小鳥のさえずりが聞こえてきた。空を見上げると、遠い山嶺《さんれい》の稜線《りょうせん》が、かろうじて見分けられる。

言うまでもなく氏康は、一睡もせずにこの日の朝を迎えた。

――まだ先手衆は戦端を開いておらぬのか。

苛立《いらだ》ちが募る。

その時、はるか彼方《かなた》で馬のいななきと喊声が聞こえた気がした。

——始まったか。

周囲もそう思ったのか、陣の内外が騒然としてきた。

清水吉政が慌てて駆け込んできた。

「殿、松田勢が扇谷上杉勢に打ち掛かった模様！」

「よし、馬を進めるぞ」

「殿、それは早計かと」

「いや、一気に押し切るためには、わしが陣を出る必要がある」

氏康が馬に飛び乗る。

「全軍、出陣！」

氏康と馬廻衆《うままわりしゅう》を先頭に、残る北条勢が出陣した。本来なら敗れた際の殿軍《でんぐん》などの予備兵力を残しておくべきだが、敵との兵力差があるため、そんな余裕はない。

陣を出ると、前方から凄《すさ》まじい雲気が押し寄せてきた。

——これが戦の雲気だ。

前後左右を馬廻衆に囲まれているとはいえ、どこから流れ矢が飛んでくるか分からない。運がなければ氏康は命を失い、それで勝敗は決する。

——それでも前に出なければならぬ。

次第に前線が近づいてきた。馬のいななきや喊声だけでなく、怒声や気合、はたまた断末魔の絶叫が聞こえてくる。

前方に目を凝らすと数え切れないほどの光が明滅している。双方が刀槍《とうそう》を合わせた時に生じる火花だ。その数はおびただしく、大合戦が行われていると分かる。

――それぞれが、互いの命を懸けて戦っているのだ。

それを思うと、兵の命を預かる大将として勝たねばならないと思う。勝利こそ、死んでいった者への最高の手向けになるからだ。

そこに使番が戻ってきた。

「殿、扇谷上杉勢が後退を始めました！」

「よし、一気に押し切れ！」

氏康が馬に鞭《むち》をくれる。それに合わせて全軍が速足になる。

「掛かれや、掛かれ！」

氏康が軍配を揮《ふる》うと、氏康を追い越すようにして味方勢が前方に走っていく。

氏康は道脇にあった神社を見つけると、そこを仮陣所とした。

――ここで押し切れるかどうかが、勝敗の分かれ目だ。

今は味方が押しているとはいえ、何か一つでも齟齬《そご》を来せば、様相は一変する。

――弁千代が城に入れなかったとしたら、敵の後詰（増援部隊）が駆けつけてくる。

戦況が不利になれば、太田資正が全鑑の命令を無視して、敵方として参戦してくるかもしれない。

氏康が最悪の場合に思いを馳《は》せていると、興奮した声が聞こえてきた。

「上杉修理大夫《しゅりのだいぶ》殿の御首級《みしるし》を挙げました！」

「何だと」

扇谷上杉家の当主である朝定を討ち取ったというのだ。

「やった、やったぞ！」

「これで勝ったぞ！」

周囲が一気に沸き立つ。

氏康の前に、三方《さんぽう》に載せられた首が届く。

――これが朝定殿か。

むろん面識はないが、その苦痛に満ちた顔を見ていると、武人として生きることの厳しさが、痛いほど伝わってくる。

「この首は間違いなく扇谷上杉朝定殿です」

吉政が断言する。かつて北条氏と扇谷上杉氏は手を組んでいた時期があったので、吉政のような古株なら、誰でも朝定の顔を見知っている。

「天晴《あっぱれ》であった！」

首を取った者の労をねぎらうと、氏康は首の前まで行って一礼した。

「殿、首実検は後ほど」

吉政がたしなめたが、それを無視して氏康は首に語り掛けた。

「もはや何もかも忘れ、ゆっくりとお休みくだされ」

衰勢に陥った扇谷上杉家を懸命に支え、河越城奪還を期して味方を糾合した朝定だったが、武運拙く首になった。その無念が、ひしひしと伝わってくる。

「よし」と言って頭を切り替えた氏康が立ち上がる。

「河越城方面はどうなっている」

吉政が答える。

「いまだ敵の後詰勢は駆けつけてきていない模様」

――弁千代が城に入れたのだな。

弁千代の「してやったり」という顔が脳裏に浮かぶ。

その後、相次いで報告が入り、公方勢は城から突出した綱成に散々に打ち破られ、一方の山内上杉勢は扇谷上杉勢の敗報が入るや、入間川の渡河をあきらめ、退《の》き陣に移ったという。

――やはり憲政は、手伝い戦で来たという認識だったのだ。

この戦いの主役は、あくまで河越城奪還を目指す扇谷上杉勢だったことが、これではっきりした。

――八万の大軍も、本気で戦ったのは一万余だったか。

扇谷上杉家の動員兵力は、そこまで減っていた。つまり八万の大軍を集められても、実際に戦う意志があったのは、一万余の扇谷上杉勢だけだったのだ。

やがて四方から使番や物見が戻ってきたが、そのどれもが、大勝利を伝えるものばかりだった。

「よし、河越城に入るぞ！」

「おう！」

氏康は陣形を整えて河越城に入城した。城の前では、綱成や幻庵《げんあん》が満面に笑みを浮かべて待っていた。その中に弁千代もいる。

「殿！」

「弁千代、でかしたぞ！」

馬から降りた氏康は自らの陣羽織を脱ぐと、それを弁千代の肩に掛けた。

「もったいない」

片膝《かたひざ》をついた弁千代が嗚咽《おえつ》を漏らす。

「此度の戦いの功第一は、福島弁千代だ！」

「おう！」

その言葉に周囲の興奮は頂点に達した。

泣き崩れる弁千代の背を綱成が叩き、その功をたたえている。

この後、元服して綱房《つなふさ》と名乗った弁千代は、兄の綱成を助けて北条氏躍進の一翼を担うが、河越合戦から三年後の天文十八年（一五四九）、病を得て早世する。

氏康が居並ぶ者どもに告げる。

「たとえ元服前の十五歳でも、こうして功を挙げることができる。皆も励め！」

「おう！」

歓喜の波が城内を包み、意気は天を衝《つ》くばかりになった。

「皆、聞け！」

興奮がやや収まったのを見計らい、氏康が告げた。

「今夜は無礼講だ。警戒部隊以外は、好きなだけ飲め！」

すでに周囲に走らせた物見から、敵はほうほうの体で逃げ散ったので、反撃の可能性はないと聞いていた。しかも成田《なりた》勢をはじめとした加勢が駆けつけてきたので、周囲の警戒を任せられる。

「殿！」と綱成が進み出る。

「明日にも追撃態勢を整え、一気に上州まで攻め入りましょうぞ」

「いかにも、今なら山内上杉殿も倒せるやもしれぬ。だがわれらには、大敵がいる」

「大敵とはいったい――」

「甲斐の武田だ」

そこにいた者たちの顔が引き締まる。

「此度の謡本を書いたのも武田晴信だろう。それゆえ此度は、明日にも松山城《まつやま》に攻め寄せ、扇谷上杉家の息の根を止めるだけとする。その仕事は河越衆にやってもらう」

「承知仕った！」

綱成が胸を張る。

「われらは帰途、鎌倉街道を使わず、ここから西に向かい、高坂《たかさか》を経て毛呂《もろ》で『山《やま》の辺《べ》の道』に入り、椚田《くぬぎだ》から津久井《つくい》方面を迂回《うかい》し、小田原に戻る」

幻庵が膝を打つ。

「なるほど。すでに武田にも此度の勝敗は伝わっているはず。われらの陣容を武田の物見に見せ、晴信への牽制《けんせい》とするわけですな」

「そうだ。彼奴《きやつ》の放った乱破《らっぱ》どもに、われらの雄姿を見せつける」

氏康が皆の方に向き直る。

「皆、勝利の美酒に酔うのは今宵《こよい》だけだ。明日から新たな戦いが始まる。勝って兜《かぶと》の緒を締めよ！」

「おう！」

河越城内の興奮は頂点に達した。

各所で「えいえい、おう！」という鬨《とき》の声が上がり、扇谷家の蔵から運び出された酒《さか》樽《だる》が次々と木槌《きづち》で割られる。

その心地よい音を聞きながら、氏康は今夜だけは勝利の喜びを味わおうと思った。

河越合戦は北条方の一方的な勝利で終わった。

扇谷上杉勢は壊滅状態となり、残兵は第二の拠点の松山城さえも維持できず、山内上杉氏の本拠の上州目指して逃げていった。これにより扇谷上杉氏は滅亡する。

古河公方勢も大打撃を受け、以後、単独では北条氏と戦えなくなる。

結局、この戦いだけで連合軍の死者は三千余に上り、ほぼ守旧勢力は壊滅した。

氏康は松山城に垪和《はが》氏堯《うじたか》・氏続《うじつぐ》父子を入れ、駿河国《するがのくに》の河東《かとう》地域を放棄させてしまったことに報いた。以後、垪和氏は武蔵《むさし》北部に根を下ろし、国衆の指南役（地域統括者）として活躍していく。

合戦から半年が経《た》った九月、氏康は房総に駒を進めて連戦連勝を飾り、里見《さとみ》氏の本拠の佐貫《さぬき》城を包囲するに至った。しかし太田資正が上州の兵をかき集めて反撃に転じ、松山城を奪還したと聞き、兵を引かざるを得なかった。此度の件で、親北条派の兄全鑑と袂《たもと》を分かった資正は、その生涯を北条氏との戦いに捧《ささ》げることになる。

その後の攻防は一進一退となったものの、やはり河越合戦の影響は大きく、岩付城の太田全鑑をはじめ、滝山《たきやま》城の大石定久《おおいしさだひさ》、勝沼《かつぬま》城の三田綱秀《みたつなひで》、天神山《てんじんやま》城の藤田康邦《ふじたやすくに》といった武蔵国の有力国衆が、相次いで北条傘下に加わった。

これにより氏康は、資正に奪回された松山城一帯を除き、武蔵国の領有を成し遂げた。

三

年が明けて天文十六年（一五四七）、氏康は太田資正に奪還された松山城を包囲攻撃していた。ところが六月、安房の里見義尭《よしたか》が北上作戦を再開し、北条方国人《こくじん》の千葉《ちば》氏の勢力圏を侵食し始めた。

しかも悪いことに十月、北条方だった太田全鑑が死去し、岩付城主が不在となる。不安定となった岩付城は十二月、松山城から攻め寄せた資正によって攻略されてしまう。

城内には多くの太田家家臣が残されており、内外呼応しての奪取劇だった。

氏康の許に入った雑説《ぞうせつ》（情報）では、資正の内意を受けた家臣が全鑑を謀殺し、資正を招き入れたという話だった。全鑑の突然死は、その可能性が大であることを示唆している。

これにより資正は岩付城主の座に就き、松山城は元々の城主の上田朝直《うえだともなお》に託すことにする。ところが氏康は調略によって朝直を寝返らせ、松山城の奪還に成功した。その勢いで岩付城を囲んだ氏康は、天文十七年（一五四八）正月十八日、資正を屈服させた。だが氏康は資正の本領を安堵し、そのまま岩付城主として居座ることを許した。宿老の間からは、「全鑑を殺しているのだから、その罪を問うべし」という意見もあったが、氏康は資正を信じる道を選ぶ。資正には七歳になる息子（後の氏資《うじすけ》）がいたが、それを人質に取ることもしなかった。

情け無用の戦国の世だからこそ、氏康は逆に「信義によって国衆との紐帯《ちゅうたい》を強くする」道を選んだ。かくして氏康は岩付領の併呑《へいどん》に成功した。しかし資正を信じた氏康は、後に大きなしっぺ返しを食らうことになる。

一方、上野国《こうずけのくに》まで撤退した山内上杉憲政は北条方の圧力を跳ね返すべく、信濃国《しなののくに》の有力国衆・村上義清《むらかみよしきよ》との間で上信同盟を締結した。上信両国の間には、険しい山岳地帯が横たわっているものの、碓氷峠《うすいとうげ》を介して行き来ができるため、攻守同盟を結ぶ相手としてはうってつけだった。

だがこの同盟は、甲斐国の武田晴信（信玄《しんげん》）が信濃国北部に勢力拡大を図り始めた時期と一致しており、憲政は先に義清を後詰する立場になる。

天文十六年閏《うるう》七月、佐久《さく》郡まで進軍した晴信は、村上義清と結んだ笠原清繁《かさはらきよしげ》の志賀《しが》城攻めを開始する。これを聞いた義清は、自ら後詰に赴くと同時に憲政に後詰要請をした。この要請を受けざるを得ない憲政は、宿老の金井秀景《かないひでかげ》を総大将とする三千の兵を信濃国に派遣した。

これに対し、晴信は五千の兵で山内上杉勢を迎え撃った。両軍は浅間山の山麓に広がる小田井原《おだいはら》で激突する。だが戦慣れした武田方は山内上杉方を押しまくり、山内上杉勢は大敗を喫する。

金井秀景は何とか上州に逃げ帰ったが、大半の兵が討ち取られ、その首級《しゅきゅう》は志賀城に向けて並べられた。これにより、意気消沈した志賀城が落城したのは言うまでもない。

この戦いの結果、憲政の権威は失墜し、傘下国衆の離反が激しくなる。

その後、武蔵国の安定を見た氏康は内政の充実を心がけ、一斉検地などにより、家臣たちの貫高《かんだか》を明らかにし、軍役や普請役の負担を平等なものへと改善していった。

天文十九年（一五五〇）、氏康は代官などを経由して徴収していた雑税「諸公事《しょくじ》」をすべて廃止し、国人領を除く領内の税率を一律とした。こうした中間搾取をなくすことで、領民の負担を軽減させると同時に、増大する戦費の調達を可能にした。

内政面の充実と同時に、氏康は外交・調略両面で次々と手を打っていた。

太田資正が傘下入りし、小田井原合戦の影響で山内上杉氏の勢力が後退することで、氏康は上州国人たちへの調略を本格化させる。だが氏康は、その存念（理念）である「戦わずして傘下入りさせる」という方針を貫いたため、上州全土の国人の傘下入りは、時間の掛かるものとなった。

それでも天文十七年、国峰城《くにみね》の小幡憲重《おばたのりしげ》を傘下入りさせたことで、憲政のいる平井城《ひらい》を孤立させることに成功した氏康は、同十九年十一月には、平井城を包囲攻撃するまでになった。

この時、落城には至らなかったのは、背後に敵方の御嶽城《みたけじよう》を残してきたからだった。御嶽城は平井城の六里ほど南にあり、武蔵国に唯一残る山内上杉氏の支城として、平井城に向かう北条方を横撃できる位置にあった。

こうしたことから氏康は、まず御嶽城の攻略に着手する。

天文二十一年（一五五二）二月、氏康は御嶽城に迫ると、水の手を断った上で城に討ち入り、落城に追い込んだ。御嶽城には三千に及ぶ山内上杉勢が入っていたが、水不足で戦意喪失しており、さしたる抵抗を示さなかった。

城主の安保全隆《あぼぜんりゆう》（泰広《やすひろ》）・泰忠《やすただ》父子は、わずか四、五人となった配下と共に降伏した。氏康は父子の健闘をたたえ、その罪を許した上、家臣の列に加えた。

ここまでは常の城攻めと何ら変わらなかった。だが首実検の最中に耳打ちされた話により、事態は急展開を見せる。

「何、関東管領《かんとうかんれい》の息子を連れてきただと」

取次役から報告を受けた氏康は、その言葉の意味が分かるや、首実検の最中であるにもかかわらず、床几を蹴って立ち上がった。

「どういうことだ。なぜこの城に山内殿の息子がいるのだ」

取次役は「首実検が終わり次第、連れてきます」と言って下がっていった。

やがて首実検が終わり、周囲が掃き清められると、氏康の前に縄掛けされた数人の男たちと、十二、三歳とおぼしき少年が連れてこられた。

その少年は、敵愾心《てきがいしん》をあらわにした眼差《まなざ》しを氏康に向けている。

――これが山内殿の息子か。

囚《とら》われ人となっても威厳溢《あふ》れる少年の態度に、氏康は感銘を受けた。

――わが次男の新九郎《しんくろう》と年も近い。

氏康の次男の新九郎（後の氏政《うじまさ》）は、天文七年（一五三八）生まれなので、今年で十五歳になる。

実はこの年の三月、氏康の嫡男の新九郎氏親《うじちか》が病で没し、次男の氏政が新九郎を名乗り、嫡男となっていた。

「ここに連れてきましたのは、山内上杉憲政殿が嫡男・竜若丸《たつわかまる》様に候」

取次役が少年を紹介する。

「実は、竜若丸様は城を出《い》で平井に落ちようとしておりましたところ――」

取次役が言いよどむ。

「どうしたというのだ」

「は、はい。竜若丸の乳母《うば》の夫である妻鹿田新助《めがたしんすけ》殿により――」

「捕らえられたというのか」

「そういうことになります」

その時、後ろ手に縄掛けされた男が発言を求めた。

「それがしが妻鹿田新助に候。ここにいる者たちは、わが一族郎党です」

「そなたが竜若丸殿を捕らえたのだな」

「はっ、小僧を落とそうとする近習《きんじゅ》や小姓を斬り捨て、小僧めを捕らえました」

「妻鹿田!」

その時、少年が声を荒らげた。

「そなたは主を何と思っておる。父上が知ったら、その首は即座に胴と離れることになるぞ!」

「ははは」と妻鹿田が高笑いする。

「もはや関東管領など、名はあっても実はなし。そなたの父には、もはや何の力もないのだ」

それを聞いた竜若丸が口惜《くや》しげに唇を嚙《か》む。

「御屋形様《おやかた》」と言って、妻鹿田が威儀を正す。

「この小僧を煮て食うなり、焼いて食うなり、ご随意にしていただいて結構です」

妻鹿田の顔は恩賞ほしさに輝いていた。

黙ってやりとりを聞いていた氏康が問う。

「そなたは、竜若丸殿の乳母の夫と聞くが」

「はっ、仰せの通りに候」

「主筋《しゅうすじ》でもあり、それほど近い間柄でありながら、なぜ裏切った」

「えっ」と言いつつ、妻鹿田の頬に張り付いていた笑みが凍り付く。

「そなたは、かように卑怯《ひきょう》な真似《まね》をしてまで恩賞がほしいのか」

「いや、そうではなく、向後は御屋形様を主君として仰ぎ、忠節を尽くすべく、こうして小僧を捕らえたのです」

「忠節だと」

氏康の胸奥《きょうおう》から、沸々とした怒りが沸き上がってきた。

「主君の嫡男を敵方に渡す。それがそなたの忠節か！」

氏康の怒りを目の当たりにし、妻鹿田に言葉はない。

「此奴《こやつ》らを斬れ！」

「ひいっ！」

妻鹿田が悲鳴のような声を上げた。

「お待ち下さい」

傍らに控える清水吉政が発言を求めた。

「お怒りご尤《もっと》もながら、敵将の妻子眷属《けんぞく》を人質にして降《くだ》ってきた者を厚遇するのは、武門の習いです。もし斬ってしまえば、二度と同じような形で降る者は出てきません」

「いかにも、それは尤もだ」

その言葉を聞いた妻鹿田は、安堵したようにため息をついた。

「だが、それは武によって敵を制そうとする者の考え方だ。わしは武門の者だが、武よりも調略を重んじる。戦わずして味方を増やすことができれば、それに越したことはないからだ。しかしいかに武門の習いとはいえ、筋の通らないことを続けていては、しょせん国を保つことなどできぬ。わしは――」

氏康が大きく息を吸うと断言した。

「天道の示す道を行く！」

氏康の迫力に押され、周囲の者たちが沈黙する。

「わしは法の支配を徹底し、理非を明確にする。そのためには、主の息子を捕らえて投降する者が二度と出なくても構わぬ」

吉政が問う。

「では、妻鹿田らをどうなさるおつもりか」

「斬る！」

氏康が持っていた軍配で妻鹿田を指し示す。

「この者の罪を許し、わが家臣の列に加えても、この者は、また同じことを繰り返すだろう。かような者は目障りなだけだ」

「そ、そんな。お待ち下さい」

妻鹿田が涙ながらに訴える。

「それがしは旧主を見限り、その赤心を示すために、この小僧を捕らえたのです。この行いのどこが非道でしょうか」

妻鹿田の言うことは、この時代の武士の価値観からすれば至極当然だった。

だが氏康は、法と理を重視した仕置《しおき》を行おうとしていた。

「太刀を持て！」

小姓が氏康に太刀を差し出す。

すかさず下人が走り寄り、妻鹿田の首を下げさせる。

「ああ、ご慈悲を――」

妻鹿田の尾を引くような嗚咽が、周囲の沈黙をいっそう引き立たせる。

「竜若丸殿、よく見ておくがよい」

竜若丸が息をのむ。

「ひい、何卒《なにとぞ》、ご慈悲を!」

妻鹿田が身悶《みもだ》えする。

しばしその姿を見ていた氏康は、太刀を下ろすと言った。

「かような者を斬れば、正義の太刀が穢《けが》れる。一命を救ってやるので、さっさと失《う》せろ!」

清水吉政の目配せによって縄が解かれるや、妻鹿田たちは一目散に逃げていった。

「竜若丸殿、あのような下郎どもを解き放つことはできても、貴殿を逃がすわけにはまいらぬ」

「分かっています」

「小田原近郊の寺で出家得度いただく」

それだけ言うと、氏康は小姓に太刀を渡し、その場を後にした。


御嶽城攻略後、氏康は全軍を平井城に向けた。一方の憲政は馬廻衆まで離反する有様で、平井城を守ることは困難と断じ、三月には越後《えちご》へと落ちていった。戦わずして平井城を手に入れた氏康は、弟の氏堯《うじたか》を城将とし、その後見に幻庵を就けた。

憲政の越後退去に伴い、その傘下にあった多くの国人や土豪たちが北条方へと転じることになる。ただし越後には、憲政の支援勢力となり得る長尾《ながお》景虎《かげとら》がいるため、上野国内でも、まだ多くの有力国衆がどっちつかずの態度を続けていた。

そんな最中の天文二十二年（一五五三）七月、景虎が初めての関東越山をする。この時は威嚇と小競り合いだけで終わったが、八月に兵を信濃国に転じた景虎は、助けを求めてきた村上義清ら北信国衆の失地回復を目指し、川中島《かわなかじま》へと進軍して武田晴信と干戈《かんか》を交える。これがこの後、五度にわたる川中島合戦の第一回となる。

四

天文二十三年（一五五四）三月、氏康は敵対していた駿河の今川氏と甲斐の武田氏との間で、攻守同盟を締結した。その調印を終え、正使の大道寺盛昌と副使の垪和氏尭が駿河国から戻ってきた。

「大儀であった」

事前に使者から首尾を聞いていた氏康は、満面に笑みを浮かべて一行を出迎えた。

盛昌が剃《そ》り上げられた頭を畳に擦り付ける。

「大切なお役目を全うでき、肩の荷が下りました。こちらが調印書になります」

盛昌がうやうやしく差し出す調印書を近習が受け取り、一段高い座にいる氏康に差し出す。

「これで甲相駿《こうそうすん》三国の間に平和が訪れたというわけか」

「ははっ、仰せの通りに候」

三国間での条件調整は済ませていたので、今回の善得寺《ぜんとくじ》での会合は形式的なものだったが、それでも大任を果たしたことから、盛昌と氏尭は肩の荷が下りたような顔をしていた。

すでに盛昌は齢《よわい》六十に達し、一方の氏尭も五十の坂を越えている。

「二人とも、よくやってくれた」

「これにより三国の間に戦乱がなくなるのですね」

「いや、先々何があるかは分からぬ。だが当面は、静謐《せいひつ》が保てるだろう」

変化が激しい戦国の世である。こうした同盟がどれほど長続きするかは分からない。

だが氏康は、力が同等であること、互いの利害が一致すること、当主どうしが互いの力量を認め合っていることなどから、三国同盟は堅固なものになると信じていた。

しかも三人の当主がほぼ同世代で、同じような婚姻適齢期の男子（嫡男）と女子がいたことも幸いし、三国が親類となることで、同盟をさらに強固なものにできた。

天文二十一年（一五五二）、晴信は嫡男義信《よしのぶ》に義元の娘の嶺松院《れいしょういん》を迎えていたが、天文二十三年には、義元の嫡男氏真《うじざね》に氏康の娘の早川殿《はやかわどの》が嫁ぎ、さらに同年、氏康の嫡男氏政に晴信の娘の黄梅院《おうばいいん》が嫁ぐという形で、三者間の縁組も成立した。こうした婚姻関係は表裏定まらない戦国の世で、唯一と言っていい鎹《かすがい》であり、同盟を補強する上で欠くことのできないものだ。

「この同盟は三国にとって大きな転機となるだろう。そなたらは実によくやってくれた」

「過分なお言葉、痛み入ります」

盛昌が感涙に咽《むせ》ぶ。

「二人とも、この仕事を最後に隠居すると聞いたが」

「はい。もう体の方も言うことを利かなくなり、これにて手仕舞いといたします」

盛昌がそう言うと、垪和氏堯も後に続いた。

「まだまだ当家の役に立ちたいとは思いつつも、後進に道を譲ることも大切だと思いました」

氏康は、彼らに花道を用意してやれてうれしかった。

「二人とも長きにわたり、よく尽くしてくれた。これからは息子たちに引き継ぐことになるが、背後から様々に助言してやってくれ」

「はっ、ははあ」

二人は深く平伏すると、感涙に咽びながら対面の間を後にした。

この二年後の弘治《こうじ》二年（一五五六）、盛昌はこの世を去る。その跡は息子の周勝《かねかつ》が継いだ。垪和氏堯もその翌年に亡くなり、その跡は息子の氏続が継ぐ。

一行が去った後、男が一人、平伏しているのに気づいた。

「やはり、そなたは残ったか」

「はい。御屋形様の聞きたいことを、ご老人二人は語りませんでした。尤も、それを聞いてうまく答えられなければ、最後の仕事をやり遂げたつもりでいるお二人の顔をつぶすことになります。それゆえ御屋形様は問わなかったのでは」

「さすが源十郎だ。すべてお見通しだな」

「ありがたきお言葉」

田中源十郎が深く頭を下げる。

「して、どう思う」

「はっ、この同盟は信じるに値するものと思われます」

「そうか。して、その理由は」

「今川義元公は西の三河国《みかわのくに》への侵攻を図っています。天文十七年（一五四八）、長きにわたって争ってきた尾張《おわり》の織田信秀《おだのぶひで》を第二次小豆坂《あずきざか》合戦で破ってから、三河国の情勢は今川方優位となりました。翌天文十八年には、西三河の松平広忠《まつだいらひろただ》殿が死去して領主不在となった松平領を収公し、事実上の自領とした義元公は、さらに織田方の安祥城《あんじょう》を攻略することで、三河一国の領有に成功しました。その流れからすると、義元公の次なる目標は、さらに西の尾張国となります」

「義元の狙いは西にあるというのだな」

得たりとばかりに源十郎がうなずく。

「はい。義元公は、ここのところ弱体化しつつある将軍家を輔弼《ほひつ》すべく、京までの道を己の領国とするつもりではないかと思います」

「つまり尾張、美濃《みの》、近江《おうみ》、そして都のある山城国《やましろのくに》というわけか」

「そうです。尾張には織田氏が、美濃には斎藤《さいとう》氏がおりますが、今川勢をもってすれば物の数ではありません」

今川家は足利《あしかが》将軍家の御一家衆ということもあり、室町幕府の権威を取り戻すことを理念としてきた。

「では、武田晴信はどうか」

「武田殿は北進策を取るでしょう」

「つまり北信濃を制圧し、その後は越後を併呑するつもりでいるというのだな」

「いかにも。武田殿は海の道がほしいのです。畿内では、着物の原料となる越後の苧《からむし》の需要が高まっています。それゆえ新たに越後の主となった長尾景虎殿は、青苧《あおそ》の栽培とそれを加工した越後上布《じょうふ》の販売によって巨利を得ています。武田殿は、それをわがものとしたいはず」

越後上布とは、苧と呼ばれる植物の樹皮を細かく割いた青苧から作られる上質の麻布で、公家や高僧の贈答品として需要があった。越後国の軍資金の大半は、その交易による利益で賄われていたとさえ言われている。

「そして、われらの狙いは関東制覇だ」

「はい。これにて三国の利害は一致し、それぞれの敵に当たれます」

「つまり、われらの三国同盟は理に適《かな》っていると申すのだな」

「はい。この同盟は長続きいたします」

源十郎が確信を持って言った。

「分かった。大儀であった」

その言葉を聞き、源十郎もほっとしたように平伏した。

「ときに源十郎、そなたのことだが」

「それがしのこと、と仰せになられますと」

「当家の年寄の中には、男子のおらぬ者もいる。板部岡康雄《いたべおかやすかつ》もその一人だ」

いつも冷静な源十郎が唖然《あぜん》とする。

「板部岡からは、わが家臣で優秀な者を養子にしたいので探してくれと依頼されている」

「ということは――」

「そうだ。そなたではどうかと思っている」

板部岡康雄は、北条家の寺社奉行を任じている大身家臣の一人だ。

「まことにもって、ありがたきお話」

「すでに板部岡の了解は取ってある。では、話を進めてもよいな」

「はっ、ははあ」

　源十郎が平伏する。

　これにより、後々まで北条家の外交から内政までを担うことになる板部岡融成《ゆうせい》（江雪《こうせつ》斎《さい》）が誕生する。

五

　天文二十二年（一五五三）から翌二十三年にかけて、氏康は房総半島への圧力を強め、威嚇と調略によって、これまで敵対していた多くの国衆を傘下入りさせた。天文二十二年六月には内房正木《まさき》氏が、翌年には里見氏の拠点城である峰上《みねがみ》、百首《ひやくしゆ》（造海《つくりうみ》）、そしてかつての本拠だった佐貫城を守っていた者たちが、北条家に従属した。

　房総制圧が順調に進んでいた最中の天文二十三年七月、氏康の許に驚くべき知らせが届いた。

「竜若丸が逃げたというのか」

「はっ、しかしすぐに伊豆の山中で捕らえ、今朝方、小田原に連れてまいりました」

取次役が報告する。

二年前の天文二十一年、御嶽城に父の名代として入っていた竜若丸は、味方の裏切りによって捕らえられた。その後、小田原に連れてこられて出家得度し、伊豆の最勝禅院《さいしょうぜんいん》で修行を積んでいた。ところが父憲政が派遣した者の手引きで脱走したという。

「結句、伊豆の山中で道に迷い、街道に出たところを捕らえられたということです。いかがなされますか」

「まずは会おう」

しばらくすると、縄掛けされた十四、五歳とおぼしき少年僧が連れてこられた。

――しばらく見ぬ間に成長したな。

氏康は、かつて足利家の武を支えてきた上杉家の血筋の確かさを思い知った。

「竜若丸殿、久方ぶりだな」

竜若丸は反抗心をあらわにして、顔を横にそむけている。

「縄掛けされた貴殿を見るのは、これで二度目だ。坊主になるのが、それほど嫌か」

竜若丸が不敵な顔を氏康に向ける。

「僧侶は死者のための仕事。それがしは生者のための仕事をしたいのです」

「ほほう、よき心がけだ。それでは問うが、生者のための仕事とは何か」

「民が安んじて暮らせる世を作ることです」

竜若丸が胸を張る。

「天晴な志だ。だが、そなたの父上は戦に明け暮れ、民に多大な迷惑を掛けてきたではないか」

「いかにも仰せの通り。それを正すのが、それがしの使命だと心得ております」

「いかにして正すというのか。古き物には、それに寄食する多くの蛆虫《うじむし》が付いておる。それを振り払うことは容易ではない。仮にそなたが関東管領の職に就いても、蛆虫を一掃しないことには、民のための仕置など行えぬ」

「それでもそれがしは、その難事をやり遂げるつもりでいました」

竜若丸が傲然《ごうぜん》と胸をそびやかす。そこには、若者特有の己への過信がにじみ出ていた。

「父上のいる越後に向かい、長尾景虎なる者の力で関東を回復せんと思ったのだな」

「仰せの通り」

話をしているうちに、氏康は竜若丸が好きになった。

――この者は、きっと正しい道を歩むだろう。だがこの者を担がんとするのは、古き因習が染みついた蛆虫どもなのだ。

氏康は心を鬼にせねばならないと思った。

「そなたの思いは、よく分かった」

「では、逃がしていただけるのですね」

「いや、それは駄目だ。戦国の世は油断こそが大敵だ。そなたを逃がせば、双方の多くの兵や民が死ぬ。それを避けるには――」

氏康は一拍置くと言った。

「そなたには死んでもらうほかない」

竜若丸が不敵な笑みを漏らす。

「もとより、それは覚悟の上。それがしは命乞いなどいたしませぬ。ただ関東の太守たらんとするお方が、無力な坊主一人を斬ったことが関東中に知れわたれば、さぞかし北条家の聞こえも悪くなりましょう」

「その通りだ。だが、わしは聞こえのために生きているわけではない。民は北条家の治世を喜び、笑顔を浮かべて農耕にいそしんでおる」

「いずれは、その笑顔も怒りに変わるでしょう」

「そんなことはない。天道の示す道を歩めば、必ず正しき作物《なりもの》（成果）が得られる。それを繰り返していれば、民はさらに豊かになり、領国はさらに富む。それをそなたに見せられぬのが残念だ」

「果たしてそうでしょうか。いつかは北条家も、上方の統一政権の前にひれ伏し、その代官として民を苦しめることになるでしょう」

「その時は――」

氏康が天を仰ぐ。

「あえて滅亡の道を歩む」

「なるほど。よきご覚悟。しかしご子孫が同じ考えとは限りませぬぞ」

「わが父はこう言った」

氏康は父氏綱《うじつな》の教えを語った。


大将から諸将に至るまで、ひたすら義を守るべし。義に違《たが》いては、たとえ一国二国を切り取ることができても、後代の恥辱になる。天運が尽きて、たとえ滅亡しても、義を違えていなければ、後世の人から後ろ指を指されることはない。義を守っての滅亡と、義を捨てての栄華とは天地ほどの開きがある。


「なるほど、それが北条家の家訓なのですね」

「そうだ。義を守って滅亡するなら、何ら子孫を責めるところはない」

氏康が断言する。

「では、それがしには死を賜るということですね」

氏康が首を左右に振る。

「何事にも慈悲の心が大切だ。旧を守らんとする者たちが、新を倒すことはできぬ。だが戦国の世の掟《おきて》として、そなたを逃がすことはできぬ。そなたは寺に戻って仏門に精進するがよい。さすれば次第に、そなたの進むべき道が見えてくる」

「ふふふ」

ところが竜若丸は不敵な笑みを浮かべた。

「それがしは仏門などへは戻りませぬ」

「では、どうしたいというのだ」

「これが、その答えです」

そう言うと、竜若丸は俯《うつむ》き「うっ！」と気合を入れた。

「押さえろ！」

竜若丸の意図に気づいた氏康が左右に命じる。だが駆け寄った近習が竜若丸の顔を上げさせると、その口は真っ赤に染まっていた。

「舌を引き出せ！」

だが喉に手を入れようとしても、身悶えして逃れた竜若丸は、その場に突っ伏して息絶えた。

――何と無残な。

気づくと氏康は、竜若丸の前まで駆け寄っていた。

――竜若丸は自ら死を選び、わしと北条家の評判を落とそうとしたのだな。

この場で自害すれば、周囲には殺されたという噂《うわさ》が立つ。なりたくもない僧侶として の生涯を送ることより、北条家への恨みを晴らすべく、自ら命を絶つという道を選んだのだ。

氏康は竜若丸の覚悟のほどを知った。

「竜若丸殿、成仏せいよ」

氏康は膝をかがめると、血に染まった竜若丸の遺骸に向かって手を合わせた。

同年七月、前古河公方の足利晴氏・藤氏《ふじうじ》父子が、軟禁されていた葛西《かさい》城から逃走し、古河城に入って叛旗を翻した。その背後には、反北条勢力の下野《しもつけ》小山《おやま》城（祇園《ぎおん》城）の小山氏と下総守《しもうさもり》谷《や》城の相馬《そうま》氏がいた。

だが氏康は動じることなく、公方御一家衆の簗田、野田《のだ》、一色《いっしき》氏らを説得し、自陣営に踏みとどまらせた。とくに野田氏は、すでに北条家の忠実な傘下国衆となっており、率先して古河城を囲み、十一月には公方父子を降伏させた。御一家衆にも見捨てられた公方父子に、小山・相馬両氏も後詰勢を差し向けなかった。

晴氏は相模国の秦野《はたの》に幽閉され、藤氏は逃亡ないしは追放され、以後の消息は不明となる。

扇谷上杉家は河越合戦で滅び、今また古河公方家も滅亡同然となった。残る守旧勢力は山内上杉家だけだが、すでに当主の憲政は越後に逃れ、関東にその領国は寸土もない。

かくして氏康は、始祖早雲庵宗瑞《そううんあんそうずい》以来の悲願である関東制圧を成し遂げたのだ。

六

天文二十三年（一五五四）十月、陳《ちん》林太郎が上方から帰ってきたという報告を受けた氏康は、林太郎を誘って、小田原城内毒榎平《どくえだいら》の庭園を散策することにした。二人は花を付け始めた寒椿《かんつばき》や水仙を眺めつつ、氏康が書見所にしている持仏堂に向かった。

「林太郎、いくつになった」

「御屋形様の三つ上ですから、もう四十三です」

「お互い年を取ったな」

「そうですね。何のあてもなく愛洲《あいす》移香斎殿の許へと旅立ったのが昨日のことのように感じられますが、あれから二十五年余も経っています」

「あれは享禄《きょうろく》元年（一五二八）のことなので、わしは十四歳で、そなたは十七歳だった」

「はい。われらは、そんな年で九州まで渡ったのですぞ」

「いかに小童《こわつぱ》とはいえ、度胸が据わっていたものだ」

話をしながら眺めのいい場所に出た二人は、遠く輝く相模湾を望んだ。

「われら二人は怖いもの知らずだったな」

「ええ、怖いものなど何もありませんでした」

二人は、それぞれが歩んできた足跡を振り返った。氏康は武士、林太郎は商人として一廉《ひとかど》の者になったが、ここに至る道は容易なものではなかった。

「風の噂ですが、その後、移香斎殿は異国に渡ったと聞きました」

「異国だと」

「ええ、呂宋《ルソン》に行って商人《あきゅうど》になったとか」

「そうか。移香斎先生らしいな」

二人は相模湾から吹きつける風に抗《あらが》うように笑った。

真偽は定かでないが、もしその話が事実なら、移香斎は七十を過ぎた高齢で渡海したことになる。

――たいしたものだな。

移香斎という人間はとことん尋常でないと、あらためて思い知った。

「先生は『先のことは分からない。だが、分からないから面白い』とも仰せだったな」

「そうでしたね。実に不思議な方でした」

氏康も同感だった。だが氏康は、移香斎ほど何事も周到に考える者はいないことも知っていた。

——あれほどの傑物は、もうなかなか出ないだろうな。

移香斎の思い出にふけっていると、林太郎が本題に入った。

「上方では昨年八月、三好長慶《みよしながよし》が挙兵し、将軍家（義輝《よしてる》）を都から放逐しました。その後、都を占拠した三好勢は、濫妨狼藉《らんぼうろうぜき》の限りを尽くしています」

「ということは、将軍家はいまだ朽木谷《くつきだに》におられるのか」

「そうなのです。都へのご帰還は、もはや叶《かな》わぬかもしれません」

朽木谷とは、近江国の琵琶湖西岸の山岳地帯にある小さな村で、義輝はそこに築いた仮御所に住んでいた。しかし義輝が都の回復を目指して諸国の守護大名らに御教書《みぎょうしょ》を出しても、諸大名から色よい返事は得られず、今年になっても、巻き返しの糸口は摑《つか》めていないという。

「それゆえ今川殿としては一刻も早く都への道を切り開き、将軍を押し立てて三好勢を追い払いたいのだろう」

「仰せの通り。今川殿としては三好勢を打ち破った功により、幕府内での発言力を強め、実質的には幕府を己のものとするつもりでしょう」

氏康にも義元の思惑は分かる。

「今川殿の敵は、尾張の織田と美濃の斎藤か。とくに織田は代替わりしたこともあり、一族内での内訌《ないこう》が続いていると聞く。今川殿にとっては赤子の手をひねるも同然だろう」

「おそらく、そうでしょう。ただ――」

「何か懸念でもあるのか」

「いえ、尾ひれの付いた惑説《わくせつ》だとは思いますが、尾張織田家の若殿、すなわち信長《のぶなが》公は、意外に才覚がありそうだという噂が流布されています」

文武に秀でた傑物として鳴らした先代の信秀が天文二十年（一五五一）、四十二歳という若さで病死し、その跡を継いだのが信長だった。

「その信長とやらは、確か『虚《うつ》け』という評判ではなかったか」

「はい。かつてはそうだったのですが――」

織田信長は天文三年（一五三四）の生まれで、氏康より十九歳も年下の二十一歳。だが昨年四月、美濃の斎藤道三《どうさん》が直《じか》に会い、その力量を高く評価したという雑説が、京にまで流れてきたという。

天文十七年（一五四八）、道三と信長の父・信秀は和議を結び、道三の娘の濃姫《のうひめ》を信長に嫁がせていた。

「私も帰途に尾張に滞在したのですが――」

林太郎によると、領主になる前の信長は「虚け」として悪評ふんぷんだったが、領主になってからは善政を布《し》き、とくに商人からは大いに歓迎されているという。

「尾張国は商いが盛んで、多くの商人がおります。ところが、これまでは座によって利権が特定の商人に集中し、新興商人の入り込む隙はありませんでした。ところが信長公は、そうした古い因習を取り払ったので、多くの商人が尾張国に集まり、これまで以上に商いが盛んになっています」

「そうか。当家でもやっていることだが、それを信長は一気に推し進めたということか」

氏康も新たな商業政策を次々と打ち出してはいるものの、古くから根を下ろす門閥のような商人たちと妥協を図りながら進めていたので、遅々として進まない。

——ところが、それを一気にやってしまった男がいるわけか。

氏康はそこに脅威を感じた。

「しかも信長公は伊勢《いせ》湾交易網を掌握し、交易により多額の蓄財をしています」

「伊勢湾交易網だと」

「そうです。伊勢湾こそ畿内・西国と東国を結ぶ海の街道であり、織田家では先代の信秀公の時代から、その利益によって頭角を現し、尾張半国の主にまでなったのです」

織田家先代の信秀は尾張守護代・織田大和守《やまとのかみ》家の一奉行（家老）にすぎなかったが、津《つ》島《しま》や熱田《あつた》を拠点として伊勢湾交易網を掌握したことで次第に力を蓄え、守護代家はもとより、守護の斯波《しば》氏をも凌駕《りょうが》するほどの勢力基盤を築いていった。

信秀は伊勢神宮に移築資金七百貫文を奉納したり、禁裏修理料として朝廷に四千貫文を上納したりするほどの財力を持っていた。一貫文は現在価値の十万円相当なので、四千貫文は四億円となり、とても尾張半国の大名が出せる額ではない。

「つまりこれからは、金の力が物を言うのだな」

「その通りです。畿内・西国では、東国以上に貨幣が流通しています。いまだ物々交換が行われている地域もありますが、商いの盛んな地は貨幣での取引となってきており、それにより交易がいっそう盛んになり、富を持つ者が覇者となりつつあります」

「それに信長は気づいているというわけか」

「財力によって勃興する織田家を目の当たりにしてきた信長公にとって、何よりも商いを重視するのは当然のことなのかもしれません」

氏康は、頭を警策《けいさく》で打たれたような衝撃を受けた。

――金を手にした者は多くの兵を養い、多くの優れた武器を手にできる。至極、当然のことではないか。

「このことを今川殿も気づいたはず。それゆえ織田家から伊勢湾交易網を奪うべく、われらとの同盟に応じたのでしょう」

甲相駿三国同盟は、今川家の提唱によって成った。その陰には当主の義元と、有能この上ない軍師の太原雪斎《たいげんせっさい》（崇孚《すうふ》）の深慮遠謀があったに違いない。

「今川殿の領国は、遠州灘《えんしゅうなだ》や駿河湾に面しているではないか」

「仰せの通り。しかし畿内の物資を尾張で押さえられてしまえば、手も足も出ません。

それゆえ、まずは三河国、続いて尾張国を取りたいのでしょう」

「三河国の諸港だけでは足りないのか」

「はい。川は上流をせき止められると、下流に水は流れません」

林太郎によると、畿内に集まる米や物資は大坂、堺《さかい》、住吉《すみよし》、明石といった有数の港から紀伊《きい》半島を回って伊勢湾の熱田や津島といった港に陸揚げされる。そこから東国に船が回されるかどうかは、その地を支配する者、すなわち信長次第となる。

「時代は、われらの思惑をはるかに超えた勢いで進んでいます」

北条家初代の早雲庵宗瑞は、そのことを心得ていたのか、関東に独立経済圏を築き、西国と交易しなくても国として成り立つように考えた。だが時代は宗瑞の予想を大きく上回る速度で進展し、今では西国との交易なくして、関東の経済も成り立たなくなっていた。

「今川殿は、交易による富を織田家から奪いたいのだな」

「狙いは、それだけではありません」

「と言うと――」

「今川家の狙いは硝石《しょうせき》にあるのでは」

「硝石だと」

「そうです。当家では硝石の自力生産が軌道に乗り始めていますが、今川・武田両家では、いまだ着手もしていないと聞きます。つまり異国から堺に入った硝石を手に入れなければ、これからの戦を勝ち抜くことはできません。それゆえ今川殿は伊勢湾を目指し、武田殿は越後の海を目指しているのです」

林太郎が言うには、武田晴信は越後国の直江津《なおえつ》を手に入れることを渇望しているという。というのも直江津さえ押さえれば、石山本願寺《いしやまほんがんじ》が加賀《かが》一向一揆《いっこういっき》など北陸の一揆衆へと流している硝石を、敦賀《つるが》港経由で購入できるからだ。晴信の室の三条《さんじょう》の方は、本願寺・顕如《けんにょ》（証如《しょうにょ》の長子）の婚約者の如春尼《にょしゅんに》と姉妹であり、その経路で、武田家と本願寺は緊密な関係を築いてきた。

「武田殿も、どうしても海に出たいのだな」

「そうなのです。越後の長尾殿（景虎）が青苧の交易で手にしている莫大《ばくだい》な富と、本願寺から回されてくる硝石を手にすれば、武田殿は東国の覇者となり、御屋形様も武田家の門前に馬をつなぐことになるやもしれません」

馬をつなぐとは、家臣になるという謂《いい》だ。

――武田晴信か。容易ならざる男だな。

同盟関係にあるとはいえ、氏康は極めて危険な男と領国を接していたのだ。

気づくと持仏堂に着いていた。二人はその階《きざはし》に座して海を見つめた。

「これからは、海を制する者が天下の覇権を握るのだな」

「そうなるでしょうな」

「では、われらは当面どうすべきだと思う」

「逆に問いたいのですが、御屋形様は――」

林太郎の言葉を氏康が笑って制した。

「そなたとわしの間柄だ。これまでと同じく新九郎と呼べ」

「ははは、分かりました。ではお尋ねしますが、新九郎様は今、何をお悩みか」

「そうだな。喫緊の課題としては――」

氏康の懸案は、はっきりしていた。

東国でも貨幣経済の浸透によって、年貢はもとより、懸銭《かけせん》、反銭《たんせん》、棟別銭《むなべつせん》といった役銭（諸税）を銭納《せんのう》することが普及しつつある。ところが大欠け（大きく破損しているもの）、大ひびき（ひびが入っているもの）、打ちひらめ（文字が摩滅しているもの）といった悪銭で納めてくる者が多くいるため、同価値の銭でも、西国商人の中には受け取りを拒否する者もいた。

「それは困りましたな。しかしその問題の大本を質《ただ》せば、商人に責があります」

「どういうことだ」

「銭納を勧められた農民たちは、米を売りさばかねばなりません。それゆえ商人たちは農村まで出向き、米を買い付けて銭で支払います。それが悪銭だったら、農民はどうしようもないのです。西国では精銭の二分の一から三分の一の価格で悪銭が買えます。商人たちは西国で悪銭を買い付け、それを東国で支払っているのです。それゆえ東国にばかり悪銭が出回るのです」

「そういう仕組みだったのか」

氏康が膝を叩いた。

この頃、国内に流通していた銭貨《せんか》は、宋《そう》・元《げん》・明《みん》時代の輸入銭で、精銭と呼ばれる質の高いものもあれば、悪銭や鐚銭《びたせん》と呼ばれる劣悪なものも入ってきていた。

京や大坂の大商人や土倉《どそう》（貸金業）、納屋（倉庫業）、問丸《といまる》（運送業）といった業種を営む者たちは、精銭で蓄財して悪銭で支払うため、精銭は出回らず、悪銭ばかりが出回ることになる。しかも自らの見立てで撰銭《えりぜに》するため、基準が一定せず、経済は混乱を来していた。

「こればかりは、北条家の領国内だけの問題ではありません」

「では、どうすればよいのだ。もっと厳しく撰銭するしかないのか」

「いえいえ、それでは出回っている銭量が足りなくなります。しかも、すでに悪銭を摑まされている農民が大損害をこうむります」

林太郎はしばし考えた末に言った。

「こうしたらいかがでしょう。農民たちには一時的に諸税を物納させ、商人たちが農村で悪銭をさばけないようにするのです」

「それでは、米穀を売りさばくのは当家となり、当家が悪銭を摑まされるではないか」

「いえいえ、そこで精銭と悪銭による支払比率を定め、徐々に精銭の比率を高め、精銭が増えていくのを見計らいながら、北条家で悪銭を処分していくのです。商人たちも米穀を買い付けないことには商いが成り立たないので、精銭を出してきます」

悪銭処分は徳政令と同じことになり、北条家の負担となるが、背に腹は替えられない。

「さすが林太郎だ。知恵が回る」

「銭に関しては、家業ですからお任せ下さい」

二人の笑い声が相模湾まで響いていった。

氏康は林太郎を勘定方の後見に任命し、この困難な仕事を託していくことになる。後にこの策は成功し、商人や農民に大きな負担を強いず、北条領国内から悪銭が徐々に駆逐されていった。

七

長かった天文年間も二十四年をもって終わり、同年（一五五五）十月二十三日より、弘治年間が始まった。この頃、この間、氏康は評定《ひょうじょう》制度を正規のものとし、様々な決定を評定衆に託すことにした。それまでも宿老会議の延長上で、奉行衆が担当別に裁定を下していたが、領国の拡大に伴い、国衆間の利害が複雑化してきていた。それゆえ氏康は式日《しきじつ》評定という定期的な問題を採決する日を月に二度定め、その場で様々な決定を下すことにした。

評定制度は軍事作戦などを決める軍評定とは異なり、様々な訴えを処理することが目的のものだ。まず訴人（原告）からの訴えを元に、引付奉行人（担当奉行人）が論人（被告）から事情を聴き、証拠や証文などを差し出させ、場合によっては双方を召し出して尋問し、引付勘録にまとめて評定会議に提出するという方法が取られた。それを元に評定衆が吟味するわけだが、その審理の結果は、裁許状とよばれる書面として訴人と論人に渡された。

また訴人と論人は武士階級のみならず、僧侶ら寺社関係者、職人、商人、農民といった各階層に及んでいる。

この制度こそ、武士と領民を区別せず同等に扱おうとする氏康の方針が具現化されたもので、北条領国内の平等性を象徴する制度となった。

そんな平穏な日々を破るかのように、弘治二年（一五五六）、安房の里見義弘《よしひろ》が水軍を率い、突如として来襲した。三浦半島南端の城《じよう》ヶ島《しま》沖に姿を現した里見水軍は三崎に上陸し、鎌倉まで攻め寄せた。

実はこの頃、北条氏の与《あずか》り知らぬところで、越後の長尾景虎と里見義弘の間で攻守同盟が締結され、その同盟の証《あか》しとして、里見義弘が北条方のいずれかの拠点を攻めることになったのだ。

奇襲に成功した里見義弘は、鎌倉を一時的に占拠し、諸寺に本領安堵の制札まで下したが、真の狙いは別にあった。義弘は、かつて許婚《いいなずけ》だった青岳尼《しょうがくに》の奪回を目指していたのだ。

青岳尼とは今は亡き小弓公方・足利義明《よしあき》の長女のことで、小弓公方府健在の頃、里見義弘の父義尭は、義明との間に盟約を交わし、まだ幼い義弘と青岳尼の婚約の儀を執り行っていた。

天文七年（一五三八）の第一次国府台《こうのだい》合戦において、小弓公方義明が滅亡した際、小弓御所には、二人の姉妹が残されていた。それが後の青岳尼と旭山尼《きょくさんに》である。二人を保護した氏康は、それぞれ鎌倉尼五山筆頭の太平寺《たいへいじ》と次席の東慶寺《とうけいじ》の住持に据えた。

だが、これにより面目をつぶされた義弘は、青岳尼奪回を心に期していた。

そして鎌倉を占拠して太平寺に駆けつけた義弘は、十八年ぶりに青岳尼との再会を果たし、あらためて結婚を申し込んだ。

青岳尼にも否はなく、義弘と共に房総の地に渡り、還俗《げんぞく》して義弘の正室となった。この時、太平寺の本尊である「聖観世音菩薩《しょうかんぜおんぼさつ》像」までもが持ち去られた。

一方、氏康はこの事件に関して「ふしぎなるおくわだて」と、東慶寺あての文書に書き残し、不快をあらわにしている。氏康の怒りがいかに凄《すさ》まじかったかは、太平寺を廃寺として破却し、様々な筋からの嘆願を退けてまで再建することを許さなかったことからもうかがえる。

弘治年間、北条氏は房総半島を中心に里見氏との抗争が続いていたものの、大きな衝突はなく、氏康は領国統治に力を注げた。これも甲相駿三国同盟が機能している証左だった。氏政・氏照《うじてる》・氏邦《うじくに》・氏規《うじのり》といった息子たちも順調に育っており、氏康の人生は順風満帆と言ってよかった。

同じ頃、武田晴信と長尾景虎は弘治元年（一五五五）と弘治三年（一五五七）の二回にわたり、第二次および第三次川中島合戦を戦っている。

この間、氏康は調略によって、桐生佐野《きりゅうさの》・横瀬《よこせ》・足利長尾の三氏を傘下に引き入れていた。また惣社《そうじや》長尾景総《かげふさ》と白井《しろい》長尾憲景《のりかげ》を服属させ、上州最北端の要衝・沼田《ぬまた》城を本拠とする国人・沼田氏の内訌に介入し、沼田氏の領国と城を乗っ取ることにも成功した。沼田城主には、北条綱成の次男・康元《やすもと》が据えられた。

弘治四年（一五五八）は二月二十八日に改元し、永禄《えいろく》元年となった。

翌永禄二年（一五五九）には、上州で敵対する最後の国衆となった吾妻《あがつま》郡岩下《いわした》城の斎藤氏をも服属させ、北条氏の上州制圧作戦が完了する。

これにより山内上杉憲政の残党勢力やその寄子《よりこ》国衆を一掃した氏康は、名実共に関東管領となった。そして永禄二年の年末、氏康は大きな決断を下す。


氏康が上座に着くや、室のつやと子らが平伏する。

「皆、そろっているようだな」

つやの背後には、二十二歳の氏政を筆頭に、二十歳の氏照、十九歳の氏邦、十五歳の氏規が居並んでいた。

つやが心配そうに問う。

「あらたまって、いったいどうしたのです」

「実は、今日は重大なことを告げるつもりで、皆に集まってもらった」

氏政らの間に緊張が走る。

「わしは――」

氏康は一拍置くと、思いきるように言った。

「隠居する」

つやは息をのみ、息子たちは顔を見合わせている。

「以前から考えていたのだが、わしが壮健なうちに、新九郎に家督を譲っておこうと思うのだ。というのも、わが父は病一つしないほど壮健だったが、突然の病に倒れて死去した。父の死によって家督を継いだわしは周囲の敵から侮《あなど》られ、敵の侵攻を受けて苦しい戦いを強いられた」

氏綱は五十五歳でこの世を去ったが、それまで病の兆候などなかった。それゆえ家督相続など、まだ先のことと考えていたようだが、病に倒れるや二月余りで死去した。

「わしは、その轍《てつ》を踏みたくないのだ。それだけではない」

ここ数年、天候不順を原因とする飢饉《ききん》と疫病《えやみ》の流行により、東国の農村は疲弊していた。後に「永禄の飢饉」と呼ばれる大飢饉である。氏康はこの飢饉にうまく対応できず、餓死者を出してしまったことを自らの責任とし、身を引くことにした。

本来なら天候不順まで大名家当主の責任にされてはたまらないが、氏康は自らの政道が「天道」に適っていなかったと考えたのだ。また各地で百姓一揆が頻発し、徳政令を求めたことに対し、自らがそれに応じるのではなく、新当主に徳政令を出させることにより、新当主に華を持たせ、その人望を高めようという含みもあった。

氏康は小姓に合図し、自らの傍らに丸茣蓙《ござ》を用意させると、氏政を呼んだ。

「新九郎、ここに座れ」

「はっ」と答えて、氏政が一段高い座に移る。

「そなたを北条家の四代当主に任命する」

「あ、ありがたきお言葉」

氏政が氏康に深く平伏した。それを聞いたつやの方は涙ぐんでいる。

「吉日を選び、あらためて軍配団扇《うちわ》譲渡の儀を執り行うが、今日からそなたが当主だ」

「承って候」

氏政も感激しているのか、頭を下げたまま動かない。

「さて、新九郎、まずは弟たちの前で、いかなる国を作っていくかを語ってくれぬか」

顔を上げて下座にいる弟たちを見回すと、氏政が口を開いた。

「わしは知っての通り、肩肘張ったことが嫌いな性質《たち》だ。だが今日だけは聞いてもらう」

氏政は弁舌さわやかな方ではないが、誠実に語り始めた。

「われらは日々、戦いに明け暮れている。だが父祖の時代から、一度として不義の戦をしたことはない。では何のために戦っているのか。民が安楽に暮らせるようにするためだ。われらに手向かう者たちは、民から搾取し、己の富を増やすことだけを考えている者ばかりだ。だがわれらは違う。われらは天道に従い、正義を敷衍《ふえん》していくのだ。それに賛同できる者は、わしについてきてくれ」

氏政は語り終えると、ほっとため息をついた。

「兄上、いや、御屋形様」

次弟の氏照が膝を進める。

「それがしは御屋形様を盛り立て、父祖以来の存念の実現を目指していくつもりです」

「右に同じ！」

「異議なし！」

氏邦と氏規も同意する。

「父上」と言いつつ、氏政が氏康に向き直る。

「それがしだけでは行き届かぬことがあるやもしれませぬが、今ご覧になられた通り、兄弟衆が結束すれば、いかなる難事にも打ち勝てます。これからの北条家は、われらにお任せ下さい」

――よくぞ、ここまで育ったな。

氏康は心底うれしかった。

「わしもそなたらを信じている。これで何も案じることはない」

「旦那《だんな》様」とつやの方が呼び掛ける。

「これで後顧の憂いがなくなりましたね」

「ああ、なくなった」

氏康が威儀を正す。

「だが、すぐに全権を託すのは、あまりに危うい。仕掛りの件もある。新九郎には徐々に権限を委譲していくことにする」

氏政と兄弟たちが平伏する。

「よし、下がってよいぞ」

「はっ」と答えて息子たちが下がっていった。

「旦那様、よくぞご決断なされました」

つやの方が感慨深そうに言う。

「わしも四十五になる。そろそろ頃合いだろう」

氏康は上州一国の制覇を成し遂げた今こそ、隠居すべき時機だと思っていた。

「これからは、ゆるりとお過ごし下さい」

「ああ、そうしたいところだが、そうもいかぬ事情がある」

北条領国はあまりに広く、新当主の氏政だけでは、細かいところまで目が行き届かないこともある。それを陰日向《かげひなた》になって助けていくのが己の役目だと、氏康は思っていた。

「いつかは、新九郎に全権を委譲する。だが、それは少し先になるだろう。それまで、しばし待っていてくれ」

「分かりました。ご随意になされませ」

つやの方がうなずく。

――あっという間だったな。

天文十年（一五四一）、父氏綱の死と同時に当主の座に就いた氏康は、十九年にわたって北条家の当主の座に就いていた。その間、北条家の盛衰を決定した河越合戦を勝ち抜き、関東から守旧勢力を駆逐した。

だが下野・常陸《ひたち》両国の制圧は端緒についたばかりで、安房国には宿敵の里見氏が健在なままだ。すなわち関東制覇という目的は、氏康の代では達せられなかった。氏康にとって、それだけが心残りだった。

――関東制覇は道半ばだが、隠居という立場で、わしはそれを実現してみせる。

四十五歳となった氏康は決意を新たにした。

八

永禄三年（一五六〇）二月、新たに当主となった氏政は領国全域にわたって徳政令を発布し、領民の債務の一部を免除することで、未曽有の飢饉を乗り切ろうとした。これにより農民は米の種籾《たねもみ》や畑物《はたもの》の種苗《しゅびょう》を購入できるようになり、飢饉による負の連鎖を断ち切ることができた。

一方、当主の座から退いて身軽になった氏康だったが、いまだ北条家の外交・軍事面での主導権を握り続けた。とくに軍事面では、自らが矢面に立つように出征し、逆に氏政を小田原に置き、新体制の基盤構築を急がせていた。

同月、氏康は房総に進出し、五月、里見義堯の本拠の久留里《くるり》城を囲んだ。北条氏と里見氏は長年にわたって敵対関係にあった。かねてより古河公方勢力の一翼を担っていた里見氏は、古河公方が北条氏に取り込まれてしまった後も粘り強く抵抗し、北条氏の関東計略の障害となっていた。

氏康は隠居後の仕事の手始めとして、里見氏を屈服ないしは没落させることを目指した。それゆえ自ら出馬し、無二の一戦に及ぼうと思っていた。

その里見氏の本拠・久留里城は上総国《かずさのくに》中央部の要衝で、佐貫城と共に里見氏の防衛線の両翼を成している。だが房総の山地特有の複雑に分岐する支尾根によって、包囲を徹底するのは容易なことではなかった。

氏康が本陣内で汁飯を食べていると、「ご無礼仕る」と言って風魔小太郎《ふうまこたろう》が入ってきた。

先代の小太郎はすでに没していたが、今はその息子が小太郎という名を襲名し、父と同じように北条家の諜報《ちようほう》活動に従事している。

この息子の代から風魔家は正式に召し抱えられ、小太郎は風間孫右衛門《かざままごえもん》ないしは風間出羽守《でわのかみ》と名乗ることになった。

「いかがであった」

「はっ、敵はいまだ意気盛んと見受けました」

「ということは、兵糧は尽きていないようだな」

「そうなのです。この城は背後の尾根があまりに多く、そこから兵糧を搬入されてしまいますので、干し殺し（兵糧攻め）は容易ではありません」

房総の山地は痩《や》せ尾根と急崖から成り、そこに渓谷や谷津《やつ》が複雑に入り組んでいるため、攻めるに難く守るに易《やす》いだけでなく、夜間になれば補給もたやすい。

「兵糧が尽きないとなれば、彼奴らは城に籠もって時を稼ぐつもりだろうな」

「はい。時さえ稼げれば、いかようにもなりますので」

義堯が越後の長尾景虎に後詰ないしは牽制の要請をしているのは明らかであり、それに景虎が応えるかどうかが、里見氏の命運を握っていた。後詰と言っても、久留里城まで来援する必要はなく、上州の北条領を席巻《せっけん》するだけで、氏康は久留里城の包囲を解き、そちらに向かわねばならなくなる。

長尾景虎は享禄三年（一五三〇）、越後守護代・長尾為景《ためかげ》の次男として生まれ、当初は僧侶としての道を歩まされた。しかし兄の晴景《はるかげ》が病弱で、それを補佐すべく還俗して越後平定に邁進《まいしん》する。ところが、その活躍を妬んだ兄の晴景との間に確執が生じ、一時は兄弟相打つまでになったものの、家臣団に景虎を支持する者が多く、天文十七年（一五四八）、晴景は景虎を養子に迎えて隠居させられた。その後、将軍義輝から、越後守護職上杉氏に代わる実力者として越後一国の支配権を認められ、天文二十一年

（一五五二）には朝廷から弾正少弼《だんじょうしょうひつ》の官途と従五位下の位階を拝領した景虎は、いよいよ東国の静謐を保つ戦いに乗り出そうとしていた。

同年、関東管領・上杉憲政が関東から没落して景虎の許に身を寄せることにより、景虎の正統性はさらに盤石となり、北条氏との対決姿勢を強めていた。

「爺、武田からは何か言ってきたか」

氏康が清水吉政に下問する。

「武田殿からは色よい返事をいただいておりますが、さほどの働きは期待できません」

「それでも牽制ぐらいはしてくれるだろう」

「いざとなれば、国境まで兵を出すぐらいはいたしましょう」

この時の信玄にとっての目標は、川中島四郡（更級《さらしな》・埴科《はにしな》・水内《みのち》・高井《たかい》）の確保だが、信玄は将軍義輝から、信濃守護に補任《ぶにん》されており、景虎との衝突を避けねばならない立場になっていた。

そうした状況を考えると、信玄に多くは期待できず、氏康は早急に久留里城を落とし、景虎の関東越山に備えねばならない。

――だが力攻めによってこの城を落とせても、多くの死傷者を出してしまえば、景虎の攻勢を凌《しの》ぐことができなくなる。

その時、陣幕の外が騒がしくなると、「ご無礼仕る！」という声が聞こえた。

「入れ」という声に応じて現れたのは、上州沼田城にいるはずの板部岡江雪斎だった。

「江雪か。どうしたのだ」

「はっ、沼田城が落ちました」

「何だと――、どういうことだ」

「越後勢が越山してきました」

その言葉に本陣内は騒然とする。

「孫二郎《まごじろう》はどうした！」

北条綱成が問う。孫二郎こと康元は綱成の次男にあたる。

「残念ながら――」

「どうしたというのだ！」

「城を枕に討ち死にいたしました」

無念をあらわに、綱成が頭を下げる。

「大殿、城を落とされた不肖の息子をお許し下さい」

「何を言う。敵は大軍。それでも城から引かなかったのだ。これほどの誉れはあるまい」

「ありがたき――、ありがたきお言葉！」

綱成が涙を堪える。すでにその顔は闘将のものに変わっていた。

「いよいよ決戦の時が来た！」

氏康が立ち上がる。

この陣には、宿老筆頭の松田憲秀《のりひで》をはじめ、氏照、氏邦、遠山綱景、富永康景、北条綱成といった宿老たちが居並んでいる。

憲秀は先代の盛秀が隠居したことで、松田家の新当主となっていた。

「殿、いかがなされまするか」

憲秀が問う。

「源三《げんぞう》（氏照）はどう思う」

氏康は自ら答えず、まず三男の源三こと氏照に問うてみた。

「はっ、力攻めで一気にこの城を落とし、すぐにでも上州に転じるべきかと」

――いつもながら強気だな。

氏康は、氏照に若き日の己の姿を重ね合わせることが多い。

「新太郎《しんたろう》はどうだ」

四男の氏邦がしばし考えた末に言った。

「この城の包囲を解き、上州に向かうべし」

「何だと」

氏照が色めき立つ。

「ここで敵に背中を見せれば、向後も侮られる。かような城は力攻めで落とせる」

氏康が笑みをたたえて言う。

「源三の言う通りだ」

「父上まで、どうして――」

氏邦が驚きで目を見開く。

「どうだ、新太郎。父上もわしと同じ考えだ」

氏照が得意満面とする。

「だが、力攻めはせぬ」

「えっ」と言って氏照が唖然《あぜん》とする。

「源三の言う通り、力攻めをすれば、この城を落とせるだろう。だがたとえ落とせても、城攻めで疲弊《ひへい》すれば越後勢と戦えなくなる。万が一、落とせないことにでもなればどうする。包囲を解くに解けず、解いて撤退を始めれば、里見方は追い討ちをかけてくるだろう」

そこにいた一同が沈黙する。

――将は、常に最悪の事態を想定しておかねばならぬ。

愛洲移香斎の言葉が脳裏によみがえる。

「戦なんてものはね、やらないに越したことはないんだ。どうしてもやるって言うなら、勝つための方法よりも、負けた時にどうするかを先に考えておくべきだ」

氏康はその教えを常に守り、万が一に備えてきた。

「源三、どうだ。それでも力攻めしたいか」

氏照が俯いて黙り込む。

「父上」と言って氏邦が膝をにじる。

「では、すぐにでも上州に向かいましょう」

「それも愚策だ」

「どうしてですか」

氏邦が啞然とする。

「いかにもわれらは、すぐにでも上州に赴き、与党国衆を救わねばならぬ。だが、ここで慌てて利根川《とねがわ》を渡れば、景虎に無二の決戦を挑むことになる」

「では、どうなされるのか」

憲秀が首をひねる。

「まずは河越まで出張り、敵の動きを摑む」

「里見が追撃してきたら、いかがなされますか」

「われらは一万五千。敵は三千程度だ。返り討ちに遭うために追ってくる者はおるまい」

「河越に行った後は、どうするおつもりか」

氏康が一拍置くと言った。

「小田原に戻る」

その言葉で陣幕内は騒然とした。

「お待ちあれ」と言って氏照が発言を求める。

「それでは、われらの領国が焦土にされます」

「そうなるやもしれん。だが、それ以外に景虎を討ち取る術《すべ》はない」

氏康はこの戦いで、景虎と決着をつけるつもりでいた。

――敵を罠《わな》に落とすには、引き付けられるだけ引き付けてから叩くしかない。

かねてから氏康は、景虎が越山してきた時の策を考えていた。

――「肉を切らせて骨を断つ」ことができるかどうかが、この勝負の分かれ目だ。

「しかし――」と言って氏照が反論する。

「それでは、わが与党国衆が、敵に降ってしまいます」

「それでよいのだ」

氏康の言葉に、本陣内が騒然とする。

「いっそのこと、皆、降ってしまっても構わぬ」

居並んだ者たちは互いに顔を見合わせ、首をひねっている。

「わしは、かつて河越合戦で学んだ。大軍は『諸刃《もろは》の剣』だとな」

「『諸刃の剣』と仰せか」

「そうだ。大軍は強い。だが人は飯を食う」

「あっ」

「分かったか。敵の数が増えれば増えるだけ、敵は兵糧の手配に難渋する」

「しかしわれらが領内の米穀を奪われてしまいます」

「その前に、河越以南の地の米穀のすべてを、小田原、鉢形《はちがた》、由井《ゆい》、玉縄《たまなわ》といった拠点城に運び込む。さすれば、敵はどうなる」

「敵は兵糧が尽き、退陣を余儀なくされます」

「そうだ。もちろん小田原城が落とされてしまえば別だが、粘り強く戦い、敵の飢えを待つのだ。食い物がなくなれば、包囲を解かねばならなくなる。その時こそ、われらが打って出る時だ」

長引く飢饉により、作物《なりもの》は平年の半分近くにまでなっており、さらに端境期《はざかいき》（晩夏）なので、秋に収穫した米穀が払底《ふってい》してきており、おびき寄せられた上杉勢が飢餓との戦いに陥るのは目に見えている。

「尾張（松田憲秀）は先行して小田原に戻り、新九郎（氏政）に籠城の支度をするよう伝えよ」

「承知仕った」と答えて、憲秀が勢いよく座を立った。

「孫右衛門は成田長泰《ながやす》のいる忍城《おし》に向かい、敵に味方するよう伝えよ」

「敵に味方しろと仰せで」

風間孫右衛門が啞然として聞き返す。

「そうだ。われらの傘下国衆のうち、成田は武蔵国きっての大身だ。きっと一千から二千の兵は出せるはずだ。もちろん敵に付いたとて、何のかのと言って小田原城攻めには加わらず、飯だけ食うように頼んでこい」

その言葉に居並ぶ者たちがどっと沸く。

「では、飯を食うように伝えてきます！」

孫右衛門が風のように去っていった。

成田氏は北条傘下の国衆だが、大身なので、傘下というより北条氏とは互恵関係にあった。それゆえ氏康と長泰は良好な関係を築いていた。

――そのほかに大身で裏切らぬ国衆といえば、横瀬がいるな。

「よし、江雪斎は上州に戻り、金山《かなやま》城の横瀬（由良《ゆら》）成繁《なりしげ》に同じことを伝えろ」

「分かりました。しかと伝えます」

江雪斎も僧衣の裾を翻して去っていった。

横瀬成繁は上野国の国衆では最大の版図《はんと》を持ち、こちらも一千から二千の動員兵力がある。

残った宿老たちの間では侃々諤々《かんかんがくがく》の論議が始まった。

「何とも思い切った策ですな」

傍らの清水吉政が渋い顔で言ったが、氏康には自信がある。

「皆、聞け」と言って氏康が立ち上がる。

「わしの思惑通りに事が進めば、景虎は小田原城を力攻めで落とすか、兵を引くかしかなくなる。力攻めを掛けてくれれば、それはそれで思うつぼだが、景虎も馬鹿ではない。おそらく兵を引くだろう」

皆は沈黙し、氏康に畏敬の眼差しを向けている。

──将たる者、配下を自在に動かすには、その信望を得るしかない。

氏康は配下の者たちの顔を見回し、この策がうまくいくと確信した。

「よし、夜のうちに河越へ向かうぞ」

「おう！」

方針は決まった。

氏康は様々な手配りを済ませた後、退《の》き陣の支度に掛かった。

──必ずうまくいく。

そう自分に言い聞かせた氏康は、篝火《かがりび》を多く焚《た》かせると、里見方に勘づかれないように、小部隊単位で撤収を開始した。

九

九月、いったん河越城に入った氏康らは、城を預けられている北条氏尭（氏康の弟）と、それを支える大道寺周勝らに作戦の趣旨を徹底させると、武田信玄、今川氏真《うじざね》、越中《えっちゅう》一向一揆に牽制を依頼する書状を書いた。

ところがこの頃、景虎の勢力は氏康の予想を上回るほど大きくなりつつあった。

北条氏の勃興以前、関東の国衆は古河公方派と関東管領・上杉氏派に色分けされ、それぞれが利根川を境にして、血で血を洗う抗争を繰り広げていた。

その戦いは形を変えて継承され、「公方義氏《よしうじ》—関東管領・氏康」体制と「元関東管領・憲政—関東管領・景虎」体制のどちらに正統性があるかに変質していた。

だが前年に上洛《じょうらく》し、朝廷と幕府からお墨付きをもらった景虎に大義があると信じる関東国衆が大半で、彼らは景虎になびいていった。

この時点で北条氏に忠節を尽くしていたのは、上野の赤井《あかい》氏、武蔵の上田氏、下野の那須《なす》氏、下総の結城《ゆうき》・千葉・臼井《うすい》・原氏、上総の土気《とけ》酒井《さかい》氏、常陸の大掾《だいじょう》氏だけだった。

尤も、赤井・上田・千葉・原氏を除けば、結城氏や那須氏の忠誠度は低く、いつ敵になるかは分からない。

氏康の策は上杉方を小田原城近郊に引き込んで、飢餓に陥れ、反撃に転じるというものだが、成田や横瀬といった与党国衆も裏切らない保証はなく、ぎりぎりの賭けでもあった。

永禄三年十二月、氏康は武蔵国から主力勢を小田原まで撤退させた。それに釣られるようにして、上杉勢は小田原へと兵を進めてきた。

「敵は十万を超えているのか」

孫右衛門の報告を受けた氏康が絶句する。

咳《しわぶき》一つ聞こえない評定の間で、宿老たちが深刻な顔を寄せ合っていた。

——思っていたより集まったな。結城合戦の時のように、寄手《よせて》の士気が高ければ、やられるかもしれない。

永享《えいきょう》十二年（一四四〇）、結城氏朝《うじとも》・持朝《もちとも》父子ら北関東国衆の支援を受けた鎌倉公方足利持氏《もちうじ》次男の春王丸《はるおうまる》と三男の安王丸《やすおうまる》が、結城城に拠《よ》って叛旗を翻した。この時、結城城をめぐる攻防戦になったが、上杉方国衆の士気が高く、結城城は攻め落とされ、春王丸と安王丸は捕虜となって処刑された。

——まさに『諸刃の剣』だな。

兵が人であり、その乗馬が生き物である限り、兵糧・馬糧が必要になる。小田原近辺の米穀はすっかり取り入れ、百姓まで城内に収容したので、上杉勢は途方に暮れるはずだ。しかも越後勢や関東国衆が後背地から運ばせようとする糧秣《りょうまつ》は、武蔵国などに残った北条方が、「通路切り（街道封鎖による兵站《へいたん》破壊）」や「山戦《やまいくさ》（ゲリラ戦）」によって分捕《ぶんど》る手《て》筈《はず》になっている。

また由井城の氏照、鉢形城の氏邦、玉縄城の綱成らは、それぞれの城が攻められる可能性がなくなったため、手勢を率いて「通路切り」を敢行することになっている。

――それゆえ景虎は、決死の覚悟で城に攻め寄せるはずだ。その一方で国衆は、己の手勢の損耗を嫌がる。戦が長期に及べば及ぶほど厭戦気分が漂い、戦うことよりも食い物を探すことに血道を上げるはずだ。

かつて氏康は、河越合戦で同じような状況に置かれた。その時に「兵も馬も飯を食う」という当たり前のことを頭に植え付けられた。

――すべては飯なのだ。飯を手中にし、飯を統御することによって戦は勝てる。

河越合戦の折、敵は大軍で食糧が欠乏し始め、厭戦気分が漂っていた。そこに奇襲を掛けただけで、敵は恐怖に駆られて自壊した。

――だが、あの時は敵中に有能な大将がいなかった。ところが此度は景虎がいる。

それだけが、河越合戦とは異なる点だった。

――しかし、小田原城は堅固この上ない。それで懸念は相殺できる。

氏康は小田原城を難攻不落の城とすべく、二曲輪《くるわ》の外側に三曲輪をめぐらし、東西約千三百メートル、南北約七百五十メートルの規模に広げていた。これにより領民も収容できるようになり、まさに始祖宗瑞の理想である「祿壽應穩《ろくじゅおうおん》（禄〈財産〉も寿〈生命〉もまさに穏やかなるべし）」の思想を具現化する城となっていた。

さらに氏康は、もう一つの秘策を持っていた。

待ちに待ったものが到着したと聞いた氏康は、本曲輪を出て三曲輪に向かった。

そこには荷を背負った馬が列を成していた。

――よくぞ間に合った！

その列の先頭で奉行たちに指示を出している男に向かって、氏康が声を掛ける。

「林太郎！」

「あっ、殿、間に合いましたぞ！」

「でかしたぞ！」

氏康は興奮が収まらない。

「ご注文通り、鉄砲五百丁を堺衆から買い受けました」

そう言うと林太郎は、荷車上の木箱を開けて新品の鉄砲を取り出した。

「これが五百丁もあるというのか」

「はい。新品の火縄銃《ひなわじゅう》です。しかも銅弾は十万発以上になります」

「そうか――。で、玉薬はどうした」

「もちろん間に合わせました」

林太郎が背後に続く馬の列を指し示す。

「そうか。よくやった」

「苦労しましたが、何とか玉薬を作ることに成功しました」

「あの渡来人たちはどうした」

林太郎が唐言葉で背後に声を掛けると、数人の男たちが姿を現した。

「大磯《おおいそ》で硝石造りにいそしんでいた李明淑《りみんしゅく》と、その配下の者たちです」

「見事にやりおおせたな。天晴な働きだった」

氏康は、一人ひとりの肩を叩いて感謝の意を示した。

「では、ご覧いただきましょう」

林太郎が合図すると、李明淑らが鉄砲、銅弾、玉薬を用意する。

「角場《かくば》（射撃場）はこっちだ」

氏康が先導し、一行は角場に向かった。

――これで勝てる！

珍しく氏康は興奮していた。

角場に着くと、李明淑らは片膝をついて射撃の姿勢を取った。

「構え！」

林太郎の命に応じ、李明淑らが的を狙う。

「放て！」

次の瞬間、鼓膜が破れるかと思うほどの轟音《ごうおん》が響くと、木製の的の多くが弾け飛んでいた。

――これが五百丁もあるというのか。

この時、氏康が五百丁の鉄砲を用意していたのは事実で（『大藤文書』）、これまで北条氏の文書に鉄砲の記述がほとんどなかったことからすると、景虎の来襲に備え、急いで買い入れたと分かる。

これにより堅固な城郭、十分な兵糧、防御用の鉄砲という籠城戦に必要な三要素がそろった。しかも関東各地には味方が残り、さらに武田と今川の後詰勢も駆けつけると言ってきてくれている。

――これで敵を打ち払う支度は整った。残るは敵の出方次第だ。

氏康は眦《まなじり》を決し、北の空をにらんだ。

永禄四年（一五六一）二月末頃、小田原城から半里余東の酒匂《さかわ》に着陣した景虎は、配下となった関東国衆を集めて大軍議を催し、小田原城を力攻めする決定を下した。

この決定の背景には、武田信玄と今川氏真が後詰勢を差し向けてきていたという事情がある。すなわち景虎は、早急に小田原城を落とさねばならなくなっていた。

信玄は一万もの兵を甲信両国の国境付近の甲斐吉田《よしだ》に集結し、北条方の承諾次第で相模国に乱入する構えを見せていた。今川氏真も、父義元を桶狭間《おけはざま》合戦で失った直後であるにもかかわらず、先手衆を河越城まで派遣していた。さらに主力勢が駿府を出陣するばかりになっている。

これを知った景虎は速戦即決を決意し、三月二十四日、小田原周辺に火を放った。攻城戦の常套《じょうとう》手段として、まず城の周辺を焼き払い、城の様子を把握しやすくするためだ。

氏康と氏政は本曲輪にあり、こうした動きを静観していた。

氏政が口を尖らせて言う。

「父上、このままでは敵のやりたい放題です。敵を牽制するために兵を出し、こちらの戦意が高いところを見せておくべきでは」

「いや、まだ早い。そなたは『孫子《そんし》』の兵勢篇に書かれた言葉を知っておるか」

「どのような言葉で――」

「『激水の疾《はや》くして石を漂わすに至る者は勢《せい》なり』だ」

「川中の石を動かすには、勢いをもってせよということですね」

「そうだ。敵を引き付けてから一気に反撃に出る。こうして城の周辺を焼かれ、城内の兵たちはいきり立っている。その怒りが頂点に達した時こそ、われらが逆襲を仕掛ける時なのだ」

氏康の言葉に氏政がうなずく。

「分かりました。この怒りを蓄積させておくことが大切なのですね」

「そうだ。怒りこそ味方を一致団結させる妙薬なのだ」

その時、使番が入ってきた。

「申し上げます。敵の先手は太田資正殿、二の手は成田長泰殿！」

太田資正は、かつて北条方が兄の全鑑を調略したことを今でも根に持っており、打倒北条を生き甲斐《がい》としていた。

――一の手は成田か。

これまで氏康と良好な関係を築いてきた成田長泰は、その真意を景虎から疑われており、表裏のないことを証明するために二の手を命じられたのだろう。

「孫右衛門！」

「はっ」

「成田の陣まで走れるか」

孫右衛門がにやりとする。

「それでは太田勢が敗走してきたら、支えるふりをして徐々に兵を引くよう伝えよ」

「承知仕った。しかし成田殿は狡猾《こうかつ》この上なき御仁。何か条件を出さねばなりませぬぞ」

「分かっている。それでは上杉勢を駆逐した後、近隣に五万石を与える。元の所領十万石と併せて、むこう五年、軍役と普請役を免除する」

松田憲秀が驚きの声を上げる。

「殿、それは気前がよすぎます」

「いや、どうせ何かをくれてやるなら気前よくやればよい。それが後に広まれば、わが城を囲んでいる連中も、こぞって傘下入りを望んでくる」

氏康が高笑いしたので、宿老たちも共に笑った。

――どのような危機に瀕していようと、当主は泰然自若《たいぜんじじゃく》としていることが大切だ。

それが将たる者の務めだと、氏康は信じていた。

「父上、何か聞こえてきませんか！」

氏政が何かを聞きつけた。

耳を澄ませると、喊声や馬のいななきが聞こえる。その中には散発的だが、鉄砲の炸裂音も交じっている。

「どうやら始まったな」

「お安い御用で」

「そのようです」

「だが鉄砲は、たいした数ではない」

太田勢はわずかな鉄砲と玉薬を、節約しながら放っているに違いない。

「申し上げます！」

続いて物見が駆け込むと、敵が蓮池口《はすいけ》に攻撃を掛けてきたと知らせてきた。蓮池口は、小田原城の北にある虎口の一つだ。

「敵は二方面から攻め寄せてきたか」

「はっ。北東は太田殿と成田殿。南は小山、佐竹《さたけ》、宇都宮《うつのみや》ら下野や常陸勢の模様」

室町時代から古河公方に従属していた下野・常陸勢も、太田氏と変わらす北条氏を不倶戴天《ふぐたいてん》の敵としていた。

「その中に、常陸の小田《おだ》勢の旗も見えるか」

「はっ、小田氏治《うじはる》殿も参陣している模様」

「よし、それなら成田勢と同じだ。風間衆の誰かを走らせ、小田殿に常陸を制した折は、全土の代官職を与えると伝えよ」

代官職は蔵入地《くらいりち》の年貢の収受を受け持つ仕事だが、中抜きはできる上、何かで功を挙げれば自領として下賜される可能性も高いので、魅力的な提案には違いない。

「それは、また大盤振る舞いでは――」

憲秀が泣きそうな声で言う。

「それで常陸全土が手に入れば安いものよ」

氏康は常に先を見据えていた。

「使番！」と氏康が声を掛ける。

「蓮池口の背後の曲輪にいる新三郎《しんざぶろう》に、鉄砲隊の半数を蓮池口に出すよう伝えよ。すでに言いつけてあるように、敵を引き付けるまでは鉄砲を放ってはならん。本曲輪の高楼に旗が揚がるのを待ってから放て」

新三郎とは幻庵宗哲《そうてつ》の嫡男で、久野《くの》北条家当主の氏信《うじのぶ》（綱重《つなしげ》）のことだ。新体制では、氏照と共に軍事面で「北条の両翼」とまで言われていた。

「承知仕った」と言って使番が駆け去る。

やがて戦の喧騒《けんそう》が近づいてきた。

「よし、行くぞ！」

氏康は氏政を伴い、本曲輪に立てられた高楼に向かった。その間も、鉄砲を放つ轟音や兵の雄叫《おたけ》びが絶え間なく聞こえてくる。

「新九郎、あれを見よ」

氏康が指し示す蓮池口方面を見た氏政が感嘆した。

激しく攻撃を仕掛けてくる敵方に対し、味方は誰一人として動き回る者はおらず、整然と片膝をついて持ち場に待機している。

「新三郎は落ち着いておるようですな」

「ああ、わが家中で最も慎重な新三郎に鉄砲を託したのは正しかった」

太田勢は蓮池口に猛攻を掛けているらしく、はるかに見える敵勢の旗幟《きし》が、前後左右に動き回っている。

「父上、そろそろでは」

「まだだ」

軍配を持つ氏康の手が汗ばむ。

――ここが切所《せっしょ》だ。

太田勢を最も効果的に敗走させるためには、もっと引き付けねばならない。

その時、物見が声を上げた。

「敵が丸太を出して城門に近づいてきました！」

丸太を出してきたということは、城門を一気に破ろうとしていることになる。

――いよいよだな。

物見がさらに告げる。

「敵が丸太を抱えて突入姿勢を取りました」

氏康の待っていた瞬間が、遂に訪れた。

「よし、旗を掲げよ！」

氏康の軍配が振り下ろされると、真紅の大旗が接《つ》ぎ合わせた竹竿《たけざお》の先にするすると掲揚された。

次の瞬間、小田原城を震わせるほどの轟音が鳴り響いた。

――鉄砲というのは凄まじいものだな。

これまで数丁の鉄砲の同時斉射は見たことのある氏康だが、さすがに五百に及ぶ鉄砲の斉射は初めてだ。

斉射は次第に連射へと変わっていく。それでも轟音は絶え間なく続き、耳を圧するばかりになってきた。

鉄砲の数が多いためか、蓮池口方面から立ち上った紫煙が、風のない空高くに上っていく。

「撃て、撃て！」

すでに旗が揚がっているにもかかわらず、氏康は味方を鼓舞するために軍配を振り続けた。

しばらくして蓮池口まで出張っていた使番が戻ってきた。

「太田勢が引いていきます！」

「よし、松田らに陣前逆襲の支度に掛かるよう伝えよ。ただし酒匂の線まで押し出したら、川を渡らず戻るよう念押しするのだぞ」

「承知仕った！」と言って使番が走り去る。

続いて別の使番が駆けつけてきた。

「下野・常陸勢が怒田山《ぬたやま》方面に引いていきます」

元々、さほど戦意の高くなかった下野・常陸勢は、鉄砲の轟音に驚き、足柄山の南方の怒田山方面に退却を始めたという。

「小田殿の手を煩《わずら》わせるまでもなかったな」

氏康が苦笑いする。

「父上、足柄山付近には、大藤勢が進出してきています」

「そうであったな。下野や常陸の衆は痛い目に遭うぞ」

氏康の口端に笑みが浮かぶ。

この頃、北条方の鉄砲による狙撃で多大な損害を出した太田資正は、いったん引くことにした。だがそれを追うように、氏信の鉄砲隊と松田憲秀の逆襲部隊が城を飛び出したので、撤退が潰走《かいそう》になった。太田勢は二の手の成田勢の陣になだれ込んだので、成田勢も戦わずに退却に移る。

一方、怒田山方面に引いていた下野・常陸勢は、大藤勢の急襲を食らって四散した。後陣にいた小田勢も、戦わずして東方に退却していった。

緒戦は北条方が城を守り切る形になった。だが最も精強な越後勢は無傷で残っており、いつ何時、再度の攻撃を仕掛けてくるか分からない。

だが、それから六日間、敵は沈黙を守り、一切の動きがなかった。


氏康は、こうした戦いを得意とする足軽衆頭の大藤秀信《だいとうひでのぶ》に一千の兵を与え、足柄《あしがら》山付近に隠れさせていた。この部隊は二百丁余の鉄砲を託されており、瞬時に敵の補給部隊を壊滅させることができる。大藤勢は早くも永禄四年三月二十二日、小田原東方の曽我《そが》山《やま》で、敵の後方部隊に奇襲を掛けて勝利していた。

三月二十九日、上杉勢が酒匂川を渡河してきているという知らせが届いた。

再び城攻めが開始されると思った城内が色めき立つ。

ところが続いて届いた物見の報告は、意外なものだった。

「何だと。景虎らしき人物が、一人で飯を食っているというのか」

氏康と氏政が慌てて高楼に登る。

「父上、あれです」

氏政が木陰に座る一人の人物を指差す。

男は城から丸見えの小さな丘に座り、弁当らしきものを食べていた。その姿は、黒糸縅《おどし》の鎧《よろい》の上に萌黄地《もえぎじ》の陣羽織を着て、白絹の頭巾《ずきん》で行人包《ぎょうにんづつみ》にしている。

こうした景虎の姿は氏康自身が確かめたものではなく、異常に視力の発達した物見が見たものを伝えてきたのだ。

――何たる度胸か。

景虎らしき人影に向けて、城内からは断続的に鉄砲が放たれており、豆を炒《い》るような音が絶え間なく聞こえる。だが景虎は平然と弁当を使っている。

城内からぎりぎりで弾が届くか届かないかという位置なので、よほど運が悪くない限り、弾に当たることはない。たとえ当たっても勢いが死んでいるので、甲冑《かっちゅう》が弾き返すはずだ。それでも景虎らしき人物が、運試しをしていることは間違いない。

「かの御仁は、何を考えているのでしょう」

氏政が首をひねる。

「かの御仁は、神仏の力で己に弾が当たらぬと信じておるのだ。しかもそれを関東国衆の前で証明し、神秘の力を持っている武将として崇《あが》めさせようというわけだ」

「十万の兵を率いる大将が、そんな危うい真似をするのでしょうか」

「わしにも、かの御仁の心中までは分からぬ」

氏康のような常識人に、景虎の心中は測りかねた。

その時、弁当を食べ終わった景虎が立ち上がった。北条方の鉄砲の音が激しくなる。

弾が周囲に落ち、土を弾き、木々の欠片《かけら》を飛ばしている。だが景虎には当たらない。

──かの御仁は本当に神仏の化身なのか。

氏康でさえそう思い始めた時、景虎は背後の近習から何かを受け取った。

「父上、あれは弓では」

「そのようだな」

景虎は弦を何回か弾くと、空に向けて強弓《こわゆみ》を放った。

矢が城内に落ちていく。鎮西八郎為朝《ちんぜいはちろうためとも》もかくあらんと思わせるほどの強弓だ。

「あれは矢文ですぞ」

「うむ。そうに違いない」

矢が城内に落ちたのを確かめた景虎は、二人の立つ高楼に顔を向けた。

──われらがここにいると、かの御仁も気づいたのだな。

最後に力強くうなずいたかと思うと、景虎は悠然と去っていった。

やがて使番が景虎の矢文を持ってきた。そこには、こう書かれていた。

こうして大軍でにらみ合っていても埒《らち》が明かぬ。いっそのこと一騎打ちで勝敗を決せぬか。賭けるのは互いの領国すべてだ。

それを氏政に見せると、氏政は呆《あき》れたようにため息をついた。

「何と大胆な――。まさか父上は、お受けなさるおつもりでは」

氏康は苦笑いを漏らした。

「かの御仁も、わしが出てくるとは思っておらぬ。だいいち時を味方にしているのはわが方で、瓦解寸前なのは敵方だ。かの御仁は――」

氏康が笑みを漏らしながら言う。

「わしを試しておるのだ」

「試すと――」

「そうだ。わしが熱くなる男かどうかだ」

「何たる御仁か」

気づくと、氏康は矢文を握りつぶしていた。

氏康とて武勇で景虎に劣るつもりはない。だが将として、そんな軽はずみな賭けに応じるわけにはいかない。

十

三月三十日、上杉勢の撤退が始まった。包囲開始から十日目のことだった。

「すわ、追撃か!」と色めく北条方だったが、景虎は意外な行動を取る。鎌倉街道上道を北上せず、進路を北東に取り、鎌倉方面に向かったのだ。

この動きを察知した氏康は、綱成に玉縄城に籠もるよう伝えると、小田原城内の兵を率い、鎌倉の北辺を守る位置にある玉縄城へと向かった。

その頃には、景虎が鎌倉に入った理由も明確になってきた。景虎は鶴岡八幡宮《つるがおかはちまんぐう》の社前で、上杉憲政から関東管領職と上杉家の名跡を引き継ぐ儀式を行うというのだ。

後に分かることだが、この時、景虎は上杉憲政の偏諱《へんき》を賜って政虎《まさとら》と改名している。

また古河公方の座に藤氏を就け、氏康の外甥《がいせい》にあたる義氏を廃している。

これに怒った氏康だったが、鶴岡八幡宮に攻め掛かる愚を犯すつもりはなかった。

どうするか手をこまねいていると翌朝、驚くべき一報が届いた。

成田長泰が陣払いをしたというのだ。前日、関東管領就任式を終えたばかりの政虎と、成田長泰の間でひと悶着《もんちゃく》あったことが原因だった。

鎌倉の鶴岡八幡宮の社殿で関東管領の拝命を受けた政虎が、馬に乗って段葛《だんかずら》を海に向かって進んでいくと、参陣諸将は下馬した上、左右に居並んで敬意を表した。

しかし成田長泰だけは下馬しなかった。実は十一世紀半ばに勃発した前九年の役の折、成田氏は大功を挙げたことから、源氏の棟梁《とうりょう》の源頼義《みなもとのよりよし》・義家《よしいえ》父子から、主と同時に下馬すればよいという許しを得ていたからだ。

この話を政虎も心得ていると思った長泰は、馬に乗ったまま行列を眺めていた。ところが政虎は、これを不遜《ふそん》な態度と憤り、袮者《かせもの》(最下級の武士)に命じて長泰を馬から引きずりおろし、烏帽子《えぼし》を打ち落として踏みつけるという暴挙に出る。

むろんその裏には、長泰に景虎が疑念を持っていたことがある。

翌日、長泰は約一千の配下を率いて陣払いした。これを見た国衆の多くも、政虎の許しを得ずに三々五々、本領に帰っていった。

氏康に千載一遇の機会が訪れた。

鎌倉は七口が開いているだけの閉塞空間なので、上杉勢は北条方に包囲される形になった。しかも兵力は半減しており、ここで攻撃を掛ければ、包囲殲滅《せんめつ》することも不可能ではない。

だがそこに、鎌倉の大社大寺の神官や僧侶が押しかけてきた。彼らは口々に、「どうか鎌倉に攻め寄せないでほしい」と懇請してきた。戦となれば鎌倉は火の海となり、神社仏閣の大半が灰燼《かいじん》に帰すからだ。それでも宿老たちは、「景虎を屠《ほふ》る千載一遇の機会」と言って鎌倉攻めを主張した。だが氏康は、遂に首を縦に振らなかった。

玉縄城に籠もる北条方を尻目に、上杉勢は悠然と北上の途に就いた。

これをやり過ごした氏康は追撃を開始する。上杉方を追い上げる形で鎌倉街道上道を追跡し、河越城に集結しつつある北条方の武蔵残存部隊との間で挟撃態勢を布こうというのだ。

しかし上杉勢の機動力は侮れない。河越城から迎撃に出た北条方が鎌倉街道を封鎖したものの、突破されて政虎を逃がしてしまった。

それでも北条方の追撃により、上杉傘下となっていた関東国衆には相応の痛手を負わせることに成功した。越後勢は無傷で厩橋《まやばし》城に戻ることができたが、関東国衆ばかりが損害をこうむり、逆に政虎の人望を失墜させた。政虎は六月まで厩橋城に在陣し、新たな関東仕置が軌道に乗ったと見るや、越後へと帰っていった。

八月上旬、小田原城の評定の間には、主立つ者の大半が集まっていた。

「皆、大儀であった」

氏康の言葉に、宿老や傘下国衆が平伏する。

「政虎を討ち取ることは叶わなかったが、われらは苦境を乗り切った」

「おう！」

力強い声が評定の間に轟く。

「政虎の越山によって関東全土が荒れ果て、民は塗《と》炭《たん》の苦しみにあえいでいる。これはわが蔵入地だけでなく、政虎の許に参じた国衆の所領も同じだ」

十万を超す兵が北関東から相模国西端まで移動したので、その途次にある国衆の領国は、分捕りや濫妨狼藉によって荒れ果てていた。国衆の中には「何のために馳せ参じたのか」と嘆く者までいるという。

「今こそ、われらが関東に静謐をもたらす存在であることを示すべきだ！」

「おう！」

「父上」と言って横にいる氏政が発言を求める。

「では、いかにして関東の国衆を、われらの許に再結集なさるおつもりか。関東の危機を聞けば、政虎は再び越山してきましょう」

「その通りだ。だが此度のことで、越後国衆も益のない戦いに困惑している。再び越山してくるとしても、さほどの兵は集められまい」

「その根拠はいずこに」

氏政が困惑をあらわにする。

「政虎が関東にいる頃から、わしは頻繁に武田殿と書簡をやりとりしていた。武田殿は、越後勢が帰陣して一息ついている間隙を狙い、川中島四郡を制圧するつもりだ」

「何と――」

宿老たちの間からどよめきが起こる。

「それゆえ政虎は、関東に兵を向けられぬ。その間に関東国衆に傘下入りを呼び掛ける」

「大殿」と松田憲秀が発言を求める。

「国衆どもが上杉に靡《なび》いたのは、われらが国衆から人質を取っていなかったことに起因しています。此度、靡いてきた者たちからは人質を取りましょう」

賛同する声が上がる。

「いや、これまでと変わらず人質は取らぬ。それが早雲庵宗瑞様以来のわが家の家訓だからな」

「しかし――」

「人質を取らないから裏切るというのは、裏切った国衆にではなく、われらに責がある。われらが国衆やその領民が満足できる善政を布いているなら、国衆は裏切らぬ。此度、関東国衆の大半が敵に靡いたのは――」

口惜しげに扇子で膝を叩くと、氏康が言った。

「わが不徳のいたすところだ」

「父上」と氏政が言う。

「そんなことはありません。政虎が朝廷と将軍家のお墨付きを得たことで、権威に弱い関東国衆は一斉に靡いたのです。彼奴らは享徳《きょうとく》の乱や結城合戦などで、朝廷や将軍家をないがしろにして痛い目に遭っています。それゆえ――」

「もうよい。そう言ってもらえるのはありがたいが、それは違う」

氏康は何事も自責で考える。

「わしは関東中の国衆の許へ使者を派すつもりだが、使者となった者は平身低頭し、わしの至らなさを詫びるのだ。そして国衆の意見に耳を傾けろ」

氏康がため息交じりに続ける。

「だが、今は堯舜《ぎょうしゅん》の世ではない」

堯舜の世とは、中国の逸話で善政によって静謐をもたらした堯という王が、その平和を持続させるために血縁ではない舜に国王の座を譲ったという逸話のことだ。静謐を守れるなら、自らの血縁でない者を王にしてもよいという堯の考えの素晴らしさを伝えている。

「父上、それでも靡かない国衆は、いかがなされるおつもりか」

「それには考えがある」

氏康がにやりとして続ける。

「最も表裏比興《ひょうりひきょう》の国人一人を討伐し、それを見せしめとして、残る者どもを黙らせる」

氏康は、できることなら一戦も交えずに関東を取り戻したかった。だが力だけが物を言う時代に、それは不可能だ。人質を取らずに国衆を靡かせるには、どうしても見せしめが必要になる。

「父上、それを誰にするご所存か」

「当初は、憎みても余りある太田資正から松山城を奪還することを第一の宛所《あてどころ》（目標）としていたが、資正を滅ぼすのは容易でない。それゆえ資正は後回しにする」

資正はその勢力の強さもさることながら、軍略に長《た》けた名将として名高い。しかも北条氏と敵対関係にある里見氏の後詰を受けやすいという地理的位置にある。

「それゆえ、後詰勢がやってきにくい僻遠《へきえん》の地を所領とする表裏者に狙いを定める」

「それは、いずこの国衆ですか」

「勝沼領の三田《みた》綱定《つなさだ》（綱秀《つなひで》）だ」

西武蔵の杣保《そまほ》郡を所領とする三田綱定は北条氏に従っていたが、政虎がやってくると率先して上杉方となり、周辺の有力国人である大石氏や藤田氏にも鞍替《くらが》えを働き掛け、北条氏の西武蔵の支配を危機に陥れていた。

「父上」と三男の氏照が発言を求める。

「三田は憎みても余りある相手。三田であれば、ぜひそれがしに！」

「もちろんそのつもりだ。そなたの武勇と軍略を試してみろ」

「はっ、ありがたきお言葉！」

氏照はいまだ二十二歳ながら、文武に優れた猛将として将来を嘱望《しょくぼう》されていた。主に北条氏の西武蔵支配を託されていたが、その手腕は軍事にとどまらず、外交から領国統治にまで及んでいた。

「三田征伐は源三に任せる。万が一、手こずった時は新太郎！」

「はっ」

「後詰の支度をしておけ」

「承知仕った！」

武蔵国北部の鉢形に本拠を構える氏邦は、主に上野国支配を託されている。

「ほかの者は国衆らへの申し聞かせ（説得）と調略に当たってもらう。決して脅さず、理《ことわり》を語ることで引き寄せるのだ。わしは上杉勢の南下に備え、河越城に入る」

「おう！」

それで軍議は終わった。

皆が散っていくのを見届けた氏康が座を立とうとすると、氏政が不満げに声を上げた。

「父上は、この新九郎に軍配を預けていただけぬのですか」

「軍配だと」

「そうです。常であれば、隠居の大殿が本拠に腰を据え、世継ぎの当主が各地を転戦するのではありませんか」

氏康にも氏政の気持ちは分かる。

「よいか。此度の越後勢来襲は、わが家にとって未曽有の危機だった。下手をすると政虎の馬前に膝を屈し、許しを請うことになったやもしれぬ。いや、そうなる見込みの方が高かっただろう」

幸いにして敵方の兵糧不足や武田・今川両氏の牽制があったことで、政虎は小田原攻めを完遂できなかったが、もしも豊富な兵糧があり、なおかつ武田・今川両氏の後詰がなければ、小田原城を攻略されていたかもしれない。

「しかし父上は、悠然と構えていたではありませんか」

「当たり前だ。わしがそういう姿勢を見せねば、味方が浮足立つ」

「なるほど――」

「それでも万が一ということがある。小田原城を落とされるようなことがあれば、誰かが腹を切り、詫びを入れねばならぬ」

氏政は唖然として目を見開いている。

「その時、誰が政虎にすがり、誰が腹を切るのか」

「父上――」

「もしもそなたに軍配を執らせれば、そなたが腹を切ることになった」

「そういうことでしたか」

「そうだ。城が落ちれば、わしは政虎にすがり、そなたのために寸土でも残してもらい、腹を切るつもりだった」

氏政が威儀を正す。

「父上の真意を見抜けず、申し訳ありませんでした」

「分かればよい」

「しかしながら――」

だが氏政は、まだ何か言い足りないようだ。

「三田氏攻めの件、あたら源三や新太郎に功を取らせるのは、当主として無念です」

「この馬鹿者が！」

氏康の雷が落ちる。

「なぜに馬鹿者なのでしょうか」

「そなたは北条家の当主ぞ。弓矢を取るのは弟や家臣の仕事だ」

「それは分かっておりますが、それがし自ら弓矢を取ることで、家臣や国衆も、それがしに畏服するのではありませんか」

「武によって家臣を畏服させようとする者など当家の当主ではない。ましてや三田攻めがうまくいかなかったらどうする。そなたの面目は丸つぶれとなり、国衆どもは再び離反していくだろう」

氏政が言葉に詰まる。

「よいか。当主は泰然として構えておればよいのだ。その手足として働くのが弟や家臣、また隠居のわしなのだ」

「恐れ多いことです」

「そなたは当主として、わしにも命を下せる立場にあるのだぞ」

　氏政が肩を落とす。

「甲斐の武田信玄殿は父親を追い出して当主となった。義に厚いと言われる政虎でさえも、兄を隠居させて当主の座を奪った」

「しかしそれがしには――」

「そなたにそうせいとは申しておらぬ。わが北条家は和を最も尊ぶからだ」

「仰せの通りです」

　氏政が強く首肯する。

「だが、そなたの気持ちも分からぬではない。そなたに先んじて弟たちが武功を挙げれば、己の地位が不安定になると思っているのだろう」

「いえ、はい」

「彼奴らは馬鹿ではない。己の立場をわきまえ、そなたを支えていくことだろう。つまり彼奴らの挙げた武功は、すべてそなたのものになる」

「仰せの通りです」

　氏康はため息をつくと言った。

「当主とは辛《つら》い仕事だぞ」

「はっ」

「その任を担っていく覚悟が、そなたにどれほどあるかは分からぬ。だがわしは、そなたを見込んだ」

「どうしてでしょうか」

「源三は武勇に、新太郎は人格面で優れている。また助五郎《すけごろう》（氏規）は希代の知恵者だ。だが、彼奴らは一芸には秀でているが、あらゆる点で優れているわけではない」

「では、それがしは――」

氏政が首をひねる。

「そうした面で、彼奴らに劣るとしても、そなたは、それらの点すべてに優れている」

何かに突出していない氏政の個性こそ北条家の当主にふさわしいのだ。

「そなたのように、あらゆる才の均衡が取れている者こそ、大家の当主に適している」

「恐れ入りました」

氏政が平伏する。

「分かったらそれでよい。わしは隠居の身だ。こうした話を、これから頻繁にするわけにもいかない。後は己の力で励むのだぞ」

「はっ、承知仕りました」

平伏する氏政に慈愛の籠もった眼差しを向けると、氏康は評定の間を後にした。

風が少し冷たくなりはじめた八月十五日、小田原では「観月の宴《うたげ》」が催された。

氏康もつやを伴って参座し、箱根権現《ごんげん》の稚児の舞や家臣たちの奏でる管弦を楽しんだ。北条家は管弦に長じた者が多い。幻庵は自ら尺八を削り、氏照は竜笛《りゅうてき》の名手として鳴らしていた。また歌会では、都でも名を知られるほどの氏信が、絶妙の歌を詠んで皆をうならせた。

宴が終わり、氏康はつやを伴って寝所に入った。その時、足元がふらついてしまった。つやに支えられなかったら転倒したかもしれない。

「今日は、少し過ごしたかな」

「そうですよ。もうお年なんですから、皆の注ぐ酒をすべて受けてはいけません」

氏康は若い頃から酒を好んだが、近頃は少し飲むだけで酔いが回ってしまう。

――もう年なのか。

体の頑健さは人一倍自信のある氏康だが、ここ最近、少し不安を覚えるようになっていた。

「隠居となったので気が楽になり、つい酒を過ごしてしまうのだ」

「お体によくはありません」

「分かった。次から気をつける」

「それにひきかえ、新九郎は常に酒の分量を控えめにしています」

「そうだったな。新九郎は何事も過ごさない」

氏康はそれが頼もしくもあり、物足りなくもあった。

「よいことではありませんか」

――果たして、そうだろうか。

あらゆる才の均衡が取れていることで、氏政こそ当主に最適だと、氏康は思っていた。しかしそうした慎重すぎる性格が、災いをもたらすかもしれないのが戦国の世なのだ。

「武士というのは、切所では勝負に出ねばならん」

「それはあなた様の時代のことです。今の北条家は、守成こそ最も尊ぶべきことではありませんか」

「守成、か」

――それで広大な領国を守っていけるのか。

確かに関東の大半を制するまでになった北条家にとって、もはや河越合戦のような乾《けん》坤一擲《こんいってき》の勝負はないかもしれない。

――だが、それで家が保てるわけでもない。

氏康の心配の種は尽きない。

「私は息子たちが立派に育ち、この上なく幸せです」

早世した長男を除き、つやの産んだ子はすべて順調に育っていた。

「新九郎だけでなく、弟たちも文武共に優れた者に育ったな」

「女として、これほどの幸せはありません」

つやが涙を拭う。

――だが今は戦国乱世だ。一寸先に何があるかは分からない。

氏康は、このまま北条家が安泰のまま続いていくとは思えなかった。

「あなた様も、そろそろすべての荷を下ろすべきでは」

つやが遠慮がちに言う。

「そうだな。身を引くべき時を考えねばならぬな」

「そうです。これからは、新九郎から求められた時に、ご意向を述べるにとどめた方がよいかもしれません。人は、いつまでも若いわけではありませんから」

つやの言葉が、氏康の胸底にずしりと響いた。

氏康は徐々に自身の担当する仕事を減らし、氏政にすべての権限を委譲しようと思っていた。だが国衆を説得と調略で味方にするには、氏康が健在であることが、まだ必要だった。それゆえ関東から上杉政虎の勢力を駆逐するまでは、実権を握り続けるつもりでいた。

そんな北条氏に幸いする一件が、この一月ほど後に起こる。

第四次川中島合戦である。

北信濃を舞台に武田氏と上杉氏が衝突したこの戦いで、両者の受けた痛手は大きく、当面の間、双方とも積極的な軍事行動が取れなくなる。北条領国に束の間《つかのま》の静謐がもたらされた。だが武田・上杉両氏との関係は、次第に一筋縄ではいかないものになっていく。

第三章　千辛万苦

一

上杉政虎《うえすぎまさとら》（後の謙信《けんしん》）が越後《えちご》へ帰国するや、北条《ほうじょう》氏の反撃が開始された。

永禄《えいろく》四年（一五六一）九月、氏康《うじやす》三男の氏照《うじてる》率いる滝山《たきやま》衆により、西武蔵《むさし》の杣保《そまほ》郡を所領とする三田綱定《みたつなさだ》の辛垣《からかい》城が落城した。綱定は城から逃れることができたものの自刃《じじん》し、ここに三田氏は滅亡する。

この戦いで初めて指揮を執り、手際よく三田氏を攻め滅ぼした氏照は以後、北条氏の軍事面を主導し、北条氏の関東計略の尖兵《せんぺい》的役割を果たしていく。

三田氏攻めには出向いたものの、氏照の活躍によって出る幕のなかった氏康・氏政《うじまさ》父子は、同月中に武蔵国中央部へと進出し、四男の氏邦《うじくに》を押し立てて日尾《ひお》・天神山《てんじんやま》両城を開城させた。

この城には、氏邦が継いでいた藤田《ふじた》氏家中で上杉方となっていた勢力が籠もっており、これにより氏邦は藤田氏勢力の統一を果たした。さらに氏康・氏政父子は、反北条の旗頭的存在の太田資正《おおたすけまさ》の占拠する松山《まつやま》城攻めを行った。

この時、松山城奪還はならなかったものの、北条氏の勢力が衰えていないことを知った関東国衆の多くは、競うように北条傘下に戻ってきた。

「此度《こたび》は見事であった」

「ありがたきお言葉」

永禄五年（一五六二）四月、初夏の強い南風が吹き付ける中、小田原《おだわら》城内毒榎平《どくえだいら》の庭園を散策しながら、氏政は背後に付き従う氏照に語り掛けた。

この年、氏政は二十五歳、次弟の氏照は二つ違いの二十三歳になる。

「して源三《げんぞう》、越後の痴《し》れ者《もの》は動くと思うか」

北条家中では、上杉政虎のことを「越後の痴れ者」と呼んでいた。

「古河《こが》城から関白殿下（近衛前久《このえさきひさ》）と元関東管領《かんとうかんれい》殿（上杉憲政《のりまさ》）を引き取らざるを得なかったのですから、その怒りは頂点に達していることでしょう」

「つまり、時ならずして越山してくるな」

「おそらく」

　昨年九月、上杉政虎は武田《たけだ》信玄《しんげん》と川中島《かわなかじま》で正面から衝突し、少なからぬ痛手を受けていた。その間隙を縫うように、北条氏は着々と関東の失地回復を図っていたが、これに危機感を抱いたのが古河城にいた関白の近衛前久と前関東管領の上杉憲政だった。彼らは、政虎に関東越山を求める書状を出した。これに応えた政虎は、痛手も癒えた十一月、ようやく関東へと出陣する。だが北条氏の要請に応じた信玄が西上野《こうずけ》に侵攻し、上杉方となっていた国峰《くにみね》城を攻略し、かつての城主だった小幡憲重《おばたのりしげ》を復帰させたことで、退路が危うくなってきた。

　ちょうどこの頃、下野国《しもつけのくに》の佐野《さの》昌綱《まさつな》の去就が怪しくなったこともあり、唐沢山《からさわやま》城を囲んでいた政虎は、これ以上の深入りを逡巡《しゅんじゅん》し始めていた。そこに将軍義輝《よしてる》から御内書が届き、「輝」の一字を与えられた政虎は、輝虎《てるとら》と名乗りを変えて上野方面へと兵を返した。

　永禄六年（一五六三）、輝虎は安中《あんなか》で武田勢を撃破すると、館林《たてばやし》に転じて館林城を開城させ、古河城にいる近衛前久と上杉憲政を引き取って厩橋《まやばし》城へと引き揚げた。これにより輝虎の築いた関東仕置《しおき》体制は崩れ去った。

「兄上、事がうまく運びましたな」

「ああ、当主となってすぐに、ここまで順調に失地が回復できるとは思わなかった」

「輝虎の目指した仕置は、天意にそむくものだったのでしょうか」

輝虎は、長らく室町秩序の回復を旗印に関東の平原を走り回ってきた。だが大半の国衆はそんなことに関心がなく、自領の安堵《あんど》と寸土でも増やしたいという欲に支配されていた。

——それが人というものだ。

輝虎は、正義を説けば誰もが付き従うと信じていた。否、それを信じたかったのだ。だが人は正義だけでは食べていけない。だいいち輝虎の正義は旧体制を復活させることであり、そこにあるのは既得権益の維持でしかなかった。

——だが、われらは違う。

氏政は国衆の思惑や欲心と妥協しつつ、北条家の正義を問うていくつもりでいた。

「輝虎の考えは、天意どころか関東国衆の望むものではなくなっていたのだ」

「それに、輝虎は気づかなかったのですね」

「うむ。いかに戦に強くても他人に対する洞察力に欠けていれば、付き従う者はおらぬ」

自らの正義が国衆にも領民にも受け容《い》れられなくても、頑《かたく》なに自らが正しいと思う道を突き進む輝虎という男が、氏政には不思議でならなかった。

「われらは国衆や領民の声を聞きつつ仕置を行ってきた。それが正しい道だということが、これではっきりしたのだ」

「仰せの通りです。此度、輝虎は朝廷や将軍家の権威を借り、われらを小田原城まで取り詰め、関東に覇権を確立しようとしました。しかし古びた権威に従ったところで、国衆や領民の望むものが得られるものではありません。輝虎は古河城に朝廷の権威を代表する近衛殿と、将軍家の代理人たらんとする公方藤氏《くぼうふじうじ》を置いていきましたが、すでに力なき権威を頼みとする者はおらず、皆、草木が靡《なび》くように、われらの傘下に戻ってきました」

古河城には近衛前久と上杉憲政のほかにも、輝虎が傀儡《かいらい》公方として祭り上げた足利《あしかが》藤氏がいた。藤氏は越後に退去することを拒否し、安房国《あわのくに》の里見《さとみ》氏を頼って落ちていった。

輝虎が二重三重の権威の衣をまとっても、輝虎が関東を後にすれば、国衆はこぞって北条氏に靡いたのだ。

「しかし、このままでは済むまい」

「いかにも。再び輝虎はやってきましょう」

「こんなことが、いつまで繰り返されるのだ」

氏照が口をつぐむ。むろんそれは、輝虎以外の誰にも分からないことだからだ。

――では、こうしたことを終わらせることができるのか。

小田原城内の最高所の一つである毒榎平から、平らかに広がる相模《さがみ》湾を望みつつ、氏政は考えていた。

――この不毛な戦いを終わらせるには、やはり無二の一戦しかないのか。

その時、供の者の一人が「御本城様《ごほんじょう》がおいでです」と告げてきた。

二人が振り向くと、氏康がこちらにやってくるのが見えた。

「父上、いかがなされました」

「こちらに二人がおると聞いてな。散歩がてら来てみたわ」

氏照が早速、気を利かせる。

「今日は風が強いので、どこかに入りましょう」

「いや、構わぬ。まだ老け込む年ではないからな。尤《もっと》もそなたらは、わしに老け込んでほしいと思うておるやもしれぬが」

「いや、そんなことは――」

「気にするな。戯《ざ》れ言《ごと》だ」

そう言って高笑いした氏康は、悠揚迫らざる態度で相模湾を望んだ。

――無二の一戦を挑むなら、父上が健在なうちだ。

父氏康の威光なくして、輝虎と決戦して勝てる見込みはない。

「ここまでの手際、見事であった」

風に抗《あらが》うように氏康が言った。

「ありがとうございます」

二人が同時に頭を下げる。

「かように、輝虎の築いたものが脆《もろ》いとはな」

氏康も、輝虎が築いた体制がこれほど容易に瓦解するとは、思わなかったようだ。

「だが油断はできません。輝虎は再びやってきます」

輝虎が関東にやってくれば、またしても鞍替《くらが》えする国衆が出てくるのは明らかだった。

「では、どうする」

「はっ」と言って氏政と氏照は口をつぐんだ。

「どこかの平原で無二の一戦を挑むか。相手は痴れ者。こちらが決戦を望めば喜んで受けて立つだろう」

「かようなことをするつもりはありません」

氏政が首を左右に振る。

この頃には、川中島八幡原《はちまんばら》の戦いの様子が関東にも伝わってきていた。両軍が平原でぶつかり合った場合、双方共に甚大な損害をこうむる。それは北条氏の得意な戦い方ではない上、こうした過酷な戦い方は国衆も嫌がる。しかも負けてしまえば、陣触れに応じる国衆もいなくなる。

「そなたも、この世の仕組みが分かってきたようだな。わが家は戦のための戦はしない」

烈風に抗うかのように、氏康が胸を張って言う。

「わが家は関東の地に王道楽土を築くために、やむなく戦っている。皆が従ってくれるなら、それに越したことはない」

「しかし――」と氏照が問う。

「輝虎を倒さない限り、こんなことが繰り返されます。その度に関東の沃野《よくや》は荒れ果て、領民の生命と財産を守れなかったわれわれへの信頼は失墜します。輝虎の威名が衰え始めた今こそ、敢然と戦うべきではありませんか」

「新九郎、そなたはどう思う」

氏康が氏政に水を向ける。

「まずは調略《ちょうりゃく》によって味方を増やし、甲州と連携し、上野国で足止めを食らわすのがよいかと」

「兄上、それでは輝虎の息の根を止められませんぞ」

「そんなことは分かっている。だが、いかに衰えたりとはいえ輝虎はいまだ健在。今のわれらでは正面から戦えぬ」

「果たして、そうかな」

氏康が疑問を呈する。

――父上は、輝虎に無二の一戦を挑むつもりでいるのか。

氏政には意外だった。

「わしの考えを聞け」

「はっ！」と二人が声を合わせる。

「かつてわしが、河越《かわごえ》で決戦に及んだ時のことを聞いているか」

「様々な者から聞き及びました」

二人は元服前だったので、河越合戦については話でしか聞いていない。

「曲がりなりにも、奴《やつ》らには策があった」

河越合戦の折、公方・上杉陣営は河越城を囲み、あえて攻撃せず、氏康の北条家主力勢がやってくるのを待っていた。八万にも及ぶ大軍を擁していたので、それを恃《たの》みとし、氏康をおびき出して討とうとしていたのだ。

「その策を、今度は、われらがやろうと思う」

「つまり父上は、どこぞの城に輝虎をおびき寄せると仰せか」

「そうだ。敵の城を囲んで、輝虎を待つ」

氏照が目を輝かせて問う。

「その城とは――」

「太田資正の松山城だ」

松山城は小田原攻めの際に輝虎方に奪われたままになっており、北条方としては是が非でも奪回したい城だった。

輝虎は松山城に岩付《いわつき》城主の太田資正の主筋《しゅうすじ》にあたる扇谷《おうぎがやつ》上杉憲勝《のりかつ》（扇谷上杉氏最後

の当主・朝定《ともさだ》の弟）を入れ、資正の岩付太田勢を守りに就けていた。

「しかし、城を囲んでおびき寄せようとしても、輝虎が掛かってくるとは限りません」

「もちろんだ。だが、わし自ら餌になるとしたらどうだ」

「なんと、父上が囮《おとり》になると仰せか」

「そうだ」

「それはいけません」と言って氏照が慌てる。

氏政も首を左右に振る。

「父上、それはあまりに危うすぎます」

「そんなことは分かっている。それゆえ――」

氏康の顔に険しい色が浮かぶ。

「わしは強力な手札を呼び寄せる。さすれば、この勝負は勝てる」

「いったい、誰を呼び寄せるのですか」

「決まっておろう」

氏康が一拍置くと言った。

「武田信玄よ」

相模湾から吹き寄せる烈風が、うなりを上げた。

「信玄と仰せか」

「そうだ。信玄とわしが城を囲む。さすれば輝虎は我慢できなくなり、無二の一戦を挑んでくる」

氏康が不敵な笑みを浮かべた。

二

輝虎が越中《えっちゅう》に出陣していた永禄五年（一五六二）の前半から九月の間、氏康は信玄との連絡を密にし、松山城への攻撃計画を着々と進めていた。

氏康は上野国を利根川《とねがわ》の線で分け、西上野を信玄のものと認める代わりに、東上野を領有するという線で、信玄の同意を取り付けた。

話がまとまった九月半ば、信玄は西上野に進出すると、上杉方の箕輪《みのわ》・惣社《そうじゃ》・倉賀野《くらがの》諸城を攻撃して痛手を与え、利根川を渡って武蔵国に兵を進めた。

この知らせを受けた氏康・氏政父子は小田原を後にすると、信玄を迎える形で、松山城の北にある甲山《かぶとやま》の東に陣を布いた。

日ならずして信玄も到着し、甲山の西に陣を取る。双方の使者が往来し、その日の夜、酒食を共にすることになった。

氏康・氏政父子は、初めて信玄と相見《あいまみ》えることになる。

上州から吹き付ける烈風が、信玄の本陣に張りめぐらされた陣幕を生き物のようにうごめかせる。林立する諏訪《すわ》梵字《ぼんじ》旗と孫子《そんし》の旗も、千切れんばかりに乱舞している。微動だにせず拝跪《はいき》する武将たちの背旗がはためく中、赤糸縅《あかいとおどし》の大鎧《おおよろい》を着けた将が立ち上がる。背後に控える小姓の一人は、ヤクの毛をあしらった諏訪法性《ほっしょう》の兜《かぶと》をしっかりと抱えている。

「よくぞ、お越しいただけた」

その声音は、古寺の銅鐘《どうしょう》のように冷え冷えとしていた。

――これが武田信玄か。

信玄は中肉中背で、その顔相は武将というより高僧の趣がある。だが、その身から発せられる威圧感は尋常のものではない。

初めて相見える一代の英傑に、氏政は気おくれしそうになった。

父の氏康もそれを感じているのか、少し硬い顔つきになっている。

「こちらこそ、遠いところをお越しいただきかたじけない」

「何ほどのこともありません。われらには互いに助け合うという盟約がありますから」

「まずは、お掛け下さい」

信玄は上座をなくし、氏康と対面できるように床几《しょうぎ》を二つ置いていた。

「ご無礼仕《つかまつ》る」

氏康と氏政が床几に腰掛けると、信玄もそれに続く。客を先に座らせるのは、礼法に適《かな》っている。そんな些細《ささい》なことからも、信玄の教養の高さがうかがえる。

初対面の挨拶を終わらせると、双方は互いの宿老たちを紹介した。続いて氏康が氏政を紹介する。

「先年、ここにおる左京大夫《さきょうのだいぶ》に家督を譲り、肩の荷が下りた気分です」

「それは羨ましい。それがしも早く肩の荷を下ろしたいものです」

ひとしきり笑い合うと、信玄が氏政に視線を据えて言った。

「さすが相模の若獅子《わかじし》。精悍《せいかん》な面構えをしていますな」

「武将としてはまだまだですが、面構えだけは一人前です」

氏康の戯れ言に信玄が高らかに笑う。

「左京大夫殿、わが娘と嬰児《やや》は達者でおりますか」

氏政の室である梅《うめ》（後の黄梅院《おうばいいん》）は、天文《てんぶん》二十三年（一五五四）に十二歳で十七歳の氏政の許《もと》に輿入《こしい》れし、今年になって嫡男の国王丸《くにおうまる》（後の氏直《うじなお》）を授かったばかりだ。

「はい。おかげさまで母子共に健《すこ》やかに過ごしております」

「それは重畳《ちょうじょう》。山国育ちの娘ゆえ、何かと不調法なことがあるかもしれませぬが、末永く大切にして下され」

信玄の言葉には、娘への愛情が溢《あふ》れていた。

——信玄とて、人の親なのだ。

信玄のことを魔神のように思っていた氏政は、少し安堵した。

「申すまでもなきこと。それがしにとって関東全土よりも大切なのが梅殿です」

「こいつはまいった」

ひとしきり笑うと、氏康が水を向けた。

「此度は、お世継ぎをお連れになっておられぬようだが」

世継ぎとは、信玄の長男の太郎義信《たろうよしのぶ》のことだ。

「はい。太郎は国元に置いてきました。輝虎が再び北信に進出してくるかもしれませんからな」

信玄の跡取りの義信と相見えられなかったのは残念だったが、そこに複雑な事情があるのを、氏政はほどなくして知ることになる。

「ときに雑説《ぞうせつ》では、川中島で輝虎と太刀打ちに及んだと聞いておりますが、あれは真ですか」

「はい。わが前衛の諸陣を崩した輝虎は、わが陣目指して一心に斬り込んできたのです」

「それで武田殿は——」

「急なことで太刀を抜く間もなく、輝虎の斬撃《ざんげき》を軍配で受けました」

「軍配と仰せか」

氏康と氏政が顔を見合わせる。

信玄は背後に合図すると、木箱を持って来させた。

「わが命を救ってくれた軍配です。縁起がよいので、こうして持参してきました」

木箱を開けると、いくつかの生々しい傷跡のある軍配が現れた。

黒漆を幾重にも塗り固め、中央に金泥《きんでい》で梵字《ぼんじ》が描かれた逸品だが、一部が粉砕されて地金が見えているのが生々しい。

――輝虎というのは恐るべき男だな。

軍配の鉄にまで食い込むその傷を見れば、輝虎の膂力《りょりょく》の強さが分かる。

輝虎の振り下ろす太刀筋を想像し、氏政は背筋に冷たいものを感じた。

「それは南蛮鉄で造られていますね」

氏康が冷静に問う。

「仰せの通りです。どうぞ、ご覧下さい」

それを渡された氏康は、しばし眺め回した後、「凄《すさ》まじいものだな」と言って氏政に渡した。

――やはり、輝虎は尋常ではない。

そのまがまがしい傷跡を見ていると、輝虎の怒りや憎悪という感情が、いかに激しいものかも察せられる。

──われらは、かような男を敵に回しておるのか。

氏政は空恐ろしいものを感じた。

氏康が本題に入る。

「輝虎は、この城の後詰《ごづめ》に現れるでしょうか」

「自ら義将などと名乗る輩《やから》です。必ずや現れましょう。ただし──」

信玄がにやりとしながら続ける。

「彼奴《きやつ》は意外に狡猾《こうかつ》。勝てる算段をしてからでないと、やってくることはないでしょう」

信玄は輝虎の性格を見抜いていた。

「つまりやってきた時は、輝虎に勝算があるということですな」

風が強くなってきたのか、その音だけが、死者の呻《うめ》き声のように耳元で鳴る。狂ったように舞う篝火《かがりび》が目につくのは、周囲が薄暗くなってきているからだ。

「輝虎の術数にはまれば──」

信玄が苦渋に満ちた顔をする。

「われらのように、わが弟や老臣どもを多数失います」

「川中島では、かようにひどい目に遭ったのですな」

「はい。油断していたわけではありませんが、あの戦いだけは思うようにいきませんでした」

信玄が、さも無念そうに唇を嚙《か》む。

「だが輝虎とて人の子。われらの戦いたい時、戦いたい場所で戦えば、勝てるはず」

それが松山の陣だと、氏康は言いたいのだ。

「孫子ですな」

信玄は孫子を信奉している。ここで氏康が言ったのは「人を致して人に致されず」という孫子の兵法の核となる言葉の一つで、「戦に際しては、常に主導権を握り続けろ」という意味になる。

――果たして、輝虎は来るのか。そして無二の一戦が行われるのか。

この後、宿老たちも交えて軍評定《いくさひょうじょう》が行われた。輝虎をいかに包囲殲滅《せんめつ》するかで議論は白熱し、輝虎来襲時の陣構えも決まった。


この頃、輝虎は越中に進出し、反上杉派の神保《じんぼ》長職《ながもと》をその本拠の増山《ますやま》城まで追い込んでいた。だが攻略には至らず、十月中旬には講和を結んで越後に戻り、十一月下旬、ようやく三国峠《みくにとうげ》を越え、十二月になってから沼田《ぬまた》城に到着した。

沼田城で永禄六年（一五六三）の正月を迎えた輝虎は、現有戦力だけで松山城に向かうことに不安を感じたのか、下野の宇都宮広綱《うつのみやひろつな》や那須《なす》資胤《すけたね》、常陸《ひたち》の佐竹義昭《さたけよしあき》、安房の里見義堯《よしたか》ら数少なくなった味方に陣触れを出し、岩付城への参集を求めた。しかし敵が北条・武田連合と聞き、二の足を踏む国衆が続出した。

集まりの悪い関東国衆に痺《しび》れを切らした輝虎は、上州の北条方国衆の城を席巻《せっけん》しながら松山城に向かった。ところがここで、誰も予想もしなかったことが起こる。

松山城が降伏開城したのだ。輝虎の動向が全く摑《つか》めていないことが、その理由だった。氏康や信玄も、こんなに早く松山城が降伏するとは思わなかったが、城を開けてくれると言うなら、それに応じない手はない。降伏開城の交換条件として出された扇谷上杉憲勝や太田資正の岩付城までの退陣を、氏康と信玄は認めた。かくして氏康・氏政父子は松山城に入り、信玄は甲山に陣を張ったまま輝虎の来襲を待つことになった。

だが輝虎は、罠《わな》を仕掛けて待つ松山城を攻撃するのを避けると、兵を転じて騎西《きさい》城の小田伊賀守《おだいがのかみ》、祇園《ぎおん》城の小山秀綱《おやまひでつな》、桐生《きりゅう》城の佐野直綱《ただつな》を攻めて降伏させ、四月まで関東各地を転戦してから帰国した。この時、忍《おし》城の成田長泰《なりたながやす》はあらためて輝虎に服属を表明し、また佐竹義昭と宇都宮広綱も輝虎の許に参陣した。

松山城は失ったものの、輝虎は、その威光がいまだ衰えていないことを証明した。

結局、松山城をめぐる無二の一戦は行われず、氏康も信玄も肩透かしを食らった格好になった。

三

気の早い蟬《せみ》の声が聞こえ始めた五月、小田原に戻った氏政は、妻の梅がいる御産所を訪れた。

「国王丸はどうだ」

「すくすくと育っていますよ」

国王丸を抱いてきた乳母《めのと》が氏政に抱かせる。それで目が覚めたのか、国王丸が火のついたように泣き声を上げた。

「そうか、そうか。わしが嫌いか」

氏政は懸命にあやしたが、いっこうに泣き止《や》みそうにない。致《いた》し方なく乳母に返すと、とたんに国王丸は泣き止んだ。

「さすがだな。元気がよいだけではなく、調略にも長けている」

「やめて下さい」

梅が口元を押さえて笑った。

梅の母親は都から信玄の許に輿入れした三条殿《さんじょう》で、その父は左大臣まで務めた三条公《きん》頼《より》だ。そのため梅は幼少の頃から徹底した公家礼式を学ばされたが、甲斐《かい》武田家は自由で奔放な家風ということもあり、自然に喜怒哀楽を表に出すことのできる女性になっていた。

「此度は、そなたと赤子が元気でよかった」

氏政がしみじみと言う。

実は数年前、梅御前は身ごもったが長男を流産していた。

「赤子は天の授かり物です。運が拙く生きられなかった者もおりますが、それもまた天の思《おぼ》し召《め》し。われらは長男を育て上げることはできませんでしたが、その長男の武運を、この子が引き継いでいると思えば、長男の死は無駄ではありません」

「そうか。そなたは信心深い上に、何事にも前向きだな」

「はい。海野《うんの》家に養子入りしたわが兄の御聖道《ごしょうどう》様（海野信親《のぶちか》）は幼少の頃に失明し、今は仏門に入って竜芳《りゅうほう》と称していますが、いつも戯れ言を言い、皆を楽しませてくれました。幼かった私は、つい『御聖道様は目が見えないのに、なぜそんなに楽しいのですか』と問うたところ、御聖道様は高笑いし、『何事も仏の思し召しと思えば、楽しくないことなどない』と仰せでした」

この時、竜芳は氏政と同世代の二十三歳になる。梅が甲斐国を後にしたのは十二歳の時なので、竜芳は十四かそこらで、それだけ達観していたことになる。

「そうか。それほどできたお方なのだな」

「はい。私は御聖道様が大好きで、いつも後を付いて回っていました」

「そうか。そなたらしいな。で、太郎殿の方はどうだ」

「えっ」と言って梅が困った顔をした。

「太郎義信殿は、文武に優れた若武者だと聞くが」

「はい。ただ気性が荒い面があり、父とよく衝突していました」

「そうか。それは心配だな」

——義信殿が荒武者だという雑説は、真だったのだ。

義信は直情で勝気なところがあると、しばしば甲斐に使いする板部岡江雪斎《いたべおかこうせっさい》が言っていた。

「これからも甲斐とは緊密な関係を保っていかねばならぬ。そのために義信殿とは昵懇《じっこん》にしていきたい」

「それはよきことです」

「われら北条家が背後を固めている限り、義父上《ちちうえ》の大望も実現できる」

義父上とは信玄のことで、その大望とは天下に号令することだ。一方、北条氏の宿願は関東の制圧だった。信玄が上洛《じょうらく》して天下を取ったあかつきには、信玄は北条領国に対して不干渉を貫くことで双方は一致していた。

——だが義信殿の代になれば、どうなるかは分からぬ。

氏政の不安げな顔を見た梅が言う。

「わが兄の太郎は利口者です。両家が歩みを一致させることが、双方にとって最もよいと分かっています」

「そうか。それなら安心だ」

「あなた様には、全く不安はないのですが――」

「わが父のことか」

「は、はい」

松山城で信玄と同陣して以来、氏康は信玄のことを警戒し、「油断ならぬ御仁」と漏らしていた。それが梅の耳にも入ったのだ。

「父上は物事の道理を分かっておられる。心配は要らぬ。だいいち――」

氏政が強い口調で言う。

「当主はわしなのだ。わしが決めることに父上は口出しできぬ」

「それを聞いて安堵いたしました」

ちょうどその時、国王丸がけたたましい泣き声を上げた。

「どうやらお腹が減ってきたようです」

「そうか。では、わしはそろそろ退散する」

そう言って氏政は御産所を後にした。

――梅がここにいるのも、あとわずかだな。

母子は三月から四月ほど御産所で共に過ごした後、別々に暮らすことになる。これは武士の習慣で、子供は乳父《めのと》に預けられることになるからだ。むろん遠隔地に預けるわけではないので、会おうと思えば毎日でも会える。だが、ある程度の遠慮は必要となるので、氏政も梅も思うようには会えなくなる。

――武士として当然のことだ。

そうは思いつつも、氏政は一抹の寂しさを感じていた。

四

永禄七年（一五六四）の正月一日早々、北条家を揺るがす一大事が出来した。下総国《しもうさ》の葛西《かさい》城に在陣していた江戸《えど》太田《おおた》康資《やすすけ》が里見方に寝返り、下総国の西端にある市川《いちかわ》の国府台《こうのだい》城まで進出してきたというのだ。

江戸太田氏は江戸地域では最も有力な国衆だった。この江戸太田氏が北条方となったことで、北条氏は江戸一帯を支配下に置くことができた。そうした貢献度の高さを康資もよくわきまえており、恩賞に不満を抱き、里見義弘《よしひろ》の調略に乗ったのだ。

国府台城には岩付太田資正《すけまさ》も駆けつけたので、敵は一万近い兵力となった。

ところが七日、国府台城にいた連合軍が退却を始めたという一報が入る。これを受けた北条方は、即座に追撃戦を開始した。

葛西城から国府台城までは一里もなく、その間には、利根川と太日《ふとひ》川が横たわっている。からめきの瀬（矢切の渡し）から国府台城に向かってしばらく進むと、真間《まま》ノ入江に差し掛かる。ここは市川砂洲《さす》の北にある小さな湾で、その陸岸部の大半は、深田《ふかだ》か泥湿地という危険な一帯だ。ここからは国府台城が見え、北条方の先頭は国府台城北方の真間坂下に達していた。

その時、葦原《あしはら》に隠れていた連合軍が奇襲を掛けてきた。道幅の狭い一本道を行軍していた北条方は虚を突かれ、そこかしこで分断される。暗闇が恐怖を増幅し、北条方は瞬く間に崩れ立った。

この混乱の最中、江戸城代の遠山綱景《とおやまつなかげ》と富永康景《とみながやすかげ》が討ち取られた。二人は北条氏の江戸一帯支配の要であり、その痛手は計り知れなかった。

北条方は、「北条家名字の士（馬上武者）百四十騎、雑兵《ぞうひょう》九百余人討れて、残兵退散したりけり」（『関八州古戦録』）と記されるほどの惨敗を喫した。

だが、その日の夜から翌八日にかけて、氏政を先手とし、氏康を後陣とした北条方は反撃に出る。惨敗を喫した時と同じ道を通り、国府台城まで攻め寄せた氏政は猛攻を掛けて国府台城を落城に追い込み、二千余騎を討ち取った。

連夜の待ち伏せはないと読み、敵の裏をかいた氏政の戦略勝ちだった。

里見義弘は本拠の安房へと退却し、加勢していた太田資正も岩付城へと逃げ帰った。

七月、氏政が小田原城本曲輪《ほんくるわ》対面の間に現れると、二人の男が平伏した。

「此度は大儀であった」

「ははあ」と言って平伏したのは、僧形の板部岡江雪斎と大藤秀信《だいとうひでのぶ》だった。

二人は岩付太田家に潜入し、親北条派で資正の嫡男の氏資《うじすけ》を寝返らせることに成功し、岩付領と岩付城を北条傘下に転じさせるという大功を挙げていた。

「それで、いかなる顚末《てんまつ》だったのか」

氏政の問いに、まず江雪斎が答える。

「以前から岩付太田氏資殿は、実父の資正殿と折り合いが悪く、自身の代になったら北条傘下に入りたいと申していました。しかし、それに勘付いた資正殿は、氏資殿の弟の梶原政景《かじわらまさかげ》殿に跡目を取らせようとし、氏資殿に廃嫡の危機が迫りました」

氏資は氏康の娘を娶《めと》っており、岩付太田家中における親北条派の筆頭だった。そのため反北条に方針を転換した父の資正と意見が対立し、廃嫡されそうになっていた。

秀信が話を替わる。

「そこで、それがしが効験あらたかな修験《しゅげん》という触れ込みで城内に入り込み、資正殿と政景殿を調伏《ちょうぶく》することになりました」

氏資は怒りのあまり、実の親と弟を祈禱《きとう》によって調伏しようとしたのだ。

「それで効験が、あらたかだったということか」

氏政が冗談交じりに言う。

「はい。周囲に誰もいなくなったのを見計らい、それがしが正体を告げると、氏資殿は飛び上がらんばかりに驚き、内応を約束しました」

江雪斎が話を引き取る。

「勧進僧に化けたそれがしは、岩付城下で大藤殿の使いから『内応確約』の一報をもらいました。ちょうど資正殿が今後の方針を里見殿と談義すべく出掛けるとのことだったので、その隙を突くべく、慌てて松山城に取って返し、通路切り（街道封鎖）の手筈《てはず》を整えました」

「それで、資正殿を帰れなくしたわけか」

秀信が続ける。

「その通りです。氏資殿は、家臣たちを一人も傷つけずに北条方に寝返りたいという意向でしたので、ない知恵を絞りました」

「そして、その通りになったのだな」

「はい。太田家の者たちで傷ついた者は一人も出ませんでした。しかも氏資殿は家臣たちに向かい、『父への恩義を忘れられない者は退転しても構わぬ』と告げたので、数名の老臣たちが資正殿の後を追いました」

「それで、梶原政景殿はどうした」

「城内にいたので、捕らえて牢《ろう》に入れてあります」

その後、政景は家臣の手引きで脱出し、資正と合流を果たすことになる。

「すべてが、わが家の流儀に適《かな》った差配。二人とも実に天晴《あっぱれ》であった」

――かような知恵者がいれば、戦わずして城を手に入れることができるのだ。

外交と調略を専《もっぱ》らとする江雪斎や、相手方に潜入して攪乱《かくらん》することを得意とする秀信のような者たちを、氏政はもっと重用すべきだと思った。

「われらの仕事をご理解いただき、これ以上の喜びはありません」

江雪斎がそう言うと、秀信も「感無量です」と言って平伏した。

「そなたらは、戦わずして難敵の岩付太田氏と堅城の岩付城を手に入れたのだ。これほどの手柄はない」

氏政は二人に脇差を下賜し、「岩付領内の一郡を氏資から割譲し、そなたらに与える。以後、氏資を後見し、資正の息の掛かった者に付け入られぬようにせよ」と申し渡した。

「承知いたしました。しかし――」

江雪斎が続ける。

「寝返ったばかりの氏資殿に領土を差し出せなどと言えば、不満に思う家臣が出ないとも限りません。それがしは後に報いていただくことで構いません」

秀信も同意する。

「江雪斎殿の申す通り。それがしも『入込《いれこみ》』を家業としております。こうした働きは、すでにいただいている禄を食んでいれば十分です」

「入込」とは、何者かに化けて敵や仮想敵の内部に入り込み、信用を得た上で、味方に情報を流したり、攪乱工作をしたりすることだ。

大藤一族は入込による諜報《ちようほう》活動を専《もつぱ》らとするものの、足軽衆頭という地位に就いており、戦時には、山戦《やまいくさ》（ゲリラ戦）によって敵の兵站《へいたん》線を破壊するといった工作も担う。

「そう言ってくれるか」

氏政は感無量だった。

鎌倉の昔から、武士たちは寸土を得るために懸命に働き、時には境目争いで殺し合うこともあった。しかし大身の戦国大名家では、大きな戦略の下で一人ひとりが特定の役割を果たさねばならない。むろん従来通り、前線に出て戦うことを使命とする者たちもいれば、吏僚として内政に力を発揮する者もいる。役割が細分化されるにつれて論功行賞が難しくなってきた。

――二人はそれを理解し、率先して褒賞を先送りしてくれたのか。

氏政は内心、二人に感謝した。

「二人の考えはよく分かった。これからも励んでもらいたい。だが、これで輝虎の怒りに火をつけたことは間違いない。そなたらに知恵を絞ってもらいたいのは、いつどこに輝虎を呼び込み、討ち果たすかだ」

「これは難題」

江雪斎が苦笑する。

「いかにも。ああ見えて上杉殿には用心深い一面もあります。罠にはめるのは、容易なことではありません」

「だろうな。だが輝虎を罠にはめることができるかどうかに、われらの家の浮沈が掛かっている」

「仰せの通り！」

江雪斎が威儀を正す。

「われら二人に雑説の収集を担う風間《かざま》出羽守《でわのかみ》殿の三人で、知恵を絞ることにしましょう」

「よろしく頼むぞ」

二人は平伏すると退室していった。

氏政は父の氏康ならまだしも、自分のような経験の浅い若輩者が、百戦錬磨の輝虎と越後衆を手玉に取れるとは思えなかった。

――だが、それをやらねば関東に静謐《せいひつ》は訪れぬ。

氏政は拳を固めた。

五

永禄八年（一五六五）になっても、北条氏は一進一退の攻防を続けていた。

二月、氏政は上総国《かずさのくに》の土気《とけ》酒井《さかい》氏を攻め、さらに三月、氏康・氏政父子は古河公方家の筆頭家老・簗田《やなだ》晴助《はるすけ》の関宿《せきやど》城を攻撃したが、双方共に攻略には至らなかった。

八月になってから、父子は敵方に転じていた成田氏長《うじなが》の忍城を攻めたが、こちらも攻めあぐんだ末に撤退となる。

この時の忍城攻めが、氏康にとって最後の出馬となった。

この出陣が終わった後、氏康は「出馬停止」を内外に喧伝《けんでん》すべく、北条氏当主歴代の官途の左京大夫を氏政に譲り、自らは受領名《ずりょうめい》の相模守を名乗ることにする。

結局、成田氏は隠居の長泰が輝虎を支持し、当主の氏長が北条氏の傘下入りを望み、双方が武力衝突した末、氏長が勝ち、北条傘下に復帰することになる。

ところが十一月、二万の軍勢を率いて越山を果たした上杉輝虎が、翌永禄九年（一五六六）の正月に下野国へと進撃し、唐沢山城の佐野昌綱を降伏させた。続いて輝虎は常陸国の小田城に攻め寄せてこれを攻略した。この時、城主の小田氏治《うじはる》が逃走したため、小田城は徹底的に破却され、領民は農奴とされて越後に連れていかれた。

こうした輝虎の動きに対し、北条方は沈黙を守っていた。

続いて輝虎は、高城胤辰《たかぎたねとき》の下総小金《こがね》城に攻め寄せた。この時、関東の与党国衆を吸収した上杉方は、総勢三万余の大軍に膨れ上がっていた。

輝虎が小金城を包囲したと聞いた氏政は、ようやく重い腰を上げた。

朝靄《あさもや》の彼方に房総半島が見えてきた。浦賀《うらが》を出てから小半刻《こはんとき》（約三十分）も経《た》っていない。追い風なので、氏政の乗る五十丁艪《ちょうろ》の安宅《あたけ》船は、艪をすべてしまい、滑るように海面を帆走していく。それに続く大小の船から成る船団も、波を切り裂くように進んでいた。

舳が北東を向き、鋸山《のこぎりやま》のごつごつした山嶺《さんれい》が右手に見えてきた。

「間もなく船橋《ふなばし》です」

傍らに控える板部岡江雪斎が言う。

「果たして与七《よしち》は、うまくやっただろうか」

与七とは大藤秀信のことだ。

「与七殿なら、目論見《もくろみ》通りに事を運んだはず」

江雪斎が確信を持って言う。だが今朝になってから、秀信のいる臼井《うすい》城からの知らせは入ってきていない。それゆえ江雪斎も、多少の不安を抱いているに違いない。

臼井城に籠もるのは、城主の原胤貞《はらたねさだ》、原氏の寄親《よりおや》の千葉《ちば》氏からの援軍、北条氏の援将の松田《まつだ》康郷《やすさと》ら五千余である。

「昨日までの知らせだと、いまだ輝虎は臼井城を攻めている様子。臼井城が落ちてしまえば、この策も水泡に帰す。籠城衆には何とか踏ん張ってほしいものだ」

「もちろんです。臼井城には浄三殿《じようさん》もおります。必ずやうまくいくことでしょう」

白井入道浄三こと白井胤治《たねはる》は、下総国最大の国人《こくじん》・千葉氏の血筋に連なる名だたる兵法者《ひようほうしや》だ。

若い頃、兵法修行で諸国を旅し、京を占拠していた三好長逸《みよしながゆき》に仕え、上方《かみがた》の兵法を学んだ浄三は、それを関東に持ち帰り、千葉氏の勢力拡張に役立ててきた。その結果、浄三は「関東無双の軍配者」（『房総里見誌』）と謳《うた》われるまでになっていた。

「われらの策を、輝虎に見破られてはおらぬだろうな」

「おそらく。たとえ見破られていたとしても、もはや敵は袋の鼠《ねずみ》。どうすることもできません」

江雪斎と秀信は浄三と語らい、輝虎を臼井城に引き付ける策を取った。だが退路にあたる小金城を落とさない限り、輝虎が臼井城まで足を延ばすことはない。

そこで浄三に化けた秀信が使者として小金城包囲陣に赴き、「ぜひ、お手合わせ願いたい」と申し入れると、案に相違せず、輝虎は小金城の包囲を解いて臼井城に向かった。

だがそこには、浄三の陥穽《かんせい》が仕掛けられていた。

すなわち小金から十一里ほど南東になる臼井に出るには、下総道と呼ばれる江戸から佐倉《さくら》まで続く街道を利用するしかない。この街道は小金から南下し、国府台城のある市川を経て、江戸湾に突き当たったところで東に転じて船橋に至る。さらに船橋から北東に向かい、大和田《おおわだ》を経由して臼井に達する。つまり上杉勢は、勝っても負けても兵を引く時はこの道を戻るしかないのだ。

しかも臼井城が面している印旛沼《いんばぬま》の周辺は湿地が多く、大軍を動かすのに適していない。とくに江戸湾と印旛沼を結ぶ下総道は、湿地の中を道が通っていると言ってもいいほどだった。

「一つ間違えれば、臼井城を落として意気揚々と引き揚げてくる上杉勢と、正面から衝突するな」

「それでも敵は傷ついておるはず。わが方の優位は動きません」

自信満々の江雪斎だが、輝虎の強さをよく知っており、その顔には不安の色がよぎっていた。

やがて船団が湾内に入ると、瀬取船《せどりぶね》が集まってきた。それらに分乗した北条方は、船橋への上陸を開始した。

氏政の本陣となる街道脇の神社には、すでに陣幕が張られていた。

そこに入ると、ほどなくして風間孫右衛門《まごえもん》が走り込んできた。

「御屋形様、策は首尾よく運びました」

「ということは、敵は臼井城を落とせずに下総道を引き返してくるのだな」

「はい」と言って孫右衛門が状況を説明する。

それによると、輝虎率いる上杉勢は圧倒的な兵力に物を言わせて、臼井城に力攻めを敢行した。対する浄三らは、粘り強く戦いながら少しずつ曲輪を放棄していき、最後は本曲輪だけになった。

この時、上杉方国人の足利長尾景長《ながおかげなが》は、「臼井の地実城《みじよう》堀一重にこれを致し、諸軍取り詰め夜昼隙なく責められ候間、落居《らつきよ》程有るべからず候」と書かれた書状を国元に出している。

「実城堀一重」とは、本曲輪を残してすべての曲輪を制圧したという意味で、景長はこの時、落城が間近だと本気で信じていたらしい。

ところが、ここで上杉方の予想もつかない事態が出来する。背後の下総道を警戒していたにもかかわらず、どこからともなく湧き出してきた北条傘下の千葉勢により、下総道が封鎖されたのだ。

これを聞いた氏政が首をかしげる。

「敵も馬鹿ではあるまい。退路は確保していたのではないのか。いったい浄三殿は、どのような手を使ったのだ」

「はい。千葉勢の本拠は佐倉城（本佐倉城）ですが、佐倉城と臼井城は印旛沼に面しており、行き来が自由にできます。千葉勢は夜陰に紛れて臼井城の近くに上陸し、敵の背後に回り込み、退路を断ったのです」

「そうか。地理を知る者にしかできない芸当だな」

氏政が感嘆のため息を漏らす。

「現在、大和田の地で千葉勢が上杉方の退路を扼《やく》しておりますが、なにせ敵は大軍。ほどなくして破られることでしょう」

「つまり、ここで輝虎と無二の一戦に及ぶことになるのだな」

「はっ、小半刻もすれば敵がやってきます」

「よし分かった！」と言うや氏政は立ち上がり、迎撃態勢を整えるよう命じた。

すでに船橋宿を通る下総道には、廃材や倒木によって幾重にも阻塞《そさい》が組み上げられている。阻塞によって上杉勢の進軍をとどめ、邀撃《ようげき》しようというのが氏政の策だった。

――後は輝虎を待つだけだ。

氏政が次なる情報を待っていると、使番が入ってきた。

「申し上げます。東に砂埃《すなぼこり》が上がりました。あれは敵に相違なし!」

「よし、鉄砲隊前へ! 親火に火をつけ、いつでも放てるようにしておけ」

氏政の命により、積み上げられた阻塞の隙間から鉄砲の銃口がのぞく。

息をのむような緊張が走り、誰も口をきく者はいない。

その時、氏政の目にも砂埃が見えてきた。途次にある高台から、敵来襲を告げる狼煙《のろし》が上がる。

次第に砂埃が大きくなってきた。よく見ると先頭は騎馬武者の一団だ。

街道をふさぐ阻塞に気づいた騎馬武者たちが馬を止めた。次の瞬間、耳をつんざくばかりの発射音が轟《とどろ》き、数人の騎馬武者が落馬する。

続いて阻塞を乗り越え、味方の槍《やり》隊が殺到していく。左右の藪《やぶ》の間からも徒士《かち》が飛び出す。

北条方に追い立てられる形になった上杉方の騎馬武者隊は、道を引き返そうとするが、背後から押し寄せてくる味方によって戻るに戻れず、再び突進してきた。

「放て、放て!」

鉄砲奉行の声が、氏政のいる場所まで聞こえてくる。

上杉方は次々と倒れるが、それでも人数が多いため阻塞を乗り越える者も出てきた。

「全軍出陣！」

氏政が船橋浜に控えていた第二陣以下に出撃を命じる。即座に旗が揚がり、背後から怒濤《どとう》のような鯨波《げいは》が聞こえてきた。

これにより双方は、船橋宿を舞台に正面からぶつかり合った。すでに上杉方によって阻塞の一部は取り除《の》けられ、氏政のいる本陣の眼下を逃げていく敵も見える。

「討ち漏らすな！　殲滅しろ！」

氏政も声を限りに怒鳴る。もちろん味方も心得たもので、逃げ切ろうとする敵に追いすがり、馬から引きずりおろして討ち取っている。

――勝てるぞ！

氏政が勝利を確信した時だ。新たな騎馬武者隊が一丸となってこちらにやってくるのが見えた。

――あれはまさか！

「おい、あの流れ旗は何だ」

目のいい使番が答える。

「紺地朱の丸です！」

――輝虎だ！

「天賜《てんし》の御旗」と呼ばれる輝虎自慢の陣旗だ。続いて、輝虎の馬標《うまじるし》の「紺地朱の丸開《かい》扇《せん》」も見えてきた。

「あれは輝虎に間違いなし。あの者を討ち取れ！　褒美は望みのままぞ！」

氏政の命に応じ、本陣に高々と「討ち取り勝手」の合図旗が揚がった。これにより馬廻衆《うままわりしゅう》も出撃が許された。氏政を守る近習と小姓を除く全員が出撃していく。だが輝虎率いる騎馬武者たちの突進力は凄まじく、行く手を阻もうとする北条方将兵を寄せ付けない。

やがて輝虎が神社の真下に迫ってきた。

「弓を持て！」

氏政が命じると、小姓が手早く弓と矢を渡してきた。

――輝虎め、目にもの見せてやる！

近習たちの制止を聞かずに石段を中段まで下りた氏政は、矢を番《つが》えて待った。

やがて追いすがる北条方の兵を振り払いつつ、「紺地朱の丸開扇」が見えてきた。

――あれが輝虎か。

その武将は、見事な放生月毛《ほうしょうつきげ》の馬に乗り、色々縅の腹巻を着け、飯綱権現《いづなごんげん》を烏天狗《からすてんぐ》に見立てた前立をきらめかせながら、馬を疾駆させていた。

氏政が弦を引き絞る。

――そなたさえいなければ、関東に静謐は訪れる！

「いやー！」

裂帛《れっぱく》の気合と共に矢が放たれた。矢は一直線に輝虎に向かっていく。

――討ち取ったぞ！

氏政は矢が当たることを確信した。

だが空気を震わせる音を感じたのか、輝虎が飛来する矢に気づいた。

輝虎が肘を上げる。次の瞬間、矢は輝虎の大袖に突き刺さっていた。

――おのれ！

歯噛みして口惜《くや》しがる氏政を、輝虎が一瞥《いちべつ》する。その顔に一瞬、驚きの色が走った。

輝虎の口が動く。それは間違いなく「また会おう」と言っていた。

砂埃を残して輝虎が去っていく。

輝虎を逃してしまった口惜しさよりも、氏政は得も言われぬ清々《すがすが》しさを感じていた。

――あれが武将というものか。

一瞬の出会いだったが、氏政はなぜ輝虎が人を惹《ひ》きつけ、その下に多くの者たちが集まるかが分かった。

この戦いで惨敗を喫した輝虎は、何とか帰国することができたが、将兵には甚大な損害が出た。氏政は武田信玄あての書状で、「敵数千人手負死人出来」と書き、古河公方足利義氏《よしうじ》は、その書状に「五千余手負い死人出来せしめ」と具体的な数字を記している。もちろん手負いとなっても、捕まれば殺されるだけなので、上杉方にとっては文字通り、五千人余の命が奪われる大敗北となった。

この戦いで輝虎の不敗伝説は崩壊し、その威信も失墜した。その結果、下総の結城《ゆうき》氏、同簗田氏、下野の皆川《みながわ》氏、同宇都宮氏、同小山氏、上野の館林《たてばやし》長尾氏、同横瀬《よこせ》氏といった関東の名だたる国人、さらに厩橋城に在城する上杉家宿老で越後国人の北条高広《きたじょうたかひろ》までもが北条傘下に入ってきた。

信玄も西上野に侵入し、箕輪城の長野《ながの》氏を滅ぼし、白井《しらい》・惣社《そうじゃ》の両長尾氏を相次いで没落させた。

これ以後、輝虎の関東への関与はほとんどなくなり、北条氏は佐竹・宇都宮・結城氏といった「東方衆一統勢力」が主な敵となっていく。

六

国府台合戦で里見氏に大打撃を与えた北条氏だったが、永禄十年（一五六七）になると里見氏は再び力を盛り返し、北条方が占拠していた佐貫《さぬき》城の奪回に成功した。上総国の佐貫城は、北条方となっていた同国の勝浦《かつうら》城の正木時忠《まさきときただ》・時通《ときみち》父子との連絡を分断できる位置にあるので、里見氏としては、どうしても再奪還する必要があったのだ。

八月、氏政自ら大軍を率いて上総へと出陣し、佐貫城の北にある三船山《みふね》に陣を布《し》いた。ところが折からの豪雨に見舞われ、そこを里見方の奇襲攻撃を受けた北条方は、一瞬にして瓦解した。この時、氏政は生涯最初で最後の敗走を味わった。

敗走の際、太田氏資率いる岩付衆が殿軍《でんぐん》を務めたが、氏資を筆頭に主立つ者五十余人が討ち死にを遂げるという大損害をこうむった。この結果、上総国から北条氏の勢力が一掃された。

致し方なく氏政は上総・安房両国の制覇を先送りし、傘下国衆の千葉氏と原氏に下総国の守りを託すしかなかった。

一方、十月、下野国では佐野氏が北条氏に従属したため、輝虎は激怒して関東に侵入し、唐沢山城に猛攻を掛けて、これを攻略した。この結果、当主の佐野昌綱は藤岡《ふじおか》城まで後退した。しかし輝虎は唐沢山城を捨てて撤退したので、佐野昌綱は城に戻ることができた。この時、昌綱の同族の桐生佐野氏も北条方となったため、輝虎の関東における支配地域は、上野国の沼田領と武蔵国の羽生《はにゅう》領だけとなった。

永禄十一年（一五六八）は、輝虎の関東越山もなく平穏に終わろうとしていた。だが十二月、驚くべき事件が勃発する。

十二月十日、氏康から呼び出しを受けた氏政が氏康の隠居所を訪れると、氏康が深刻な顔をしていた。

「父上、いかがいたしましたか」

「これを読め」

氏康が巻物になった書状を氏政の前に投げる。

それを拾って一読した氏政は蒼白《そうはく》になった。

「まさか――」

「そのまさかだ」

「しかし武田殿が、なぜ今川《いまがわ》領に――」

予想もしなかった事態に、氏政は啞然《あぜん》として言葉もない。

信玄の書状には、こう書かれていた。

「今川氏真《うじざね》が上杉輝虎と結んで甲斐侵攻を企《たくら》んでいるので断交し、先んじて駿河《するが》に攻め入る」

氏康が憤然として言う。

「これで三国同盟は終わりだ」

甲斐武田、相模北条、駿河今川三家の間では、甲相駿《こうそうすん》三国同盟が締結されていた。

この三国同盟は天文二十三年（一五五四）、今川家の軍師役を担っていた太原雪斎《たいげんせっさい》

（崇孚）が音頭を取り、三家の適齢期にある子女を娶せることで成立したもので、これにより武田氏は北進策を、今川氏は西進策を、北条氏は東進策を取ることができた。
この三国同盟は、三国の力がほぼ対等で当主どうしが互いの力量を認め合っているこ
と、三国の利害が一致すること、さらに三人の当主がほぼ同世代で、婚姻適齢期の男子
（嫡男）と女子がいたという希有《けう》な条件がそろっていたことで成立した。
しかし、永禄三年（一五六〇）の桶狭間《おけはざま》合戦で今川義元《よしもと》が討ち死にを遂げることで、
この同盟にも暗雲が垂れ込め始める。義元の跡を継いだ氏真は、傘下国衆の一つだった
徳川家康《とくがわいえやす》が西から今川領を侵食してくるのを押しとどめることができず、今川氏の勢力
は後退を続けていた。
信玄が家康の東進を危惧しているのは小田原にも伝わってきていたが、氏真を支援す
るのではなく、自らも餓狼《がろう》となり、弱った今川氏に食らいつくとは思ってもみなかった。
関東から上杉輝虎の勢力を駆逐し、ようやく関東制圧に目途が立ってきた折でもあり、
ここで今川氏を支援することにでもなれば、関東の反北条勢力の復活を許すことになる。
氏政は暗澹《あんたん》たる気分になった。
「父上、もはや仲裁の労を取ることは叶《かな》いませぬか」
「ここにある通り、信玄はすでに今川領に入った。おそらく戦いは始まっているだろう。
使者のやりとりだけで矛を収めるはずがない」

すでに十二月九日、信玄は今川氏の大宮《おおみや》城を攻撃していた。

「では、いかがいたすおつもりか」

突然、氏康は立ち上がると障子を開けた。箱根山から吹き下ろす清冽《せいれつ》な風が室内を満たす。

今年で五十四歳になる氏康の鬢《びん》は、去年よりもいっそう白いものが混じり始めていた。

――甲相駿三国同盟は、父上の外交方針の根幹を成すものだった。それを今更すべて反故にし、新たな枠組みを構築していくなど考えようもないのだ。

「新九郎、わしは老いた」

「いや、父上はまだまだ老いてはおりません。幻庵《げんあん》様などは齢《よわい》七十六ながら、今でも当家の政務を見ています」

北条幻庵はいまだ壮健で、北条家の内政を取り仕切っている。

「いや、幻庵様は別格だ。わしなどは馬に乗るのもつらくなり、城の外に出るのも億劫《おっくう》だ。おそらく、それほど長くあるまい」

そう言われてしまえば、氏政に返す言葉はない。

「新九郎、今が北条家の正念場だ」

「はっ、心得ております」

「すべてをそなたの判断に委ねたい、と申したいところだが、この三国同盟を守っていくことは、あの時に締結したわしの責務でもある」

氏康が苦い顔で続ける。

「ここで信玄に怒りの鉄槌《てっつい》を下さねば、これまで信義を第一にしてきたわが家の面目がつぶれる」

氏康の顔が、若い頃のような英気に溢れる。

「では、どうなされるおつもりか」

「信玄を討つ！」

氏康が決然として言った。

「お待ちあれ。今川家が衰退した今、われらは武田家に単独で挑まねばなりません。無念ながら、それは無理というもの」

「わしは単独とは言っておらぬぞ」

「では――」

氏康は大きく息を吸うと言った。

「輝虎と手を組む！」

氏政に言葉はなかった。

七

永禄十一年（一五六八）十二月、予想もしなかった武田信玄の今川領侵攻という事態にいかに対処するかで、北条家中は混乱していた。

天文二十三年（一五五四）に締結されて以来、十五年の長きにわたって機能し、多大な恩恵をもたらしてきた甲相駿三国同盟が突然消滅したことによる衝撃は大きく、北条家は外交方針を根底から見直さねばならなくなった。

氏康は緊急の評定を開き、今後の方針を宿老たちに諮《はか》ったが、議論百出してまとまらない。氏政は「武田殿の言い分を聞き、今川家との和睦の仲立ちをすべし」という意見を述べたが、氏康からは「甘い！」と一喝された。

氏康は続けて「今川家とは始祖早雲庵《そううんあん》様以来の友誼《ゆうぎ》がある。その危急を黙視するわけにはいかぬ。まずは兵を出し、今川家を救う。信玄との和談はそれからだ」と主張する。

それでも板部岡江雪斎が、「武田家が敵となることを想定していないため、われらの西の守りは手薄。それを固めずして敵対すれば、痛い目に遭います」と言って諫《いさ》めた。

北条・武田両家は相模国、武蔵国、上野国で国境を接しており、もしも信玄が兵を分かって北条領国への侵攻を図ってきたら、峠で侵入を阻止することは至難の業となる。

それでも氏康は「われらは有利不利で戦はしない。そこに大義があるかないかが重要だ。北条家の信義を守るには、信玄との決裂もやむなし」と主張して譲らない。

結局、「まずは駿河へ出兵し、小戦で武田勢を追い出すことに専心し、その間に、武田領に通じる峠を守る城の構えを強化する」という方針でまとまった。

すかさず江雪斎が問う。

「武田家から御屋形《おやかた》様（氏政）の許に入輿《じゅよ》してきた南殿《みなみ》（梅）を、いかがなされるご所存か」

氏康が氏政に視線を据える。

――まさか。

その怜悧《れいり》な眼差《まなざ》しを見れば、氏康が何を言おうとしているかは察せられた。

「離縁してもらう」

氏政が異を唱える。

「お待ち下さい。それとこれとは話が別です」

「別ではない。この難局を切り抜けるには、当主自ら武田家から来た正室と離縁し、覚悟のほどを示すほかない。さもなくば味方衆は皆、われらが武田家との再同盟を視野に入れていると思い込み、戦いに身が入らぬ」

「しかし何の落ち度もない室を送り返すなど、それがしにはできません」

氏政は正室梅と仲睦まじく、早世した男子、女子（後の千葉邦胤《くにたね》室）、男子（後の氏直）、女子（鶴姫《つるひめ》、後の里見義頼《よしより》室）の四人の子をなしていた。

「そなたの気持ちは分からぬではない。だが味方衆に、われらの覚悟を示しておくことも大切だ」

「いや、しかし――」

氏康が氏政を制して言う。

「ただし先のことは、どうなるか分からぬ」

「つまり武田殿との間で話がつけば、すぐに戻してもらえるということですか」

「そうだ」

「だが、当家が上杉と手を結ぶとなれば、武田殿とて容易には収まらぬと思いますが」

「よくそこに気づいたな。皆も聞け！」

「はっ」と言って宿老たちが身構える。

「わしは甲相駿三国同盟に越後も加えたいと思っている」

「何と――」

評定の間が騒然とする。

氏康が越後の上杉輝虎と同盟交渉を始めると言ったので、主立つ者たちは騒然となった。

「考えてもみよ。われらは何のために互いに敵対しているのだ。それぞれの利害が一致すれば、戦う必要などないではないか」

――しかし、われらと上杉は利害を一致できるやもしれぬが、武田と上杉は不倶戴天《ふぐたいてん》の敵同士。今更、手を組むことなどできるはずがない。

同年三月から信玄は北信濃《しなの》の地に進出し、上杉方国衆を調略で帰服させていた。さらに越後国北部にあたる揚北《あがきた》郡の本庄繁長《ほんじょうしげなが》や、越中の椎名康胤《しいなやすたね》を輝虎から離反させていた。これにより輝虎は越後府中から動けなくなっていた。それでも信玄は、冬が来る前に上杉方最後の橋頭堡《きょうとうほ》の信州北端部に近い飯山《いいやま》城を攻略できず、方針を転換して今川攻めを優先させた。

――つまり輝虎は、信玄に対して腸《はらわた》が煮えくり返っているはずだ。

氏政が、その疑問をぶつける。

「しかし父上、甲越両国が和談に応じる余地はあるのでしょうか」

氏康が悠揚迫らざる態度で答える。

「いかにも川中島の戦いでは、双方共に甚大な損害を出した。さらに今も駆け引きは続いている。だが、双方に利があれば進まぬ話ではない」

氏康は地図を広げさせると、指揮棒で地図を指しながら説明を始めた。

「まず信玄に遠江一国を渡す。その代わり今川家のために駿河一国を残してもらう。さすれば信玄は三河《みかわ》制圧のための補給線が確保できる」

　三河には、今川傘下を脱して三河一国を支配下に置いた徳川家康がいる。氏康は信玄に遠江一国を与えることで、その関心を西に向けようというのだ。今川家にしてみれば遠江国を失うことになるが、背に腹は替えられない。

「信玄が三河を制圧し、その後、天下に号令したいなら、遠江国は喉から手が出るほどほしいはずだ。われらと今川家の助力があれば、信玄は上洛戦を円滑に進められる」

　氏康が諸国の絵図を示しながら続ける。

「今、輝虎は関東進出をあきらめ、北信防衛に徹しなければならない状況だ。甲越両国に犀川《さいがわ》の線を国境として和睦を結ばせ、北信国衆を還住《げんじゆう》させる。輝虎が越中から北陸道に勢力を拡大したいのなら、われらも信玄も背後を襲うことなどしないという起請文と証人（人質）を出す。ここまですれば、さしもの輝虎も話に乗ってくるはずだ」

　だが氏政は、それが現実的なものとは思えなかった。

　――父上は理《ことわり》を説くのを好む。だが人とは憎悪や恨みという情によって動かされる。損得だけで話に乗ってくるとは思えぬ。

「まずは、当家の威嚇によって今川領国を守る。続いてわれらが輝虎と結ぶことで信玄を揺さぶり、和談の座に着かせる」

「つまり目指すは甲相越三和一統と――」

今川氏真が駿河一国を維持できても、義元在世の頃の勢いはないので、当面は北条家の傘下とし、外交権を北条氏が代行する。それゆえ甲相越三国の同盟となる。

「これにより東国に静謐が訪れる。最後の仕事として、わしは東国に静謐をもたらしたいのだ」

――そうなれば申し分ないが、父上の気力と体力がいつまで持つか。

これだけの構想を実現するには、粘り強い交渉と駆け引きが必要になる。体調が悪い氏康が、どこまでこの同盟を牽引《けんいん》できるかは分からない。言うまでもなく当主として実績のない氏政が、それを代行するのは困難だ。

ちなみにこの永禄十一年、氏康は五十四歳、信玄は四十八歳、輝虎は三十九歳になる。それに対して氏政は三十一歳の若造にすぎない。

「東国を静謐に導くには甲相越三和一統しかない。そのために、わしは残る生涯を捧《ささ》げたいと思っている」

――父上の仰せの通りだ。できるできないではない。静謐こそ誰もが望むものではないか。

氏政は、何としても父の夢を実現させたいと思った。

「分かりました。父上をお助けします」

以前に比べて小さくなった氏康の背を見つめつつ、氏政は父を支えていく決意をした。

「左京大夫殿」

氏康は公の場では、氏政のことを官職名で呼ぶ。

「何を措《お》いても、まずは駿河に兵を進め、信玄を追い払わねばならぬ」

「尤もなことです」

「わしが全軍を率いていく」

「何を仰せか」

それには宿老たちも一斉に反対した。

「わしが行かねば、信玄は戈《ほこ》を収めぬ」

「お待ち下さい」

宿老筆頭の松田憲秀《のりひで》が発言を求める。

「相模国から駿河国にかけては険難の地が続きます。箱根山はもとより、薩埵《さった》山《やま》の尾根は海まで突き出しているので、東海道も波をかぶるほどの難路になっています。そこで進退窮まれば、一大事になるやもしれません」

——父上が討たれれば、北条家は崩壊する。

氏政も同感だった。氏康が討ち死にすることにでもなれば、その衝撃は大きく、北関東国衆の離反が相次ぎ、北条領国は崩壊の危機を迎えるはずだ。

氏政が腹底に力を込めて言った。

「それがしが参ります」

「それはまずい。そなたでは――」

氏康が言いよどむ。

「分かっております。信玄はなめて掛かり、言うことなど聞かぬと仰せですね」

「そういうことだ」

「しかし当主自ら出張ることで、覚悟のほどを味方衆に見せねばならないのでは――」

氏康が「してやられた」という顔をする。

「その通りだな」

宿老たちは思い思いに発言し始めるが、氏康は両手を挙げてそれを制した。

「誰が大将になるか決めるのは当主だ。わしは、その決定に従う」

「ありがとうございます。では、それがしが駿河に参ります」

それで衆議は決した。皆、「よし、やろう！」などと言って肩を叩《たた》き合っている。

氏政は自ら不退転の覚悟を示すことで、味方の士気を高めることに成功した。

――だが、わしが討ち死にした後のことも考えておかねばならぬ。

その時は武蔵・相模両国まで国境を下げ、防備を厳にせねばならない。

評定はそれぞれの手配りに移り、やがて散会となった。氏政が氏康に挨拶し、評定の間から退室しようとした時だった。氏政の背に氏康の声が響いた。

「梅に離縁のことを、しかと伝えるのだぞ。もし伝えられぬなら、わしが代わりに――」

「梅はわが室です。それがしの口から伝えます」

「それならよいが、一つだけ気を付けねばならぬことがある」

氏政が座に戻ると、氏康が厳かな口調で言った。

「決して『すぐに戻れる』などと言ってはならぬぞ」

「やはり、そうでしたか」

「この世は一寸先に何があるか分からぬ。下手に希望を持たせてしまえば、もしもわれらと武田の間が手切れとなった時、梅がどれだけ落胆するか分からぬ」

「しかし希望を持たせねば――」

「それは違う。ただ離縁するとだけ告げるのだ。いかに哀訴されようが、それ以外のことは口にするな」

「そんなことができましょうか」

「勘違いするな！」

氏康の怒声が閑散とした評定の間に轟く。

「それをやらねばならぬのが、大名家の当主なのだ」

「それは分かっております。いかにもそれがしは、公人としては大名家の当主です。しかし私人として、妻子を持つ身でもあります。梅を納得させ、希望を持たせて甲斐に送り出したいのです！」

氏政の感情が迸《ほとばし》る。

「それがいかんのだ」

氏康がため息をつく。

「もはや、わしがあれこれ言うことはない。そなたの好きにするがよい。だが希望が絶望に変わった時のことは覚悟しておけ」

それだけ言うと、氏康は座を立った。

八

閨室《けいしつ》で待っていると、梅が笑みを浮かべてやってきた。

「お待たせしました」

「いや、さして待ってはおらぬ」

「そうですか。ご多忙なのに申し訳ありません。鶴がむずかって寝付かず、乳母が持て余していたので、私が寝かしつけておりました。気立てがいい子なので、こんなことはこれまでなかったのですが、どうしたんでしょうね」

末娘の鶴姫は今年三歳になるが、乳母よりも実母になつく珍しい子だった。

「どうしたわけか、鶴が私に懸命にしがみ付いてくるのです。いつもは聞き分けがいいのに、本当に幼子は気まぐれです」

――虫の知らせか。

だが氏政は笑みを浮かべて言った。

「子とはそういうものだ。そのうち収まる」

「そうですね。子らの成長を見守るのは、何にも増してうれしいことです」

「うむ。そうだな」

氏政は何と答えてよいか分からない。

「長男は育てられませんでしたが、残る三人の子らは無事に育っています。これも仏神のご加護のお陰です」

梅が箱根権現の方を向いて手を合わせる。

「私は、当家に嫁いできて本当によかったと思っています。最初は故郷を離れるのが辛《つら》くて仕方がありませんでした。しかしあなた様という心優しい伴侶を得られただけでなく、元気な子らも授かり、女としてこれ以上の幸せはありません」

氏政が言葉に詰まる。すると梅は不安になったのか、話を続けた。

「此度、わが父が今川領に攻め入ったのは、私も聞いております。城内では、当家とわが里（実家）が手切れとなるといった雑説も流れております。私に政《まつりごと》は分かりませんが、ただ願うのはこの世の静謐だけ。わが父信玄は熟慮の人です。軽はずみなことは絶対にしません。それゆえ話し合えば、きっと兵を引くはず」

「そうだな。そうなればよいのだが――」

信玄が熟慮の人だからこそ容易に兵を引かないと、氏政は思っていた。

「御屋形様は、何かよからぬことをお考えですか。まさかわが実家と戦うなどと――」

「梅、心して聞け」

氏政は覚悟を決めた。

「われらは武田と戦うことに決した」

「何と――」

梅の顔色が真っ青になる。

「それは真でございますか！」

「うむ。ここで起たねば、われらの義が立たぬ。われらが駿河に兵を進めることで、義父上が兵を引くなら話は別だ。だが、それくらいのことで兵を引く義父上とは思えぬ」

「でも、どうして」

梅の声が上ずる。

「今川家存亡の危機を傍観するわけにはまいらぬ。わしが駿河まで出張ることになった」

「えっ、御屋形様が――」

「そうだ。むろん初めは和睦を打診してみる。だが義父上が引かないとなれば、戦わざるを得ない。下手をすると大戦になり、どちらかが首を献上することになる」

「ああ、何と恐ろしい」

梅が嗚咽《おえつ》を漏らす。

「甲相駿三国の同盟を破り、われらに何の通達もなく駿河に攻め入ったのは義父上だ。致し方ないことなのだ」

静かな夜に、梅の嗚咽だけが重く漂う。

――ここで逃げるわけにはまいらぬ。

氏政が意を決する。

「それで、梅――」

氏政が口を開こうとした時、梅が機先を制した。

「分かりました。私も輿入れしたからには、北条家の者です。覚悟を決めて実家と決別します。御屋形様、存分に戦い、父の首をお取りなさい!」

梅が凄絶な顔で言う。

――そうではないのだ。

氏政の苦渋が深まる。

「梅、心して聞け」

梅が顔を上げる。その顔は、これから氏政が言わんとしていることを予感しているかのように不安でいっぱいだった。

「何でしょうか」

「わしは、そなたと離縁せねばならぬ」

「今、り、え、んと仰せになりましたか」

梅が目を大きく見開く。

「そうだ。そなたには、供の者たちと一緒に甲斐に帰ってもらいたいのだ」

「仰せの謂《いい》が、梅には分かりません」

「では、もう一度言う」

氏政が梅の両肩を摑む。

「わしはそなたと離縁する。そなたには甲斐に帰ってもらう」

「何ということを——。それでは子らはどうするのです」

「当家に置いていってもらう」

「ま、まさか——。そんなことはできません！」

氏政の腕から逃れた梅は、部屋の隅まで這《は》うようにしていき、壁にもたれて肩で息をしている。

「そなたには何の罪もない。だが北条家の当主として、わしは天下に筋を通さねばならぬのだ」

「嫌です。私はここにおります！」

「無理を申すな。そなたも大名家に生まれた者なら、こうなった時の覚悟はできているだろう」

梅が幼子のように首を左右に振る。

「私は、子らと離れとうありません」

「武士の妻として、こうしたことを受け容れねばならぬのは分かっておるはずだ」

「どうか、ここに置いて下さい」

梅の瞳から大粒の涙がこぼれ落ちる。

「そなたの気持ちは分かる。だが、この場は堪えてくれ」

突然、梅が顔を上げた。

「今、『この場』と仰せになられましたね。それはどういう謂です」

氏政が沈黙で答える。

「もしも当家とわが実家の間で再び手を結べたら、こちらに戻していただけるということですね」

「いや、それは――」

「そういう思惑があるのですね。つまり此度のことは里帰りと変わらぬのですね」

「そうではない。だが――」

氏政が言葉に詰まる。

「それであれば話は別です。北条家当主としての御屋形様の面目を保つためにも、喜んで甲斐に赴きます」

――待ってくれ。先走らないでくれ。

そうは思いつつも、氏政は梅の言葉を否定できない。

「梅、先のことは誰にも分からぬ。いかにもわれらは義父上と語り合うつもりだ。しかし――」

「わが父は分別のある人物です。物事の理を整然と説けば、必ず分かってくれます」

――それは違う。

信玄は熟慮に熟慮を重ねて駿河に侵攻したはずで、容易に兵を引くとは思えない。

「梅、希望を持つことは大切だ。だが先のことは、誰にも分からぬのだ」

「私は一年以内に戻ってきます」

もはや梅には、希望以外のことは耳に入っていなかった。

「待て。それは約束できぬ」

「いいえ。当家と武田家の絆《きずな》は重代のものです。家臣たちにも多くのつながりができています。そうした関係が、容易に崩れるとは思えません」

「わしも、それを信じたい」

「それならば、そうなされればよいだけです。あなた様は当家の当主ではありませんか」

「それはそうだが――」

「では、希望を持ってもよろしいのですね」

氏政がわずかに首肯する。

「よかった。本当によかった。私は必ず戻ってきます」

梅は安堵したのか、ほっとしたようにため息をついた。

――わしは梅に希望を持たせてしまった。これでよかったのか。

梅の顔は安堵と希望に溢れていた。もはや氏政は、それを否定する気になれなかった。

この数日後、梅は来た時と同じように行列を連ねて小田原を後にした。その顔には笑みさえ浮かんでいた。

親しくしていた者たちには、「しばしのお別れです」と告げ、かじりついて離れない鶴には、「いい子にしていたら、すぐに戻ってきますよ」と言っている。

氏政には、それを否定することなどできない。

背後から新九郎（後の氏直）の肩に手を置きつつ、氏政はその行列を見送った。

氏政が新九郎に「母上の顔をよく見ておくのだぞ」と告げると、新九郎はじっと母親に視線を据えていた。そして行列が角を曲がって見えなくなると、唇を真一文字に結び、頭を深々と下げた。

九

十二月十二日、氏政は駿河に向けて出陣した。

ところが十三日の夜、抗戦をあきらめた今川氏真は、駿府館を自落して西に向かった。いったん駿府から西に延びる川根《かわね》街道沿いにある建穂寺《たきようじ》に踏みとどまり、兵の集まるのを待った氏真だったが、思うように兵は集まらず、十四日早朝、藁科《わらしな》川沿いの道を使い、十五日深夜、懸河《かけがわ》城に入った。

懸河城には、遠江の統治を任せている宿老筆頭の朝比奈《あさひな》泰朝《やすとも》がおり、氏真はそこを拠点として信玄に対抗していこうというのだ。

この一報を受けた氏政は落胆したが、それでも二十七日、北条勢は富士川から一里ほど西の蒲原《かんばら》城に入り、河東《かとう》地域（富士川以東の駿河国）を確保した上、蒲原城の西方一里半の薩埵山にいた武田勢を追い払った。

その頃、懸河城で態勢を立て直そうとしていた氏真は愕然《がくぜん》としていた。二十一日、突如として現れたのは徳川勢七千だったからだ。徳川勢は容赦なく懸河城を包囲した。

これでさすがの氏真にも、からくりが読めてきた。

実は信玄と家康は通じており、駿河を信玄が、遠江を家康が領有することで話がついていたのだ。

翌永禄十二年（一五六九）正月十二日、徳川勢の懸河城への攻撃が始まった。とくに二十日から二十四日の戦いは激しく、双方共に死傷者が続出したが、城は落ちなかった。

一方、駿河では、蒲原城に至った氏政が信玄に甲斐へ退去するよう迫っても、信玄は聞く耳を持たない。逆に薩埵山の西方半里にある横山城《よこやま》（興津城《おきつ》）に籠もり、あくまで戦う姿勢を示した。

「開戦やむなし」と覚《さと》った氏政は二月、先手を打つべく横山城に攻撃を仕掛けた。しかし横山城は落ちず、戦線は膠着《こうちゃく》した。

それでも四月、北条方が信玄の退路を断つ動きを見せたため、信玄は横山城と久能山《くのうさん》城に籠城衆を残すことを条件に北条方との停戦に合意し、甲斐へと引き揚げた。

いったん甲斐に戻った信玄は、北条攻めの準備をするため、関東で北条氏と対立する簗田・佐竹・里見、宇都宮氏に誼《よしみ》を通じ、自らが関東に攻め入った折の協力を依頼している。

この間、氏政は家康との間に矢留《やどめ》（休戦協定）を結び、懸河城にいた氏真を蒲原城に引き取り、駿府館に今川勢を入れた。遠江を家康に譲ったとはいえ、この時点で氏真は駿河国を回復したことになる。

　六月、小田原城に戻っていた氏政の許に、信玄が伊豆《いず》方面への侵攻を開始したとの一報が届く。

　早速、その対応策を練っていると、氏康がやってきた。

「父上、信玄が韮山《にらやま》城を攻めているとの一報が届きました」

「ああ、知っている」

　氏康の顔色が冴《さ》えない。

　──さては何かあるな。

　氏政の胸中に、黒雲のように不安がよぎる。

「父上、お顔色が悪いようですが、越後との交渉がうまくいっていないのですか」

「いや、輝虎が突き付けてきた条件をすべてのんだので、同盟締結まであと一息だ」

　輝虎が突き付けてきた条件は、大きく三つになる。

　まず関東管領職の輝虎への一本化だ。関東管領職は輝虎と氏康の双方が就いている形になっているが、それを輝虎だけのものにしろというのだ。すでに関東管領職は有名無実化しており、これは受け容れやすい条件だった。

　二つ目は領地の割譲だ。輝虎が求めたのは上野一国と武蔵国の一部だった。上野国は仕方ないとしても、輝虎が求める武蔵国内の藤田・秩父《ちちぶ》・成田・岩付・松山・深谷《ふかや》・羽生の各領は国人領が大半なので、北条氏の一存では決められない。結局、北条氏の支配力が弱い羽生領と深谷領だけが、速やかに渡されることになった。

第三点は養子縁組だ。氏政の子の一人を輝虎に差し出せば、輝虎は養子にするという。こうした同盟補強策は本来なら婚姻によるのだが、輝虎には子がいないため、養子という形を取ったのだ。むろんそこには、証人という意も含んでいる。

この養子は当初、氏政の次男・国増丸《くにますまる》に決まっていたが、あまりに幼いので（六、七歳）、翌元亀《げんき》元年（一五七〇）二月に氏政の末弟（氏康七男）の三郎《さぶろう》に決定する。

こうしたことが重なって双方の話は進み、永禄十二年（一五六九）六月に越相《えつそう》同盟が締結された。

「では、ほかに何か懸念がおありなのですか」

「この件では、今のところない」

「では、何を——」

「人払いせよ」

氏政が周囲から近習《きんじゅ》や小姓を遠ざける。

広い評定の間には、氏康と氏政の二人だけになった。

「心して聞け」

「はっ」

得体のしれない胸騒ぎがする。

「今朝方、甲斐に潜入していた風間孫右衛門が戻り、梅の死を伝えてきた」

「えっ、今なんと――」

「梅が自害いたした」

――梅が自害したとはどういうことか。

氏政は、その言葉の意味を嚙み締めた。

驚きの次に疑念が湧いた。

――あれだけ子らを可愛《かわい》がっていた梅が死ぬはずがあろうか。

「父上、それは確かな話なのでしょうか」

氏康がうなずく。

「この雑説は孫右衛門からのものなので、おそらく真だろう」

風間孫右衛門は、幾重にも裏取りをしてから報告してくる。

――これまでも、孫右衛門は真説しか伝えてこなかった。やはり事実なのか。

落胆と悲しみが同時に押し寄せてくる。

「孫右衛門によると、甲相手切れの一件を気に病んでいた梅は、信玄の伊豆への出陣を聞き、身を挺《てい》して止めようとした。だが、それを聞き入れる信玄ではない。梅の手を振り払うようにして出陣した。それを見届けた梅は、絶望して自害したという」

「ああ、梅――」

思わず氏政は、その場に片手をついた。

――何たることか。こんなことなら甲斐に戻さねばよかった。

今更それを悔やんだところで、どうなるものでもない。だが、もう梅がこの世にいないという事実を、氏政は受け止められないでいた。

「わしも、こんなことになるとは思わなかった。まさかそなた――」

氏康が険しい顔で問う。

「梅に希望を持たせたのではあるまいな」

「いや、そんなことは――」

「それであれば仕方がない。梅は早まったことをしたのだ」

氏康が唇を嚙む。

氏康の前なので懸命に落ち着きを取り戻そうとしたが、氏政は動揺を隠すことができないでいた。

――梅、なぜ早まったのだ。

梅の絶望は痛いほど分かる。だが生きている限り、いつかは光明を見出《みいだ》すこともできたのだ。

――わしが近くにいてやれたら。

悔やんでも悔やみきれない思いが押し寄せてくる。

――あの時、父上の言うように希望を持たせず、紋切り型に離縁を申し渡せばよかったのか。

「このことは、伊豆に向かった信玄の耳にも入ったはずだ。だが信玄は甲斐に戻ることをせず、こちらに向かってきている。梅の死を、われらに対する怒りに転化させているに違いない」

――何という男だ。

信玄にとって、梅は正室の三条の方から生まれた長女だった。それだけ信玄は梅を愛し、北条方から懐妊の知らせが届く度に、富士御室浅間社《おむろせんげんしゃ》に安産祈願に行くほどだった。

「どうやら信玄は不退転の覚悟で、怒りの鉄槌をわれらに振り下ろすつもりらしい。実に勝手なことだが、こうなれば受けて立つしかない」

氏康の双眸《そうぼう》が怒りに燃える。

――だが、武田の強兵を退けるのは容易なことではない。

信玄率いる武田軍団の強さは関東にも鳴り響いている。相次ぐ戦から、北条方も強兵を養ってきていることは確かだが、苦戦を強いられるのは間違いない。

「信玄の動きを掣肘《せいちゅう》するには、越後の輝虎に動いてもらわねばならぬ。だが、これまで敵対してきた輝虎とわれらだ。それが突然、手の平を返したように『助けてくれ』と言っても、容易には動いてくれまい」

「当面は、われらだけで信玄を抑えねばならぬと――」

「そういうことになる」

「分かりました。すぐに手立てを考えます」

氏政が一礼して、その場から去ろうとすると、氏康の声が掛かった。

「もう一度聞く。そなたは本当に梅に希望を持たせなかったのか」

氏政が肩を落とす。それが答えだった。

「やはり、そうだったか。あれほど申したのに、そなたは余計なことを言ったのだな」

「申しました」

「そなたは冷徹になれなかった。それが梅を死なせたのだ」

「しかしあの時は――」

氏政は溢れる哀惜の念を抑えきれず、その場に片手をつき、嗚咽を漏らした。

「梅に希望を持たせれば、それが打ち砕かれた時の落胆は大きい。それゆえ梅は自ら命を絶ったのだ。いわば――」

氏康の言葉が強くなる。

「梅を殺したのはそなたなのだ」

「ああ――」

悲しみが波濤《はとう》のように押し寄せてくる。

――わしが梅を殺したのか。

「新九郎よ」

氏康の言葉が慈愛に満ちたものに変わる。

「もはや梅は帰らぬ。だが梅は自らの命を使って、そなたに当主の厳しさを教えたのだ」

「当主の厳しさと――」

「そうだ。大名家の当主たる者、誰に対しても己の感情を見せたり、共感したりしてはならぬ。それができなければ、家を滅ぼすことになる」

氏政が声を絞り出す。

「大名家の当主とは、そこまで冷徹にならねばならないのですね」

「そうだ。向後、そなたの甘さや優しさが、当家に甚大な損害を及ぼすかもしれない。その時、家臣や国衆がどれだけ辛い思いをするか分かるか」

「は、はい」

「大名家の当主とは、それだけ辛い仕事なのだ」

「肝に銘じます」

氏政が悄然《しょうぜん》と頭を垂れる。

──わしは、父上のように冷徹な当主にはなれまい。

氏政は、どうしても人の気持ちに寄り添ってしまう己の弱さを知っていた。

──わしは、大名家の当主に向いていないのではないか。

かねがね思っていた疑問が頭をもたげる。

氏康が立ち上がる。

「梅の菩提《ぼだい》は、こちらでも弔ってやろう」

「はい。必ず──」

氏政は梅の冥福を祈ると同時に、梅から託された三人の子を、しっかりと育てていこうと思った。

その後、信玄により甲斐の龍地に梅の菩提寺として黄梅院が建立された。

一方、箱根の早雲寺《そううんじ》内にも、氏政によって同名の寺院が建立されている。

十

永禄十二年六月、信玄は駿河国駿東《すんとう》郡の深沢《ふかさわ》城と北伊豆の韮山城を攻撃し、北条方を牽制すると、七月には兵を西に転じ、駿河国富士《ふじ》郡の大宮城を落城に追い込んだ。

一方、この頃、氏康は輝虎に北信地域への侵入を依頼するが、武蔵国松山領の扱いについて双方の主張が一致せず、兵を出してくれない。

松山領は国人の上田《うえだ》氏と北条氏の直臣領が入り組み、利害調整が難しい地域だった。それゆえ説得には時間を要する。だが輝虎は即刻引き渡さない限り、牽制しないという。

こうした越相両国の不一致を察してか、信玄の動きは次第に大胆になっていく。

九月、二万の兵を率いた信玄は、甲武国境に横たわる山岳地帯を抜けて武蔵国に出ると、御嶽《みたけ》城を攻撃し、続いて氏邦の守る鉢形《はちがた》城を包囲し、さらに南下して氏照の滝山城を攻めたてた。

幸いにしてどの城も落城しなかったが、二万もの大軍を領国内に入れたことは北条家中に動揺をもたらした。その後、信玄は悠然と相模国に入り、小田原を目指した。

領国の中枢部への侵入を許してしまった北条方は、小田原城での籠城策を取る。だが信玄の狙いは威嚇にあったため、本格的な攻城戦を行わずに引き揚げていった。

これを知った氏政は、滝山衆を率いた氏照、鉢形衆を率いた氏邦、玉縄《たまなわ》衆を率いた綱《つな》成《しげ》に、甲斐国への退路と目される三増《みませ》峠を扼する形で邀撃《ようげき》するように命じた。

その一方、追撃部隊一万を率いた氏政は小田原を出陣し、邀撃部隊との挟撃態勢を布こうとした。

ところが氏政率いる小田原衆の進軍が敵の殿軍の働きによって遅れた。氏照を総大将とした北条方邀撃部隊二万は、すでに武田勢の進路を遮る形で布陣を終えていたが、挟撃できないとなると苦戦が予想される。

三増峠の南には、多少の高低差がある広闊《こうかつ》な平原が広がっている。氏照らはここに展開し、信玄と雌雄を決しようとしていた。

だが帰国を急ぐ武田勢を無理に押しとどめれば、必死の抵抗をされて相当の損害も出る。それを避けるべく、氏政はいったん武田勢を通しておいて、その後尾を捕捉追撃しようと考えた。

もしも信玄を逃がしてしまっても、形ばかりに「武田勢を相模国から追い出す」という目的は達せられ、世間に面目を施せるからだ。

氏政は氏照に使者を出し、武田勢に道を空ける形で、相模川西岸の三増宿、道場原《どうじようはら》、志田原《しだはら》に布陣するよう命じた。しかし氏政は一点だけ見逃していた。これでは道を空けた北条方が低地に布陣することになり、陣形的には、高所を取った武田方が圧倒的優位に立つ。

この時点で、氏政率いる小田原衆は三増宿の一里半南の荻野《おぎの》宿に達していたが、殿軍に阻まれて進軍は困難を極めていた。

一方、信玄は、北条方に挟撃態勢を取られる前に北条方邀撃部隊に痛手を与え、三増峠を越えて帰国の途に就こうとしていた。

十月六日早朝、悠然と三増峠に向かっていた信玄は突然、踵《きびす》を返して陣形を整えると、低地に展開する北条方邀撃部隊に襲い掛かった。

緒戦では、北条綱成勢が武田方の重鎮の一人である浅利《あさり》信種《のぶたね》を討ち取るなどの奮闘を見せたが、北条方は次第に劣勢に追い込まれた。高低差が物を言ったのだ。

半ば敗走状態となった北条方は、田代《たしろ》付近まで引いて態勢を立て直すと、即座に逆襲に転じた。

ところが信玄は周到だ。山県昌景《やまがたまさかげ》率いる別働隊を志田峠に通じる支道に隠しておき、北条方の側背《そくはい》を突かせたのだ。これにはたまらず、北条方は一気に崩れ立った。

この戦いの結果、北条方邀撃部隊は死者三千二百六十九名という前代未聞の損害を出した上、信玄に帰国を許してしまった。

しかも氏政率いる主力部隊は戦場に駆けつけられず、氏政は面目を失った。もし間に合っていたなら、勝敗が逆転していた可能性もある。だが事実は戦局を見るに敏な信玄の勝ちだった。

後に信玄は、徳川家康を相手にした三方《みかた》ヶ原《はら》で同じような反転逆襲策を取り、大勝利を得ている。

——何たることか。

戦場に到着し、周囲を見回した氏政は愕然とした。その場に斃《たお》れているのは北条方の兵の遺骸ばかりで、どれも首がない。

信玄の逆襲を警戒した氏政は、小田原衆の一部を割いて周辺の警戒に当たらせると、残る者たちで負傷者の救助と施療に当たらせた。

「兄上！」

その時、次弟の氏照が凄まじい形相で駆け寄ってきた。その背後からは、氏照に何かを言いつつ、三弟の氏邦が続いている。

「兄上、この有様を見て何と思う！」

「――――」

「なぜ、われらを高地から下ろしたのだ。おかげで見ての通りだ！」

氏政に言葉はない。

「われらは挟撃態勢を布けなくても、真っ向から信玄に当たるつもりでいた。それをなぜ、あのような命令を下したのだ！」

氏政の肩を摑もうとする氏照を、背後から「よせ！」と言って氏邦が押さえようとするが、氏照はそれを振り払った。

「待て。あの時、わしは――」

「あのまま布陣していれば、勝てたかもしれぬのだぞ！」

氏邦が「やめろ！」と言って氏照を羽交い締めにした。

それを見た家臣たちも駆け寄り、二人の間に入る。

左右から押さえ付けられながらも、氏照が喚《わめ》く。

「兄者、戦場にいない者が後方から命令を下すなど言語道断だ。わしに任せてくれれば、信玄の首を取れたものを！」

「それは分からぬ。全滅していたかもしれぬではないか」

「そんなことはない。われらは高地を占めていたのだ。圧倒的に優位な陣取りだった。しかし、高地から低地に移れば不利は免れ得ない」

周辺の地形を見渡し、氏政は邀撃部隊を低地に下ろしたことが間違いだったと覚った。

「地形も調べずに拙速に命令を下した兄者が、この負けを招いたのだ！」

家臣たちに左右から肩を抱かれるようにして、氏照が連れていかれる。

――源三の言う通りだ。わしは軽率だった。

そこに「兄上」と呼び掛けつつ、氏邦が近づいてきた。

「源三兄の言うことは尤もだ。わしも、あの命令を聞いた時は愕然とした」

「そなたまで、それを言うのか！」

氏政が氏邦の胸倉を摑む。

「殴れ。殴って気がすむなら殴るがよい！」

氏政は氏邦を突き飛ばすと背を向けた。

「兄上、もはや終わったことは仕方がない。大切なのは、これからどうするかだ」

「分かっておる！」

だが氏政は、己の判断力に自信が持てなくなっていた。

「兄上、もはや信玄がやってくることはないと思うが、万が一に備えて小田原衆を三増峠に配備してくれ。われらは見ての通りだ。これ以上、戦うことはできない」

「すでに小田原衆が周囲を固めておる。そなたらはそれぞれの拠点に帰れ。この地には、われらが残る」

「かたじけない」

氏邦が背を向ける。

その背に、氏政が「新太郎《しんたろう》」と呼び掛けた。

「そなたらは間違っているのを承知で、わが命を聞き入れてくれたのだな」

「そうだ。当主の命に従わねば家中は成り立たぬ。源三兄は切歯《せっし》扼腕《やくわん》したが、『当主の命は絶対だ』と言い、全軍を低地に移動させた」

「そうか。すまなかった」

「われわれに謝罪は要らぬ。ただ死んでいった者たちの遺族に手厚く報いてくれ」

「分かった。できるだけのことはする」

氏邦はうなずくと、その場から去っていった。

小田原に戻った氏政は、報告のために氏康の書院を訪れた。

氏康は難しい顔で書状を書いていた。

「父上、たった今、戻りました」

「大儀であった」

「いや、それがしは何もしないも同然でした」

氏政と小田原衆は敵の殿軍との小競り合いに終始しただけで、戦闘らしい戦闘はしていない。

「それは聞いておる。源三らは、ひどく負けたそうだな」

「はい。しかし責は、それがしにあります」

「それも聞いている。源三らを低地に移動させ、信玄のために道を空けたというではないか」

「その通りです」

氏政が肩を落とす。

「なぜ、さような命を出した」

「挟撃できないなら、せめて敵を追い落とす形を取ろうとしました」

「信玄相手に、そなたの思惑通りになると思ったのか」

しばし考えた末、氏政は額を畳に擦り付けた。

「申し訳ありません」

「信玄に高地を取られれば、反転逆襲に転じるのは明らか。しかも、そうなった場合を想定しておらず、武田勢が攻め寄せてきた時、迎撃する衆と退却する衆に分かれたというではないか」

氏政は低地への移動を命じただけで、万が一、信玄が反転してきた時にどうするかまでは命じていなかった。そのため、衆ごとに少し離れて陣を布いていた邀撃部隊は、立ち向かう部隊と撤退する部隊に分かれてしまった。

「信玄は尋常な相手ではない。勝ち目があると見れば何でもやる」

「は、はい」

氏政は、穴があったら入りたいほど肩身が狭かった。

「今後、そなたはどうする」

――遂《つい》に来たか。

氏政は、氏康から「当主不適格」と告げられることを覚悟した。

「それがしは、北条家を率いる器ではないかもしれません。父上もそう思われるなら、当主の座から外していただいても構いません」

此度のことで、氏政も精神的に追い詰められていた。それが、この一言になって口から迸った。しかも氏政は梅の死に責任を感じており、坊主になって、生涯を供養に捧げてもいいとさえ思っていた。

「当主の座を下りたら、そなたはどうする」

「仏門に入るくらいしか、今は思い浮かびません」

氏康が呆《あき》れたようにため息をつく。

「一度、敗れたくらいで当主の座から降りると申すか」

「一度と仰せになられても、死者は三千を超えています」

北条氏の歴史の中でも、三千を超す死者数は前代未聞であり、その大敗を指揮官として味わった氏政は、立ち直れないほどの衝撃を受けていた。

「そなたは、負けたままで当主を下りるのか」

「それは――」

「大名家の当主とは、戦に強いだけではだめだ。いかにも源三は勇猛果敢、新太郎は家臣の信望が厚く、助五郎《すけごろう》（氏規《うじのり》）は知略に長《た》けている。だが彼奴らは、そなたを当主とする前提で、それぞれのよきところを伸ばしてきた。今更、そなたに替わる者はおらぬ」

確かに氏政の弟たちは、氏政を補完する形で得意分野を伸ばしてきたが、氏政のように当主として総合的な教育を受けてきたわけではない。

――わしは幼い頃から特別扱いされてきた。つまり当主として育てられたのだ。

子弟の教育に熱心な氏康は、それぞれ専門分野を極められるような教育を受けさせた。氏規には兵法書を読ませ、氏邦には人心掌握のために四書五経を学ばせた。そして氏照には、年貢の出納などの実務と海上交易について勉強させた。だが氏政は、それらを広く浅く学んだにすぎない。

「弟たちを束ね、力以上のものを発揮させるには、そなたが必要なのだ」

氏康は、そこまで見越して兄弟を育てていたことになる。

「父上、分かりました。それがしは間違っていました」

「それでよい」

「こうなったからには、武田方に何とか一矢報いるべく――」

「そうではない！」

氏康の怒声が書院内を震わせる。

「大名家の当主が復讐《ふくしゅう》など考えてどうする。己の感情に負け、復讐のために家をつぶすことが当主の仕事ではない。向後、必要とあらば、武田と再び手を組むことも視野に入れておく。それが大名家の当主の考え方だ」

「申し訳ありません」

「戦うことが当家にとって益があるなら戦い、手を組むことに益があるなら手を組む。そうした判断ができるよう、わしはそなたを育ててきたつもりだ」

「そうでした」

「大名家の当主とは、それだけ冷徹であらねばならぬ。それができるのは、そなただけなのだ」

「ありがとうございます」

氏康の思いやりが心に染みた。

十一

北条領国を席巻した信玄は永禄十二年十一月、今度は駿河方面に姿を現した。いったん北条方によって追い払われた駿河国を奪還するための出陣だ。

意表を突かれた北条方は、駿河防衛の拠点にしていた蒲原城を落とされてしまう。信玄自ら書状に「海道第一の険難《けんなん》の地」と記したこの堅城を、信玄は一日で落城に追い込んだ。信玄は、「この勝利は人の成せる業ではない」とまで自画自賛している。これにより北条方の薩埵山陣も自落し、駿河国のほとんどが再び信玄の手に帰した。

この戦いで北条方は、一族の北条新三郎氏信《しんざぶろううじのぶ》や、その弟の箱根少将融深《ゆうしん》をはじめとした直臣たちを失っただけでなく、今川家のために駿河を守り抜くことができなかった。

この間、再三にわたる氏康の出馬要請にも、輝虎は応えず、ようやく越山叶ったのは十一月末になってからだった。しかし時すでに遅く、牽制効果はほとんどなかった。輝虎はそのまま上州沼田で年を越し、翌元亀元年四月、証人の三郎を引き取り、越後に戻ることになる。

ちなみに永禄十三年（一五七〇）は、四月二十三日から元亀元年となる。

輝虎が頼りにならないと覚った氏政は、武田領と接している地の防衛線強化に乗り出す。駿河国では最前線となった深沢城と興国寺《こうこくじ》城の防御力を強化し、足柄《あしがら》峠には足柄城を築くことにした。武蔵国でも鉢形城、由井《ゆい》城、津久井《つくい》城などの国境の諸城の修築を進めた。

九月、信玄は輝虎が川中島方面に姿を現したことを受けて、そちらに転進した。ようやく同盟の効果が出てきたのだ。しかし輝虎が越後に戻ると、信玄は本拠の甲斐に戻らず、上野国から武蔵国へと進撃し、各所で北条方と衝突した。

信玄の猛威は予想を上回るものとなり、北条氏は存亡の危機に瀕していた。そんな折、さらなる不幸が北条家を襲う。

「父上が倒れただと！」

氏康が倒れたと聞いた氏政は、すぐに氏康の隠居所に駆けつけた。すでに日は沈んでいたが、氏康の寝所の庭には篝が焚《た》かれ、昼のように明るい。

「父上、いかがいたしましたか！」

氏康は仰臥《ぎようが》し、大鼾《おおいびき》をかいていた。

「お静かに」

氏康の室で氏政の母のつやが叱る。

「母上、父上はいかがなされたのですか」

「広縁で書見していたら突然、具合が悪くなり、その場に横たわりました。それで皆で布団まで運んだのですが、それから目を覚ますことはなく、大きな鼾をかいて寝てしまいました」

「鼾をかけるなら心配要らぬのでは」

「いや」と言って侍医の田村安栖《たむらあんせい》が口を挟む。

「唐国《からくに》の医学書によると、この病は脳《なづき》の一部の血道《ちみち》（血管）が切れたか詰まったかして起こるもので、鼾をかくことは病態の一つです」

「快復の見込みはあるのか」

安栖の眉間に皺《しわ》が寄る。

「何とも申し上げられません」

「では、見込みはあるのだな」

一瞬、躊躇《ちゆうちよ》した後、思い切るように安栖が言った。

「たとえお目覚めになられても、これまでと同じように暮らせることはありません。このまま、お目覚めにならないことも考えられます。つまりその前提で、おられた方がよいと思われます」

その言葉に、つやが嗚咽する。

――目を覚ましたとしても、もはや父上は、これまでの父上ではないのか。

氏政は動揺した。

「何とかならぬのか！」

「唐では脳を割き、患部を施療することもあると聞きますが、当家には、それができる医家はおりません」

「ということは、このまま何の手も打てぬというのだな」

「残念ながら――」

――何ということだ。

重圧が一気に襲ってきた。

――当主というのは、これほどの重き仕事だったのか。

当主としての責任の重さに、氏政は唖然《あぜん》とした。

「父上、無念でありましょうな」

氏政が言葉を絞り出す。

越相同盟が十分に機能せず、信玄に領国内を荒らし回られたことは、領民第一を考える氏康としては、さぞかし無念だったに違いない。

つやが首を左右に振る。

「新九郎、さようなことはありません。相模守様は今、重荷を下ろされ、心安らかに休んでおられます。次にその重荷を背負わねばならぬのは、そなたです。相模守様だったらどうするかなどと考えず、己の信じる道を行きなさい」

「己の信じる道、と仰せですか」

「そうです。前代の当主の方針に拘泥《こうでい》し、道を誤ってはいけません。そなたが考える最もよき道を行くのです」

「母上は、それでよろしいのですか」

「それが相模守様の望みでもあるのです」

氏政には、つやの言いたいことが分からない。

「父上の望みと――」

「そうです。私たち夫婦は、よくそなたら兄弟のことを話していました。とくにそなたは己を信じることが少なく、周囲の言葉をよく聞きます。それは当主として悪いことではないのですが、ときに迷いが生じることにつながります。とくに父上に気兼ねし、己の思うままに手腕を発揮できないことを危惧していました。それゆえ相模守様は、『権限を徐々に委譲することで、新九郎には重荷を一気に背負わせないようにする。だが万が一、わしが急に倒れたら、わしのことを気にせず、己の信じる道を行くように伝えろ』と仰せでした」

「母上、それは真で――」

「はい。父上は、そこまでお考えでした」

「そうでしたか。父上、ありがとうございます」

眼前に仰臥する氏康に、氏政は深く平伏した。

「後は、そなたの思うままに事を進めなさい」

「はっ、仰せのままに」

氏政は、いつまでも様々な権限を手放さない氏康に不満を抱いていた。だが氏康は氏政のことを思い、徐々に己の権限を縮小し、氏政に過度の重圧が掛からない形で道を譲るつもりでいたのだ。

――父上、そのご遺志に従い、それがしは道を進んでいきます。

大鼾をかいて仰臥する氏康に、氏政は誓った。

氏康の寝所を出ると、広縁に一人の男が正座しているのが見えた。暗がりなのでよく見えないが、小柄で年老いているようだ。

「そなたは──」

「はっ、陳林太郎《ちんりんたろう》です」

もちろん氏政も林太郎のことは知っている。

「そうか。来てくれたのだな」

「はい。大殿がお倒れになったと聞き、家の薬をかき集めてきましたが、どうやら薬は役に立たぬようで」

林太郎が涙を拭う。

「若い頃の話は聞いている。父が世話になった」

「とんでもありません。世話になったのは私の方です」

「いずれにせよ、よき友だったと聞いている」

「何と畏《おそ》れ多い」

林太郎が平伏する。

「ここ数年、父も多忙だった。そなたに会えるのは正月と盆くらいだったので、たまに『林太郎はどうしている』と周囲に聞いていた」

「ああ、もったいない」

林太郎が泣き崩れる。

「よくぞここまで父を支えてきてくれた」

氏政は自ら林太郎の肩を支えて立たせた。

「申し訳ありません」

「よいのだ。それよりも、これが永の別れになるやもしれん。中に入って声を掛けてくれ」

「そんな、畏れ多いことはできません」

「何を申すか。父上は眠っていても、そなたが来てくれたことは分かるはずだ」

「ご配慮、ありがとうございます。ではお言葉に甘えて、ご尊顔を拝し奉らせていただきます」

氏政に先導され、林太郎が寝所に入った。

氏康の姿を見た林太郎が、「ああ」と言って泣き崩れる。

氏政はその震える背を見つめながら、障子を閉めた。

——父上にも若き日々があった。それを一緒に過ごした林太郎殿が来てくれたことを、きっと喜んでいるに違いない。

広縁に出ると、涼やかな風が吹いてきた。その風のおかげか、先ほどまでの重圧が胸内から一掃された気がした。

この後、氏康は驚異的な快復力を示し、いったん意識を取り戻す。だが脳に障害が残り、正気ではなくなった。

家臣の書状によると、「今に御子たちをしかじかと見知り御申しなく候由」とあり、「息子たちの顔を判別できない」状態だった。また、「食事も飯と粥《かゆ》を出すと、食べたい方を指差すだけで食べようとしない」「信玄が伊豆に侵攻してきた危機も把握できていない」という有様だったという。

翌元亀二年（一五七一）正月には、駿河国の最前線にあたる深沢城が包囲された。武田方は金掘衆《かなほりしゅう》を使って城方に揺さぶりを掛け、城将の北条綱成《つなしげ》は城から自落した。これにより深沢城が武田家のものとなった。つまり北条家は駿河国の所領をほとんど失い、武田方との間を隔てるのは、箱根山と足柄山だけになったのだ。

武田勢とのいつ果てるともない戦いは続いていく。しかも戦況は芳《かんば》しくなく、氏政は不安を感じることが多くなっていた。

その最大の原因は、越相同盟が機能しないことにあった。

この頃の輝虎あらため謙信の関心は、関東や北信への介入から上洛戦を視野に入れた越中制圧に向けられており、氏政の期待する信玄への牽制は、期待薄だった。

こうしたことから、それまで矢のようにあった氏政からの牽制催促もなくなり、不安になった謙信はこの年の四月、氏康に「われらと手切れし、武田と再び結ぶおつもりではないか」という詰問状を送る。これに対し、氏康に成り代わった氏政は「そんなつもりはない」と返答するが、それだけで謙信の疑念が晴れるはずもない。

七月になると、氏康は再び病床に就き、意識が混濁することが多くなった。そして十月三日、五十七年の生涯を閉じた。


氏康の死去後も、氏政は苦境に立たされていた。

武田方との戦いは当初の優勢な状況が一変し、駿河一国を奪われ、武蔵国北端部の御嶽領も占領され、信玄に武蔵国侵攻の足掛かりを与えてしまった。

こうした北条家の苦境を見て、それまで追い込まれていた反北条勢力も息を吹き返し、里見氏は上総・下総両国に侵攻し、それまで北条方だった勝浦正木氏と土気・東金《とうがね》両酒井氏も離反し、さらに常陸国北部の佐竹氏は、北条方の常陸国の橋頭堡となっていた小田氏の領国に攻め入るという事態を招いてしまった。こうしたことが積み重なった末の元亀二年十一月、遂に氏政は、甲相同盟を復活させる決断を下す。

そして元亀三年（一五七二）から同四年（一五七三）にかけて、一転して敵となった上杉方との間で、いつ果てるともない戦いを繰り広げることになる。

その一方、武田方との同盟はうまく回り始め、元亀三年十月の信玄の西上作戦には、援軍を派遣するまでになっていた。

だが北条家の勢力回復はまだ道半ばで、同年十二月、佐竹・宇都宮連合軍と戦った多《た》功原《こうはら》合戦では惨敗を喫し、下野の完全領有は頓挫した。

元亀四年（一五七三）四月、西上作戦の最中に信玄が死去する。三河国の三方ヶ原で、徳川勢を完膚なきまでに打ち破った直後に病状が悪化し、甲斐に引き揚げる途次、信州駒場《こまんば》の地で五十三年の生涯を閉じたのだ。

この知らせを聞いた時、氏政は新しい時代の到来を感じた。

元亀四年は七月二十八日に天正《てんしょう》と改元され、氏政率いる北条氏は、激動の天正年間を迎えることになる。

十二

「信玄死去」の一報は、燎原《りょうげん》の野火のように広がっていった。この十日後から二十日後には、信長《のぶなが》、家康、謙信、そして氏政の耳にも入っていた。むろん上洛戦の最中に、武田勢が意図不明の撤退を始めたことから、そう疑われても仕方のないところもあった。

信玄の死によって今後の方針が一変する織田《おだ》・徳川・上杉・北条の四氏は、武田領内に「草」を放ち、情報収集に力を入れた。

氏政も、風間孫右衛門に命じて配下を甲斐国に潜入させた。

孫右衛門も修験に化けて甲斐吉田《よしだ》まで出張り、そこで配下が集めてきた情報をまとめた後、小田原へと戻ってきた。

小書院に入ると、孫右衛門が修験姿のまま待っていた。

「信玄公が身罷《みまか》られたのは、間違いありません」

孫右衛門の受け答えは、常に簡潔明瞭だ。

「やはりそうだったか。で、家督はどうなった」

「四郎勝頼《しろうかつより》殿が継ぐものと思われましたが――」

「そうではないのか」

「はい。勝頼殿は息子信勝《のぶかつ》殿の陣代というお立場にとどまるようです」

実質的な当主とはいえ、勝頼は微妙な立場に置かれていた。

「それは信玄公のご遺言《ゆいごん》か」

「はい。致し方なくそうしたと聞きました」

「つまり、勝頼殿が家督を継ぐことに、宿老どもの反対が強かったのだな」

「いかにも」

「どうして、さようなことになった」

「信玄公の生前から、山県、内藤《ないとう》、馬場《ばば》、春日《かすが》ら宿老どもは、いったん諏訪《すわ》家に養子入りさせていた勝頼殿が当主となることに、強い不満を鳴らしていたようです」

勝頼が当主となれば、勝頼が諏訪四郎と呼ばれていた頃から仕えていた者たちが武田家の中枢を占め、主導権を握ることになる。つまり百戦錬磨の宿老たちが、戦の経験などない連中が立案した作戦に従事させられ、一族郎党もろとも命の危険に晒《さら》されることになる。

「それで反対したのか」

「そのようです。信玄公も生前、双方の板挟みとなり、窮余の策として考え出したのが陣代という微妙な立場だったようです」

「しかしさような地位では、宿老どもも命令に従わず、陣触れにも応じぬのではないか」

「それは十分に考えられます。辺土（武田領国の外縁部）の宿老から、次第に自立化していくでしょう」

「つまり、われらと誼を通じたいという者も出てくるだろうな」

「おそらく」

氏政は顎《あご》に手をやり、考えに沈んだ。

――しかし同盟を結んでいる以上、表裏ある動きはできぬ。

「当面は、勝頼殿とその周辺の様子を探ってくれ。また上州の内藤や小幡、甲斐郡内《ぐんない》の小山田《おやまだ》などが、向後に不安を感じているのかどうかも知りたい」

氏政は、北条氏と領国を接している武田家中や国衆の考えが知りたかった。

「承知しました」

一礼して氏政の前を辞そうとする孫右衛門の背に、氏政が声を掛けた。

「孫右衛門、武田領内の探索はきついか」

「それはもう――」

「帰ってこなかった者もいるのだな」

「はい。敵の透破《すっぱ》に見つかれば殺されます。此度も一人戻りませんでした」

ため息をつくと、氏政は言った。

「戻らなかった者の妻子眷属《けんぞく》には、十分に報いたい」

「ありがたきお言葉」

「これからの戦は雑説次第だ。そなたらのような雑説を集める者たちや、大藤一族のように相手方に入り込み調略を専らとする者がいてこそ、戦に勝てる。それゆえ十分に報いていくので、安堵して仕事に従事してくれ」

氏政は情報戦を制する者が、これからの世の覇権を握ると信じていた。

「はっ、ははあ」

孫右衛門が平伏する。

この数日後、勝頼から信玄が隠居したと伝えられた氏政は七月、勝頼と起請文を交わし、これまでと変わりなく同盟関係を続けることを確認した。

その頃、信玄の死を知った謙信は、佐竹・宇都宮・結城らとの盟約を復活させると、織田・徳川と連携して武田・北条領に攻め込む申し合わせをしていた。

十三

天正二年（一五七四）、再び関東に戦雲が垂れ込め始める。

二月、謙信が雪解けとともに西上野に出陣し、北条傘下の由良成繁《ゆらなりしげ》と戦ってこれを破った。謙信は成繁を金山《かなやま》城に押し込むと、赤堀《あかぼり》・膳《ぜん》・山上《やまがみ》・女淵《おなぶち》といった由良氏の支城群を立て続けに攻略し、さらに桐生の阿久沢《あくさわ》氏の深沢《ふかさわ》・五覧田《ごらんだ》両城を囲み、阿久沢氏を降伏させた。

烈火のごとき謙信の侵攻は、これまでのように信玄の牽制がないことを見切ってのものだった。そのため全兵力を上野戦線に投入してきたのだ。現に勝頼に動きはなく、謙信は安堵して関東を荒らしまくった。

上野国の危機に氏政も出陣したが、この年は利根川が増水して渡河できない。だがそれは謙信も同じで、利根川を挟んで双方は対峙《たいじ》する形になる。

四月末、水が引かないことに痺れを切らした謙信は、越後に帰国していった。そのため氏政は、いまだ北条氏に従わない簗田氏の関宿・水海《みずみ》両城へと矛先を転じる。

十月、北条方の関宿・水海両城への攻撃が本格化し、再び謙信は越山してきた。謙信は佐竹義重《よししげ》と同陣し、反撃の方策を練ろうとするが、義重が身の安全を保証する血判起請文を要求したため、怒って兵を引いた。

この時、武蔵国を放棄すると決めた謙信は、武蔵国の最終拠点・羽生城にいた家臣たちにも撤収を命じ、羽生領を北条氏に明け渡す形になった。これにより万事休した簗田持助《もちすけ》は、北条方に降伏せざるを得なくなる。結局、簗田氏の関宿城は氏政に取り上げられ、簗田氏は水海城に移された。以後、関宿領は北条氏の蔵入地《くらいりち》(直轄領)となる。

関宿地域は関東の河川交通の結節点《ハブ》となっており、かつて氏康が「一国を取りなされ候にも替わるべからず候(一国を取るのと変わらない)」と書いたほど、北条氏にとって獲得の意義は大きかった。また武蔵国で唯一、謙信の傘下だった深谷上杉氏も、謙信が越後に帰国するや、北条氏に降伏してきた。

これにより、北条氏の武蔵・下総両国の完全領有が成し遂げられた。氏政は敵対していた佐竹・結城・宇都宮氏とも和睦し、関東内で敵対している勢力は、下野小山氏と安房里見氏を残すだけとなった。

信玄の死を契機として関東の奪還を期していた謙信だったが、結果は全く裏目に出た。

翌天正三年(一五七五)から四年にかけて、謙信は越山を繰り返すが、上野国の由良氏領を攻撃するにとどまり、かつてのように利根川を越えてくることはなかった。謙信の越山は天正四年を最後に終わる。

苦戦を強いられながらも、氏政は関東計略に向けて着々と歩を進めていた。しかし天下は、北条氏を中心に動いているわけではなかった。

天正三年五月、武田勝頼が三河国の長篠《ながしの》で織田・徳川連合軍に大敗を喫した。

北条氏にとっても同盟国の武田家が衰勢に陥ったことは、憂慮すべき事態だ。氏政は今後の武田家との関係についての判断を、早急に下さねばならなかった。


天正四年（一五七六）の正月、小田原城評定の間には笑い声が絶えなかった。

「皆、大儀であった」

氏政が労をねぎらうと、居並ぶ一門や家臣たちが一斉に平伏した。

氏政が声を大にする。

「当家は初代早雲庵宗瑞様以来、関東を静謐にすべく奮闘してきた。その間、大義に殉じた者は数知れぬ。それでもわれわれは戦のない世を作り、それを子々孫々まで伝えていかねばならぬ。それが早雲庵様以来の伝統だ。われわれの代で、関東に王道楽土を築こうではないか」

氏政は一拍置くと、皆の顔を見回した。居並ぶ一門や家臣たちは、固唾《かたず》をのんで氏政の口から発せられる次の言葉を待っている。

「そして、いよいよその実現を見る日も近づいてきた」

「おお」

皆の口から感嘆のため息が漏れる。

越相同盟の破綻から天正三年末までの北条家と上杉家の関東をめぐる戦いは、北条方の勝利に終わった。氏政は武蔵羽生領、下総栗橋《くりはし》領、同関宿領、上野桐生領、下野足利領を奪取し、下野の有力国人・小山秀綱を没落させた。また結城晴朝《はるとも》、佐野昌綱、皆川《みながわ》広勝《ひろかつ》、壬生《みぶ》義雄《よしたけ》、小田氏治といった国人たちを傘下入りさせ、佐竹義重と宇都宮広綱とも和睦に至った。

とくに、簗田持助の降伏によって関宿領を直轄地とできたことは大きかった。これにより古河公方勢力を傘下に収めた北条氏は、関東計略の大義も得たことになる。

「そこで、われらも格式を改めようと思う。つまり朝廷のお墨付きをもらうのだ」

これまで朝廷や将軍家と距離を取ってきた北条氏だが、ここまで領国が拡大した今となっては、たとえ形式的であっても朝廷の承認を得る必要があった。氏政は多額の圭幣《けいへい》（賄賂）をばらまいて朝廷に工作を仕掛け、正規の受領名を得ることに成功した。

「実は、すでに都に使者を送り、そなたらの受領名を拝領している」

皆がどよめく。

「それでは、朝廷から下賜された受領名を伝える」

近習から渡された書付を、氏政が高らかに読み上げた。

氏照は陸奥守《むつのかみ》、氏邦が安房守、氏規が美濃守《みののかみ》、玉縄北条家当主の氏繁《うじしげ》が常陸介、さらに氏政側近の石巻康保《いしまきやすもり》が下野守、同じく山角康定《やまかどやすさだ》が上野守、そして外様《とざま》でありながら顕著な活躍を見せていた依田康信《よだやすのぶ》が下総守といった具合で、それぞれに受領名が下賜された。

すでに玉縄北条家先代の綱成に上総介が下賜されているため、ここに関東八カ国の受領名がそろったことになる（武蔵守と相模守は本宗家の当主が名乗る）。

一門と家臣に東国諸国の受領名を下賜してもらったのには、氏政の深慮遠謀があった。

「向後、源三（氏照）の家は鎌倉北条氏の受領名の陸奥守を伝えていくことで、宗家に次ぐ家格とする。新太郎（氏邦）には山内《やまのうち》上杉家の歴代官途《かんと》の安房守を与えることで、山内上杉家のかつての本拠だった上野国を静謐に導いてほしい。助五郎（氏規）には上方政権との取次を担ってもらうべく、美濃守を拝領した」

氏政は順次、それぞれの受領名の意味と今後の使命を語った。

「わしがここまで来られたのも、皆のお陰だ」

「兄上、何を仰せか」

氏照が声を強めて言う。

「われらがここまで来られたのは、ひとえに兄上の軍配のおかげです。兄上なくして、われらが輝虎に勝つことなどできませんでした」

「そう言ってくれるか」

「わしは父上のように勇猛でも才知に長けているわけでもなく、凡庸な一人の男にすぎぬ。だがわしは――」

氏政が強い声音で言う。

「凡庸だからこそ、あらゆることを勘案して慎重に物事を進め、そなたらの言に耳を傾けた。そして短気を起こさず、輝虎に無二の一戦を挑むこともなかった。まともに戦えば勝てるわけがないからな」

氏政が微笑《ほほえ》むと、皆の間にも笑いが起こった。

氏照が居並ぶ者たちを見回しながら言う。

「兄上、三増峠のことを今こそ詫《わ》びねばなりません。われらが信玄と正面から当たることで、兄上は多くの者が死すことを危惧してくれた。それに気づかず、それがしは逸《はや》っていた。それゆえ本来なら、全軍に退却を命ずべきところを、中途半端に戦ってしまった」

「あのことはもうよい。死んでいった者たちも、こうして大業が成ったことで、報われたのだ」

「その通り。兄上は関東を逃げ回りながら版図《はんと》を拡大した。こんなことが、ほかの誰にできようか」

皆がどっと沸く。

三増峠の戦いで痛手を負ってから、氏政は味方の損害を考慮した戦い方をしてきた。だが迂遠《うえん》に思えて、それが大きな成果を得る早道だったのだ。

――勝つことよりも負けぬ戦を繰り返し考えてきた末、わしは関東を手にした。自分に自信がなく、決して驕《おご》らなかったからこそ、ここまで版図を拡大できたのだ。

氏政にとっても、大戦なくして関東をほぼ手中にしたことは感慨無量だった。

「皆、聞け。今から話すことは、北条家がこれからも繁栄していく上で大切なことだ」

居並ぶ家臣たちの顔から笑みが消え、威儀を正した。

「われらは強くない」

皆、氏政が何を言わんとしているか分からず、顔を見合わせている。

「強くないからこそ、関東を手にできたのだ。つまりわれらの敵は、われらの内にある。それが油断、驕り、傲慢、欲望、無反省といったものだ。こうしたものを捨て去り、ただひたすら領民のためだけを考えていく。それがわれらのあり方だ」

「おう！」

皆が賛意を示す。

「これからの道のりも楽ではないだろう。すでに得たものを失うこともあるはずだ。それでも『関東を静謐に導く』という存念を捨てなければ、必ず巻き返せる。それだけは忘れるでないぞ！」

「おう！」

居並ぶ家臣たちが一斉に声を上げる。

「皆も知っての通り、武田殿が三河国の長篠で大敗を喫した」

前年の五月、武田勝頼は三河国の設楽原《したらがはら》で織田・徳川連合軍の前に惨敗を喫した。その後、一気に衰勢に陥った武田家は三河国の橋頭堡をすべて失い、遠江国でも高天神城《たかてんじん》をはじめとした少数の拠点を残すだけとなっていた。

「武田家はわれらの縁戚であり、また同盟国でもある。これからも紐帯《ちゅうたい》を強めていかねばならない。だが万が一、武田家が滅びるようなことがあれば、わが家とて安泰ではないだろう。武田勝頼に勝った織田信長という男は、どうやら畿内だけでなく、この国のすべてを手中に収めるつもりでいるらしい。つまり西の防御壁である武田家の衰勢は、他人事《ひとごと》ではないのだ」

「兄上」と氏邦が発言を求める。

「それでは、これからの武田家との関係をどうするご所存か」

「それを今から話す」

氏政は咳払《せきばら》いすると、厳粛な面持ちで話し始めた。

「われらは義を専らとしてきた家だ。いかに衰勢に陥ろうが、これまでの誼を踏みにじるわけにはまいらぬ。そこで武田家との絆を強め、織田と徳川に対抗していこうと思っている。その証《あかし》として、勝頼殿から申し入れてきた縁組にも応えるつもりだ」

「つまり当方から、誰かを入輿《じゅよ》させるということですね」

「そうだ」

氏照が膝《ひざ》をにじる。

「誰を行かせるのですか」

「わが妹の桂《かつら》だ」

評定の間がどよめきに包まれる。桂姫は亡き氏康の六女で十三歳にすぎない。

「話が来たのが十月なので、わしの一存で決めた」

北条家の場合、こうした外交方針の議事は評定で語り合うのが常だった。しかし勝頼からの依頼に即答することで信頼を得られると思った氏政は、評定の日を待たずに承諾した。

「桂は『喜んで行く』と言ってくれた」

氏政がこのことを語った時、桂はすでに覚悟していたかのようにうなずいた。抗ったところで、何が変わるものでもないのを知っているのだ。

——それが大名家に生まれた子女の運命《さだめ》なのだ。

「輿入れは、いつ行われるのですか」

「来年正月の末には甲斐に行ってもらう」

どよめきが再び起こる。それだけ早急に絆を強めねばならないほど、武田家は危急存亡の淵に立たされているのだ。

氏照が声を大にして言う。

「異存ありません」

居並ぶ家臣たちも同意し、評定は終わった。

「よし、今夜は無礼講だ。好きなだけ飲み、好きなだけ舞え。しばしの骨休めだ」

氏政が手を叩くと、背後の襖《ふすま》が一斉に開かれ、女房たちが膳を運んできた。

評定の間は一瞬にして喧噪《けんそう》の巷《ちまた》と化した。

十四

――これでよかったのか。

天井を見つめながら、氏政は己に問うた。

――いや、これでよいのだ。いかに衰勢に陥ったとはいえ、武田家を見捨てることはできぬ。

氏政が寝返りを打つ。

「まだ起きていらっしゃいましたか」

「ああ、うん」

後妻として嫁いできた千代乃《ちよの》が問うてきた。

「大名家の当主ともなれば、いろいろと気苦労が多いものですね」

「公家《くげ》はそうでないのか」

千代乃は京の公家の家から嫁入りしてきた。畿内の情報を円滑に得るため、氏政は後室を公家からもらうことにしたのだ。

「公家とて気苦労は多いものです。とくに日々の糧を得るために苦労しています」

二人が声を上げて笑う。

「此度のこと、そなたはどう思う」

「私は武家のことは分かりませぬが、武家は義を重んじると聞きます」

「その通りだ。義と言えば越後の上杉謙信殿だが、その義は、われらの義と相容れぬものなのだ」

謙信の義は室町秩序を取り戻すことにあり、それが世の中を静謐に導くと信じていた。だが北条家にとって、それは単に既得権益層の擁護にすぎず、民のためとは言えないというのが戦う理由となっていた。

「世の中は難しくできているのですね」

千代乃がため息をつく。

氏政は当初、千代乃に多くを期待していなかった。だが千代乃は聡明《そうめい》で、よく気が付くだけでなく、氏政の気持ちを洞察することができる。

「難しすぎて嫌になってくるわ」

「そう仰せになられても、殿は謙信殿を関東から駆逐なさったではありませんか。それは関東の国衆が、殿を支持していたからこそできたことです」

「だが、この有様がずっと続くとは思えぬ」

氏政は常に悲観的に物事を考える。

「やはり、静謐は続きませぬか」

「難しいな。関東を静謐にしようとしても、佐竹と里見だけは、何があっても和睦に応じぬ。それゆえ、まだまだ嫌いな戦を続けねばならん」

天正三年、北条氏が小山氏を滅ぼし、続いて房総に進出し、里見家と結んだ国人たちを傘下入りさせていくのを見ていた佐竹義重は、秘密裏に謙信と里見義弘と盟約を結び、反撃の機会をうかがっていた。これに宇都宮・結城両家が加わるのは明らかで、氏政は彼らをいかに分断していくかに頭を悩ませていた。

「殿は、いつも最悪のことをお考えなのですね」

「ああ、そうだ。わしは心配性なのでな」

「損な性分ですね」

再び二人が声を上げて笑う。

「それでもこの凡庸な頭から、ない知恵を絞り出し、家臣と領民の生活を守っていかねばならぬ」

氏政がため息をつく。

「武田家とは、これからも手を組んでいくのですか」

千代乃はずばり核心を突いてくる。

「勝頼が滅べば、われらもただでは済まぬ。この場は何としても勝頼を助けていかねばならぬ」

「では、勝頼殿が殿を裏切らぬという確証はあるのですか」

「何だと」

氏政はそこまで思い至らなかった。だがそれは、あり得ない話ではない。

「つまり勝頼殿が織田や徳川と結び、その先手として攻め寄せてくるというのか」

「いえ、私には分かりませんが、何事も用心に越したことはありません」

「勝頼の気性からすれば、信長の前に膝を屈することなどありえぬ。われらが背後に控えているのだから、まだまだ巻き返せると思っているはずだ」

「そうだとよいのですが」

千代乃が寝返りを打った。もう眠りたいという意思表示だ。

——こちらが義に厚くても、勝頼は義に厚いだろうか。

これまでのところ勝頼の悪い評判は聞かないが、勝頼とて滅亡の危機が迫れば、織田の前に屈服することも考えられる。

——わしが信長なら、「そなたの忠節を明らかにすべく、北条領に攻め込め」くらいは言うはずだ。そうなったらどうする。

氏政はまた眠れなくなった。


天正五年（一五七七）正月十八日、いよいよ桂の出立の日がやってきた。

氏政が対面の間に入ると、卯の花色《うはな》の地に小桜模様を散らした小袖をまとった桂が待っていた。傍らには板部岡江雪斎が控えている。江雪斎は武田家との取次役として、此度の婚姻を早急にまとめてきた。

「大儀」と言って氏政が座に着くと、桂が澄んだ声で別れの口上を述べた。

「御屋形様におかれましては、此度の良縁を整えていただき恐悦至極に存じます」

桂が型通りの挨拶をした後、氏政はおもむろに言った。

「由緒ある武田家の当主に輿入れするのだ。これ以上の良縁はない」

勝頼は厳密には当主ではないが、あえて氏政はそう言った。

「はい。心得ております」

「そなたの役割は分かっておるな」

「分かっております。甲相の絆になれと――」

「そうだ。すでに越後には、そなたの兄の三郎が行っている。残念ながら今、越後とは断絶状態だが、謙信が隠居すれば三郎が跡を取り、越後とは良好な関係が築ける。その一方、そなたが甲斐で勝頼殿の子を産めば、甲越共に北条の血筋を入れられる。これにより東国の平穏は保たれ、膨張する信長に伍《ご》していけることになる。のう江雪斎」

「はっ」と答えて江雪斎が発言する。

「御屋形様の仰せの通り、われらは戦のための戦をしてきたわけではありません。東国に静謐をもたらし、誰もが明日を憂うことなき世を作るために戦ってきました。とくに長い境目を接する武田家と良好な関係を保てれば、早雲庵様の存念を実現できたも同じ。それを姫様、いや、御台所《みだいどころ》様に担っていただくのです」

　桂がか細い声で言う。

「私は御屋形様の大義を奉じ、甲相の静謐実現に取り組んでいく所存です」

「そなたこそ甲相の絆なのだ。頼んだぞ」

「はい」

「下がってよい。江雪斎は残れ」

桂は一礼すると、下がっていった。

「これから先に甲州入りすると聞いたが」

「はい。早馬を飛ばし、輿入れの行列に先んじて甲斐に入り、武田の迎えの者どもと共に、国境で桂様をお迎えいたします」

「そうか。苦労を掛けるな」

「何ほどのこともありません」

「ところで――」

氏政が扇子で江雪斎を招く。

「勝頼殿について一つ懸念があるのだが」

「何でしょうか」

「彼奴は転ばぬか」

「転ぶとは、信長にですか」

「そうだ」

「うーん」とうなった後、江雪斎が言った。

「今は、まだ音を上げないはず。こうして御屋形様の妹を迎えたのですから、逆襲の機会をうかがっているに違いありません」

「そうか。それを聞いて安堵した」

「武田はいまだ強大です。その力を侮《あなど》ることはできません」

「だが信長は異常な速さで膨張を続けている。このまま行けば力の差ができすぎて、武田だけでは歯が立たなくなるだろう」

信長は堺《さかい》や大坂といった畿内の主要港を押さえ、また領国も拡大の一途をたどっていた。つまり武田家との国力は開くばかりだった。その焦りが長篠合戦を生み、さらにその差は開いてしまった。

「その虞《おそれ》は多分にあります。信長は確実に勝てると踏めば、武田攻めを行うでしょう。しかし今は大坂の本願寺《ほんがんじ》、伊勢長島《いせながしま》や加賀《かが》の一向一揆《いっこういっき》、伊賀《いが》の国衆一揆など、先に征伐せねばならない者どもがあまたおります」

「ということは当面、武田攻めはないということか」

「信長の侵攻はないにしても、長篠で息を吹き返した徳川が、武田領を侵食することはあるやもしれません」

長篠合戦の直前、本拠の岡崎《おかざき》城まで勝頼に攻められた徳川家は風前の灯火《ともしび》だった。だが長篠の大勝によって息を吹き返し、三河国や遠江国の武田方諸城を攻略し始めていた。

「勝頼はどうするだろうか」

「おそらくは当面、守りに徹し、国力の回復を待つことでしょう」

「金山は枯渇し、駿河の交易はうまくいっておらぬと聞くが、勝頼に国力を回復する手立てはあるのか」

江雪斎が首をひねる。

武田家の領国の中心は、山地の多い甲斐・信濃の二国になる。新田開発で耕地を増やそうにも限りがある。しかも信玄の代に駿河国を獲得したものの、さしたる売り物がないため、交易量を爆発的に増やすことができないでいる。

江雪斎は不安げな顔で言う。

「それがしの見るところ、勝頼殿は愚鈍ではありません。ただ――」

「ただ、何だ」

「物事に対して一貫した考えを持たず、その場その場で決断を下していきます」

氏政が唖然として聞き返す。

「それは亡き信玄公が、常に唱えていたという『人を致して人に致されず』という孫子の教えに反することではないか」

「はい。勝頼殿は庶出の四男ということもあり、幼少の頃から諏訪家を継ぐように命じられ、高遠《たかとお》におりました。それゆえ信玄公の謦咳《けいがい》に接することのないまま、当主となってしまわれたのです」

「つまり信玄公のように、深慮遠謀を持たぬと言うのだな」

「そうです。ただし勇猛果敢なこと、この上ありません。先年の蒲原城攻めでも鬼神のごとく城に取り付き、瞬く間に乗り崩してしまいました」

「そうであったな」

永禄十二年（一五六九）、いまだ信玄が健在の頃、勝頼は駿河国の蒲原城を攻撃した際、果敢にも先頭を切って城を攻略した。この時の戦いで、北条方は城将の氏信をはじめとした蒲原籠城衆の大半が討ち取られた。

「それゆえ油断はできません。ただし織田方にも、こうした雑説は入っていることでしょう。信長くらいになれば、そうした勝頼殿の短慮を逆手に取り、硬軟取り混ぜた駆け引きをしてくるはず」

「そういうことか」

――何かで怒りが爆発すれば、前後の見境なく裏切るかもしれぬ。

氏政の心の片隅に、一抹の不安が芽生えた。

「御屋形様、それでは行ってもよろしいですか」

「よし、行け。桂を頼んだぞ」

「承知仕って候」

そう言うと、江雪斎は素早い身のこなしで去っていった。

その後ろ姿を見ながら、真の不安要素は勝頼の心の内にあると、氏政は覚った。

十五

五月、上州に乱入した謙信率いる上杉勢は、由良氏領国をはじめとした北条方国衆の領国を略奪して回った。だが驚いたことに、この侵攻は由良氏単独で追い払うことができ、北条氏の軍勢が出馬する必要はなかった。

かつて謙信が関東越山した際、関東国衆の大半が付き従い、十万の大軍となって小田原城を囲み、さらに鎌倉の鶴岡八幡宮《つるがおかはちまんぐう》で関東管領就任式まで執り行った。しかし今、謙信に従う関東国人は全くいなかった。これにより肩透かしを食らった形の佐竹・里見両氏は、北条領国に対して攻勢が取れなくなっていた。

この頃、信長に追放された室町幕府十五代将軍の足利義昭《よしあき》は、毛利輝元《もうりてるもと》の庇護《ひご》の下、備後国《びんごのくに》の鞆津《とものつ》にいた。義昭は東西から信長に圧力を掛けようと策し、かねてより毛利氏を通じて北条・武田・上杉の三氏に御内書を送り、「甲相越三和一統」を要請していた。

これには氏政も勝頼も異存はなかったが、謙信だけは「勝頼とは和睦しても構わぬが、氏政とだけは嫌だ」と言って聞かず、この調停は失敗に終わった。

越相同盟を一方的に破棄され、関東の支配権を失った謙信の怒りは凄まじく、「越甲だけなら上意に応じるが、相州を加えるのであれば、滅亡したとしても、また（義昭から）御勘当を受けたとしても、どうしても受け容れられない」と返答するほど感情的になっていた。

もしも三国の和睦が成り、東から信長に圧力を掛けることができていれば、西から毛利勢が攻勢を取れたので、信長は挟撃されていたことになる。だが義昭肝煎《きもい》りの広域作戦も、謙信の子供じみた意地のために水泡に帰した。

天正五年（一五七七）、氏政は下野国の計略を氏照に任せ、自らは氏規と共に房総半島の制圧に取り組んでいた。ところが五月、これまで一貫して北条氏寄りだった下総の結城晴朝が離反した。北条氏に領国を取り上げられ、佐竹義重の下に身を寄せていた実兄の小山秀綱の説得に従ったのだ。

これにより氏政は結城攻めの陣触れを発し、関宿・栗橋・逆井《さかさい》の三城を拠点として結城城を囲んだ。七月には外曲輪を攻略し、三百人もの敵を討ち取るという大勝利を得た。しかし、この時は佐竹義重の後詰があったため落城に至らなかった。それでも結城氏に相当の痛手を負わせることには成功した。

これを見た下野の那須資胤と宇都宮広綱は、北条傘下に入ってきた。この結果、関東内で北条氏に敵対しているのは、佐竹・結城の二氏だけとなる。

下野戦線を安定させた氏政は再び房総へと兵を転じ、陸海からの攻勢を強めていた。九月には氏規率いる水軍が、里見氏の本拠のある佐貫沖で里見水軍と決戦して勝利を収め、上陸作戦を敢行している。

江戸内海から吹いてくる海風が肌に心地よい。

――わしは房総を平定したのだ。

丘の上に立ち、江戸内海を眺めながら、氏政は感慨にふけっていた。

「父上」

背後から掛かった若々しい声に振り向くと、今年十六歳になる嫡男の氏直が立っていた。

「美濃守殿と正木殿がお見えになりました」

美濃守とは房総戦線を担当する弟の氏規、正木殿とは里見家との取次となっている正木時長《ときなが》のことだ。時長は勝浦正木氏が北条氏に従った際、人質として預けられていたが、父の時忠が昨年八月に没したため、今は勝浦正木氏の当主となっていた。

「分かった。行こう」

二人は徒歩で、氏政の本陣がある小櫃川《おびつがわ》河畔の小さな寺に向かった。

「此度はよかったな」

「はっ、初陣の機会を賜り、お礼の申し上げようもありません」

氏直は常に折り目正しく、氏政に対しても礼節を欠かさない。

「だが戦というのは、しないに越したことはない」

「と仰せになられますと――」

「此度の里見攻めで分かったと思うが、われらはここまで小競り合いだけで進んできた。海戦は行わざるを得なかったが、それによって里見水軍が壊滅し、里見方は万事休した。戦わざるを得ない場合でも、最も効果的な戦いを一度だけ行い、それに勝てば相手に降伏の機会を与える。それが当家の作法だ」

「確か孫子の『謀攻篇《ぼうこう》』に『百戦百勝は善の善なるものにあらざるなり、戦わずして人の兵を屈するは善の善なるものなり』とありました」

「そうだ。戦えば敵にも味方にも死人が出る。働けなくなる者が増えれば領土は荒廃し、作物《なりもの》も実らなくなる。これほど馬鹿馬鹿しいものはない」

「しかし大名家は、戦って領土を広げることが家業ではありませんか」

「戦うことは手段にすぎない。戦わずに領土を広げることができれば、それに越したことはない」

「では、何のためにわれらはあるのですか」

「一言で言うと、『祿壽應穩《ろくじゆおうおん》』の世を作るためだ」

「祿壽應穩」とは「禄（財産）も寿（生命）もまさに穏やかなるべし」の謂で、北条家が民の命と財産を保障することを誓った家是《かぜ》のことだ。

「われらは早雲庵様の存念を実現すべく、奮闘しているのですね」

「そうだ。それが守れぬ時は滅亡しても構わぬ」

「滅亡しても――」

「もちろんだ。二代春松院《しゅんしょういん》様（氏綱《うじつな》）は『義を守っての滅亡と、義を捨てての栄華とは天地ほどの開きがある』と、ご遺言なされた。われらは子々孫々まで、その教えを守っていかねばならぬ」

「分かりました。ご先祖様の言葉を胸に刻んでおきます」

氏直が力強く言う。氏政には、日に日に成長していく息子の姿が頼もしかった。

寺に入ると、二人の男が平伏していた。

「此度の戦い、天晴であった」

氏規が得意満面として答える。

「ありがたきお言葉。われらは長きにわたり、里見水軍に悩まされてきました。里見水軍とは名ばかりで、その実態は海賊です。彼奴らは江戸内海を勝手気ままに走り回り、商船を捕らえては略奪し、わが領国に上陸し、沿岸の村の婦女子をさらっていきました。しかし安宅《あたけ》船と熊野《くまの》から来た船手衆のお陰で、此度の戦いで里見水軍を壊滅できました」

広大な房総半島の海賊衆を掌握した里見水軍は強力で、北条方の拠点を急襲するだけでなく、商船を襲い、沿岸の漁村に上陸し、そこに住む人々や財産を略奪することを頻繁に行っていた。

永禄十年（一五六七）、三崎《みさき》城主に指名された氏康五男の氏規は、北条水軍の統括も兼ねることになり、水軍の再編成に取り組んだ。すでに氏康の時代、梶原《かじわら》・愛洲《あいす》・橋本《はしもと》・安宅《あたか》といった傭兵的性格を持つ船手衆を紀州から招致していた北条家だが、彼らは主に伊豆西岸に配置し、今川水軍を引き継いだ武田水軍と対峙させていた。しかし武田家との間で結ばれた同盟が機能していることもあり、氏規は彼らの多くを江戸湾に回し、「浦賀定《じよう》海賊」として組織化していた。

これまで軍事的功績では氏照と氏邦に後れを取っていた氏規だが、「房総攻略」という大戦果によって、以後、家中での発言力を高めていくことになる。

「それで里見の件だな」

「仰せの通り」と言って、正木時長が膝を進める。

「里見殿（義弘）から、『あつかい』を懇請してきております」

「あつかい」とは和睦のことだ。

「そうか。奴もようやく音を上げたな」

「はい。さすがに賢い男です。海からの兵站が断たれれば、干し殺しにされるのは目に見えています。それで『あつかい』を望んでいます」

里見家にとって水軍を失うということは、手足をもがれたも同然で、そうなれば家の存続を最優先に考えねばならない。

「で、里見殿は何と申している」

「安房と上総の本領安堵をしていただけるなら、起請文を提出し、人質も出すと申しております」

「甘いな」

氏政がため息をつく。

「われらとて多大な戦費《せんぴ》を使ってここまで押し詰めたのだ。功を挙げた者たちには、所領を与えねばならぬ」

「では、いかなる条件で話をまとめますか」

「美濃、どう思う」

「はっ、安房一国だけを安堵すべきかと」

時長が首を左右に振る。

「それでは里見家も納得しません」

氏政が言う。

「では、上総国を小櫃川の線で割り、北をわが方に、南を里見にといたしましょうか」

「いや、それでも話をつけるのは難しいかと」

時長が額の汗を拭く。

「小櫃川の線なら、上総国を二分できるではないか」

「いや、南上総は山ばかりで、作物《なりもの》がほとんど取れません」

「正木殿」と氏規がたしなめる。

「常の勝者なら、上総一国を取り上げるところだ。それを御屋形様は半国で構わぬと仰せになっておるのだ。その線で話をまとめられぬなら、佐貫城の包囲を続けるほかあるまい」

「まいりましたな」

時長がため息をついたのを見た氏政は、笑みを浮かべて言った。

「正木殿、此度の話をまとめていただければ、それなりの恩賞を与えよう」

「そ、それは真ですか」

「ああ、確かそなたは御宿《おんじゆく》十カ村が望みだったな」

「はい。仰せの通りです」

御宿は正木氏の勝浦領に隣接している。

「それをやろう」

「ありがたきお言葉！」

「もし、里見殿が納得せん時には、嫡子の義頼にわが次女の鶴を輿入れさせよう。それなら体面が保て、里見家の誇りも守られるはずだ」
常の場合、人質的な立場の女子の輿入れは、不利な立場の方から有利な立場の方にな
される。それを氏政は、北条の姫を輿入れさせようというのだ。
「それだけではない。傘下入りでなく対等の同盟関係で構わぬ。当家と武田家と同じだ。
よって兵を出し合うことは双務的なものとし、こちらから軍役や普請役を要求すること
は一切ない」
この状況にあって、氏政の出した条件は破格なものだった。
「過分なお話、ありがとうございます。それなら里見殿も、喜んで上総半国を差し出す
に違いありません」
「兄上」と氏規が渋い顔をする。
「それでよろしいのですか。小田原にいる年寄どもが後で文句を言いますぞ」
「わしは当主だ。しかも前線に出ている。誰も文句は言えないはずだ」
氏政は宿老たちの意見を尊重してきた。だがそれが足枷《あしかせ》となり、臨機応変な動きがで
きないのも確かだった。そのため氏照や氏邦には、それぞれの戦線における裁量権を与
えていた。これを機に、氏政は自分にもそれを与えようというのだ。
「仰せの通りかもしれませんな」
氏規が引き下がったのを見て、氏政が時長に命じた。

「では正木殿、話をまとめてきてくれ」

「はっ、お任せあれ」

時長は勇んで下がっていった。

「美濃よ、不満か」

「それがしが不満かどうかよりも、これでは里見に甘く見られます」

「そうではない」

氏政が首を左右に振る。

「里見家とは大永《だいえい》六年（一五二六）以来、戦い続けてきた。実に五十年以上もの長きにわたる。もはやそれを終わらせるには、互いに譲歩するしかない。いかにも、わしは甘いかもしれぬ。だが里見殿に人の心があるなら、わしの意を汲《く》み、この同盟が永続するよう努力するだろう」

「そこまでお考えでありましたか」

氏規が感心したように続ける。

「それで無為な戦いが終わりになるなら、それに越したことはありません」

「その通りだ。とくに江戸内海が静謐になれば、交易も盛んになり、当家も里見家も潤う。そうした世こそ、われらは目指さねばならぬ」

氏政が背後にいる氏直を振り返る。

「新九郎よ、これが政《まつりごと》というものだ。よく覚えておくがよい」

「はっ、ははあ」

氏直が平伏する。

「これで越後とは三郎が、甲斐とは桂が、安房とは鶴が絆となり、東国は静謐に覆われるはずだ」

近隣諸国との融和を第一とする氏政の外交方針は、全くぶれなかった。

「これで憂いもなくなりますな」

「いいや、まだ佐竹らがいる。安堵するのは、彼奴らをひれ伏させてからだ」

氏政が席を立つ。

「では、わしは小田原に戻る。後のことは任せたぞ」

「はい。お任せ下さい」

氏規が力強くうなずいた。

この後、交渉は順調に運び、双方は対等の同盟を締結した。これにより江戸内海は静謐になり、商人たちは活発に行き来するようになっていく。

しかし氏政の願いも空しく、里見義頼に輿入れして一年三カ月後の天正七年（一五七九）三月、鶴姫は病を得てこの世を去る。それでも義弘、そしてその名跡を継いだ義頼は、北条家を裏切らず、最後の最後まで、この同盟を守っていくことになる。

一方、天正五年も半ばを過ぎると、北関東は不穏な空気に包まれてきた。

この年の末、結城晴朝は宇都宮広綱の次男を養子にもらい受けることを条件に、宇都宮氏を佐竹・結城陣営に引き戻すことに成功した。佐竹・宇都宮・結城三家が手を組み、北条方に対抗していくという「東方衆一統勢力」ないしは「東方之衆」が形成されたのだ。これにより、下野・常陸戦線は一進一退を繰り返すことになる。

十六

天正六年（一五七八）、氏政は常陸の佐竹氏攻略に本腰を入れることにした。その手始めとして、佐竹氏の背後に位置する南奥羽《おうう》の大名や国衆に使者を送り、誼を通じようとした。

その代表的存在が伊達輝宗《だててるむね》と蘆名盛隆《あしなもりたか》だった。氏政はすでに合意の取れている田村清顕《たむらきよあき》を含めた三者で、四月下旬を期して佐竹領に乱入してもらい、北条勢が南から攻め上ることで、一気に事を決そうとした。

むろんこうした動きを、佐竹義重は察知している。義重は謙信に使者を送り、関東越山を請うた。これに応えた謙信も四月下旬には越山すると通知してきた。

東国全体を巻き込んだ一大合戦が行われようとしていた矢先、衝撃的な話が飛び込んできた。

「何、謙信が死んだと申すか！」

その一報をもたらしたのは、上杉家に養子入りした三郎景虎《かげとら》の付家老である遠山康光《やすみつ》の嫡男・新四郎康英《しんしろうやすひで》だった。康英は越後から馬を飛ばしてやってきた。

「三月十三日、間違いなく身罷られました」

「そうか」

——あの軍神が死んだのか。

氏政にとって謙信は大きな存在だった。父の代から北条氏の仇敵《きゅうてき》として常に戦い続けてきたが、たびたび手痛い目に遭ってきた。

——さぞや、無念であったろうな。

謙信は室町秩序の回復という使命を全うできず、冥府へと旅立った。結句、畿内では信長によって室町幕府は終焉を迎え、一方、関東でも北条氏によって、謙信が守ろうとした旧勢力の残滓《ざんし》は一掃された。

東奔西走した挙句、謙信が成し得たものはなきに等しかった。

——これで佐竹らは孤立無援だ。常陸を攻めるこれほどの好機はない。

氏政は天に感謝したいほどだった。

「ところが話は、そう容易ではないのです」

「何が容易ではないのか。越後には三郎がいるではないか」

康英が言いにくそうに言う。

「もう一人の養子の景勝《かげかつ》殿が春日山《かすがやま》城に入られたのです」

「何だと。三郎の家督は確かなものではなかったのか」

「いいえ、謙信公は常々、『三郎に家督を取らせる』と仰せになっていました。しかし三月九日に倒れられてから、三郎様も含めてわれらは実城《みじよう》（本曲輪）に一切近づくことができず、そうこうしているうちに謙信公は死去し、ご遺言として、景勝殿が跡目を継ぐことになったという通達があったのです」

「何だと──、そんな欺瞞《ぎまん》に満ちた遺言があってたまるか」

「その通りです。当初は、突然倒れられ、意識を失ったと聞いていましたので、おそらく話などできなかったかと──」

「上田長尾め、何と悪辣な」

上杉家主流派の支持を取り付けていたことで安堵していた三郎景虎は、景勝と上田長尾衆に出し抜かれたことになる。

「で、今はどうなっておる」

「景勝殿に実城を押さえられたものの、三郎殿は二曲輪以下を押さえ、双方は対峙しております」

「さような有様か。分かった。越後に兵を進めよう」

「それが――」

康英が言いにくそうに言う。

「三郎様のご意向としては、相州御屋形様に越後の様子を伝えるだけにとどめたいと――」

「つまり三郎は、後詰を送らぬでもよいと申しておるのか」

「はい。今は有利な情勢にあり、お味方衆が北条方の関与を嫌がっておるのです」

――自分たちだけで勝てると踏んでおるのだな。

この形勢と双方の兵力を勘案すれば、三郎景虎の勝利は間違いない。だからこそ景虎の与党は、北条家の関与を避けたいのだ。

「このまま情勢が変わらなければ、越後国内だけで戦いは終息し、ほどなくして三郎様が家督を継ぐことになると思われます」

「果たして、さように思い通りに行くのか」

「与党の国衆は、そう思っております」

「では、われらは動かずともよいのだな」

「いえ、一つだけお願いがあります」

康英が真剣な眼差しで言う。

「これは、わが父康光からの願いですが、できますれば、上州内の上杉家の家臣たちを引き寄せておいてほしいとのこと」

「引き寄せるとは、景虎を支持するよう勧めるのだな」

「はい。そうしていただければ、万が一の時、たいへん助かるかと」

「まずは、厩橋城を守る北条《きたじよう》高広・景広《かげひろ》父子だな。かの者らは越後一の国人勢力だ。味方になってくれれば心強い」

「ほかにも沼田在番衆がおります」

沼田在番衆とは、上杉方が占拠している沼田城に廻《まわ》り番で在城している越後国人のことで、今は河田《かわだ》重親《しげちか》と上野《うえの》家成《いえなり》になる。重親は越中を守る河田長親《ながちか》の叔父《おじ》にあたる。

「そうです。上州に残る上杉家の者どもを、三郎様支持に回しておいていただきたいのです」

「分かった。調略を進めておく」

「では、それがしは上州に移り、双方の連絡役を担います」

「そうだな。そうしてくれ」

「はっ」と言うや、康英は足早に去っていった。

——三郎、本当に心配要らぬか。

障子を開け放ち、広縁に出た氏政は北の空を眺めた。

――いかに有利な情勢であっても、敵を侮ってはならぬぞ。

圧倒的に有利な情勢とはいえ、氏政の心には、得体のしれない不安が広がっていた。

十七

天正六年（一五七八）三月十三日、関東への一大侵攻作戦を目前にしていた上杉謙信が死去した。

謙信は家督継承者を明言せずに亡くなったため、二人の養子の間に不穏な空気が漂っていた。

二人とは、幼い頃に上田長尾家から養子に入った喜平次《きへいじ》景勝と、北条家から養子入りした三郎景虎のことだ。

謙信の死の直後は両陣営共に喪に服していたのか、大きな動きは見られなかった。その後、景勝が「遺言」と称して春日山城の実城（本丸）に入り、家臣たちに家督継承宣言を行うことで、にわかに緊張が高まってきた。

謙信の死の一月半ほど後の四月下旬、今度は景虎が家督継承宣言を行うことで、両陣営の対立は明らかになる。そして五月五日、双方は初めての軍事衝突に至った。

その後、景虎は元関東管領・上杉憲政の居城の御館《おたて》に移り、双方は対立の姿勢を強めていく。

当初は景虎の許に多くの家臣や国衆が集まり、景虎方が有利だったが、景虎方が春日山城を攻めあぐねることで、雲行きが怪しくなってきた。そのため景虎は氏政に後詰勢の派遣要請を行った。

だがこの頃、氏政は下野国攻略戦に従事していた。北条方となった壬生義雄を佐竹義重らが攻撃し、それを後詰せねばならなかったのだ。

氏政は五月中旬、鬼怒川《きぬがわ》河畔まで自ら出向くことにした。そのため越後戦線の後詰として、妹婿の武田勝頼に越後への出陣を依頼した。これを受けた勝頼は、二万の大軍を率いて越後に向かう。ところがここで、予想もつかないことが起こった。

鬼怒川の水音が聞こえる陣中に、氏照の怒声が轟く。

「それはどういうことだ！」

越後から景虎の使者としてやってきた遠山康英が、声を震わせる。

「はっ、もう一度繰り返します。六月七日、武田勝頼殿は川中島の海津《かいづ》城に入りましたが、そこから動かなくなりました。それを見た景勝は十一日、御館の三郎殿に攻撃を仕掛けてきました。三郎殿らは応戦したのですが大敗を喫しました。その後、ようやく勝頼殿が入越してきましたが、今度は和睦を取り持つと仰せになり――」

「勝頼は景勝を倒すために入越したのではないのか。それでは話が違う！」

氏照が陣所に並べられた盾机《たてづくえ》を叩く。盾机とは、盾を並べた急造の机のことだ。

氏政の依頼を受け、景虎を後詰すべく越後まで出向いたにもかかわらず、勝頼は和睦の仲立ちをするというのだ。

――家督は一つしかないので、和睦など成立しない。たとえ形ばかり手を握っても、勝頼が去れば、再び戦いが始まる。

それまで沈思黙考していた氏政が問う。

「して、三郎はどうした」

「和睦など言語道断と拒否しました。すると勝頼殿は、怒りに任せて景勝と手を結びました」

――何という短慮だ。

後先のことを考えず、その場の感情に任せて事を決する勝頼という人間が、氏政には理解できなかった。

「われらを何だと思っている！」

氏照が激しい口調で続ける。

「彼奴は、われらを甘く見ているのではないか。万が一、三郎が敗死ないしは越後を追い出されでもしたら、彼奴は、われら北条家を敵に回すことになるのだぞ」

勝頼は織田・徳川連合と長らく敵対関係にあり、天正三年（一五七五）の長篠合戦では手痛い目に遭っている。その後、信長が容易に武田攻めに踏み切れなかったのは、北条氏との同盟があったからだと言っても過言ではない。

氏政は勝頼を優れた武将だと思っていた。その評価は今も変わらない。だが勝頼は大局的見地から物事を判断することができず、目の前に置かれた選択肢から、最適なものを選んでいくことしかできない武将だとも思っていた。つまり亡き信玄が信奉した孫子の「人を致して人に致されず（敵に主導権を渡さない）」という理念を貫けず、知らず知らずのうちに「致されてしまう」傾向があるのだ。

――残念ながら大名の器ではない。

優れた侍大将は、必ずしも優れた大名にはなれない。勝頼こそ、その典型に思えた。

――だが勝頼が不運だったことも確かだ。

四男の勝頼は幼少の頃に諏訪家に養子入りさせられ、武田家の家督を継ぐなど考えようもなかった。だが長男の義信をはじめとした三人の男子が、様々な理由から家督を継げなくなったため、信玄は勝頼を後継者に据えた。だが子供の頃から信玄の謦咳に接することがなかった勝頼は、そのよき弟子とはなれなかった。

氏照が苦々しい口調で続ける。

「ここでわれらと手切れになれば、勝頼の味方は越後国内で三郎と家督争いをしている景勝だけになる。それが何を意味するのか、彼奴には分かっているのか」

それは勝頼も分かっているはずだ。だが勝頼は、怒りを抑えられなかったのだ。

——四面楚歌《しめんそか》か。

氏政が問う。

「しかし勝頼が心変わりしたのには、もっと明白な理由があるはずだ」

康英がうなずく。

「雑説によると、信濃国飯山領の割譲と一万両を譲与するという景勝の条件に、つい乗ってしまったと聞きました」

それまで黙ってやりとりを聞いていた氏邦が、冷静な声音で問う。

「勝頼は、圭幣（賄賂）によって心変わりしたというのか」

「そうとしか考えられません。武田家は連戦続きで多額の金を使い、躑躅《つつじ》ヶ崎《さき》館の金蔵も空になったと言われています」

甲斐・信濃両国は山国なので米穀がさほど取れず、武田家は財政的に常に不安定だった。しかも信玄時代の財源となっていた金山は枯渇し始め、駿河湾を使った交易も活発ではないため、資金不足は慢性化していた。

「委細承知した。三郎は後詰を望んでおるのだな」

「しかり。実は今、三郎様に味方していた国衆らが次々と寝返っています。それゆえ一刻も早く後詰勢をお送りいただかないと、三郎様は孤立無援となります」

康英が切羽《せっぱ》詰まった声音で言う。

景勝は越後生まれなので、景虎方となった国衆にも顔見知りが多い。その利点を生かし、調略によって次々と味方を増やしていた。戦力的に景虎有利というだけで景虎に与《くみ》していた国衆が、景勝方の連勝を見て寝返るのは当然のことだった。

氏照が氏政に迫る。

「兄者、これは三郎一身のことではなく、当家の一大事。ここは、わしと新太郎（氏邦）を入越させて下され」

「そなたらで何とかするというのか」

「景勝ごときひねりつぶすのに、さほどの手間は掛かりません」

氏邦が不安そうに言う。

「それがしもそう思います。ただ一つだけ懸念があります」

その一言で、重臣たちが水を打ったように静まり返る。

「越後には、景勝をはるかに上回る難敵がおります」

「景勝のほかに敵がおると申すか」

「はい。恐ろしき敵がおります」

「それは誰だ」

氏邦は一拍置くと言った。

「雪です」

「おおっ」と重臣たちの間にどよめきが起こる。

氏邦は上野戦線を担当していることもあり、雪の恐ろしさを十分に知っていた。

――そうであった。かの地は関東とは違うのだ。

いい意味でも悪い意味でも、越後に降る雪は歴史を左右してきた。雪は越後国を守る藩屏《はんぺい》となってきたが、その反面、越後衆の軍事行動の足枷ともなってきた。とくに謙信が今川氏真と結んで武田信玄を挟撃しようとした時、大雪によって身動きが取れず、あたら氏真を見殺しにしてしまったという例《ためし》もある。

「では、どうする」

氏照が氏邦に問う。

「早急に越後入りし、景勝一党を討ち、雪が降る前に引き揚げねばなりますまい」

「だが今、越後には武田勢がいる」

「仰せの通り、武田勢二万と衝突することだけは避けねばなりません」

氏政は内心ため息をついた。

「つまり武田勢がいる限り、入越できぬというのだな」

氏邦がうなずくと続けた。

「策は一つしかありません。すなわち織田と徳川に牽制してもらうのです。さすれば勝頼は兵を引かざるを得なくなります」

その言葉に重臣たちは再びどよめいた。

これまで徳川家康と誼を通じていた北条氏だが、積極的な攻守同盟を締結していたわけではない。さらに織田信長との間には使者のやりとりさえなかった。というのも信長は畿内制圧に、北条氏は関東制圧に力を注いでいるため、互いに誼を通じる必要性を感じていなかったからだ。

──だが、これからは違う。すべての戦いは広域になり、これまでの考え方は通用しないのだ。

氏政が口を開いた。

「分かった。徳川家を介して織田家とも誼を通じていこう。まずは三河殿に遠江で動いてもらう」

この時、氏政は織田家との同盟までは考えていなかった。

「それがよろしいかと」

氏邦がうなずくと、氏照が言った。

「上野国内には、いまだ景勝に与する者がおる。まずは此奴《こやつ》らを平らげ、上野一国から景勝の勢力を駆逐した上で、勝頼が越後から兵を引くのを待つというのはいかが」

「それでよい」

氏政がまとめる。

「よし、わしは引き続き、下野・常陸領国にまたがる東方之衆との戦いを担う。源三と新太郎は上野・越後を任せた」

「承知仕った！」

氏照が立ち上がる。

「まずは沼田城を攻略する」

沼田城は北条方となった河田重親が城代を務めていたが、重親が城を出た隙に、相役の上野家成が叛旗を翻した。まずは、それを討伐しようというのだ。

氏政が立ち上がる。

「よし、両戦線共に当家の存亡を懸けた戦いになる。不退転の覚悟で臨むように」

「おう！」

それで軍評定は終わったが、氏政は一抹の不安を覚えていた。

——雪、か。

氏政は、降雪が景虎の盛衰を決するものになるような気がしてならなかった。

十八

六月から七月にかけて、景虎・景勝両軍は幾度となく衝突した。だが、どれも景勝方の勝利に終わり、景虎の劣勢は明らかになってきた。

これを見た勝頼は景勝の勝利を確信した。武田勢が景勝勢と共に景虎勢と戦うことはなかったが、無言の圧力が景勝方を有利にしたのは否めない事実だった。

だが八月に入ると、遠江戦線で家康の動きが活発化してきた。これにより勝頼は八月下旬、越後から甲斐国へと帰っていった。

勝頼の撤退を待っていた北条方は、氏照と氏邦を中心とした一万の大軍を越後入りさせた。

北条勢は景勝方の最前線の荒戸《あらと》・直路《じきろ》両城を抜くと、九月には要衝の樺野《かばの》沢《さわ》城をも落とした。

残すは、景勝率いる上田衆の本拠・坂戸《さかど》城だけだ。坂戸城を落とせば、春日山城まで、行く手を遮るような城はない。

だが坂戸城は堅固な山城で、幾度も攻め口を変えて攻めてみたものの、どうしても攻略できない。

九月になっても糸口は摑めず、北条勢は御館へ後詰できないでいた。

十月中旬、越後に初雪が降ったという報告を受けた氏政は、氏照・氏邦兄弟に帰還を命じる。一万の大軍を、糧秣《りょうまつ》の乏しい越後で冬越えさせるわけにはいかないからだ。

氏政は翌年の雪解けを待って再侵攻させるつもりでいたが、それまで御館が持ちこたえられるかどうかは分からない。

――背に腹は替えられん。

氏政は苦渋の決断を下した。

だが北条勢の来援のない冬を、景勝が逃すはずがない。景勝の与党は次第に増え、圧倒的な兵力になっていった。

機は熟したと見た景勝は天正七年（一五七九）三月十六日、御館に惣懸《そうがか》りを掛ける。景虎方も必死に防戦するが、すでに兵たちのあらかたが逃亡しており、瞬く間に虎口《こぐち》を破られた。

それでも御館から脱出した景虎は、信越国境に近い鮫《さめ》ヶ尾《お》城に入った。武田領の通過を、氏政から勝頼に頼んでもらおうというのだ。

しかし景勝は追撃の手を緩めず、二十四日に鮫ヶ尾城に惣懸りを掛ける。城内に残った景虎派の諸士は次々と討ち死にを遂げ、最後に景虎も自刃して果てた。

これにより御館の乱は終結し、越後国は景勝のものになる。

た。

——三郎が死んだか。

小田原への使者を託された遠山康英から景虎の最期を聞いた氏政は、落胆を隠せなかった。

「真に無念ながら、御台所様も共にご自害とのこと」

「そうか。景勝は妹さえも死に追いやったのだな」

景虎の正室は景勝の妹だった。

「はい。景勝からは再三にわたって投降を促す使者が参りました。三郎様も御台所様に言葉を尽くして投降を勧めました。しかし御台所様は、頑として聞き入れませんでした」

景虎の室は躊躇せず死を選んだ。そこには、景勝に対する怒りと憎悪が感じられる。

「唯一の子である道満丸《どうまんまる》様を殺されたことで、御台所様は絶望したのでしょう」

「三郎の一人息子の道満丸も殺されたのか」

康英が首肯《しゅこう》する。

御館に惣懸りする直前、景勝は景虎の降伏と助命を認める代わりに、人質として道満丸を要求した。万事休していた景虎は、その条件をのまざるを得なかった。だが景勝は景虎の退去を認めるはずがなく、道満丸を殺した上で、御館に惣懸りを掛けてきたのだ。

「三郎は、さぞや無念であったろうな」

氏政は景虎の笑顔を思い浮かべた。

美男が多い北条家にあっても、三郎の美男子ぶりは際立っていた。その抜けるような笑みは妙齢の女性たちを魅了し、その文武に長けた才覚は男たちを感嘆させた。だが、そうした美貌からは想像もつかないほどの過酷な運命が、三郎には待っていたのだ。

「そなたの父も三郎に殉じたのだな」

「はい。父は御館に最後まで踏みとどまり、三郎様退去の時を稼ぎました」

康英の父康光は鮫ヶ尾まで同行せず、御館で討ち死にを遂げていた。

「卒爾《そつじ》ながら――」

宿老筆頭の松田憲秀が発言を求める。

「いつまでも三郎様のことを嘆いているわけにもいきません。向後の方策を立てるべきかと」

「分かっておる」

憲秀の言に不快になった氏政だが、それも一理あると思い直した。

咳払いすると、憲秀が続ける。

「これにより越後国は、われらと敵対することになりました。つまり甲相越三和一統によって畿内政権と対峙していくという、われらの構想は水泡に帰しました」

北条氏は氏康の代から「甲相越三和一統」を目指していた。そのため氏政は謙信の死後、家督を景虎が継ぐことで関係を修復するつもりでいた。だが結果的に、武田・上杉両氏を敵に回してしまったのだ。

「御屋形様、われらは武田・上杉両家と戦うことはできません」

「それは分かっておる。だが此度の武田家との手切れは、勝頼が勝手にやったことだ。われらの方から頭を下げて和を請うわけにはまいらぬ」

「仰せご尤も。むろん武田殿も、われらと戦う肚《はら》を決めておるはず」

勝頼が景勝と同盟を結んだということは、北条氏と敵対すると宣言したにも等しい。

「もはや戦うしかないのか」

「しかしこのままでは、甲越両勢がそろって関東に討ち入ることも考えられます」

いまだ越後国内は混乱しているので、景勝がすぐに攻め入ってくることは考え難いが、混乱が収まれば、双方が示し合わせて関東に侵攻してくる可能性はある。

「それだけは避けねばならぬ」

「では、三河殿のみならず織田殿とも結び、勝頼と景勝を牽制してもらいましょう」

家康に遠江進出を促すのは容易だが、これまで全く通交のない信長に、牽制してくれと頼んでも、すぐには聞き入れてくれないはずだ。

――正式の同盟を結ばねば無理かもしれないな。

その時の力関係がどうなっているかは分からないが、天下の覇権に手が届きそうになっている信長が、独善的な条件を提示してくるのは目に見えている。

「事はそう容易ではない。三河殿と結ぶことと、織田殿と結ぶことは同義ではない」

「分かっております。おそらく織田右大臣《うだいじん》は、われらに臣従を強いてくるはず」

「その通りだ。同盟ではなく臣従となると、慎重に考えねばならん」

氏政は、この機会に皆に話しておこうと思った。

「聞け」と氏政が言うと、憲秀をはじめとした重臣たちが威儀を正した。

「初代早雲庵様以来、わが家の存念は『祿壽應穩』だ。その存念に反することは、何があってもできない。今や天下に号令を掛けんとしている織田家と結ぶということは、織田家の膝下《しっか》にひれ伏すことであり、織田家の命に従わねばならないことになる」

すでに信長率いる織田家は、畿内を中心に四百万石近い領国を形成しており、飛ぶ鳥を落とす勢いで周辺諸国を切り従えている。

織田家の傘下大名となれば、信長の命じるままに各地に兵を出すのはもちろん、減封や移封さえも覚悟せねばならない。

信長は長きにわたって関係の深い徳川家だけは、対等に近い同盟関係を容認しているが、その他の大名とは上下関係を明確につけようとしていた。むろん北条家とも、そうした関係を望んでくるはずだ。

「われらは、われらの存念によって国を統べ、国人と民を従えてきた。長年にわたり、御恩と奉公の関係も作ってきた。それを覆し、すべて織田の流儀に従うことはできない」

「では、それで滅んでも構わぬと仰せか」

憲秀の問いに何と答えてよいか、氏政は躊躇した。

――かつて春松院様（氏綱）は、『義を守っての滅亡と、義を捨てての栄華とは天地ほどの開きがある』とご遺言なされた。われらは子々孫々まで、その教えを守っていかねばならない。だが、それで本当に滅亡してもよいのか。家臣が牢人《ろうにん》となれば、妻子眷属はもとより一族郎党が食べていけなくなる。それでも大義を貫き通すべきなのか。

憲秀が決然として言う。

「もしも御屋形様が、織田家に臣従するくらいなら滅んだ方がましだと仰せなら、それでもわれらは構いません」

「おう！」

居並ぶ重臣たちが首肯する。

「待て。少し猶予をくれ。しばし考えたい」

それで評定はお開きとなった。

織田家に従わずにこの苦境を脱する術《すべ》がないかを、氏政は考えてみようと思った。

十九

——やはり案じていたことが起こったか。

天正七年（一五七九）五月下旬、早雲寺に設けられた深三畳台目《ふかさんじょうだいめ》の草庵《そうあん》数寄屋で、氏政は氏直を相手に茶を点《た》てていた。

早雲寺は箱根湯本《ゆもと》にある臨済《りんざい》宗大徳寺《だいとくじ》派の寺院で、大永元年（一五二一）に二代当主の氏綱が父宗瑞の菩提を弔うために建立した。爾来《じらい》、北条氏の菩提寺として栄え、寺内には氏綱の春松院、氏康の大聖寺《だいしょうじ》、氏政の正室だった梅の黄梅院といった一族の菩提を弔う塔頭《たっちゅう》が数多く建てられていた。

氏政と氏直は先祖三代の墓参の後、その奥の院近くの庭園で、久方ぶりに父子二人で語り合う機会を持てた。氏直はすでに十八歳になっている。

慣れた手つきで点前《てまえ》を披露した氏政は、茶筅《ちゃせん》の起こした渦がいまだ残る茶碗《ちゃわん》を、正客の座に座る氏直の前に置いた。

氏直は作法通りに茶碗を持ち上げると、神妙な面持ちで喫した。

「美味にございます」

「宇治《うじ》の茶葉を取り寄せたのだ」

　その年の宇治の新葉が畿内に出回るのは五月初め頃なので、東国に入ってくるのは、早くても五月下旬になる。

「どうりで、みずみずしい味わいがありました」

「そなたにも、茶の味が分かるのか」

「不調法ですが、江雪斎から点前も習っております」

　板部岡江雪斎は使者や鉄砲の買い付け役として京、大坂、堺に行くことが多く、そこで茶人商人たちから点前を習い、小田原に伝えていた。

「茶の湯は畿内・西国の武士の嗜《たしな》みだと聞きました。織田殿は茶頭という役割を堺商人の茶人たちに与え、点前の指導から茶道具の見立てまでやらせておるとか」

「そうだったな。功を挙げた家臣に対し、織田殿は土地の代わりに茶道具を下賜しているという。それを家臣たちも喜んで拝領しているというから驚きだ」

「そんなことが、長く続くのですか」

「分からん。だが畿内や西国では、米や雑穀よりも、商いによる利の方が大きくなっているという。その流れからすると、何に値打ちを感じるかが、地域によって変わってきているのかもしれん」

　畿内から断片的に入ってくる情報は、東国人の常識では信じられないものばかりだった。だがそうしたものに目を背けていても、時代から取り残されるだけだ。それゆえ氏政は時間の許す限り、江雪斎ら畿内の情報に通じた者の話に耳を傾けることにしていた。

「こうした茶の湯の嗜みも、畿内西国とのつながりが深くなれば必要になってくるやもしれぬ」

膝の上に載せていた茶碗を置くと、氏直が問うた。

「まさか父上は、織田殿にひれ伏すおつもりでは」

それには答えず、氏政は逆に問うた。

「もう一つどうだ」

「いただきます」

氏政は、沈黙したまま薄茶を淹《い》れる支度を始めた。

荒肌の尻張釜《しりはりがま》から上がる湯気が沈黙を深くする。

「ここにお誘いいただいたのは、そのことを話したかったからですね」

「そうだ。三河殿を介して織田殿と誼を通じようと思っている」

氏直の顔が緊張に包まれる。

「つまり臣下として扱われることも辞さぬと――」

「ああ、さもないと、この苦境は脱せられぬ」

「しかし臣従となれば、早雲庵様以来の存念を捨てることになりかねません」

「分かっておる。だが、そうしなければ家を保てぬ。当面の敵は勝頼だが、越後の景勝も国内の騒乱が収まれば、必ずや越山してくる。東からは佐竹義重と東方之衆が、南東からは里見義弘が侵攻してくるだろう。さすれば由良、長尾、佐野、成田、千葉といった有力国衆も次々と寝返るやもしれん。それゆえ、そうなる前に織田家と誼を通じようと思っている」

「そういうことでしたか」

氏政が薄茶を氏直の前に置く。だが氏直は手に取ろうとしない。

「そなたの代は、これまでとは違う世になるだろう。織田家傘下の一大名として、国《くに》掟《おきて》から枡《ます》の大きさまで従わねばならぬ。それでもそなたはよいか」

枡とは一種の度量衡のことで、織田家は京枡、武田家は甲州枡、北条家は家臣の安藤良整《あんどうりようせい》が考案した榛原《はいばら》枡（安藤枡）を使っている。それぞれの大名が、てんでばらばらに異なる単位の枡を採用しているため、商人たちは取引の際に複雑な計算を余儀なくされていた。そのため信長は、度量衡の統一を政権構想の一つに掲げていた。

氏直は薄く目を閉じ、微動だにしない。外で鳴る筧《かけい》の音が沈黙を深くする。

――わしも辛いのだ。

ここ数日、氏政は眠れないほど悩んでいた。初代から三代まで守り抜いた「祿壽應穩」の理念を捨てることは、関東に王道楽土を築くという大義を謳えないことになり、北条家は存在意義を失う。下手をすると信長に命じられ、奥州征伐の尖兵とされることさえ考えられる。そうなれば何の利害関係もない大名や国人と戦い、多くの無駄な血を流し、その地の農民を飢餓に陥れることにもなりかねない。それは「祿壽應穏」の思想に反することだ。

――それでもわれらは、家臣や領民の暮らしを守っていかねばならない。

大名として、それは何よりも大切なことだ。

「父上」という氏直の言葉に、氏政は顔を上げた。すると氏直は薄茶の入った茶碗を受け取り、それを飲み干した。

「唐土《もろこし》には、『毒を食らわば皿まで』という故事成語があります。織田家の傘下に入ると決めたら、ほかの誰よりも忠節を尽くさねばなりません」

「ということは、わしの判断を支持してくれるのか」

氏直がその端整な顔を上下させた。

「はい。先祖伝来の存念を捨てるのは、真に心苦しいことですが、家臣や領民のためには致し方なきことかと」

「そうか。分かってくれるか」

氏政は肩の荷が下りた気がした。

「いつまでも戦国の世ではありません。天下政権に従うのも時代の流れです」

「そうか。よくぞ――」

そこまで言ったところで、氏政は言葉に詰まった。

「父上のお苦しみは、わが苦しみでもあります。共にそれを乗り越えていきましょう」

氏政は、氏直が自らの決断を後押ししてくれたことに、父親としての喜びを感じた。

――たとえ形を変えようと、家を保つことが大切だ。早雲庵様、春松院様（氏綱）、大聖寺様（氏康）、どうかお許し下さい。

氏政は先祖に詫びた。

八月、勝頼は駿河東部へと進出し、沼津《ぬまづ》に三枚橋《さんまいばし》城を築いた。これにより甲相両国の角逐の場は、上州から駿河・伊豆国境まで飛び火した。

氏政は家康に同盟を呼び掛け、これまで友好的関係にすぎなかった北条・徳川両家の間で、正式な攻守同盟を締結した。

九月になると、北条高広《きたじょうたかひろ》、河田重親、白井《しろい》長尾《ながお》憲景《のりかげ》、那波《なわ》顕宗《あきむね》、皆川広照《ひろてる》ら北関東国衆の北条氏からの離反が相次ぐ。あまりの勝頼の勢いに恐れをなしたのだ。

この年から翌年にかけて上野国では勝頼が猛威を振るい、下野国では「東方之衆」の攻勢が続き、氏政は書状の中で、「当方終《つい》には可滅亡候哉《めつぼうすべくそうろうか》（われわれは滅亡してしまうかもしれない）」とまで嘆くに至る。

勝頼は北条方を圧倒し、遂には上野国の大半を制圧した。一方、佐竹義重も下野国衆の佐野氏や壬生氏を傘下に収めた。

戦線は武蔵国にまで及び、遂に北条氏の一大拠点である鉢形城まで、勝頼の攻撃に晒された。

こうしたことから天正八年（一五八〇）正月、氏政は織田政権の一員となる覚悟をし、家康を橋渡し役として信長に誼を通じた。

三月、笠原康明《かさはらやすあき》と間宮綱信《まみやつなのぶ》が上洛し、滝川一益《たきがわかずます》の取次で信長に謁見した。この時、互いに表裏なきことを誓い合う起請文が取り交わされた。

初代早雲庵宗瑞が今川氏から独立して以来、誰にも従属したことのなかった北条氏が、遂にその方針を改めたのだ。

北条氏が「民のための政治」を目指す特異な存在から、生き残るために手段を選ばない常の戦国大名へと変わったことを、それは意味した。

織田氏側の史料によると、氏政は「関東八国御分国に参る（関八州を差し出します）」とまで信長に言ったとされ、嫡男氏直の正室に信長の娘を迎える約束までした。

これに対して信長は、「それなら家督を氏直に譲れ」と申し渡した。信長としては、自らが上位にあることを周囲に知らしめるため、現役の当主に娘を輿入れさせたかったのだ。むろん氏政に、それを拒否することなどできない。

八月、氏政は「軍配団扇《うちわ》の譲渡（軍事指揮権の委譲）」の儀を執り行い、隠居した。

かくして北条家五代当主の座に氏直が就いた。以後、氏政は御隠居様、氏直は御屋形様と呼ばれることになる。氏政四十三歳、氏直十九歳の秋だった。

第四章　乾坤截破《けんこんせつぱ》

一

天正八年（一五八〇）の夏から秋にかけて、相変わらず武田勝頼と「東方之衆」の攻勢は続いていた。

八月末、上野国北部において北条氏唯一の直轄拠点だった沼田城が、武田勢によって攻略された。九月になると、勝頼は北条方の由良・富岡《とみおか》・館林長尾氏の所領を荒らし回り、収穫の始まった穀物を焼き払った。この時、由良氏の支城の一つの膳城も落城した。

暴風雨のような勝頼の猛攻に、北条方はたじたじとなっていた。だが敵は勝頼だけではない。東方之衆の盟主・佐竹義重は、北条方となっていた下野国の佐野・壬生両氏を傘下に収めた。これにより足利城主の長尾景長を除く下野国全土が、敵の手に落ちた。

天正九年（一五八一）の正月、本来なら代替わりして最初の正月なので、華やかな空気に包まれるはずの小田原には、沈鬱な雰囲気が漂っていた。

「椀飯《おうばん》」や「春之御礼」といった主従関係を確認する行事は例年と変わらず行われたが、能役者を招いて祝宴を張る「謡初《うたいぞ》めの儀」「大茶会《おおさのえ》」「流鏑馬《やぶさめ》」「奉納相撲」といった華やかな催しは、次々と取りやめになった。

いつになく寂しい正月が終わり、氏直が当主となってから最初の評定が行われた。

「皆の者、聞け」

これまで氏政がいた場所に座した氏直が、当主としての第一声を発する。

「当家は今、未曽有の危難に直面している」

居並ぶ家臣たちが水を打ったように静まり返る。

「われらと手を結んでいた武田勝頼は、越後の一件で当家と手切れとなり、あろうことか佐竹ら東方之衆と結び北関東を席巻している。上野国は国衆領を除いて所領はなくなり、下野国は傘下国衆さえいなくなった。これは当家存亡の危機であり、この劣勢を当家だけで押し返すことは極めて難しい」

気づくと氏直は拳を握っていた。傍らに座す氏政は瞑目し、すべてを氏直に預けているように見える。

「そこで、大きな決断を下した」

氏直が声を大にして言う。

「われらは織田家と誼を通じる！」

評定の間がどよめきに包まれる。この話は、重臣以外の多くの家臣にとっては初耳だからだ。

「では、これからの方策を板部岡江雪斎から話してもらう」

氏直の指示に従い、江雪斎が口を開く。

「昨年三月、笠原殿ら正規の使者が織田右大臣（信長）にお目通りして以来、われらは幾度となく織田・徳川両家と語らい、対武田戦の段取りを決めました」

笠原殿らとは、安土《あづち》城に行った笠原康明と間宮綱信のことを指す。

「絵地図をこれへ」

江雪斎は大衣桁《おおいこう》と呼ばれる大型の衣文《えもん》掛けを運ばせると、それに絵図面を掲げた。

「設楽原で惨敗を喫したとはいえ、武田家はいまだ強大。それゆえ、われらと三河殿で東西から揺さぶりを掛けて疲弊させ、頃合いを見て、織田殿も含めた三家が武田領へと侵攻を開始することにしました。そこで三河殿はまず——」

江雪斎が、馬鞭《ばべん》で遠江国らしき部分の東部を叩く。

「ここにあるのが、武田方の遠江における拠点の高天神城です。徳川方によって、すでに高天神城の包囲は始まっていますが、武田方は何ら有効な手立てを講じていません」

遠江国東部の要衝・高天神城は、常に争奪戦の渦中にあった。

永禄十一年（一五六八）十二月に始まる信玄と家康の同時侵攻作戦により、東海地方に覇を唱えた今川氏は没落する。駿河は信玄の、遠江は家康の領国に組み入れられ、今川家旧臣の小笠原《おがさわら》氏の本拠・高天神城は、徳川氏の持ち城になった。

ところが天正二年（一五七四）六月、盟約を破って侵入してきた武田勢に囲まれた高天神城が降伏する。それ以降、高天神城は武田家の東遠江の支配拠点として、徳川方との最前線に位置してきた。ところが天正三年（一五七五）の長篠合戦での惨敗によって、武田家の東遠江支配は崩壊の危機に瀕《ひん》していた。

天正六年（一五七八）になると、家康は横須賀《よこすか》城をはじめとした攻略拠点を築き始め、高天神城の奪還へと動き出す。この頃、勝頼は御館の乱へ介入し、遠江国へは兵を向けられない。

御館の乱から手を引いた後も、勝頼は上州攻略に血道をあげ、高天神城は置き捨てられた格好になっていた。そしていよいよ家康は、その攻略に向けて動き出すというのだ。

「よって、われらは三河殿の動きを助けるべく、駿河国東部へと侵攻を開始します。攻略目標は長久保《ながくぼ》城になります」

江雪斎の馬鞭が駿河・伊豆国境を指し示す。

「三河殿と呼応し、東西から武田領国を攻め上げて勝頼を東奔西走させ、兵と財を疲弊させる。これが当家の策配となります」

江雪斎が説明を終えると、氏直が話を代わった。

「皆の者、今聞いた通りだ。本来なら利根川を渡って上野国に進み、勝頼と無二の一戦に及ぶべきだが、それをせずに駿河を攻める。これにより勝頼を駿河・遠江両国に引き付け、その間に北関東国衆を調略によって引き戻すつもりだ」

家臣団がざわめく。

「勝頼は当然、佐竹ら東方之衆をあてにするだろう。だが武田家と東方之衆を合わせても、織田・徳川両家とわれらの兵力の五分の一にもならない。それゆえ無理な力攻めを行わず、真綿で首を締めるように勝頼を苦しめ、頃合いを見計らい、織田殿も含めた三方から武田領国に惣懸りを掛けるという寸法だ。異論はないな」

評定の間は静まり返り、反対する者などいない。

この時になって、ようやく氏政が口を開いた。

「今、大途《だいと》から聞いた通りだ。この策は、大途が江雪斎らを三河殿の元に遣わして成就したものだ。それゆえ皆も、これまで以上に力を尽くし、大途を盛り立ててくれ」

大途とは当主の謂《いい》で、隠居した先代や年長の叔父が、公式文書で当主を呼ぶ際に使われる。目下の者は「御屋形様」「太守様」「上様」といった呼び方をする。

「承知仕った！」

「お任せあれ！」

「御意のままに！」

家臣たちが口々に声を上げる。

氏政に軽く一礼すると、氏直が皆に向き直る。

「よし、勝鬨《かちどき》を上げよ。その後は酒宴だ。今夜は存分に飲め。寂しかった正月の憂さを晴らしてよいぞ！」

「おう！」

評定の間は、瞬く間に喧騒の場と化した。

二

――果たして、これでよかったのか。

氏政の隠居、そして己の当主就任という突然の出来事から来る戸惑いの時期は脱したが、二百万石以上の領国を有する北条家を、中央政権に従属させてよいのかどうか、氏直はいまだ悩んでいた。

戦国時代も後半に差し掛かり、各地に割拠していた国人勢力の集約化が進んでいた。国人たちは巨大化した大名勢力に吸収され、家臣化が進みつつあった。東国では越後の上杉、甲斐の武田、そして相模の北条の三家と「東方之衆」という連合が覇を競っているが、当面は勢力の均衡を保ちつつ角逐は続くと思われた。

——時代は変わっていく。いち早く流れを摑んだ者だけが生き残れる。しかし流れを見誤れば、すべてを失う。

織田家と敵対する武田・上杉両家と異なり、北条家はいち早く織田政権の傘下入りを果たした。だが、それが吉と出るか凶と出るかは分からない。

——あの時は父上の判断を支持したが、あれでよかったのか。

いまだ氏直は、織田家の傘下入りが正しい選択だったかどうか、確信が持てなかった。

二月、長年にわたって北条氏傘下の有力国衆として上野国を守ってきた金山城主の由良国繁《くにしげ》と、その実弟で館林城主の長尾顕長《あきなが》が北条方を離反し、佐竹氏傘下に転じたのだ。

これにより上野国では小泉《こいずみ》城主の富岡秀長《ひでなが》、下野国では足利城主の長尾景長だけが傘下国衆になってしまった。

北関東を手放したに等しい北条家では、武蔵国の死守を旗印に掲げたが、もはや武蔵国でさえ維持は困難となりつつあった。

そんな時、起死回生の吉報が届く。三月、徳川勢が高天神城を攻略したというのだ。

高天神城では長期にわたる籠城戦で兵糧《ひょうろう》が底をつき、死を決した籠城衆は包囲陣を突破しようと大手口から打って出た。しかし苦し紛れの突破となり、戦える者のほとんどにある六百八十八人が討ち取られた。

城兵からの再三にわたる後詰要請にもかかわらず、勝頼は後詰勢を差し向けず、籠城衆を見殺しにする形になった。これにより勝頼の信望は失墜し、武田方国人の間に動揺が走った。遂には、各地に配置された直臣にまで離反の動きが出てくる。

それを打破するには勝利しかない。遠江から家康、伊豆から氏政の侵攻を受けた勝頼は、無二の一戦を求めて東奔西走させられることになる。

駿河国の東西を頻繁に移動せざるを得なくなった甲州兵は疲弊し、同時にわずかに残った軍資金も、瞬く間に底をついていった。


天正十年（一五八二）の正月が明けて間もなく、氏政と氏直は、京から戻ったばかりの板部岡江雪斎から報告を受けていた。

「いよいよ武田攻めが始まると申すのだな」

氏政の顔が引き締まる。

「はい。伝手《つて》を手繰《たぐ》って雑説の収集に努めましたが、今年の早いうちに、織田殿は武田領国への討ち入りを果たすはずです。すでに陣触れも出ており、兵の移動が始まっております」

氏直が疑念を口にする。

「毛利や紀州雑賀《さいか》攻めが先ではないのか」

「織田殿は武田攻めを先にするつもりです。というのも陣触れが掛かったのは、尾張《おわり》や美濃を中心にした岐阜中将《ぎふちゅうじょう》（信忠《のぶただ》）傘下の者どもだからです」

「そうか――。それなら間違いないな」

氏政が顎に手を当てて考え込む。

「その裏付けとなる雑説を、もう一つ聞き込みました」

「何だ」

「木曽谷《きそだに》の木曽義昌《よしまさ》殿が、秘密裏に織田方に通じたとか」

「かの者の正室は、信玄の娘ではないのか」

義昌は武田領国の西の藩屏《はんぺい》として信頼され、信玄の娘の一人を娶《めと》っていた。

「仰せの通り。しかし信玄公なき今、さような縁などあってなきも同然」

氏直が問う。

「つまり織田勢を木曽谷に招き入れるということか」

「はい。そうなりましょう。むろん伊那谷《いなだに》や飛騨《ひだ》からも攻め入るはず。さすれば三河殿も駿河に討ち入ることでしょう」

氏政がため息を漏らす。

「勝頼もたいへんな目に遭いそうだな」

「おそらく存亡を懸けての戦いとなるはず」

「それほど大規模な攻勢を取るにもかかわらず、なぜわれらに知らせが来ないのだ」

それについて江雪斎は答えない。

三人ともその理由を知っていた。織田家の尻馬に乗った北条氏が、機先を制するように武田領に侵攻し、上野国や駿河国東部の武田領を掠《かす》め取ろうとすると思っているのだ。

――結句、そういう動きになるのは否めない事実だがな。

むろん北条氏が動かなくても、信長は単独で勝頼を屠《ほふ》る自信があるのだろう。それゆえ協力を求めてこないのだ。

――それならそれで、様々な手を講じておかねばならない。

氏直が氏政に問う。

「父上、そうなれば、いち早く桂を引き取りましょう」

桂とは氏政の妹の一人で、今は勝頼の許に嫁いでいる。

「勝頼が素直に桂を渡してくるだろうか」

氏政の疑念に氏直が答える。

「勝頼とて人の子です。必ずや送り返してくれるでしょう」

かつて武田氏と手切れになった折、氏政は正室の梅を泣く泣く送り返した。そのことは勝頼も覚えているはずで、武士の信義を尊ぶなら、必ずや送り返してくれるはずだ。

「いや、それは分からぬ。道連れにされるやもしれぬ」

氏政は元々悲観的な一面があるが、隠居してからは、それが強く出るようになった。

「では、いざとなった時、『織田家との和睦の仲立ちをしてやる代わりに返せ』とでも申せばいいでしょう」

「いや」と江雪斎が首を左右に振る。

「和談の仲介などをすれば、織田殿の逆鱗《げきりん》に触れます。とくに織田殿は、武田殿を仇敵と目しており、戦うとなれば滅亡まで追い込むはず」

「織田殿とは、そういうお方なのだな」

「そうです。織田殿に臣従するとなったなら、とことん従わないと、あらぬ疑いを掛けられて討伐されます」

──織田殿の傘下に入るということは、容易なことではないのだ。

氏直は先々に不安を感じた。

氏政がため息交じりに言う。

「いずれにせよ織田殿の動静に注意を払い、いざという時、迅速に兵を出せるよう、三月になったら陣触れを発し、兵を小田原に集めておこう」

そう言い残すと、氏政は座を立った。それを見送った後、氏直は江雪斎に問うた。

「江雪斎、織田殿とは、どのようなお方なのだ」

このまま織田家との輿入れの話が進めば、信長は氏直の義父になる。その点、氏政以上に信長の人柄が気になるところだ。

しばし考えた末、江雪斎が言った。

「われらの考えが及ばぬお方です」

「考えが及ばぬとは、どういうことだ」

「まず、人と思ってはなりません」

「人ではないのか」

「はい。常の人ならば相手の気持ちを考え、情に動かされることもあるでしょう。しかし織田殿には一切そうしたところはなく、人を人とも思わず殺すことができます」

江雪斎は信長の比叡山《ひえいざん》焼き打ち、伊賀国衆一揆討伐、伊勢長島や加賀一向一揆に対する残虐な仕打ちを語った。

「織田殿は撫《な》で切りを好むと申すか」

氏直が息をのむ。

「はい。女だろうと童子だろうと根絶やしにします。しかもその殺し方たるや――」

江雪斎が顔をそむける。

「構わぬから申せ」

「はい。焼き籠めと申しまして、女子供を小屋に押し込め、外から板材を打ち付けて出られなくした上で火をつけます」

「何だと――」

氏直は唖然《あぜん》とした。

「中に入れられた者たちの悲鳴や泣き声は焼け死ぬまで続き、その処刑役を担った者たちの十人に一人は、気狂いするか出家すると聞いております」

氏直は絶望的な気分になっていた。

江雪斎が続ける。

「織田家に逆らった者がどうなるかを周囲に知らしめ、反乱する気をなくさせるのが、織田殿の常套《じょうとう》手段です。この効果は絶大で、周囲は草木も靡《なび》くように従っています」

「さような御仁が、わが義父となるのか」

「そうです。それが現世なのです。ただし――」

誰もいないにもかかわらず、江雪斎は左右に視線を動かし、声をひそめた。

「あまりの独断専行ぶりに、織田殿は高転びに転ぶなどと言う者もおります。現に叛旗を翻す者は後を絶ちません」

上洛後だけでも、足利義昭、浅井《あざい》長政《ながまさ》、本願寺、松永久秀《まつながひさひで》、三好義継《みよしよしつぐ》、富田《とだ》長繁《ながしげ》、荻《おぎ》野《の》直正《なおまさ》（赤井悪右衛門《あかいあくえもん》）、波多野《はたの》秀治《ひではる》、内藤定政《ないとうさだまさ》、別所長治《べっしょながはる》、荒木村重《あらきむらしげ》といった有名無名の者たちが、次々と信長から離反していった。

「信長は強大になりつつあるのに、どうして、さように裏切られる」

江雪斎がため息をつきつつ言う。

「人の心に疑心暗鬼があるからです」

「疑心暗鬼、とな」

「はい。さしたる理由もなく、隣に座す者が殺されたり、追放されたりすれば、人は自分の番が次にやってくるのではないかと思います。羽柴《はしば》殿や明智《あけち》殿のように働きのある方は別ですが、佐久間《さくま》殿や林《はやし》殿のように働きのない方は、些細なことで所領を取り上げられて追放されます」

天正八年（一五八〇）八月、林秀貞《ひでさだ》は二十四年も前の背信行為を挙げられ、佐久間信《のぶ》盛《もり》は些細なことを十九条にわたって縷々《るる》書き連ねられた折檻状《せっかんじょう》を突き付けられ、織田家から放逐された。

「織田家の者どもは、そうした恐怖と常に戦っているのだな」

「そういうことになります。おそらく――」

江雪斎が気の毒そうな顔で言う。

「そうした緊張に堪えられなくなった者は、反逆するしかないのでしょう」

「織田殿というのは恐ろしき御仁だな」

「はい。織田殿が天下を取った時、この世がどうなるかは分かりません」

「織田殿は、そうまでしてなぜ天下がほしい。よほど高邁《こうまい》な存念をお持ちなのだろう」

江雪斎が首を左右に振る。

「それがしの調べたところ、これといった存念はありません。ただ織田殿の印判には、『天下布武《てんかふぶ》』という四文字が刻まれています」

「『天下布武』とな。そこには、いかなる存念が込められておるのだ」

「それには様々な解釈がなされておりますが、当初は『武によって天下を平定する』という解釈がなされていました。ところが近頃は、『天下の武を収める』という謂に近いと言われています」

「いずれにせよ、己の力で、この世のあらゆる武を収めさせるということだな」

「はい」と言って江雪斎が首肯する。

「織田殿は、どのような国を作っていくかまでは明言しておりません。当家のように『祿壽應穩』を旗印に掲げ、天下万民に安寧と静謐をもたらすといった存念もありません」

氏直が嘆息する。

「さような御仁に天下を取らせてよいのか」

江雪斎が諭《さと》すように言う。

「たとえ織田殿が悪鬼羅刹であろうと、力を持っていることに変わりはありません」

「力を持っているから従わねばならぬのか。ご先祖様方の存念に逆らっても、わしは悪鬼の前に膝を屈せねばならぬのか」

氏直の胸に疑問が湧く。

「御屋形様、そこは忍耐です。一時の恥は千載まで続くものではありません」

「そうかもしれんが、そうでないかもしれん」

一つ間違えば、北条家は織田幕府の一大名として、民に苛斂誅求《かれんちゅうきゅう》を強いねばならない立場に追い込まれる。

「先のことは分かりません。しかし今は、勝頼の暴虐から逃れることだけを考えるべきです。織田・徳川連合と共に勝頼を討伐し、織田殿の覚えをめでたくし、織田殿にも当家の存念をご理解いただく。さすれば同格に近い関係が築けるかもしれません」

――果たして、それは正しい道なのか。

信長の実像を知れば知るだけ、その疑念が頭をもたげてくる。

――だが、われらは現世と向き合わねばならない。今の脅威は勝頼だ。勝頼を倒すためとあらば、悪鬼羅刹とも手を結ばねばならん。

氏直は、当面の敵を倒すことに専心しようと思った。

三

天正十年（一五八二）の正月は、武田勝頼にとって普段と変わるものではなかった。変わったことといえば、これまで躑躅《つつじ》ヶ崎館で行っていた正月の恒例行事を、新府《しんぷ》城で行ったことくらいだ。

正月が明けて早々、勝頼は駿河・伊豆国境へと出陣し、昨年と変わらず北条方と干戈《かんか》を交えていた。ところが同月末、木曽義昌の側近の一人が新府城に駆け込み、義昌の謀反を知らせることで、事態は一変する。

義昌の謀反が確かなものと分かり、勝頼は激怒した。翌日には陣触れを発し、武田信豊《のぶとよ》（勝頼の従弟《いとこ》）を主将にした先手勢を木曽谷に差し向け、続いて仁科盛信《にしなもりのぶ》（勝頼の異母弟）の二の手勢を高遠方面に向かわせた。

二月二日、一万五千の主力勢を率いて新府城を出陣した勝頼は、諏訪上原《うえはら》城に入った。一方、翌三日、義昌からの後詰要請を承諾した信長は、森長可《ながよし》と団忠正《だんただまさ》を先発させる。

この頃、小田原では情報収集に躍起になっていた。というのも、この時点になっても、信長は北条家に何も知らせてこなかったからだ。東海道は武田方にふさがれているので、情報は東山道《とうさんどう》からしか入ってこず、鉢形城の氏邦が懸命に情報収集していた。

その後、上原城に入った勝頼だったが、まず義昌に翻意を促す使者を送り、義昌も謀反は誤解にすぎないという弁明使を送ってきた。だが、これは織田方の援軍が来るまでの時間稼ぎだった。

一方、森長可と団忠正の先手勢は、伊那谷南端の武田家領国に攻め入ろうとしていた。対するは、信玄の妹を室に迎えている親類衆の下条信氏《しもじょうのぶうじ》だ。

下条勢による頑強な抵抗が予想されたが、六日に平谷《ひらや》・浪合《なみあい》口を守る下条家中で政変が起こり、当主の信氏は逃亡を余儀なくされる。むろん織田方の調略の手が及んでいたのだ。これにより織田方の先手衆は、難なく伊那谷へ侵入した。

十二日には信長の嫡男信忠が出陣し、家康も領内に陣触れを発した。一方、森長可と団忠正らが伊那谷に侵攻してきたと聞いた武田方の小笠原信嶺《のぶみね》は、一戦も交えずに織田方に降《くだ》った。これにより伊那谷に築かれていた武田方城砦《じょうさい》群が連鎖的に自落していく。十四日には飯田《いいだ》城が、十五日には松岡《まつおか》城が戦わずして放棄された。

木曽義昌に騙《だま》されたと覚った勝頼は十六日、木曽谷の入口にあたる鳥居《とりい》峠へ三千の兵を差し向ける。しかし木曽勢は粘り強く戦い、夕方には武田勢を追い落とした。ほぼ木曽勢単独で武田勢に勝ったことの衝撃は大きかった。これにより周辺の国衆も次々と織田方となるか、旗幟《きし》不鮮明になっていく。

翌十七日には、勝頼が南伊那の要衝と位置付けていた大島《おおしま》城が自落し、残る伊那谷の拠点城は高遠城を残すばかりとなった。

二十日には家康が駿河国へと侵攻を開始し、翌日には駿府を制圧した。

この頃、ようやく小田原にも、正確な情報が届けられるようになった。武田方の敗勢は間違いなしと踏んだ氏政・氏直父子は、氏規に命じて駿河・伊豆国境を突破させ、武田方の城砦群を次々と攻略させた。

一方、各戦線で敗退が続く中、勝頼は新府城への撤退を決断した。これにより高遠城は見捨てられた形になり、三月二日、壮絶な落城を遂げる。

だが新府城は「半造作（建築途中）」なので、大軍の攻撃には持ちこたえられない。

そこで翌三日、勝頼は新府城を焼き、甲斐国東部の郡内に向けて逃避行を始めた。ところが郡内を守る小山田信茂《おやまだのぶしげ》が離反したため、死に場所を求めるように天目山《てんもくざん》に向かう。

しかしそれも束の間《つかのま》、その途次に捕捉され、田野《たの》の地で討ち死にを遂げた。この時、北条家から勝頼の許に輿入れしていた桂も自害して果てた。

ここに戦国最強を謳われた武田氏は滅亡した。

武田氏滅亡の一報が小田原に入ると、氏政と氏直は上野国の確保を最優先とし、氏邦に旗幟不鮮明な国衆の調略を託した。

数日後、氏政と氏直は、勝頼に殉じた桂姫の菩提を弔うべく早雲寺に詣でた。

遺骸なき法要が一段落した後、二人は草庵茶室で向き合い、一客一亭の茶を喫することにした。むろん今後の方針を二人で固めておくことが目的だ。

今回は、氏直が主人役を務めることになった。

茶室に入った氏政は、床の花と花入れ、点前座の水指《みずさし》、釜などを丁寧に見ると座に着いた。

ひとしきり道具について談義した後、氏政がぽつりと言った。

「精進しておると聞いた」

「はい。織田殿の傘下に入れば、茶の湯の機会も増えるはずですから」

茶釜に水を足すと、氏直は慣れた手つきで帛紗《ふくさ》をさばく。

「そうしたことまで従わねばならぬのだな」

織田家の傘下入りする、ないしは臣従するということは、その流儀に従わねばならない。信長が茶の湯を織田政権の文化面の支柱に据えるなら、それに従うのは、傘下入りした者として当然のことだ。

「父上、何事も徹底せねばなりません」

「そなたが肚を決めているなら、わしがとやかく言うことはない」

氏直が濃茶の入った黒楽《くろらく》を置くと、氏政は悠然とそれを喫した。

「少し苦いがよき味だ」

「唐渡りの『苦茗《くめい》』という茶葉を使いました」

茶葉には関心がないのか、茶碗を置いた氏政が話題を転じる。

「桂は可哀想《かわいそう》なことをした」

「はい。桂はいまだ十九でした。これから花が咲くというのに——」

「桂の使者によると、勝頼が小田原に落ちることを勧めたにもかかわらず、桂は自ら死を選んだという」

氏直が薄茶の支度を始める。

「桂の気質を思えば、さもありなんかと」

桂は聡明な上に一本芯の通った性格なので、こうしたことも十分に考えられた。

「わしは今でも、あの武田家が滅んだとは信じられん」

「これが現世なのです。われらが長年にわたって苦しめられた頭上の漬物石は、遂に取り除けられたのです。しかし——」

「もっと大きな漬物石が載ってくるというわけか」

氏政が自嘲的な笑みを浮かべる。

「父上、われらは織田家の傘下に入り、武田討伐にも一役買ったのです。織田殿も高く評価しているはずです」

信長の武田家討伐戦に参加した北条家は、この時点で河東地域と呼ばれる富士川以東の駿河国と、上野国の東半分を押さえていた。

「だが、織田殿から助力を求められたわけではない。織田勢の侵攻に便乗して、勝手に武田領を掠め取ったにすぎぬ」

父の氏政は元々心配性だったが、隠居してからは、その一面がより強く出てくるようになった。

「父上、それがしは織田殿の娘婿になる身です。さような心配は不要かと」

「だが織田殿は、何を考えているか分からぬ御仁だ」

薄茶を氏政の前に置くと、氏政は渋い顔のままそれを喫した。

「これから、世の中はどのように動いていくのでしょうか」

「分からん。だが織田殿の傘下に入った大名は、過酷な要求にも従わねばならん。それが嫌なら武田や上杉のように戦うしかない」

この頃、謙信の跡を継いだ景勝は、柴田勝家《しばたかついえ》を主将にした織田勢北陸方面軍の攻勢を受け、後退を重ねていた。同時に川中島方面から森長可勢も北上を開始しており、上杉家が武田家の二の舞を演じるのは、時間の問題だった。

「織田家と戦うことに利がないのは、武田・上杉両家を見れば明らかです。東国では、われらを含めた三者が相争う期間が長すぎたのです」

今更言っても仕方がないことだが、いち早く畿内を制圧した織田家は膨張を続け、あらゆる戦国大名を飲み込もうとしていた。しかも織田勢は武田・上杉両氏、さらに中国地方を領有する毛利氏に対し、同時に攻撃するという多方面作戦が展開できるまでになっていた。

「早雲庵様の『祿壽應穩』を関東に敷衍《ふえん》することは、もはや叶わぬのだな」

「父上――」

氏直が己に言い聞かせるように言う。

「われらは先祖の存念を捨て、家臣たちと領民の安寧を取ったのです。そうと決めたら、どこまでもそれを貫くしかありません」

「そなたも当主らしくなったな」

「いえ、それがしなど、まだまだ未熟です。ただし未熟なら未熟なりに、当家の舵取《かじと》りを慎重に行うだけです」

「よくぞ申した。これからは何があっても己を信じろ。さすれば光明が見えてくる」

「承知しました」

氏直が力強く首肯する。

――だがこれからは、それが容易でないのだ。

茶筅を置きつつ、氏直は気を引き締めた。

四

天正十年（一五八二）三月十一日、戦国最強を謳われた武田氏が滅亡した。

織田勢の圧倒的な強さに驚いた氏政と氏直は、三度にわたって諏訪にいる信長の許に使者を送り、多くの進物を献上した。この時点で、北条氏は上野国ほぼ一国と駿河国の河東地域を占領下に置いていたが、信長による国分けで、上野国は滝川一益に、駿河国は徳川家康に分け与えられた。これに衝撃を受けた父子だったが、織田勢の勢いには抗し難く、占領地から兵を引かねばならなかった。これが後々、天下政権への不信感へとつながっていく。

同月二十八日、信長は信州諏訪から甲斐を経て帰国の途に就いた。

この時、氏政は願文《がんもん》を三島《みしま》大社に奉納した。その内容は、「信長公が氏直への娘の輿入れを早く実現してほしい。それが実現すれば、織田家との関係は入魂《じっこん》となり、北条家の関八州領有も成るだろう」というもので、織田家と縁戚になることで、織田政権下の一大名として、関東を制圧するという新たな目標が示されていた。

氏直が常の間で書状を書いていると、板部岡江雪斎の来訪が告げられた。江雪斎は滝川一益への上野国の明け渡しと、北条氏に敵対していた下野国の小山孝山《こうざん》に小山領を返還するため、長らく北関東に出向いていた。

「ただ今、戻りました」

江雪斎が鷹《たか》のように鋭い目を光らせる。

「滝川殿の様子はどうであった」

「多忙を極めており、型通りの挨拶しかできませんでしたが、風流心のあるお方ですから、これからも入魂にしていけそうです」

江雪斎は北条家きっての風流人として、上方の人々から侮られることはなかった。とくに和歌や茶の湯に長じ、後に歌集まで出すことになる。

「とは言うものの、競争の激しい織田家中で出頭してきた御仁だ。油断はならぬ」

「はい。幾多の戦で叩き上げてきたお方ですから、一筋縄ではいきません」

氏直と江雪斎が苦い笑みを浮かべる。

江雪斎によると、武田家が滅亡して八日後の三月十九日に、早くも上野国の箕輪城に入った一益は、四月中旬には厩橋城に本拠を移し、本格的な領国統治を始めた。その際、上野国の国人や土豪をことごとく出仕させ、人質を取った上で所領の安堵や知行充行《あてがい》を行ったという。

「どうやら抜かりはないようだな」

「はい。ただわれらに敵対してきた佐竹・宇都宮・結城・里見らはもとより、われらの傘下の下野や武蔵国衆にも誼を通じ始めたようで、茶会などに誘っております」

「われらが織田家の縁戚になろうと、織田殿は、われらに関東全土を明け渡すつもりはないということだな」

「いかにも。ただでさえ膨張の一途を続けている織田家です。われらに関東全土を任せれば、功を挙げた者たちに所領を分け与えることができなくなります」

「すでに信長殿は、それを見抜いているというわけか」

「はい。信長殿は家臣たちに分け与える土地が足りなくなるのを見越し、『東山御物《ひがしやまごもつ》』などの名物茶道具などの価値を高め、それらを下賜していると聞きます。滝川殿などは此度の武田征伐で功を挙げたことで、かねてより所望していた信長殿所有の『珠光小茄子《じゅこうこなす》』がもらえるものと思っていたのですが、与えられたのは上野一国と信州二郡ということで、がっくりきているとか」

一益は『珠光小茄子』が拝領できなかっただけでなく、上野という遠国に飛ばされたことで、「もはや茶の湯冥利も尽き果てた」と友人への書状で嘆くほどだった。

信長の勢力圏では、すでに信長の「御茶湯御政道」が浸透してきており、武将たちは茶の湯や茶道具に執心し始めていた。

「茶の湯とは、それほど面白きものなのか」

「われら鄙人《ひなびと》にはよく分かりませんが、織田殿が、あえてこうした流行を作り出していることは間違いありません」

「そうか。茶の湯を流行《はや》らせ、茶道具の価値を高め、功を挙げた者に茶道具を下賜していくというわけか」

「はい。土地には限りがありますから」

「織田殿とは、恐るべきお方だな」

「いかにも。自らに逆らう者はすべて滅ぼし、この世のすべての富を己の許に集めようとしております。どうやら先々には、唐国への進出まで考えておるようです」

「唐国だと――」

氏直が首をかしげる。

「そうなのです。背後にいる宣教師から、いろいろ吹き込まれておるようで――」

「しかし唐国を手に入れようとするのは、先ほどの話と矛盾しておるのではないか」

「そうです。だからこそ織田殿は唐国を制しても、土地を領有しようとは思っていません。南蛮では、土地はさほど価値を持たないからです」

「どういうことだ」

氏直の問いに、江雪斎が丁寧に答えた。

当時のヨーロッパでは、イスパニア（スペイン）のフェリペ二世が王統の絶えたポルトガルを合法的に併呑《へいどん》することで、セビリアとリスボンという二大港湾都市を支配下に置き、欧州の交易の約半分を独占していた。その結果、フェリペ二世は欧州で並ぶ者のない富と権勢を手に入れ「欧州半国の王」と呼ばれていた。

元々、信長の父にあたる信秀《のぶひで》は、伊勢湾交易網を掌握して莫大《ばくだい》な財を築き、それを元手に守護代家の一奉行から尾張半国の領主になった。それを見て育った信長には、富を生み出すのは土地ではなく港だという認識が染み付いていた。

江雪斎が続ける。

「それゆえ織田殿は上洛するや、琵琶湖《びわこ》舟運の要である大津《おおつ》と瀬戸内海交易網の東端に位置する堺を、すぐに押さえたのです」

信長の行動は当初、多くの人々に理解できないものだった。だが信長は貨幣経済の浸透を見越しており、天候不順の場合に作物を生み出さない土地よりも、商港の方が安定的により多くの富を生み出すことを知っていた。

「どうやら織田殿は、家中の重臣に対して唐国への進出を宣言したようです。むろんそれは唐国全土を制圧するのではなく、主要な港を押さえるだけですが」

信長はフェリペ二世に倣《なら》い、寧波《ニンポー》・厦門《アモイ》・広州《こうしゅう》（香港《ホンコン》）・澳門《マカオ》といった大陸にある有数の港湾都市を点で押さえ、そこに城郭都市を築き、西洋諸国との交易から上がる利益を独占するつもりでいるらしい。

「しかしそうなれば、われらも駆り出されるということか」

「いずれはそうなるかもしれませんが、当面は織田家中の者どもが先手を務めることになりましょう。滝川殿のように、京や大坂で親しくなった公家や坊主と茶の湯三昧《ざんまい》の日々を送りたいと思っている者も、織田家中には多くいるはずなので、今更、唐国に攻め入る先手を任されるなど迷惑な話でしょうな」

唐国の諸港に攻め入り、そこを守っていくとなると、その地に骨を埋《うず》める覚悟が必要になる。だが人は年を取れば、親しき人々に囲まれて穏やかな日々を送りたいと思うのが普通だ。たとえ金銀財宝に囲まれて王侯貴族の生活ができても、そんな役割はご免こうむりたいと思うだろう。

「織田家中というのは、たいへんなところだな」

「はい。向後、織田殿の考えに同調できぬ者も出てくるでしょう」

「そうした者はどうなる」

「かつて織田家の宿老だった佐久間信盛殿や林秀貞殿のように追放されればよい方で、諫言《かんげん》の一つでもすれば、それだけで粛清されることもあり得ます」

――なんと恐ろしき家中か。

氏直は織田家中の厳しさを知った。

五

その知らせが届いたのは六月五日だった。

――たいへんなことになった。

深夜、氏直が氏政に面談を申し入れると、膨れ面をした氏政が、隠居所の奥から「もう寝ていたんだぞ」と言いながら出てきた。

非礼を詫びながら「まずはこれを」と言って家康の書状を渡すと、氏政の顔がみるみる引き締まってきた。

「織田殿が討たれただと」

「はい。下手人は惟任《これとう》（明智光秀《みつひで》）と書かれております」

「まさか謀反に遭ったのか」

氏政がため息をつく。

「三河殿からの知らせゆえ、真説と信じてよいかと」

氏政は小姓に手文庫を持ってこさせ、過去の家康の書状と照らし合わせている。花押を確かめているのだ。

「それがしも確かめましたが、間違いありません。しかも使者は手筋となっている朝比奈泰勝《やすかつ》殿の宿老でした」

顔を見知った者なので信頼は置ける。

「そうか。どうやら惑説ではないようだな。して——、いかがいたす」

「まだ信長殿が生きている見込みがないとは言えません。三河殿が誤報を摑まされていることもあり得ます。それゆえ、まずは上野国の滝川殿に、われらが表裏なきことを伝える書状をしたためるべきです」

氏政が顋に手を当てて考え込む。

「そうだな。だがこれが真説だとしたら、われらはこれからどうする」

——さて、どうするか。

一時は、織田傘下の一大名となる覚悟を決めた氏直だったが、誰も上に推戴せずに関東を制圧できれば、それに越したことはない。

「まずは上野国から滝川殿を追い出し、甲斐・信濃両国を押さえるべきでしょう」

氏政が息をのむ。

「つまりそなたは、賭場にすべての身代を賭けるべき、と申すのだな」

「はい。初代早雲庵様が当家を打ち立てて以来、これほどの好機はありません」

「しかし、新たな天下人となった惟任とぶつかり合うことになるぞ」

「信長殿亡き後の織田家は骸《むくろ》も同然。惟任やほかの誰が畿内を押さえようと、われらは、われらの道を行くまで」

氏政がうなずく。

「下手をすると、次の天下人と戦うことになるぞ。その覚悟ができておるのだな」

「はい」

「よし」と言うや、氏政が腹底に力を入れていった。

「初代早雲庵様から積み上げてきた身代、そなたに預けよう！」

「ありがとうございます」

この頃、北条家は二百万石前後の版図を築いていた。それも奪い取った土地は少なく、国人を丹念に傘下に収めながら、営々として築き上げたものだった。

「で、わしが滝川殿に一筆書くのは分かった。それで次の一手はどうする」

「われらは織田方に参じたにもかかわらず、何の恩賞も与えられず、逆に上野国と駿河国の河東地域を明け渡しました。ここまでは致し方なきこと。しかし下野国でのわれらの力を削《そ》ぐべく、小山領を小山孝山に返すよう命じてきたのは言語道断」

「そうだったな。しかしわれらは譲歩せねばならなかった」

氏政が口惜しげに唇を嚙む。

「それゆえ、まずは小山城を奪回しましょう」

「小山城を——」

「そうです。ただし小山城への攻撃は陸奥守殿（氏照）に任せ、われらは上野国方面へと兵を動かし、滝川殿に小山城への後詰をさせないようにせねばなりません」

「なるほど。それは妙案だな」

「上州へは、それがしが向かいます。父上は小田原の守りを固めて下さい」

氏政が力強くうなずく。

「いいだろう。小田原はわしが固める」

「お心遣い、ありがとうございます。では早速、評定を行います」

一礼して退室しようとした氏直の背に、氏政の声が掛かった。

「そなたは立派な当主になったな」

「とんでもありません。それがしは未熟者です」

「いや、わしが同じくらいの年の時は、父上に頼りきりだった」

祖父の氏康は独断専行気味のところがあったので、当主となってすぐの頃は、氏政もやりにくかったに違いない。

「お言葉、ありがとうございます」

「だが、一つだけ了承を得たいことがある」

「何なりと――」

「軍配は陸奥守に預けたい」

その言葉に、氏直は衝撃を受けた。

「つまり兵を動かす時は、陸奥守殿の了解を取れと仰せか」

「そうだ。彼奴は兵馬のこと（軍事）に長じている。十分な場数を踏んでいないそなただ。大方針を決することは構わぬが、兵の進退は任せるのだ」

――致し方ない。

氏直には軍事面での実績がない。氏照に軍配を預けるのは致し方ないところだった。

「承知しました」

それを聞いた氏政がうなずく。その瞳は息子を信じたい気持ちと、氏直のことを心許《こころもと》ないと思う気持ちが相半ばしていた。

氏政の隠居所を後にした氏直は評定を開くべく、重臣たちの許に使者を走らせた。

翌朝、小田原にいる主立つ者たちを集めて評定が開かれた。信長死去の一報は重臣たちを一様に驚かせたが、信長の専横に煮え湯を飲まされてきたこともあり、この機会を逃さず、織田勢力を関東から駆逐することに反対する者はいなかった。

さらに氏直が甲信両国への進出を示唆すると、重臣たちは色めき立った。

唯一、板部岡江雪斎だけが「三河殿も甲信の地に進出してくるのは必定。その時に国分けをどこでするかを考えておかねばなりません」と言った。

だが勢い込む重臣たちは聞く耳を持たず、「この機に、甲信両国と駿河国の河東地域を占拠すべし」という強硬策まで飛び出した。氏直は家康と事を構えるつもりはなかったが、家康の出方次第では、衝突もやむなしと考えていた。

かくして氏直は、これまでの歴代当主がなし得なかった大勝負に乗り出した。

まず北武蔵の深谷に進駐していた氏照率いる八王子衆に対し、小山城の接収を命じた。これを聞いた氏照は「待っていました」とばかりに兵を進め、六月十日と十一日の両日、小山城に猛攻を掛け、落城に追い込んだ。

この戦いで、城主に復帰したばかりの小山孝山は討ち死にを遂げた。これにより下野国の名族小山氏は、実質的な滅亡を遂げる。

また甲斐国では武田家旧臣らが織田家の河尻秀隆《かわじりひでたか》に反乱を起こしたので、そのどさくさにまぎれて郡内地方を制圧すべく、津久井城の内藤勢を岩殿《いわどの》城攻撃に向かわせた。

十三日、氏直が小田原を出陣した。途次に馳《は》せ参じる味方衆を受け容れながら、五万に膨れ上がった北条勢は、椚田《くぬぎだ》、由井、勝沼《かつぬま》、飯能《はんのう》、毛呂《もろ》、鉢形を経て上野国に入った。

六

氏政は六月十一日付で滝川一益に書状を出し、「当方に少しも疑心を抱く必要のないこと」を強調し、また「何事も氏政父子にご相談いただければ協力する」ことを約束した。しかし一益がこれを信じるはずはなく、上野国衆に陣触れを発して厩橋城を出るや、南下を開始した。

この頃、信長が武田氏旧領に配した北信濃の森長可や南信濃の毛利長秀らは、謀反人の明智光秀を討ち取るべく、京を目指して領国を放棄し始めていた。しかし甲斐国の河尻秀隆だけは、混乱に乗じて蜂起した武田旧臣一揆に殺害される。

十六日、上野国に入った氏邦率いる北条方先手勢三百余は倉賀野城に攻め寄せ、倉賀野（金井《かない》）秀景《ひでかげ》を降伏させた。二万五千の兵を引き連れ、滝川一益は後詰に駆けつけたが間に合わず、倉賀野の南東の金窪原《かなくぼはら》に布陣した。これにより、滝川一益との一戦は避け難いものとなった。

十八日の夕方、倉賀野城から金窪原に向かっていた氏直は、わが耳を疑った。

「金窪原で安房守（氏邦）が敗れただと！」

「はっ、申し訳ありません」

氏邦の使者が戦況を詳細に報告する。

十六日、倉賀野城が北条方の手に渡ったという報に接した一益は、倉賀野の南東の金窪原まで進出し、全軍を三手に分けた。

上野衆の一手は利根川と神流川《かんながわ》の合流点の砂洲に着陣させ、いま一手は、南の藤岡付近に展開させた。そして一益率いる主力勢一万八千は、神流川を越えて金窪原北方に布陣した。

敵の大軍を前にしての兵力分散は控えるべきだが、一益は地勢をよく把握し、倉賀野から金窪原に攻めてくると想定される北条勢の側背を突ける位置に、上州勢の浮勢《うきぜい》（遊撃軍）を配置した。

金窪原には、北条方国人の斎藤《さいとう》氏の金窪城がある。十七日、一益は金窪城に攻め寄せてこれを落城に追い込んだ。

同日夜、氏邦は金窪原に達したが、金窪城が奪取されたと知り、その南に布陣した。

翌十八日未明、偵察のため氏直率いる主力勢に先行していた松田康長《やすなが》率いる馬廻衆二百が、金窪城を遠巻きにする氏邦勢に合流した。これで北条方は五百になったが、滝川勢一万八千には敵《かな》うはずもない。

氏邦は本庄辺りまで来ている氏直主力勢を待つつもりだったが、滝川勢の攻撃を受けて四散した。

十八日の夜、氏直らは本庄城に入り、今後の方針を決める軍議を開いた。

本庄城に置かれた仮陣屋の陣幕が大きく風をはらむ。風に煽《あお》られて篝の焔《ほのお》が狂ったように舞う。それを見るでもなく見ながら、氏直は正念場を迎えたことを覚った。

「われらは緒戦で敗れた。敵は侮り難い滝川殿だ。ここはどうすべきか」

氏直の問い掛けに、松田憲秀が答える。

「滝川殿はいち早く上洛し、謀反人の惟任を討ちたいはず。それゆえ滝川殿と和睦し、西上の道を空けてやる。その代わり、われらに上野一国を返していただくということではいかがか」

「松田殿、それは甘い」

氏照が盾机を叩く。

「上野国人たちは、滝川殿の背後で傍観しているわけではない。彼奴らは、われらの戦いぶりを見ている。緒戦で負けて和睦などすれば、彼奴らの間で『北条何するものぞ』という気風が醸成《じょうせい》され、向後、造反が相次ぐだろう」

「いや、甲信の地に進むつもりなら、ここで無駄な戦いをするのはいかがなものか」

板部岡江雪斎が二人の間に入る。

「お待ちあれ」

「それがしは、かつて滝川殿と懇意にしておりました。それゆえ滝川殿の陣に行っても粗略には扱われないはず。茶でも喫しながら、双方の得となるような線で決着させます」

氏照がため息交じりに言う。

「それでは松田殿と同じ考えではないか」

「いえいえ、滝川殿から当方の陣に出向いてもらえれば、われらの面目も立つはず」

つまり江雪斎は、滝川一益が降伏した形にして退去してもらうというのだ。

氏直が断じる。

「分かった。行ってくれるか」

「御意のままに」

そう言うと決定が覆されないように、江雪斎はその足で滝川陣、すなわち金窪城に向かった。

それで軍議は、いったん解散となったが一刻《とき》（約二時間）後、江雪斎が戻ったので、再び皆を集めて軍議を開くことになった。

「無念ながら――」

江雪斎が苦い顔で言う。

「滝川殿に会うことは叶いませんでした。ただ滝川殿の宿老が現れ、滝川殿の伝言として、『事ここに至れば、戦うしかありませぬ』と言ってきました」

それを聞いた氏照が、膝を叩いて立ち上がる。

「大途、これにて決戦と決まった。よろしいな」

氏直も肚を決めるべき時だと思った。

「分かった。滝川殿に戦う覚悟があるなら、戦うしかあるまい」

「では、軍議に入りましょう」

氏照が合図すると、大きな絵図面が運ばれてきた。

「さて、金窪原は西から東流する烏《からす》川と、南西から北東に流れて烏川に合流する神流《かんな》川の合流地点近くにある河川敷です。敵は金窪城という単郭の平城に籠もっており、われらが力押しすれば、容易に攻略できるはず」

「いや、待たれよ」

氏直が氏照を制する。

「この戦は勝てばよいというものではない。いかにわれらは五万、敵は二万五千とはいえ、百戦錬磨の滝川勢を相手に正面から掛かれば、甚大な痛手が生じるやもしれぬ。お味方の痛手を小さなものに押しとどめ、敵を破るには、それなりの策が必要だろう」

「仰せご尤も」

江雪斎が同意する。

「では、こうしたらいかがか」

江雪斎が馬鞭で金窪原を指す。

篝に照らされた皆の顔が絵地図を凝視する。

七

瞑目すると様々なことが思い出される。祖父の氏康とは、氏直が十歳になるまでの九年間を共に過ごすことができた。

祖父が帰陣してきたと聞くと、氏直は大手門まで迎えに出た。氏康はどの馬よりも大きな栗毛の馬に乗り、周囲を睥睨《へいげい》しながら颯爽《さっそう》と戻ってきた。だが氏直とその兄弟の姿を見つけると、隊列を止めて馬を下り、笑みを浮かべて頭を撫でてくれた。その着けている甲冑《かっちゅう》の皮革と汗の入り混じった心地よい匂いが、今でも思い出される。

その時、はるか彼方から鬨の声が聞こえてきた。

六月十九日、辰の刻（午前八時）、後に「神流川の戦い」と呼ばれる激戦が始まった。

「申し上げます」

使番が陣幕をくぐってきた。

「城を出た敵が、松田勢に打ち掛かりました」

北条方は何段にも連なる縦深陣を布いていた。まず先手を担う松田憲秀が金窪の半里東に進出し、二の手の大道寺政繁《だいどうじまさしげ》はさらに南半里に陣を布いた。その南には氏照率いる滝山衆、さらに氏直率いる主力勢が布陣している。これにより松田勢（小田原衆）、大道寺勢（河越衆、松山衆）、氏照勢（滝山衆）、主力勢（小田原衆、氏直馬廻衆）という縦深陣ができあがった。

この陣形を知った滝川一益は、金窪城の北方に布陣する上野衆と下野衆に出撃を促すが、その動きは鈍く、日和見《ひよりみ》しているのは明らかだった。

これを聞いた一益は、上野衆と下野衆の加勢に期待できないことを覚り、自軍だけでの決戦を決意した。というのも、ここで北条方に痛打を与えれば、上野・下野両衆も重い腰を上げてくるに違いないからだ。

この日の緒戦で敵の出鼻を挫《くじ》き、錐《きり》のように敵中を突破し、前進退却に成功すれば、北条勢力の手薄な秩父方面から雁坂《かりさか》峠を越えて甲斐国に入れる。この経路を取れば、甲府で孤立する河尻秀隆隊と合流し、兵力を増強して上洛することも考えられる。

前線から鯨波が近づいてきた。さらに鉄砲の炸裂音が幾重にも連なって聞こえてくる。槍刀《そうとう》のぶつかり合う音と馬のいななきが重なり合い、いやが上にも緊張は高まる。

――これが戦だ。

氏直は体が強張《こわば》ってくるのを感じた。

――早雲庵様らご先祖も、きっと同じだったに違いない。だが「祿壽應穩」を貫く限り、必ず勝てる！

すでに松田・大道寺両勢は突き崩されているに違いない。おそらく前進突破を図ろうとする敵勢をいなしつつ、氏照率いる滝山衆が後退を始めている頃だ。

敵勢の巻き起こす砂塵《さじん》が、空高く舞い上がる。その砂塵を眺めつつ、氏直は武者震いをした。

「敵がやってきます！」

使番が駆け込んでくる。

「よし、全軍鶴翼の陣形を維持しつつ、敵を迎撃せよ！」

氏直が引かれてきた馬に乗る。敵が幾重にも張られた陣を突破し、本陣に突入してくることも考えられるからだ。実際に桶狭間や川中島では、そういう状態に立ち至り、今川義元は討ち取られ、武田信玄も九死に一生を得ている。

だが敵勢は北条方主力勢に行く手を阻まれ、本庄原の西の方に移動していく。

その時、前線に出ていた江雪斎が戻ってきた。

「殿、松田・大道寺両勢が敵の退路を阻むことに成功しました。また滝山衆が北東より敵に討ち掛かりました。これにより敵勢は、本庄原西方で包囲された形になりました。開けているのは北西方面だけです」

その時、氏照の重臣が駆け込んできた。

「陸奥守（氏照）様からの伝言を申し上げます。敵は浮足立っており、このまま行けば容易に包囲殲滅できます。北西方面に回り込み、敵の退路を断つとのこと！」

「何だと――」

氏直は迷った。戦慣れした老練の氏照がそう進言するなら、その通りなのだろう。

――だが、たとえそうなったとして何の得がある。

この戦の宛所《あてどころ》は滝川一益の首を取ることではなく、織田勢力を関東から駆逐することにある。しかも「窮鼠《きゅうそ》猫を噛む」の喩《たと》えにある通り、包囲された敵は死にもの狂いになって活路を見出そうとする。そうなれば激戦は必至だ。

「回り込まずともよい」

「今、何と！」

「当初の方針通り、北西方面の退路を空けたままとし、滝川勢を高崎《たかさき》方面に追い散らす」

「しかし、わが主はご隠居様から軍配を預かっており、それは大途もお認めになったと聞いております」

「大局に立てば分かる。この戦は勝つことよりも、滝川殿に上州を放棄させることに眼目がある」

「分かりました」

不満をあらわにしながら、氏照の宿老が去っていく。

――これでよいのだ。何事も大局に立って物事を判断するのが、当主たる者の仕事だ。

前線で戦う者たちは、つい多くを得ようとする。そのために目標を見失い、戦いのための戦いをすることになる。そうなっては大切な兵を損じてしまい、次の作戦に支障を来す。

氏直は、自分の判断が正しいと確信した。

戦は北条方の勝利に終わった。滝川勢は思惑通り、高崎方面に逃れて厩橋城に入った。

「すぐに追撃すべし」という声も出たが、氏直はいったん兵を休ませることにした。

氏直は本庄城まで下がり、前線から戻ってくる将兵を迎え入れた。引き揚げてくる将兵の顔は一様に明るく、一方的な勝利だったことを物語っていた。

やがて首実検と論功行賞が行われ、酒が振る舞われた。

兵たちが酒を飲んで騒ぐ中、主立つ者たちは今後の方針をめぐって軍議を開いていた。

「すぐに追撃すべし！」

氏照が主張すると、松田憲秀も同調した。

「孫子の教えに『兵は拙速を尊《たっと》ぶ』とあります。ここは騎虎の勢いをもって一気に厩橋城に寄せ、上州から滝川勢を駆逐すべきです。そしてそのまま信州まで乗り入れるべし」

「お待ち下さい」

板部岡江雪斎が発言を求める。

「仮に上州から滝川勢を追い払えたとしても、いまだ表裏定かならぬ真田《さなだ》安房守《あわのかみ》（昌《まさ》幸《ゆき》）がおります。真田は上州から信州にかけて勢力基盤を築いておりますので、真田と手を結ばぬ限り、信州への進出はままなりません」

氏照が問う。

「われらの勢いを示せば、真田はなびく。この勢いで厩橋城を落とせば、真田の方から頭を下げてくるはずだ」

「いやいや、真田安房守は侮り難い御仁。こちらから低姿勢で意向を確かめるに越したことはありません」

――難しいところだな。

強硬派と慎重派は議論を続けていたが、氏直は断を下した。

「もうよい。江雪斎は真田安房に、わが傘下に入るよう勧めてくれぬか。その間に、われらは箕輪城まで進軍し、情勢次第で信州に入る」

「分かりました。では早速、岩櫃《いわびつ》まで行ってきます」

江雪斎が軍議の座を後にした。

「これにて軍議は終わる。明日二十日を休息にあて、明後日の日の出とともに箕輪に向かう」

軍議が終わり、諸将はそれぞれの陣所に戻っていった。

氏直も本庄城内にある御座所に戻ろうとしたが、その背に鋭い声が掛かった。

「大途」

振り向くと氏照だった。

「それがしは、ご隠居様から軍配を預かっております」

「分かっておる」

「軍配を預かるとは、兵馬の進退を任されているという謂です」

「ああ、その通りだ」

「しかし本庄原の戦いでは、江雪斎の献策を取りましたな」

「それがよいと思ったからだ。現に勝ったではないか」

氏照の顔に軽侮の色が浮かぶ。

「戦は勝てばよいというものではありません。殲滅しない限り、おのずと敵は再起します。おそらく滝川殿は厩橋城で上州の与党を募り、もう一戦挑もうとするでしょう。仮に集まらなければ、信州に入り、信州の国人や織田家残党を参集し、われらを迎撃するでしょう。もしもあの時、滝川殿の首を取っていれば、そんなことを危惧せず、真田は平身低頭し、信州でもわれらに逆らう者はいなかったはず」

氏直は言い返そうとしたが、ここで氏照に臍《へそ》を曲げられるのも困ると思い直した。

「陸奥守の言うことは尤もだ。だが緒戦で敗れた滝川殿の許に、どれだけの兵が集まるだろうか。すでに上州国人には使者を派遣し、われらの傘下に入るよう告げている。ほどなくして滝川殿は、信州に逃れるだろう」

「そうかもしれません。しかし甲信の地には、三河殿や越後の上杉弾正少弼《だんじょうしょうひつ》（景勝）殿も進出してくるはず。かの者らと手を組まれれば厄介なことになりますぞ」

そう言い残すと、氏照は自らの陣所に戻っていった。

――陸奥守の言うことにも一理ある。

情勢は流動的で先が見えない。だがそれを恐れて手をこまねいていても、果実は手にできない。氏直は一抹の不安を抱きながらも、甲信の地の制圧に乗り出す覚悟でいた。

翌二十日、滝川一益は厩橋城を出て松井田《まついだ》城に入った。そこで上州国人の参集を待ったが、全く集まらない。そこで翌二十一日、上信国境を越えて信州小諸《こもろ》城に入った。

氏照が予想した通り、一益は信州国衆と織田家残党に檄《げき》を飛ばし、迎撃態勢を敷こうというのだ。

ところがここでも兵は集まらず、一益は信州での抵抗をあきらめ、二十六日、本国の伊勢国へと戻っていった。

一方、六月下旬、江雪斎から真田昌幸の説得が成功したと聞いた氏直は、倉賀野、惣社、箕輪を経て信州に向かった。上州の抑えとして、松井田城と碓氷《うすい》峠に氏邦勢を残しておいたので、帰途の心配もない。これにより甲信制圧戦が始まる。

八

天正十年（一五八二）六月、織田信長が本能寺で討たれたことで、天下の行方《ゆくえ》は混沌《こんとん》としてきた。

まず摂津国《せっつのくに》と山城国《やましろのくに》の境にある山崎《やまざき》の地で、信長を討った明智光秀と羽柴秀吉《ひでよし》が衝突した。その結果、羽柴秀吉が明智勢を打ち破り、敗走途中に光秀は落命する。

光秀が呆気《あっけ》なく敗れ去ったと聞いた徳川家康は上洛することをあきらめ、混乱に乗じて甲斐国への侵攻を始めようとしていた。甲斐国は織田家から派遣されていた河尻秀隆が、武田家旧臣一揆に討たれて無主の国となっていたからだ。

織田勢の攻勢によって滅亡寸前となっていた越後の上杉景勝は、混乱に乗じて北信濃の川中島四郡を押さえるべく兵を出してきていた。

かくして東国も、地域ごとに統合された大勢力のぶつかり合いが始まろうとしていた。その渦中に、四万の大軍を率いた氏直も乗り出すことになる。

七月十二日、氏直は信濃国へと進軍し、小県《ちいさがた》郡海野《うんの》に着陣した。

この時、埴科《はにしな》郡の屋代《やしろ》氏や出浦《いでうら》氏、諏訪郡の諏訪氏、木曽郡の木曽氏などの信州国衆が使者と証人を送って従属を誓ってきた。

さらに小県郡真田郷を本領とする真田昌幸も出仕してきた。しかも使者ではなく本人が、堂々と北条勢の陣にやってきたのだ。

こうした場合、本来なら重臣を使者として送ってくるのだが、昌幸の度胸に驚いた氏直は会ってみることにした。


氏直が海野城の大広間に現れると、その男は深く平伏して氏直を迎えた。

真田昌幸といえば、武田氏を支えてきた重鎮の一人として、関東にまでその名が轟いている。それゆえ氏直は大兵《だいひょう》の武辺者を想像していたが、昌幸は小柄な上に撫で肩をしており、とても戦国時代の荒波を泳ぎ渡ってきた人物とは思えない。

「真田安房守に候」

「此度は、よくぞご出仕くださった。北条左京大夫に候」

二人が挨拶を交わすと、双方の重臣たちもそれに倣う。それが終わると、昌幸はへりくだった口調で言った。

「かくのごとき仕儀に相成り、当方は滅亡の淵から脱することができました」

武田氏の滅亡に際し、いち早く勝頼と離れて本拠に戻った昌幸は、岩櫃城に勝頼を迎え入れて織田勢と戦う覚悟でいたという。だが勝頼は甲斐国東部の郡内に向かったため、昌幸の策は水泡に帰した。結局、勝頼は郡内を本領とする小山田信茂の裏切りに遭って岩殿城に入れず、天目山麓田野の地で討たれることになる。

「わが岩櫃城に劣らず、郡内の岩殿城も難攻不落の大要害。それゆえ、あの時は致し方ないと思いましたが、岩櫃城で織田の大軍を迎え撃ち、主君ともども華々しく最期を飾りたかったものです」

昌幸が恬淡《てんたん》として語る。そこから大言壮語は感じられない。

――この者は本音で申しているのか。

昌幸の本心は、なかなか見えてこない。どうやら自己韜晦《とうかい》がうまい人物らしい。

「かくして、われらも滅亡を覚悟し、せめて亡主のために一矢報いるべく籠城の支度をしていましたが、その矢先、あの織田殿が討たれたという一報が入りました。まさに一寸先には、何があるか分かりません。いずれにせよ、われらにとって天祐《てんゆう》以外の何物でもありませんでした」

昌幸が滔々《とうとう》と弁じたてる。

信州小県郡の本領以外にも、武田領国の北東端に位置する西上野を所領とする真田昌幸は、上野国まで退き、岩櫃城で織田方の攻撃を待つばかりとなっていた。しかし信長が討たれたことで、九死に一生を得た。

「それは祝着でしたな」

氏直は内心「やれやれ」と思っていた。

「はい。主君が討たれて言うのも憚《はばか》られますが、わが家にとっては祝着至極。これにより何とか真田家の命脈を保つことができました。それゆえ逃げ込んできた多くの武田旧臣を抱え、以前にも増して強き兵を養うことができそうです」

「そんな貴殿が当方の傘下に入っていただけるとは、真に心強い」

「こちらこそ、これにて安心いたしました」

昌幸が満面に笑みを浮かべて平伏する。

「では、そろそろご無礼仕る。後のことは、わが家臣と詰めていただきたい」

この面談が通り一遍の挨拶で終わるものと思っていた氏直が座を立とうとすると、昌幸が問うてきた。

「一つだけお聞かせ下さい」

「何なりと」

氏直が浮かし掛けた腰を下ろす。

「織田殿の横死により、天下は千々《ちぢ》に乱れることでしょう。誰が天下を制するか、混沌として見通せません。そこで――」

昌幸の目が突然、真剣な色を帯びる。

「向後、大北条家の舵取りをいかにするか、そのお考えをお聞かせいただきたい」

北条家はすでに二百万石を超える大領を保持していたので、昌幸は敬意と多少の皮肉を込めて「大北条家」と呼んだに違いない。

陪席していた松田憲秀が口を挟む。

「真田殿、それは別の機会といたしましょう」

「ほほう。なぜでしょう」

「大途は、ご多忙ゆえ――」

「構わぬ」

氏直が憲秀を制する。

「真田殿、わが存念をお話ししよう」

「はい。ありがとうございます」

「その前に一つだけ問わせてもらう。わしが貴殿の意にそぐわぬ寄親であれば、貴殿は別の寄親を探そうとお考えか」

「それも一つの見識ですな」

その言葉に、憲秀ら北条方の重臣たちが色めき立つ。

憲秀が皆を代表して言う。

「真田殿、それは礼を欠いているのではありませぬか」

「いや、われらも必死です。考えを異にする寄親の下に入る気はありません」

「分かった」

氏直が険しい口調で言う。

「それならば、真田殿の存念からお聞かせいただこう。どのような寄親ならついていくのか」

昌幸が悠揚迫らざる態度で言う。

「織田殿の横死により、天下は乱れに乱れるはずです。おそらく天下の行方は混沌とするはず。この機を捉えて上洛戦を展開し、天下に覇を唱える方こそ、わが寄親。そういうご意志をお持ちの方であれば、この安房、粉骨砕身して天下を制する手助けをいたしましょう」

瞬時の沈黙の後、居並ぶ者たちから失笑が漏れた。

「呆れたわ」

憲秀が隣の者の肩を叩かんばかりに笑う。

「静まれ」

氏直の声により、再び広間は水を打ったような静けさに包まれた。

「なるほど、武田家中にその人ありと言われた真田殿だ。しかし――」

氏直の視線が昌幸に据えられる。

「わが家には『祿壽應穩』という存念があり、それは何物にも代え難い」

「その存念を実現するためにも天下を狙うのが、北条家の当主たる者ではありませんか」

「いかにも天下を『祿壽應穩』で覆うことができれば、それに越したことはない。だが混乱に乗じて上洛戦を展開したところで、われらの存念に賛同してくれる大名や国人はおらぬ。一時的に天下に号令を掛けられたとしても、長くは続かない」

昌幸の顔が歪《ゆが》む。

「これは異なことを。『祿壽應穩』という存念の敷衍こそ、北条家の家訓ではなかったのですか」

「そうだ。しかしわれらは、戦わずしてそれを実現したい」

「何と——。戦わずしてと仰せか」

昌幸が絶句する。

「そうだ。関東と甲信の地に王道楽土を築けば、天下は向こうからやってくる。まずは東国に覇権を築き、国人や民が安楽に暮らせる国を築く。それを旅の商人や修験が各地に広める。そうなれば多くの者が靡いてくる」

「そんな考えでは、いつか天下の覇権を握った者に滅ぼされますぞ。それを防ぐためにも今、無理を承知で上洛戦を展開すべきです」

昌幸が膝を叩く。

居並んだ者たちは、息をのむようにして二人のやりとりを聞いている。

「たとえそうであっても——」

氏直が確信を持った声音で言う。

「わしは構わぬ」

「滅びても構わぬと仰せか」

「うむ。存念を貫いて滅ぶなら本望だ」

次の瞬間、昌幸が大声で笑った。

「さすが関東の太守。まことにもって素晴らしきご存念。この安房、北条家に与すると決しました！」

「おお」というどよめきが漏れる。

「真田殿はわしを試していたのか」

「はい。己の野望のためだけに領国を拡大しているのか。己の存念を実現すべくそうしているのかを確かめたかった次第」

「それで、わが意に賛同すると――」

「もちろんです。この安房、東国を静謐に導き、かつてない王道楽土を築かんとする北条家の手足となって働く所存！」

「かたじけない」

それで話し合いは終わり、真田家が北条傘下に入るという調印がなされた。

昌幸は終始上機嫌で、「これで両家の繁栄は間違いなし」などと言いながら、氏直と盃を酌《く》み交わした。

九

その夜のことだった。書状を書いていると、障子越しに「板部岡様がお見えです」という近習の声が聞こえた。

「構わぬ。通せ」

「ご無礼仕ります」

板部岡江雪斎が、いつもと変わらぬ旅焼けした顔で入ってきた。

「真田の証人の件か」

「いかにも」

調印式の後、江雪斎は真田家に証人、すなわち人質を出すよう申し入れていた。

「安房殿には、源三郎《げんざぶろう》（信之《のぶゆき》）と源二郎《げんじろう》（信繁《のぶしげ》）という二人の息子がおります。長男が源三郎で、次男が源二郎になります」

昌幸には二人のほかにも男子がいるが、他家に養子入りさせているため、名目上の男子は二人となる。

江雪斎が続ける。

「それで証人の話となり、それがしが『どちらかを小田原で預かりましょう』と申したところ――」

「出さぬと言ったか」

「いいえ。『どちらを出すか決めますので、しばしお待ちを』とのこと」

「だったらよいではないか」

「いえいえ、それがしは逆に考えております。もしも安房殿が嫌な顔をすれば、本気で臣従する気があると思いました」

こうした場合、当主の一族や重臣の係累者を証人に出すことが多いので、「息子を出せ」と言われれば、反論してくることも考えられた。

「つまり、逆のことを言ってきたから偽りだと申すか」

江雪斎がうなずく。

今日の面談がうまく行ったと思っていた氏直にとって、江雪斎の言葉は意外だった。

「おそらく安房殿は、証人を送るつもりはありません」

「では、どういうつもりだ」

「時を稼ぎたいのでしょう」

「二股を掛けたいのか」

「そういうことです。おそらく安房殿は、城に帰ってから使者を三河殿に送り、傘下入りを打診しているはず」

「何だと——、どのような根拠からそう申す」

江雪斎がさも当然のように言う。

「かの御仁は機を見るに敏なお方。風間出羽守の話によると、安房殿は『武田の殿を迎え入れるために岩櫃に入った』と周囲に喧伝しておりますが、実際は、真田一族が岩櫃城に逃れるための方便だった模様」

風間出羽守とは、北条家の草創期から諜報活動を専らとしてきた風魔一族の末裔《まつえい》の孫右衛門のことだ。

「つまりそなたは、安房殿が勝頼を見捨てたと言いたいのか」

「はい。それがしと風間殿が集めた雑説によると、そう考えるのが妥当かと」

江雪斎は常に雑説、すなわち情報を基に判断する。つまり主観の入り込む隙がない。それゆえ氏政と氏直は、二代にわたって江雪斎を重用してきた。

「しかし——」

「今日の件も同じことです。あの時、大途が『共に天下を取ろう』と仰せになったら、おそらく安房殿は、われらと行を共にしたかもしれません。しかし——」

「わしが天下に野望のないことが明らかになったので、三河殿に鞍替えすると申すか」

「あくまで憶測ですが——」

――何という御仁か。

戦国時代を生き抜くには権謀術数が欠かせない。しかしそれと同じくらい大義も必要とされる。北条家は大義、すなわち「祿壽應穩」という家訓を守ることで、ここまでの大国になった。だが多くの家臣や寄子を抱えるようになり、大義一辺倒ではなくなったのも事実だった。

「では、なぜあの時、安房殿はわしの言うことに賛意を示したのか」

「そうでもしなければ、あの場で捕らえられますからな」

江雪斎が初めて笑った。

――その危険を冒しても、わしと対面しておこうとしたのだな。

昌幸は、緻密さと豪胆さが同居している希有な男だった。

「では江雪斎、向後、どうすればよいと思う」

「われらは四万の大軍を擁しています。今なら真田を打ち滅ぼすのは容易かと――」

「真田の城を攻めろと申すか」

「いかにも」

沈黙が訪れる。

氏直のいる部屋の外では、松籟《しょうらい》が激しくなってきている。それが氏直の心の中を表しているように感じた。

「真田は必ず裏切ると言うのだな」

「まずもって――」

江雪斎が力強くうなずく。

「だからと言って、傘下入りしてきた者を騙し討ちすることはできぬ」

「さすれば、われらは獅子身中《しししんちゅう》の虫を飼うことになります」

江雪斎が言い切る。

――だが大義なく、真田攻めを行うことができようか。

氏直は迷った。

「真田を攻める理由など後からいくらでも作れます。いかに知恵者の真田とて、滅びてしまえば口はきけません」

江雪斎の言っていることは、戦国時代を生き抜くために必要なことだった。

――だが、それでよいのか。

かつて北陸一帯に大勢力を築き上げた朝倉《あさくら》家の大功労者である朝倉宗滴《そうてき》は、こう書き残した。

「武者は犬ともいへ、畜生ともいへ、勝つことが本にて候」

――武士は犬と言われようと、畜生と言われようと、勝つことが大切なのだ。

過酷極まりない戦国の世にあっては、大名たる者、宗滴が言っているようにしなければ生き残れないのは分かる。

――だが、それだけでよいのか。

氏直の脳裏に、曾祖父氏綱が書き残した遺訓の一つがよみがえる。

「大将から諸将に至るまで、ひたすら義を守るべし。義に違《たが》いては、たとえ一国二国を切り取ることができても、後代の恥辱になる。天運が尽きて、たとえ滅亡しても、義を違えていなければ、後世の人から後ろ指を指されることはない。義を守っての滅亡と、義を捨てての栄華とは天地ほどの開きがある」

――それが北条家の生き方ではなかったか。

氏直が「江雪斎」と呼び掛ける。

「はっ、何でしょう」

「やはり、わしは真田の義を信じたい」

一つ嘆息した後、江雪斎が言った。

「若は立派になられました」

強く反論されるとばかり思っていた氏直が、驚いて顔を上げる。江雪斎は、先ほどまでとは対照的な穏やかな笑みを浮かべていた。

「戦国には戦国の生き方があるはずだ。だがわれらにも通すべき筋がある。わしは父祖の家訓や遺言を守ることが大切だと思う」

「やはり、それを思い出しておられたのですね」

「ああ、こうした力だけの世だからこそ、あえてそれを守ることが大切だと思うのだ」

「やはり、若は立派になられた」

江雪斎が笑み崩れる。

「家訓や遺言を守って滅びるなら、ご先祖も家臣たちも納得してくれるはずだ」

「仰せの通りです。それが北条家というもの。しかし——」

江雪斎の眼差しが強くなる。

「大殿（氏政）のように考えるのも北条家の道です」

氏政は、北条家の存続を第一に考える現実的な当主だった。それは、家臣やその妻子眷属に対しての氏政の優しさから来ていた。

「いかにも父のように、現世の状況を第一に考えるのも大切だ。だがわしは、それだけではない気がする」

「分かりました。若はそれで結構。この江雪斎、そのためなら野に屍を晒す覚悟をしておきます」

「そうか——。そう言ってくれるか」

「われらを信じてついてきてくれる国衆や領民とて、それがしと同じことを思っておりましょう」

「かたじけない」

氏直の心中で、父祖たちがうなずいた気がした。

「では、その方針を貫こう」

「はい。ただしこれで真田が裏切れば、背後の道は閉ざされます。そのお覚悟はできておいでか」

江雪斎が氏直を現実に引き戻す。

「つまり碓氷峠を通り、上州に戻ることは叶わなくなると申すのだな」

「いかにも。真田が裏切れば、それに同調する者も出てきましょう。まだ上州では厩橋城の毛利《もうり》（北条《きたじょう》）高広の帰趨《きすう》がはっきりしません。真田とは以前から通じているので、真田がわれらの傘下を脱すれば、必ず呼応します。つまり上州を経ての帰途は極めて危険になります」

「では、どうする」

「このまま南下して甲斐国を制し、そのまま小田原に帰陣するのがよろしいかと」

「甲斐国には、三河殿が乗り出してきていると聞くが」

「はい。今の甲斐国は無主。小田原の大殿からは、甲斐国東部の郡内だけでも占拠するとの一報が届きましたが、われらの帰陣経路も築いていただかねばなりません」

無主となった甲斐国を狙っているのが、北条家と徳川家になる。

「だとすると、甲斐国に侵入してくる徳川勢を牽制せねばならぬな」

「仰せの通り。甲斐国の東部だけでなく南部も制圧しておく必要があります」

「南部というと――」

「黒駒《くろこま》辺りかと」

氏直の脳裏に甲斐国の地理が浮かぶ。

「よし、江雪斎、小田原に戻り、このことを大殿に伝えてくれ」

「真田はどうしますか」

「当面、叔父上（氏邦）に警戒いただくしかあるまい」

「分かりました。では碓氷峠にいる新太郎様にこのことを伝え、小田原に行ってきます」

真田昌幸と同様、氏邦も安房守を名乗っているので、江雪斎は昔のように「新太郎様」と呼んだ。

「よし、分かった。よろしく頼む。もうこちらには戻らずともよいぞ」

「いえいえ」と言って江雪斎が笑み崩れる。

「老骨に鞭《むち》打っても戻ります」

江雪斎は四十七歳になる。

「そなたは変わらぬな」

「まだまだ、老け込むには早いですからな」

江雪斎は笑みを浮かべて一礼すると、法衣の裾を翻して去っていった。

十

氏直は大勝負に打って出たが、情勢は思惑通りには進まない。川中島四郡を制した上杉景勝が南下の気配を示したため、背後を脅かされることを防ぐべく、北条勢は北に向かい、上杉勢と対峙した。しかし上杉勢は海津城に籠もって戦うそぶりを見せない。これにより対上杉戦線は膠着した。

一方、徳川家康も甲信領有を目指して動き始めた。家康は織田家に従属していた大名という立場を利用し、織田家に旧武田領国の「惣無事《そうぶじ》（安定化）」の許可を求めた。織田家の宿老という立場の羽柴秀吉は即刻それを許可し、家康の旧武田領国の制圧は大義を得ることになる。

戦国の世にあっても大義を得ることは重要で、何の大義もなく甲信の地に攻め入った北条家の不利は否めない。

一方、小田原に戻った江雪斎から、氏直が甲斐国南部の制圧を望んでいると聞いた氏政は、弟の氏忠《うじただ》らに甲斐国東部の郡内への進出を命じた。氏忠は敵のいない郡内を占拠し、徳川方の出方を待つことになる。

そうした矢先の七月十九日、北条方となった諏訪頼忠《よりただ》の諏訪高島《たかしま》城が、徳川勢に包囲されたという一報が入る。傘下入りした国衆を救わないと信用は失墜する。背に腹は替えられないと思った氏直は、川中島から兵を引いて小諸城に入った。

そこで再び北進か南進か、それとも小諸にとどまって情勢を観望するかで大軍議が開かれた。

だが北進策と小諸での情勢観望案は孤立する可能性が高まることから、多くの者が南進策を支持した。南進すれば北条領国へと抜ける道も増えるので、より安心だからだ。

これにより、まず諏訪氏救援が喫緊の課題となる。

だが北条勢が南下し始めると、高島城の包囲を解いた徳川方は甲斐国へと撤退を開始した。それを追い掛けるようにして北条方も甲斐へと兵を進め、八ヶ岳《やつたけ》南麓の若神子《わかみこ》に城を築き、一万の軍勢を率いて新府城の家康と対峙した。

この時、氏直は無理な城攻めで損害を大きくすることを避けるべく、周辺勢力を駆逐することで、家康の孤立を深め、和睦撤退を促すつもりでいた。

一方、これに対抗すべく、家康は調略を開始する。真田昌幸や木曽義昌らはもとより、遠く常陸国の佐竹義重や下野国の宇都宮国綱《くにつな》にまで使者を派遣し、北条方の後方を攪乱しようというのだ。

こうした状況下で、江雪斎の献言を受けた氏政は、増援部隊の派遣を決定する。郡内にいた氏忠率いる一万の部隊だ。

八月十日、氏忠は敵の兵站拠点の一つである本栖城《もとす》に攻撃を仕掛けたが、これを落とすには至らず撤退する。続いて鎌倉往還の御坂《みさか》峠にある御坂城を修築し、そこを拠点として甲斐国南部に侵入を図るが、鳥居元忠《とりいもとただ》らの待ち伏せに遭って敗北を喫する。これにより甲斐国南部の制圧作戦は水泡に帰した。


「それは真か」

九月上旬、氏邦の使者から「真田に離反の動きあり」という一報を受け取った氏直は、江雪斎の警鐘が正しかったことを覚った。

氏邦の使者が言う。

「真田は旗幟を鮮明にせず、われらの軍議の要請にも病などと申して出てきません。その一方、一揆に扮《ふん》した者たちを街道に走らせ、われらの荷を奪わせております」

「その一揆とやらが、真田の手の者だという証拠はあるのか」

「はい。討ち取った一揆の中に、真田の家臣がいたと証言する者がおります」

――やはりそうだったか。

今更、悔やんでも仕方がないが、江雪斎の言う通り、真田は曲者《くせもの》だった。

後に秀吉から「表裏比興《ひょうりひきょう》の者」という異名を頂戴する昌幸は、実にこの年だけで、武田勝頼、滝川一益（織田政権）、北条氏直、徳川家康、上杉景勝と寄親を五度も変えている。

「どうやら真田の裏切りは本当らしいな」

「で、どうなさるおつもりか」

「まず叔父上（氏邦）に、真田勢を引き付けるよう伝えよ。決戦に及ぶ必要はない。ただ時を稼いでくれればよい」

「しかしわが殿は、『今なら真田の味方は少なく、もみつぶせる』と仰せです」

氏邦の気性からすれば、一気に事を決したいに違いない。

「だが、負ければどうする」

氏邦単独での稼働兵力は四千だが、真田勢もほぼ同等の兵力を擁している。となれば勝手知ったる自領で戦える真田勢の有利は否めない。

氏直が続ける。

「ここは叔父上に隠忍自重いただき、真田に対する抑えの役割を果たしてほしいのだ。その間に、われらは徳川勢を駆逐して甲斐国と南信濃を固める。さすれば真田は孤立し、上杉あたりを頼って逃げていくしかなくなる」

「分かりました」と答えると、使者が帰っていった。

——これでよかったのか。

相談役の江雪斎は、まだ小田原から戻っていない。

松田憲秀ら歴戦の雄たちを連れてきてはいるが、氏直は常に冷静沈着な江雪斎を頼みとしていた。

「風間出羽を呼べ」

氏直が近習に命じると、しばらくして風間出羽守が現れた。

「孫右衛門、久しぶりだな」

「何なりとお申し付け下さい」

かつての風魔一族も、今は重臣の一人として軍勢を率いて各地を転戦することが多くなっていた。それでも孫右衛門は、その先祖と同じく情報収集能力に長けていた。

氏直が状況を説明する。

「徳川方の後詰を封じる手立てを講じたい」

「今のところ徳川勢は、駿河国から甲斐に侵入してきた兵が新府城に籠もっていますが、向後は遠江や三河からも兵を送り込んでくるはず。それを防ぐには伊那谷を抑えることが必須です」

「そうだな。わしもそう思っていた。やはり機先を制して伊那谷を制圧しよう。行ってくれるか」

「お任せ下さい」

孫右衛門が落ち着いた口調で言った。

ここからの孫右衛門の活躍は、面目躍如たるものがあった。

即日、小諸城を出た孫右衛門率いる先手部隊は、伊那谷の国衆に傘下入りを呼び掛けながら南下し、遠江・三河国境まで至った。そして十三日、奥三河の山家三方衆《やまがさんぽうしゅう》、すなわち奥平《おくだいら》と菅沼《すがぬま》二家が連合して伊那谷まで出てきたところを迎撃し、大勝利を収める。

この時、孫右衛門は一千余もの敵を討ち取り、伊那谷からの徳川勢の侵攻を阻止した。

これにより一息つけたと思ったのも束の間、九月末、木曽義昌と真田昌幸が相次いで離反した。危惧していたことが現実となったのだ。しかも昌幸は、北条方に降った信州国衆への攻撃と調略を開始した。

二人の離反の裏には、家康が派遣した依田信蕃《のぶしげ》の暗躍があった。信蕃は昌幸には利で釣り、義昌には「大義は徳川方にある」と説き、天下の帰趨が定まれば、北条に付いた者は討伐の対象になるとまで言って脅した。

さらに十月、佐竹義重と宇都宮国綱ら「東方之衆」が北条方の由良氏と館林長尾氏を攻めるなどして、背後から牽制してきた。由良・館林長尾両氏共に上野国有数の国衆だが、佐竹・宇都宮連合に攻められてはたまらない。彼らは氏邦に救援要請をした。

この時、氏邦は甲斐国の若神子まで来ており、急いで上野国へと戻っていった。これにより真田昌幸と依田信蕃が自由に動けるようになり、小県郡と佐久郡の一部を確保された。これに驚いた小田原の氏政は、氏邦を叱責する書状を出している。

こうしたことにより、緊密だった北条方の連携が次第に崩れてきた。

若神子に在陣し続ける氏直は、北条綱成と玉縄衆を小諸城に派遣し、真田対策を取らねばならなくなった。北条家中で最も実績のある武将と実戦慣れした玉縄衆を北信戦線に回すのは、苦渋の選択だった。

こうして対徳川戦線も膠着する。

徳川方は黒駒合戦の勝利を、北条方は南伊那での勝利を得たが、双方共に決め手を欠き、また畿内でも羽柴秀吉に対抗すべく、織田信雄《のぶかつ》が家康の助力を申し入れてきたため、和睦の機運が盛り上がってきた。そして十月に入って交渉が始まり、二十九日、双方の間に和睦が成立する。

その条件は、甲斐・信濃両国は徳川領、上野国は北条領とし、徳川方の真田氏の沼田領は北条方に譲り、真田氏への替地は徳川方が用意するというものだった。

またこれを機に、双方は攻守同盟を結ぶことにし、その証しとして家康の次女督姫《とくひめ》が、氏直に嫁ぐことになった。

十一

十一月、氏直は小田原に帰陣した。とはいえ席の温まる暇はない。毛利北条氏の離反に自力で対応せねばならなくなったからだ。

だがここで、予想外の事態が持ち上がる。

閏《うるう》十二月、板部岡江雪斎が上野国から戻ってきた。その報告を聞いた氏直は開いた口がふさがらなかった。

「何だと、真田安房が沼田領の割譲を拒んだだと！」

「はい。真田安房はいったん了解した割譲の約を破り、城受け取りに向かった新太郎殿(氏邦)の手勢に攻め掛かりました」

「何たる非道か！」

「城受け取りの正使として後方を進んでいると、相次いで使者が入り、先手勢が攻撃を受けたと告げてきました」

「真田という男は、そこまで表裏者だったか」

氏直が天を仰ぐ。

「新太郎殿からは、すぐに真田攻めに移るので、後詰勢の派遣を頼むよう依頼されました」

　江雪斎が差し出してきた氏邦の書状を、氏直は速読した。

「しかし真田安房は、徳川傘下を脱してどうしようというのか」

「どうやら上杉弾正少弼（景勝）と誼を通じた模様。真田安房は初めから沼田領を譲るつもりはなく、上杉との交渉時間を稼ぐため、三河殿まで騙したのでしょう」

「何と信義に欠ける御仁か。江雪斎、すまなかった。あの時、そなたの進言に従うべきだった」

　氏直が脇息《きょうそく》を叩く。

「そのことは、もう済んだこと」

「そう言ってくれるか」

「はい。信義に欠ける者はいつか滅びます。われらは信義を貫くだけ」

　江雪斎が当然のように言う。

「真田に圧力を掛け、徳川傘下に戻るよう申し聞かせることはできないか」

「いや、もう真田は肚を決めているはず。翻心《ほんしん》はいたしますまい」

「やはりそうか。では早速このことを三河殿に伝えよう」

「それがよろしいかと。三河殿に任せるという態度を取ることが、われらにとって肝要です」

同盟が成ったばかりであり、来年には婿となる氏直の依頼なら、家康も無視できないはずだ。

「まずは三河殿に交渉を依頼しよう」

「では、それがしは鉢形城に向かいます」

そう言って去ろうとした江雪斎は、振り向くと言った。

「何かお迷いのことがあれば、それがしなどではなく幻庵翁にご相談なされよ」

「そうか。これほどよき相談相手が近くにいたことを忘れていたわ。一段落したら、会いに行くとしよう」

氏直は何かあれば、氏政に相談するよう申し付けられている。だが自分の考えをまとめるためには、気兼ねなく本音を言える相手がいい。幻庵は北条家の長老だが、すでに隠居してから長く、政治や外交について一切関与していないので、相談相手にはもってこいだった。

閏十二月末、真田方と小競り合いを繰り広げていた氏邦から朗報が届いた。

真田方の東方の前衛を成す中山《なかやま》城を攻略したというのだ。中山城は真田方の岩櫃城と沼田城の連絡を絶つ位置にあり、これで真田昌幸を上州から駆逐できる可能性が高まった。続いて氏邦勢は真田方の尻高《しつたか》城を攻略し、さらに真田領国深くに楔《くさび》を打ち込んだ。

この一連の戦いにおいて、北条氏は毛利北条氏に対し、共に出陣することを促した。

最後の踏み絵を踏ませたのだ。しかし毛利北条高広はこれを拒否する。そのため真田攻めに先駆けて、毛利北条氏の攻略を優先することにした。

翌天正十一年（一五八三）正月、毛利北条氏の攻略作戦が開始され、北条方は利根川西岸の諸城を制圧した。これにより北条方は利根川を挟み、毛利北条氏の本拠の厩橋城と対峙することになる。

これに対して毛利北条高広は、傘下入りしたばかりの上杉景勝や「東方之衆」に後詰を要請する。これに対応すべく、氏邦は箕輪城へ、大道寺政繁は松井田城へ入り、外縁部の守りを固めると同時に毛利北条氏包囲網を構築した。

そんな最中の二月、ようやく氏直は、幻庵に会う機会を持てた。

氏直が幻庵に面談を申し入れると、幻庵は「茶を進ぜよう」と返事してきた。

幻庵屋敷の庭に咲く梅の花が満開になっていた。それを眺めつつ、氏直は取次役に導かれて茶室のある庭園に向かった。

小田原城内の幻庵屋敷には、上方で流行っている「侘数寄《わびすき》」に則《のっと》った草庵風の三畳茶室がある。南向きに建てられた草庵の屋根は苫葺《とまぶ》きで壁は青松葉で編んでいる。軒先を長く延ばして土間庇《どまびさし》を作っているので、縁に座せば雨の日でも濡《ぬ》れずに庭を鑑賞できる。

――幻庵殿らしいな。

幻庵は伊勢家伝統の鞍作りから造園、さらに尺八を削ることにも長け、「一節切《ひとよぎり》」という名品を愛用していた。幻庵は雨が降ると、「一節切」を持って縁先に出ては、笛を吹いていた。幼い氏直は、それをずっと聴いていた記憶がある。

礼法に則り、蹲踞《つくばい》で手を洗った後、待合で待つ幻庵に一礼すると、幻庵が好々爺然《こうこうや》とした笑みを浮かべて言った。

「若は、上方で流行っている侘数寄をご存じか」

「はて、さほど詳しいわけではありませんが、あえて山里の風情を醸し出した茶室や道具のことと聞いております」

「ははあ、なるほど。まずはこちらへ」

幻庵が氏直を躙口《にじりくち》へと導く。一方、自分は茶立口から茶室に入り、無言で茶を淹れ始めた。

氏直は礼法に則り、床に掛けられた玉澗《ぎょくかん》の「遠浦帰帆図《えんぼきはんず》」を鑑賞してから座に着いた。

幻庵が点前をしている間、氏直は茶室の内部の様子も鑑賞した。

壁には「すさ」という仕上げ法を取っていた。壁に泥を塗る時、壁土がうまく下地になじむように藁《わら》を混ぜるのだが、それを農家のように粗壁のままにしておく方法だ。

床も土壁造りで、床柱は赤みを帯びた杉丸太にし、框《かまち》や落掛《おとしがけ》といった横材には荒々しい節を見せた桐《きり》を配している。

――これが侘数寄のはずだが。

氏直には、そうとしか思えない。

「どうぞ」と言いつつ幻庵が高麗《こうらい》茶碗を押す。

一礼した後、それを喫した氏直が言う。

「まことに美味ですが、少し苦いかと」

「ははは、苦きものも飲まねばならないのが、当主たる者の務めかと」

「これは参りましたな」

氏直は笑みを浮かべると問うた。

「先ほど、侘数寄について何か仰せになっていましたが――」

「ああ、中途になっていましたな。若はこの茶室を見て、どう思われますか」

「まさに侘数寄そのものかと」

「いいえ。これは侘数寄とは言えません。ただ形をまねただけです。侘数寄とは己の胸内の作意を具現化することです。風情ある茶室や古びた茶道具という形式に堕した侘に、作意はありません。つまりこのような茶室は、侘数寄ではないのです」

氏直は驚きを隠せなかった。

「では、どうして――」

「この茶室を造った時、それがしが侘数寄の真意に思い至らなかったためです。それゆえ形式だけ倣ったのです。もしも知っていたら——」

幻庵が苦笑いを浮かべる。

「茶室など造らなかったでしょう」

「そういうことですか」

「侘数寄は誰かの足跡を追ってはなりません。それがしは侘数寄の真意を覚った時、この茶室を壊そうと思いました。しかし今は、あえてこの茶室で茶を点て、己を戒めているのです」

「幻庵殿でも己を戒めるのですか」

幻庵は明応《めいおう》二年（一四九三）の生まれなので、九十一歳になる。それでも矍鑠《かくしゃく》としており、今でも城内を散歩する姿が、しばしば見かけられた。

「そうです。人は己に厳しくあらねばなりません」

「尤もなことです」

「人が恐れるべきことは、考えることを止《や》めて既成の観念に囚《とら》われることです。世の中は有為転変《てんぺん》が常です。一時もそこにとどまってはいけません」

既成の観念とは、形だけまねた侘数寄を指しているに違いない。

「幻庵殿には、それがしの心の内が見えているのですね」

すでに幻庵は、氏直の真意を見抜いていた。

「それがしのような未熟者には、何も見えていません。ただ若の顔を見れば、何を考えているかくらいは分かります」

「これは、まいりましたな」

氏直が苦笑いを漏らす。

「父祖の教えが正しいのか、それとも大殿が正しいのか迷っておいでですな」

「はい。早雲庵様は『祿壽應穩』を家訓とし、春松院様は『義を守っての滅亡と、義を捨てての栄華とは天地ほどの開きがある』とご遺言なされました。その一方、わが父は家臣やその妻子眷属を守るためであれば、後ろ指を差されるようなことをしてもよいのが大名だと仰せでした」

「ははあ」

幻庵は感心したようにうなずくと、薄茶を淹れた。

氏直が一礼して、それを飲む。清々しい味わいが喉を通り過ぎていく。

「よき味かと」

「茶葉を少なめにしましたからな」

「何事も、ほどほどがよろしいのですね」

「それは何とも言えません。ほどほどのものは心地よい反面、胃の腑《ふ》に効くとは限りません」

この頃、良質の茶葉は胃の腑の病に効くと言われていた。

幻庵が続ける。

「早雲庵様の家訓と春松院様の遺言は、さほど大きくない敵を想定してのことです。大殿（氏政）の言葉は現世を的確に表しています。つまり戦国の世が収束に向かわんとしている今、各地の勢力は統合され、最上位に立つ者がより強大になってきました。当家もそのうちの一つでしょう。しかし当家のような大身であっても、いつまでも上に何人《なんぴと》も頂かないわけにはいきません」

「何人とは天下人のことですね」

「そうです。大殿は父祖の家訓や遺言に背いても、家臣やその妻子眷属を守るには、天下人にひれ伏さねばならないと仰せになりたいのでしょう」

「その通りです。しかし家訓があります」

「家訓と現世を両立させることは、実に難しいことです」

幻庵の顔が厳しいものに変わる。

「家訓や遺言、すなわち当家の存念は背骨も同じ。これを貫けないなら、当家が関東の地と領民を治める意義はありません。その一方、われらには多くの家臣とその妻子眷属がおります。かの者たちは当家から禄をもらって食べております。もし当家が家訓や遺言を重んじて滅べば、かの者たちは路頭に迷います」

「そうなのです。それがしは、その板挟みに苦しんでおります」

「当主の苦しみは当主でしか分からないもの。しかしいかに困難でも、その折り合いをつけていかねばなりません。どちらが正しいとは言えないからこそ、当主はたいへんなのです」

「いっそ、出家したいくらいです」

その言葉に幻庵が色をなす。

「何を仰せか。何かから逃れたいがために、仏門はあるわけではありません。御仏《みほとけ》は逃げる者が嫌いです。何かに立ち向かい、それで刀折れ矢尽きた時でなければ、出家などという言葉を口にしてはいけません」

「これはご無礼仕りました」

「若」と言いつつ、幻庵が感慨深そうに言う。

「立派になられましたな」

「何を仰せか。それがしなど父祖に比べれば、取るに足らない者です」

「そんなことはありません。こうしたことで苦悩するからこそ、新たな存念が生まれるのです」

幻庵の言葉が氏直の胸を打つ。

「それでは、それがしのような者でも、二つの考え方を共存させられる新たな存念が打ち立てられると仰せですか」

「打ち立てられるかではなく、打ち立てねばなりません」

——そうか。古き家訓や遺言を尊ぶことは大切だが、家臣やその妻子眷属もないがしろにはできない。そのために新たな存念を生み出していかねばならないのだ。

「お話を聞き、何かが見えてきた気がします」

「それは重畳《ちょうじょう》。若には、それがしに見えないものも、そのうち見えてくるでしょう」

「お話が聞けて本当によかった。あらためて御礼申し上げます」

「なんの。年寄りの話が聞きたくなれば、いつでもお寄り下さい」

その時、茶室の屋根を叩く雨音が聞こえてきた。

「雨か」

幻庵が空を見上げる。

「そのようです」

「何と時宜を得たものか」

そう言うと幻庵は、懐から「一節切」を取り出した。

「聴いていきますか」

「もちろんです」

幻庵の尺八が力強い音色を奏でる。その神韻縹緲《ひょうびょう》とした笛の音は、雨雲に煙《けぶ》る箱根の山まで響き渡っていった。

十二

北条家と徳川家の間で「嫁取り」まで含めた堅固な攻守同盟が締結された。これにより西方の脅威がなくなった北条氏は、四月から六月にかけて、上野・下野両国の反北条勢力への攻勢を強めていた。これにより多くの国衆が、北条方としての旗幟を鮮明にした。

それも一段落した八月、家康の娘の督姫の輿入れが実現する。

伊勢流の武家礼式に則った「御婚《ごこん》の儀」が執り行われ、いよいよ氏直も正室を迎え入れた。

常の娘ならばまだしも、相手が「海道一の弓取り」と謳われている家康の娘ということで、氏直は身構えていた。

祝言が終わって床入りの儀となり、初めて正室となる督姫と対面することになった。

督姫は白の打掛に、大ぶりの幸菱《さいわいびし》紋様の入った白無垢《しろむく》を着て、白の小袖をかぶっていた。間着《あいぎ》も帯も白なので、淡青色《たんせいしょく》の幸菱がよく目立つ。

「よろしくお引き回しのほど、お願い申し上げます」

督姫が三つ指をついて挨拶すると、背後にいた女房たちが頭を覆った小袖を外す。

「こちらこそ、よろしくな」

少しお辞儀をして顔を上げると、督姫は真直《まっす》ぐ前を見つめていた。器量は十人並みだが、家康の娘だけあって、その瞳は聡明そうな光を宿している。

「よき嫁ぎ先を得て、これほどの果報はありません」

「こちらこそ、最もよき相手に恵まれた」

それは北条家中の誰もが思っていることだった。

この時、督姫は十九歳なので、二十二歳の氏直とは三歳差になる。

やがて女房たちが下がっていき、ようやく二人になれた。

「箱根の山はたいへんだったか」

「はい。強い風が吹き、何度か輿が倒れそうになりました」

「それは苦労を掛けたな」

「あれだけ揺れるとは思ってもみなかったので、何度か――」

――吐いたのか。

さすがに「戻した」とまでは言わなかったが、督姫は平然としている。

「そうか。今はもうよいのか」

「はい。海を見たら生気が戻りました」

「海は好きか」

「はい。浜松《はままつ》の生まれですから」

初対面から、二人の間で話は弾んだ。

氏直は、明るく屈託のない督姫を好きになれると思った。

「ときに殿は、わが父についてどう思われますか」

突然の問いに、盃を口に持っていこうとしていた氏直の手が止まる。

「どうと問われても――、お会いしたことがないので何とも言えぬ」

「率直なのですね」

「もちろん三河の小領主から身を起こし、遠江、駿河、そして甲斐と信濃まで制した御仁だ。武人として大いに尊敬している」

「そうですか。でも――」

督姫が心配そうな顔をする。

「何か心配事でもあるのか」

「はい。父は今の地位に満足せず、さらなる大望を抱いております」

「まさか、天下取りか――」

「はい。いつか羽柴様と対決する時が来るだろうと申していました」

「そうか」

薄々は気づいていたが、家康にはそんな大望があったのだ。

「でも面白いのは、その理由です」

督姫は饒舌《じょうぜつ》だった。

「父は『これだけ大身になってしまっては、いつか秀吉に狙われる。秀吉とはそういう男よ』と仰せでした。つまり天下を制したいのではなく、自分の身と家中を守るためには、天下を取るしかないと言うのです」

──大身になりすぎたから狙われるのか。

氏直にとって、督姫の言葉は衝撃だった。

──関東に覇権を築きつつある当家も同じではないか。

家康同様、北条家も秀吉の次なる的となる可能性が高いことになる。

「羽柴様は、織田家の頃からのお仲間さえも家臣に従え、勢力の拡張を続けています。そうした者たちに分け与える土地が少ないのが、頭の痛いところとか。それゆえ父は織田中将と結び、北条家も合わせて三国同盟を築くつもりです」

織田中将というのは、信長の次男の信雄のことだ。

──三国同盟か。それができれば上方の天下政権とも渡り合える。

三国同盟の有効性は、かつて北条家が武田・今川両家と結んでいた甲相駿三国同盟でも立証されている。

その時、氏直ははたと気づいた。

「まさかそなたは――」

「何でございましょう」

「こうしたことをわしに伝えるよう、父上から言いつけられてきたのか」

督姫が微笑む。

「戦国の世というのは、女子《おなご》も成長させます」

「そうか。そなたは賢いのだな」

「それが両家のためかと――」

氏直は室をもらったというより、よき相談相手をもらったと覚った。

「ちこう」

「えっ」

督姫が意外な顔をする。

「今夜は床入りではないか」

「あっ、そうでしたね」

「よいからこちらに来い」

「はい」

督姫は笑みを浮かべて、氏直に身を任せた。

その柔らかい体を抱きつつ、氏直は今後待ち受けているであろう波乱の日々に思いを馳せた。

十三

天正十一年（一五八三）八月、徳川氏との同盟締結と家康の娘の輿入れが成り、名実共に同陣営となった北条・徳川両家は、それぞれの目的に向けて歩を進めることにした。徳川家は信濃国の、北条家は上野国の完全支配である。

九月、氏直は上野国まで進出し、毛利北条氏の厩橋城を攻略した。その足で下野佐野領から下総結城領に転戦し、多くの国衆を従属させた。氏直は十一月中旬まで下野・下総両国の国境付近に在陣し、北条家による北関東の統治を浸透させようとした。

その後、氏直は小田原に帰陣し、北条家当主歴代の官途である左京大夫に任官した。これまで左京大夫の官途に就いていた氏政は相模守となった。かくして北条家は、前代の氏康―氏政父子同様、相模守と左京大夫という双頭体制で、戦国時代後半の荒波を乗り切ることにした。

その直後の十一月、今度は金山城主の由良国繁と館林城主の長尾顕長が、北条傘下から離反した。同腹兄弟の二人は北条氏の厩橋城攻略の祝賀の目的で氏直の許を訪れていたが、氏直が両城の借用を申し入れたのを、そこにいる家臣が奪われると勘違いし、城にいる者たちに「城を明け渡してはならない」と伝えたのだ。当主不在のまま離反という事態になったが、両氏の家臣たちは早速、佐竹氏に誼を通じた。これを聞いた佐竹義重は「離反の証し」を求める。これに応え、由良・長尾両家は北条方の小泉城を守る富岡氏への攻撃を開始した。だが小泉城攻防戦は膠着し、落城の気配は微塵《みじん》もなかった。

天正十二年（一五八四）二月には佐野宗綱《むねつな》も攻撃陣に加わるが、逆襲に遭って撤退を余儀なくされた。富岡氏は小泉城を守り、一歩も引かない構えだった。

同じ頃、小田原で大規模な陣触れが発せられ、三月になると南関東各地から北条方の兵が上野方面を目指し始めた。小泉城へと後詰するためだ。

その頃、上方でも異変があった。

三月六日、秀吉と内通した罪で織田信雄が三人の家老を惨殺し（二人という説もあり）、反秀吉の旗を揚げたのだ。信雄に家康も呼応し、双方の衝突は避けられない情勢となりつつあった。

四月二十三日、氏政・氏直父子は上野国攻略戦の本陣とした藤岡城にいた。

短檠《たんけい》の灯を寄せて、家康の書状をじっくりと読んでいた氏政が顔を上げた。

「間違いない。あの慎重な三河殿が遂に起《た》ちおったわ」

家康の花押を慎重に確かめた後、氏政の顔が険しくなる。

「父上、これによると、三河殿は不退転の覚悟で、羽柴秀吉と雌雄を決するつもりのようです」

「とは申しても、いかなる勝算があるというのか」

秀吉の勢力圏は、東は美濃・近江《おうみ》から、西は伯耆《ほうき》・備中《びっちゅう》まで二十カ国に及び、最も農業生産性の高い日本国の中央部を押さえている。その動員兵力は十五万。

対する織田・徳川連合軍は、信雄が美濃・尾張・伊勢の三カ国、家康が三河・遠江・駿河・甲斐・信濃の五カ国の太守とはいえ、せいぜい五万余の動員兵力だ。しかも戦上手の秀吉を相手にするのだ。相当の苦戦を覚悟せねばならない。

「三河殿は無二の一戦を挑まず、小戦で勝ちを重ねて手強いところを見せ、味方を増やしていこうという腹づもりでは」

「だろうな。三河殿には、反秀吉勢力の紀伊《きい》の雑賀・根来《ねごろ》、四国の長宗我部《ちょうそかべ》、越中の佐々成政《さっさなりまさ》らが味方するだろう。となれば秀吉は逆に包囲されることになり、形勢が逆転することも考えられる」

「しかし父上、秀吉は四国の長宗我部に対しては淡路《あわじ》の仙石秀久《せんごくひでひさ》に海上封鎖を命じ、雑賀・根来両衆に対しては岸和田《きしわだ》城に中村一氏《なかむらかずうじ》、蜂須賀家政《はちすかいえまさ》、黒田孝高《くろだよしたか》を入れ、毛利の抑えに宇喜多秀家《うきたひでいえ》を配しています。さらに前田利家《まえだとしいえ》と丹羽長秀《にわながひで》には、佐々成政の動きを封じさせています。これでは外縁部のお味方衆に付け入る隙はありません」

秀吉と家康は外縁部でがっぷり四つに組み、互いに牽制させることで援軍を入れることを防ぎ、雌雄を決しようとしていた。ただし第一線に投入された実働兵力は秀吉方八万に対し、家康・信雄連合方は三万五千にすぎず、家康・信雄連合の不利は否めない。

「ここに池田恒興《いけだつねおき》と森長可の首を取ったと書かれている。さすが三河殿だ」

氏政が感じ入ったように言う。

三月十三日、秀吉は池田恒興と森長可に尾張国の犬山城《いぬやま》を急襲させた。この先制攻撃は成功し、一夜にして犬山城を奪った。秀吉は次の一手として犬山城にいた森長可に三千の兵を率いさせ、清須《きよす》城攻撃に向かわせた。ところがこの動きをいち早く摑んだ家康は、酒井忠次《さかいただつぐ》らに五千の兵を託して森長可勢に当たらせた。両軍は一歩も譲らぬ激戦を展開したが、兵力で劣る森勢は次第に押され、最後には潰走することになる。その後、家康と信雄は小牧山《こまきやま》城へ、秀吉は犬山城に入り、双方は周辺に陣城を築いてにらみ合いに入った。

戦局を有利に転じさせたい秀吉は四月六日、羽柴秀次《はしばひでつぐ》（この時は三好信吉《のぶよし》）を総大将に、池田恒興、森長可、堀秀政率いる二万余の三河侵攻部隊を尾張東部から岡崎に向かわせた。八日、先手を担う池田・森隊は、三河への進軍路を扼する岩崎《いわさき》城への攻撃を開始する。

一方、家康は九日未明、長久手《ながくて》北方の白山林《はくさんばやし》で秀次勢に奇襲を掛けた。予想もしていなかった背後からの攻撃に、たちまち秀次勢が突き崩される。

これを聞いた森長可と池田恒興が反転して徳川勢に挑んだが、その勢いを押しとどめる術もなく崩れ立った。池田恒興と森長可は、乱軍の中で討ち死にを遂げる。

緒戦は家康の勝利に終わった。家康は小牧山に戻ると、攻勢を取ることなく対峙を続けた。

「書状に書かれているのはここまでです。つまりこの先はどうなるか分かりません」

氏直が苦しげな顔で言う。

「だが、勝ちは勝ちだ」

「仰せの通り、この勝利は大きい。父上の見立てが正しかったのです」

「まだ分からんが、この戦いは長引きそうだな」

「はい。三河殿からは早速、後詰勢派遣の依頼が来ております」

「兵を出すということは、後に引けなくなるということだ」

「仰せの通り。しかしわれらは三河殿と同盟を結んでいますので、兵を出すのは当然のことです」

しばし考え込むと、氏政が言った。

「いや、少し待とう」

「待つと仰せか。それはどうしてですか」

氏政が顎に手をやり、しばし考えた末に言った。

「まだ白黒ついておらぬ」

「それは、いかなる謂でしょうか」

「三河殿が敗れることも考えておかねばならぬ」

「それは三河殿に対して背信行為になります」

嫡男に嫁までもらっても、氏政はどちらに付くか決めかねていた。

「何を言っておる。大名たる者、肚を決めるのは最後の最後だ」

「お待ち下さい。もはやわれらは三河殿と一蓮托生《いちれんたくしょう》。後に引けません」

「いかにもそのつもりだ。だがな、まさか三河殿が秀吉と弓矢の沙汰に及ぶとは思わなかった」

家康が秀吉との勝負に出たことを、氏政は時期尚早と思っているのだ。

「ということは、父上は期が熟しておらぬとお思いなのですか」

「そうだ。しかも手を組んだ相手が織田中将（信雄）ときては、先行きが読めぬ」

かつて精強を誇った織田勢だが、信長亡き後、信雄に引き継がれることにより、その影は薄くなっていた。というのも、かつて信長の脇を固めていた将星たちは秀吉の直臣に取り立てられ、残っている宿老は、滝川雄利《たきがわかつとし》や土方雄久《ひじかたかつひさ》といった二流以下の人物だからだ。

「つまりしばしの間、旗幟不鮮明でいた方がよいと仰せか」

氏政がうなずく。

——まさか父上は、三河殿を敵に回すことも考えておられるのか。

氏直は複雑な心境だった。

「では父上、もしも三河殿が大敗を喫した時は、どうなさるおつもりか」

氏政は腕組みすると、しばし瞑目した後に言った。

「三河殿が秀吉に滅ぼされるのを傍観していれば、次に攻められるのは、われらとなる」

「では、秀吉にひれ伏すのですか」

「その場合、秀吉傘下となる証しとして、東から徳川領国に攻め込めと命じるはずだ」

「まさか、そんなことはできません」

氏政がくぐもった声で言う。

「その時は、やむをえんだろう」

「やむをえんとは、いかなる謂で」

「三河殿を攻めざるを得んだろう」

かつて氏政は、妹の桂林院《けいりんいん》が嫁いでいる武田氏を攻めた。先に同盟を破棄して敵対したのは勝頼の方だったので致し方ないことだったが、何代にもわたって縁戚関係を築いてきた武田氏を攻めるのは気の進まないことであり、家臣の中には、あからさまに不満を鳴らす者もいた。

──だが父上は反対意見を退けて、武田攻めをやり遂げた。

いよいよ滅亡の時、勝頼の室の桂林院は、勝頼が小田原に落ちろと命じたにもかかわらず、勝頼と共に自刃した。

──あの時と此度とは事情が違う。三河殿は何ら同盟に違背していない。迅速に後詰勢を送るのが筋というものではないか。

かつて勝頼は北条家との同盟を一方的に踏みにじり、上野国に攻め入り、その大半を奪った。氏政はその苦境を脱するべく、家康の口利きによって織田陣営の一員としてもらった。

──もしもあの時、三河殿が信長に口を利いてくれなかったら、武田氏を滅ぼした後の信長の的は、われらになったかもしれない。

その大恩ある徳川家でさえ、衰運に陥れば見捨てるというのだ。

「こうしたことは戦国の理《ことわり》だ」

「しかし父上、わが室は三河殿の娘です。われらが緊密に手を組んでいるのは、秀吉も知っており、もはや手遅れでは」

「手遅れではない。三河殿が滅ぼされれば、秀吉に平身低頭するしかないだろう」

――それでも赦免されるとは限らない。

氏直には、氏政の思い切りのなさが疎ましく思えてきた。

「さように表裏ある態度で、秀吉に許されるとお思いか」

「やってみるだけだ。天下の兵を敵に回して勝ち目のない戦をするよりはましだろう」

釈然としない思いを抱きつつ、氏直はそれを受け容れた。

「分かりました。使者を行き来させて時を稼ぎます」

「三河殿への書状は、わしの方で書いておく。いざとなれば、わしが罪をかぶるので、そなたは何も案じるな」

氏政が苦い顔で言った。

十四

五月に入ると、秀吉と家康の間で戦われた小牧・長久手合戦の代理戦争のような形で、佐竹勢との間に、後に沼尻《ぬまじり》合戦と呼ばれる戦いが勃発した。

この戦いは北条氏を北関東に引き付け、家康に加勢させないために、秀吉が佐竹義重に命じたものだった。また由良・館林長尾両氏の後詰要請に、佐竹氏らが応えたという理由もある。

北条・佐竹両軍は、下野国の三毳山《みかもやま》の南麓に広がる沼尻という沼沢地を間にして、「沼へ向けて双方陣城を構え」（太田三楽斎《さんらくさい》書状）、小競り合いを繰り広げていた。だが七月、佐竹方の上杉景勝が三国峠を越えて関東に入ったことで、北条方から歩み寄ることで和議が成立した。この時、佐竹方も北条方によって退路をふさがれており、北条・佐竹両陣営は、互いに兵を引くことで合意した。

一方、秀吉と家康・信雄連合の間で戦われた小牧・長久手の戦いも、大きな衝突なしに終息していった。この時は何の取り決めもなかったが、十一月になって信雄が秀吉に事実上の降伏をすることで、家康は戦う大義を失ってしまう。

夏から秋にかけて、北条氏は由良氏の金山城と長尾氏の館林城を攻め、十二月に屈服させた。両城は北条氏の直轄となり、由良氏は桐生城に、長尾氏は足利城に移された。

かくして東西共に決着がつかないまま、天正十三年（一五八五）を迎える。


信雄の降伏によって行動の自由が確保された秀吉は三月、十万余の大軍を率いて紀州に攻め入り、雑賀・根来一党を討伐した。彼らは小牧・長久手の戦いの時、背後から家康・信雄連合を支援し、一時は京にまで侵入して放火し、豊臣勢の後方を脅かした。だが秀吉の苛烈な攻撃によって壊滅的打撃を受けた。

一方、この頃、氏直は頻繁に上野国方面に出陣し、支配を徹底させようとした。とくに真田昌幸の上野国からの退去は、天正壬午《じんご》の乱の際の家康との和睦条件でもあるので、それを交渉で進めようとした。

ところが昌幸は家康の退去勧告を拒否し、徳川傘下を脱して上杉景勝に付いたのだ。これに怒った家康は七千の兵を信州上田《うえだ》に送るが、真田昌幸に手玉に取られ、手痛い敗戦を喫する。神川《かんがわ》合戦（第一次上田合戦）である。

これに呼応した氏直は八月、真田方の沼田城を攻めるが、どうしても落とせない。結局、北条氏は実力で真田氏を上野国から排除できなかった。これが後に大きな禍根を生むことになる。

その後も氏直は、上野・下野両国への支配を浸透させるために労を惜しまなかった。結局、天正十三年末頃に両国に残った反北条勢力は、上野国では沼田領と吾妻《あがつま》領の真田氏、下野国では宇都宮・那須両氏だけとなった。

十月、北条・徳川両家の間で宿老二十人による連署起請文が取り交わされた。これにより攻守同盟は強化され、互いの要求に応じて後詰勢を出すことになった。

この同盟強化交渉は氏直が中心となって行われ、氏政の関与がなかった。そのため氏政は実権を失った形になり、内政・外交両面で影が薄くなっていく。

一方、紀州征伐を終えた秀吉は、調略によって家康陣営を切り崩そうとしていた。刈《かり》谷《や》城主の水野忠重《みずのただしげ》、木曽福島《ふくしま》城主の木曽義昌、越中の佐々成政に続いて、十一月には、家康股肱《ここう》の石川数正《いしかわかずまさ》までもが秀吉の許に走った。これにより、徳川氏の軍制などの機密情報が秀吉に筒抜けになった。

こうしたことから小牧・長久手合戦で事実上の勝利を収めていたにもかかわらず、家康は次第に追い詰められていった。

ただでさえ動員兵力に差があるのに、これではとても秀吉には敵わない。秀吉は十一月に織田長益《ながます》を家康の許に送り、降伏を勧告した。だが家康はこれに耳を貸さないので、秀吉は三河攻めを公言するようになった。

もはや実力差は隠しようもなく、家康と徳川家の命脈は風前の灯火となっていた。ところが家康には運がある。十一月二十九日、畿内を震源地とする大地震によって秀吉の領国が大打撃をこうむり、すぐに兵が出せないほどの苦境に陥った。この震災によって被害を受けたのは秀吉の領国ばかりで、徳川領国にはほとんど被害がなかった。

これにより秀吉は、家康を討伐するという方針から、家臣に取り込むという方針に切り替えていくことになる。

天正十四年（一五八六）二月、三河岡崎にいる家康の許に行っていた板部岡江雪斎が小田原に戻ってきた。この時、足柄山で鷹狩りを行っていた氏直は、山中で江雪斎を引見した。

「鷹狩りの成果はいかがでしたか」

「さっぱりだ。獲物の獣たちは狡猾だ。上野や下野の国衆のようにはうまくいかぬ」

珍しい氏直の戯れ言に、江雪斎だけでなく周囲の者たちもどっと沸く。

「北関東が上首尾のようで何よりです」

「ああ、まだ統治が安定したとは言い難いが、いったん小田原に戻って英気を養い、夏前に再び上州に向かい、沼田城を攻めるつもりだ」

この時の北条氏の攻略目標は、真田氏の沼田城だった。

「そうでしたか。ところが今年は、関東計略どころではなくなるかもしれませんぞ」

「どういうことだ」

周囲の空気が緊迫する。

「昨年末から、秀吉が三河殿に誼を通じようとしていたのは書状で伝えた通りですが、この一月末、織田中将が三河国の岡崎にやってきました」

「織田中将が――。ということは、またしても挙兵の密談か」

「いえいえ、織田中将は三河殿に、秀吉の意を申し聞かせる役割を担わされたようです」

「秀吉の走狗《そうく》、ということか」

「いかにも。単に和睦するのではなく、臣従を促しに来たというのが、もっぱらの噂《うわさ》です」

「それは昨年にも行っただろう」

氏直が言うのは、織田長益を使者に立てた「降伏勧告」のことだ。

「いえ、あれは降伏を促した使者です。秀吉は三河殿が従わぬのを見越し、新年早々に三河攻めを行うつもりでいました」

「その方針が変わったというのか」

「はい。ご存じの通り、畿内を中心にした大地震《おおない》の痛手が甚大なようで、秀吉は兵を出せなくなっています」

秀吉がそこまで苦境に陥っているとは、氏直も思わなかった。

この地震は超大型の内陸型地震で、琵琶湖東岸から濃尾平野にかけて甚大な損害を及ぼしていた。すなわち家康との戦いの際に先手を務める大名たちの領国が、ことごとく崩壊してしまったのだ。しかも近江、若狭《わかさ》、山城、和泉《いずみ》、摂津という秀吉の直轄領の多い地にも損害が及び、ほとんど一年、何も収穫できない状態に陥った地域もある。

「それゆえ三河殿と戦うのは困難と断じた秀吉は、『降伏勧告』から『同盟締結』を促すという穏当な方針に切り替えたようです」

「そうか。つまり臣従させるのだな」

「はい。実は臣従させるというより、秀吉の妹の旭《あさひ》を家康の許に嫁がせ、義兄弟になろうとしているようです」

「そこまでして三河殿を取り込みたいのか」

「はい。われらの考えが及ばぬほど、地震の痛手は大きいようです。徳川家の宿老たちは『この機に秀吉領国に攻め入ろう』とまで申しておりましたが、三河殿は首を縦に振りませんでした」

「なぜだ。かつてあれほど不利な情勢で秀吉と対決した三河殿が、敵の弱みに付け込まぬのはおかしい」

江雪斎が感心したように言う。

「三河殿は、武士だけでなく民も困窮しておる地に攻め入ることで、さらに民が苦しむことを避けたのでしょう」

「しかし秀吉の領国が立ち直れば、狙われるのは必定だろう」

「そこをどう判断を下すかでしょう。三河殿は秀吉との対決を避け、持てる力を国境の防備強化に振り向けています。つまり秀吉が立ち直っても、これまでとは状況が違うのです」

家康は氏直ら部外者の考えが及ばぬほどの深慮遠謀を働かせ、秀吉に対峙しようとしていた。

「われらが最も恐れるべきことは――」

江雪斎の顔に苦渋が満ちる。

「梯子《はしご》を外されることです」

「梯子だと――」

「そうです。万が一ですが、三河殿が秀吉と手を結べば、われらにとって、たいへんな脅威となります」

氏直は首を左右に振った。

「わが義父にあたる三河殿が、われらを捨て置き、秀吉と手を組んでわが領国に攻め入るなど考えられん」

「今は戦国の世です。何があるか分かりません」

天正壬午の乱以降、北条氏の外交政策の基本は徳川氏との同盟だった。さらにそれを強化すべく、奥羽の伊達氏とも接触を始めていた。かつて北条氏は武田・今川両氏との間で甲相駿三国同盟を結び、関東制圧を軌道に乗せた。その成功体験から、堅固な三国同盟ほど有効なものはないと知っていたからだ。

――三河殿が信じられないとなると、すべては覆る。

氏直は拠《よ》って立つ基盤が崩れていくような不安に駆られた。

「何事も確かなものなどなき世。今後は三河殿の動きも注視しておくべきでしょう」

江雪斎の顔には、ぎりぎりの外交をしてきた者だけが見せる険しい色が浮かんでいた。

氏直は、これからは極めて難しい舵取りが待っていることを痛感した。

第五章　太虚《たいきょ》に帰す

一

相模国《さがみのくに》南部は気候温暖な地で、春の知らせも北関東に比べれば格段に早い。とくに小《お》田原《だわら》周辺の平地は寒冷な気候になることが少ないので作物の物成《ものなり》もよく、領民たちは安《あん》堵《ど》して農事にいそしむことができる。

――この小田原の地を守っていけるのか。

春の夜の暖かい風を感じながら、広縁に座して物思いにふけっていると、背後で督姫《とくひめ》の声がした。

「眠れないのですか」

「まだ起きていたのか」

「はい。旦那様《だんなさま》の心痛を察すると、のんきに寝てなどいられません」

氏直《うじなお》は苦笑するしかない。

「私の耳にも入ってきますが、わが父が羽柴《はしば》様と誼《よしみ》を通じようとしているとか」

「ああ、むろん秀吉《ひでよし》からの申し入れを聞くという形なので、われらを裏切るということではない」

「それでも当家を措《お》いて、和談を進めているのは事実」

督姫が憤然として言う。

「まあ、案じることはないと思うが、われらが孤立することも考えておかねばならん」

「孤立、と仰せか」

「うむ。大名家の当主というのは、あらゆることを想定しておかねばいけないのだ」

「何と恐ろしい。この小田原が天下の兵を引き受けることになるのですか」

氏直はそれを想像したくはなかった。だが万が一、秀吉が「徳川《とくがわ》家の臣従は認めるが、北条《ほうじょう》家は認めない」となる場合も十分にあり得る。

「そうはならないように、力を尽くしていくしかない」

「しかし羽柴様は、これまで功のあった家臣たちに分け与える土地がなく、苦慮していると聞きます。それゆえ織田中将《おだちゅうじょう》は、信長《のぶなが》公から引き継いだ尾張《おわり》と伊勢《いせ》を守らんとして挙兵したのではありませんか。そしてその食指は徳川家、さらに当家に向いています」

「よく知っておるな。やはりそなたは賢い」

氏直が冗談めかして言ったが、督姫は真剣だ。

「織田中将がひれ伏し、続いてわが父が臣従すれば、羽柴殿は関東に大領を持つ当家を許すとは思えません」

「その通りだ。たとえ臣従したところで、秀吉の天下が盤石となれば、当家の領国は削られることになるだろう」

「削られるどころではありません。難癖をつけられ、天下の兵を引き受けることになるでしょう。そこで降伏したところで、改易されるだけではありませんか」

督姫の思考は、悪い方悪い方へと向かっていく。

「だが当家が戦うとなれば、秀吉とて無傷ではおられぬ」

現時点で北条家は二百三十万石ほどの領国を有し、総兵力は五万から七万に及ぶ。いかなる戦い方をするかだが、秀吉とて無傷では済まないはずだ。

「もしよろしければ、わが父に使いを出し、真意を確かめます」

「やめておけ」

「なぜですか」

「もはやそなたは当家の者だ。たとえ父上とて本音は漏らさぬ」

督姫が悲しげな顔をする。

「心配は要らぬ」

「本当に」

「ああ。われらも馬鹿ではない。われらだけで孤立するようなことはせぬ」

だが徳川氏を除けば、北条氏が後詰《ごづめ》を期待できる勢力は、奥州伊達《だて》氏くらいしかない。

――だが伊達政宗《まさむね》とて、当家が劣勢となればどうなるかは分からぬ。

誼を通じてから日が浅い伊達氏に、多くを望めないのは明らかだった。

――では、どうする。

氏直は再び答えの出ない自問を繰り返した。

督姫の予想に違《たが》わず、事態は悪い方へと転がっていった。

家康《いえやす》は二月上旬には秀吉の提案に同意し、両者の間で和議が成立する。それに伴い、同盟を確かなものとするため、秀吉の妹の旭姫《あさひひめ》が家康に嫁ぐことになった。

これを聞いた北条家は驚き、氏直は家康の真意を質《ただ》す使者を送った。そのため家康は、弁明のために国境で氏政《うじまさ》と面談することになった。

三月九日、まず家康が三島《みしま》に赴き、続いて十四日、氏政が沼津《ぬまづ》に行って会談し、さらに同日、国境線の黄瀬川《きせがわ》左岸（北条領）で両家の酒宴が催された。その後、沼津まで見送りに出た氏政をはじめとした北条方に、家康は破却された三枚橋《さんまいばし》城を見せた。これは北条氏と戦う意志のないことを表すためで、この時、三枚橋城に備蓄されていた兵糧米《ひようろうまい》一万俵を北条方に贈ることまでした。

最大限の敬意を払われた氏政は上機嫌で小田原に帰ってきた。

だが丸め込まれた感はぬぐい難く、四月には家康と旭姫の結納《ゆいのう》が行われ、そして五月十四日、四十四歳の旭姫は四十五歳の家康の許《もと》へと輿入《こしい》れした。

秀吉は朝廷工作にも怠りない。前年の七月に従一位関白に就任した秀吉は、この年の九月には豊臣《とよとみ》姓を創姓し、子孫たちが摂政関白に就ける基盤を整えた。

十月には家康が上洛を果たし、秀吉に拝謁した上、その家臣となることを誓った。よもや家康が上洛《じょうらく》の途に就くなどと思っていなかった北条方は、大きな衝撃を受けた。

この時、秀吉は旭姫との面談を名目に、実母の大政所《おおまんどころ》を岡崎《おかざき》まで送り、人質代わりとしたので、家康も断れなくなったのだ。

小田原城二の丸にある評定《ひょうじょう》の間には、沈鬱《ちんうつ》な空気が漂っていた。

正面上段の間に座す氏政・氏直父子の顔を、居並ぶ重臣たちがのぞき込んでいる。

秀吉の書状を読み終わった氏直が、小姓を介してそれを氏政に渡した。

氏政は黙読すると、その巻物を放り投げた。

「くだらん」

「父上、皆の前ですぞ」

氏直がたしなめたが、氏政は聞く耳を持たない。

「何が『関東・奥両国惣無事令《そうぶじ》』だ。われらは秀吉に臣従したわけではない」

「関東・奥両国惣無事令」とは、秀吉が武家政権の首長であることを知らしめるため、とくに関東と奥羽の大名たちに対し、秀吉の許可なくして誰とも交戦できないことを命じた、いわゆる「私戦停止令」だ。交戦権の否定は、紛争解決の手段を武力に求めてきた戦国大名の存在意義を否定するものであり、北条氏にとっても、これまで掲げてきた大義を失うことになる。

「皆、聞いてくれ」

氏直が秀吉の「関東・奥両国惣無事令」について説明すると、居並ぶ諸将からは不平不満の声が続出した。というのも常陸佐竹《ひたちさたけ》領を除き、北条氏の関東制圧は最終局面を迎えていたからだ。

この年も北条氏は活発に動き、五月には下野《しもつけ》の皆川《みながわ》氏を再服属させ、八月には、当主の宗綱《むねつな》が討ち死にした佐野《さの》氏に、氏政の弟の氏忠《うじただ》を養子入りさせて直轄領化に成功していた。そのほかの小競り合いにも、北条方はほとんど勝利を収めていた。

松田憲秀《まつだのりひで》が皆を代表して問う。

「この惣無事令とやらに同意することで、秀吉に臣従することになるのですか」

「おそらく、その意が込められているのだろう」

「では、今も継続している戦いはどうなるのです」

この頃、北条氏は宇都宮《うつのみや》領に攻め入っていた。

「この命に従うのなら、すぐにでも兵を引かねばならぬ」

「つまり国境は、現行のものとなるのですか」

「それは分からぬ。国境の相論は、秀吉、いや関白殿下の裁定を仰ぐことになるはずだ」

氏直の答に再び評定の間は騒然とした。臣従ということになれば、これまで誰も上に頂かなかった北条氏が、秀吉の支配下に置かれ、その奉行がやってきて、北条家中や傘下国衆に下知することになるからだ。

氏直が氏政に向き直る。

「父上、考えをお聞かせ下さい」

「言語道断だ」

氏政が獣のように呻《うめ》く。それを聞いた家臣筆頭の座に座る氏照《うじてる》が板敷を叩《たた》いた。

「兄上の仰せの通り。かように一方的な通告に従う必要はありません。われらを臣従させたいなら、三河《みかわ》殿に対した時のように手順を踏むべきです」

それに氏規《うじのり》が反論する。

「兄上、それは違う。大地震《おおない》で痛手をこうむった当時、関白は三河殿の臣従を勝ち取るために下手に出ねばならなかった。しかし三河殿を従えた今、強気に出てくるのは当然だろう」

「だが本気で臣従させたければ、われらに礼を尽くすのが道理というものだろう。われらのことを何と思っているのか！」

「何とも思っておりません」

江雪斎《こうせっさい》が口を挟む。

「何だと。われらは関東の覇者だぞ」

「では、単独で天下政権と戦えると仰せですか」

「守り戦なら戦えぬこともあるまい」

その言葉に、同意する者が声を上げる。

「静まれ！」

氏直が皆を制する。

「江雪斎、続けろ」

「はい」と言うと、江雪斎が落ち着いた口調で続けた。

「もはや関白殿下は天下人です。もしも臣従しないとなれば、天下の兵を差し向けられます。むろんその中には三河殿もおるはず。いかに守り戦に徹したところで、到底敵《かな》う相手ではありません」

氏照が身を乗り出すようにして言う。

「われらはこれまで上杉謙信《うえすぎけんしん》や武田信玄《たけだしんげん》を関東に入れても、籠城戦で粘り抜き、最後は追い払ったではないか」

「上杉と武田など、天下を制した豊臣家とは比べ物になりません。下手をすると二十万の大軍が関東の沃野に侵攻してきます」

二十万という数字を聞いた宿老たちの間に、どよめきが広がる。

「しかし戦わずして降伏すれば、それなりの条件を突きつけられる」

「それでも大名としての北条家は残ります」

「それが何になるのだ。早雲庵《そううんあん》様の『祿壽應穩《ろくじゅおうおん》』の存念を守れずして、家を守ったところで何の意義がある！」

その言葉で評定の間は騒然となった。皆は口々に何か言い合い、中には隣の者の襟を摑《つか》んでいる者までいる。

「静まれ！」

氏直は立ち上がると言った。

「当面、われらは事態を静観する」

氏照が問う。

「では、宇都宮との戦いはどうなさるおつもりか」

「陣をしっかり構え、こちらから手を出さないことだ」

「占領地から兵を引かなくてもよろしいと仰せか」

「ひとまずそうしてくれ」

「致《いた》し方ありませんな」

氏照が不承不承うなずく。

「父上」と氏直が氏政に向き直る。

「それでよろしいですな」

こうした留保・静観という方針は氏政の好むものなので、氏直は了承してくれると思っていた。

「勝手にせい！」

だがそう言い残すと、氏政はそそくさと行ってしまった。

――何を考えているのか。

氏直にも氏政の複雑な心中は分かり難い。

――だが今は、父上の気持ちを忖度《そんたく》している場合ではない。

「江雪斎！」

「はっ」と答えて江雪斎が膝《ひざ》をにじる。

「すぐに岡崎に行き、三河殿の家臣たちと意を一つにせよ」

「承って候」

江雪斎はその一言で、氏直の意を察した。つまり家康の家臣たちに「北条家は徳川家と一蓮托生《いちれんたくしょう》の覚悟がある」ことを伝えるのだ。

「皆は、それぞれの指南する国衆に動揺せぬよう伝えよ。豊臣勢とは戦にならぬ。わしを信じてついてきてくれるなら、たとえ豊臣政権の傘下入りしようが、今の所領は安堵させる」

それを聞いた者たちは納得したのか、左右を見てうなずいている。

――むろん、すべては秀吉次第だがな。

氏直とて不安はあったが、今は皆を落ち着かせるしかないのだ。

それで評定は終わった。

その後、北条氏の通達が傘下国衆に送られた。

それを要約すると以下のようになる。なおこの時点では、家康はまだ三河国に帰国していない。

・京で異変があった時は、躊躇《ちゅうちょ》なく徳川家の味方をする

ここで言う異変は、家康が殺されるか、拘束されることを意味している。

・もし一戦交えるとなった時は、当家の家運もこの時に極まると心得よ

秀吉と事を構えるということは、これまでの小戦と違うことを国衆に認識させ、定められた軍役を確実に果たすことを要求している。

・当家の興亡はこの時に懸かっているので、十五歳から七十歳までの者で、たとえ無足人（足軽・小者など知行や扶持《ふち》を与えられていない者の総称）であっても参陣を命じよ

秀吉と戦うとなると、兵力面で劣勢に立たされることは明らかであり、そのためにも、できる限りの兵力を動員しておきたい。

こうした布告や通達の文面は国衆ごとに異なるが、北条氏が本気で家康を支援するつもりでいることを国衆に伝え、覚悟を決めてほしいという意図が込められていた。

この少し後、家康が無事に三河国に戻ったとの一報が届いた。氏直らは安堵したが、その直後の十二月三日付で、家康からも「関東・奥両国惣無事令」の厳守を求めてきた。これは東国の諸大名・国衆全体に対して出されたもので、家康が東国の大名たちを統べる立場に就いたことが明らかとなった。つまり豊臣政権下では、これまで同等の関係だった北条・徳川両家の間に序列ができたことを意味していた。

いずれにせよ北条氏は「和戦両様」を合言葉に、氏規と江雪斎が豊臣政権との交渉を続けるかたわら、領国内の動員を円滑に行えるように人改めを行い、また各地の城の修

築に精を出していくことになる。

天正《てんしょう》十五年（一五八七）、氏直は小田原城の防御力強化に取り組んでいた。「相府大普請」である。これは小田原城の修築を指す言葉で、とくに「めぐり三里（実際は総延長二里半）」と呼ばれた小田原城の惣構《そうがまえ》は、この時に造られた。

また各地に散らばる拠点城、すなわち上野国《こうずけのくに》の松井田《まついだ》城・箕輪《みのわ》城・金山《かなやま》城、武蔵国《むさしのくに》の岩付《いわつき》城、下総国《しもうさのくに》の栗橋《くりはし》城、相模国の足柄《あしがら》城などにも、大規模な修築が施された。伊豆国《いずのくに》の山中《やまなか》城などは、これまで関城にすぎなかったものに大幅な改修を施し、戦闘力のある山城に変貌させた。

こうした修築は豊富な火力を有する豊臣方への対応を前提としたもので、鉄砲への対応が困難な城は建造物を破壊して廃城にし、敵に使わせないようにした。

また各地に「人改め令」を発し、本来は軍役を務めない者までを兵として徴発すべく、名簿を作らせた。これにより精兵は領国の境目に配置し、補助的な者たちは領国内に留守衆として配するという体制を取ることができた。

また鉄砲や大筒（大砲）の鋳造も進めていた。さらに銃弾とする銅が足りなくなれば、各地の寺の梵鐘《ぼんしょう》を集め、鋳つぶして銃弾にすることまでした。また船造りの得意な国衆に対しては、物資輸送用の新造船を促した。

北条氏が「和戦両様」体制を強化している間、九州の平定（島津《しまづ》氏討伐）と仕置《しおき》を済ませた秀吉は、博多《はかた》の港湾都市化に力を入れ、後の唐入《からい》りの拠点化を図っていた。

さらに対馬《つしま》を治める宗義調《よししげ》・義智《よしとし》父子に李氏《りし》朝鮮国王・宣祖《ソンジョ》あての国書を託し、朝鮮国を服属させるよう命じたのも、この頃だった。

かくして北条氏は、「和戦両様」の構えを取りつつ天正十六年（一五八八）を迎えることになる。

二

「そろそろ来られるのではないかと思っていました」

幻庵《げんあん》が囲炉裏に枯れ枝をくべると、すぐにパチパチという音をたてて燃え始めた。

「ここのところ父上もふさぎ込むことが多くなり、ろくに口も利いてくれません」

「よき相談相手がおらぬようですな」

「そうなのです」

「父上の兄弟衆はどうですか」

氏政の兄弟とは、氏照、氏邦《うじくに》、氏規、氏忠らのことだ。

「それがしが幼い頃から叔父《おじ》上たちは前線に出ているので、胸襟を開いて何かを相談するという関係は築けていません」

「そうでしたな。美濃《みの》も同じですか」

美濃とは氏政の弟の一人・美濃守氏規のことだ。

「助五郎《すけごろう》叔父は話の分かる御仁ですが——」

氏直が言葉を濁すと幻庵が話の穂を継いだ。

「助五郎殿は上方の事情に通じているので、臣従一辺倒と仰せになりたいのですな」

「そうです。当主の立場にならないと分かってもらえませんが、ここまで豊臣政権に敵対した末、突然臣従したところで、奪われるものは奪われます」

氏直は、家臣に分け与える土地が不足している豊臣政権が北条家に残すのは、相模・伊豆の二国が関の山だと見ていた。そうなれば所領を失う家臣や国衆が続出し、不平不満で収拾がつかなくなる。減封を申し渡されてから秀吉に叛旗を翻したところで、時すでに遅い。

「宿老たちはどうですかな」

「彼奴《きやつ》らは利害打算が複雑に絡み合っており、話し相手になるのは江雪斎くらいです」

「さもありなん」

幻庵がため息をつく。

「誰もが自らの立場で物を申すのです。私の立場になってくれる者はおりません」

「それが人というもの。大名家の当主は元々孤独なものです。誰一人として、その立場になってはくれません」

「仰せの通りです。それゆえどうしたらよいか――」

「わしとて己の立場で物申しているのは同じ。相模守（氏政）とて隠居の立場から物申すだけでしょう」

「では、それがしが一人で、すべてを決めていかねばならぬのですか」

「そうです。それがしが大名家の当主たるものです」

幻庵が「おお、来たか」と言ったので顔を上げると、近習《きんじゅ》が茶碗を二つ運んできた。

「これは、わしが常用している薬湯です。久野《くの》の山で取れるヨモギやスギナを乾燥させ、煎じたものなので少し苦いですが、よく効きます」

幻庵が薬湯をすすったので、氏直もそれに倣《なら》った。

――幻庵殿は、かように苦いものを飲んでいるのか。

顔をしかめる氏直を見て、幻庵が笑みを浮かべた。

「苦いですか」

「はい。口の中が渋くなります」

「薬湯とは本来そういうもの。だが苦ければ苦いほど効験があります」

「それがしも修験から、そう聞いたことがあります」

「今日のスギナはとくに渋かった。若はついておりませぬな」

氏直は苦笑いで返すしかない。

「わしは、かように苦いものを毎日朝夕飲み干しておりますぞ」

「さすがです」

幻庵の顔色が変わる。

「大名家の当主ともなれば、苦きものも飲み干さねばなりません」

「その覚悟です」

「わしが今、申せることは、最初の一口が苦いと思っても、ひたすら耐えていると何でもなくなるということです」

「何でもなくなると――」

「臣従すると決めたら、徹底してそれを貫くことです。秀吉に草鞋《わらじ》をなめろと言われても、そうせねばなりません。その逆に戦うと決めたら不退転の覚悟で戦う。例えば――」

幻庵の顔つきが武人のものに変わる。

「秀吉の首を取るまで戦うつもりでいなければ、しょせん勝てる相手ではありません」

「中途半端はだめだと仰せですね」

「そうです。おそらく相模守とその兄弟たちは、守り戦に徹して手強《てごわ》いところを見せておけば、脆弱《ぜいじゃく》な上方勢は引くとでも考えておるはず。しかしそれは甘い！」

　幻庵は若い頃、修行で三井寺《みいでら》に入っていたことがあるので、上方に独自の情報網を持っている。

「仰せの通り、父上の兄弟衆は、敵に勝とうというより敵を追い出すことを目指し、各地の城を修築しております」

「つまり勝つ戦ではなく、負けない戦をしようというのですね」

「そうです。叔父上たちは、豊臣勢二十万余に対抗するには、城と城の連携によって敵を振り回し、飢えと厭戦《えんせん》気分を蔓延《まんえん》させた上で、和議を結ぼうとしています。つまり無二の一戦に及ばず、勝ち負けの定かでない小戦を繰り返すことで、敵を追い出そうというのです」

「それでは負ける」

　幻庵がずばりと核心を突く。

「そうした考えは下々まで伝わります。さすれば皆、死に物狂いで戦おうとしません」

「では、どうすれば――」

「秀吉の首を取る策を考えねばなりませぬな」

「それは、ちと難しいかと」

　秀吉は東海道をやってくるだろうが、その前衛部隊は分厚く、それを突破して秀吉の旗本に討ち入るなど夢物語だ。

「若、そこで思考を停止《ちょうじ》してはなりません。例えば、われらには西伊豆水軍があります。夜間に船を使って進軍中の豊臣勢の背後の港に着き、奇襲を掛ければ、秀吉の首が取れるやもしれません」

「いかにも、それは妙案。しかし――」

それでも秀吉の首を取れる保証はなく、たとえ取ったとしても、奇襲部隊が全滅するのは間違いない。

「分かっております。さように無謀な策を引き受ける者はおらぬとお思いですね」

「は、はい」

「もしも早雲庵様の時代だったら、引き受け手はあまたいたはずです。だが暖衣飽食している今の北条家中には、さように覇気のある者はおらぬでしょうな」

確かに全滅覚悟で敵の背後に上陸する者は、今の北条家中にはいない。将にはいるとしても、兵がついてこなければどうにもならない。

「どのみち戦となれば多くの民が困窮します。秀吉の首を取りに行けないのなら、臣従の線で片を付けるしかありますまい」

幻庵が結論めいたことを言った。

「分かりました。何とか和談を進められるよう、家中の者どもに申し聞かせます」

幻庵はうなずくと、再び薬湯を喫した。

――幻庵殿は年を取った。だが、その知恵は衰えてはおらん。

氏直は年を取ったら幻庵のような老人になりたいと思った。

――むろん、わしが幻庵殿の年まで生きている保証はないが。

氏直は己の運命に薄々気づいていた。

三

北条氏の一門、家臣、国衆にとって天正十六年（一五八八）の正月は、緊張に包まれたものとなった。「和戦両様」の構えを取りつつ、外交で時間を稼ぎたい北条氏だったが、それも行き詰りつつあり、領国内では「天下の御弓矢立《おんゆみやたて》」と呼ばれる決戦準備が急速に進められていた。

いよいよ「和戦両様」の「戦」の方に舵《かじ》が切られたのだ。

氏直は家臣や傘下国衆に対し、正月十五日の小田原参陣を要請した。これには軍役で指定された兵を引き連れての参陣が命じられており、一種の「馬揃《うまぞろ》え（演習）」だった。

氏直は、それぞれの国衆と顔を合わせて言葉を交わすことにより、忠誠心を確かめたかったのだ。

さらに各地の拠点城の修築、および兵糧米《ひょうろうまい》の備蓄も並行して進められた。これは「くい物たるほどの物」を郷中に一切残さず、城内に搬入させるほどの徹底ぶりだった。

「相府大普請」も完成に近づき、「めぐり三里」と呼ばれる小田原城惣構もほぼ完成した。

また大砲と弾丸の鋳造や焔硝《えんしょう》の調達から、郷村での「人改め」も活発に行われ、十五歳から七十歳までの男子は、小田原城ないしはどこかの拠点城の守備に就くことが命じられた。これにより小田原城に五万余、その他の城に五万余の、おおよそ十万の兵を動員することが可能となったが、専業武士をそろえた豊臣勢に比べれば、はるかに質が落ちることは否めない事実だった。

緊張が日増しに高まる中、一人の男が小田原にやってくる。

その男の名を板部岡《いたべおか》江雪斎から聞いた氏直は、早速会うことにした。

土間庇《どまびさし》の下に敷かれた飛石を伝っていくと、茶室が見えてくる。侘《わ》びた四畳半茶室だが、江雪斎が京で見てきたという武野紹鷗《たけのじようおう》風茶室をそのまま写し取っただけなので、都人に披露するのは恥ずかしい。

男は待合で氏直を待っていた。その傍らには江雪斎もいる。

「お初にお目に掛かります。山上宗二《やまのうえそうじ》と申します」

男は茶人とは思えない鋭い眼光と、がっちりした体軀《たいく》の持ち主だった。

「北条左京大夫《さきょうのだいぶ》に候」

二人は名乗り合い、躙口《にじりぐち》から茶室に入った。亭主役の江雪斎は茶立口に向かった。

主客の宗二を先に躙口に通し、氏直はそれに続いた。茶の湯は「一視同仁」という思想が根底にあるので身分差など問わない。氏直は宗二を主客として遇した。

茶室内の床には玉潤《ぎょくかん》の「遠浦帰帆図《えんぽきはんず》」を掛け、その下には唐渡りの香炉を置いていた。むろん江雪斎の設《しつら》えだ。

「これが上方にも聞こえた玉潤の『遠浦帰帆図』ですか。真に眼福《がんぷく》です」

「この軸が、そこまで高名とは知りませんでした」

「江雪斎殿がよくお話しでした。それで私も、いつか拝見したいと思うておりました」

亭主の座で炭を熾《おこ》している江雪斎が言う。

「そうでしたか。しかしこうして宗二殿がご覧になったからには、上方に帰った折は、私などより生き生きと茶人たちにお話しいただけることでしょう」

宗二の顔に一瞬、不安そうな影が差す。

「そうなればよいのですが。おそらく二度と戻ることはないでしょう」

氏直が問う。

「そのお覚悟なのですね。関白殿下の勘気をこうむったと江雪斎から聞きましたが、いかなることから、さような仕儀になったのですか」

「まあ、長い話になります」

宗二が苦笑いしながら経緯を話し始めた。

天文《てんぶん》十三年（一五四四）、宗二は堺《さかい》にある薩摩屋《さつまや》という商家の嫡男として生まれた。しかし少年の頃に出会った茶の湯に魅せられ、ほとんど家業を顧みず、茶の湯に没頭した。その後、千宗易《せんのそうえき》（後の利休《りきゅう》）の弟子となり、その傍らにあって茶人として頭角を現していく。

永禄《えいろく》十一年（一五六八）、宗二が二十五歳の時、織田信長が上洛を果たし、堺に莫大《ばくだい》な矢銭《やせん》（軍資金）を課してきた。この時、今井宗久《いまいそうきゅう》の尽力で、堺は信長に従うことになったが、武力によって商都堺をねじ伏せた信長に、宗二は強い反感を抱いた。それだけでなく信長は、宗久、宗及《そうぎゅう》（津田《つだ》）、宗易の三人を茶頭にし、茶の湯によって武士たちの心の内までも支配しようとした。

こうしたことを苦々しく思っていた宗二だったが、信長の家臣の一人・羽柴秀吉が「茶の湯張行《ちょうぎょう》（茶会の開催）」を許され、その茶頭に宗二が指名される。

ところが秀吉は人の最も醜い部分を集めたような男で、宗二は虫唾《むしず》が走るくらい嫌いだった。それゆえ茶事の折も、必要以外のことを一切語らなかったので、秀吉も不快をあらわにしていた。

その出会いからして齟齬《そご》を来していた二人だが、秀吉は信長からあてがわれた茶頭をないがしろにできず、宗二も堺の町を背負って立つ一人として秀吉に逆らうことができず、二人の関係はずるずると続いた。

ところが本能寺《ほんのうじ》の変で信長が斃《たお》れ、秀吉が天下人への階《きざはし》を上り始めるにつれて、関係の悪化に拍車が掛かった。秀吉に対する態度を変えていく者が大半の中、宗二だけは頑として変えなかったからだ。

やがて秀吉は宗久、宗及、宗易の三人を己の茶頭とし、不要になった宗二を放逐した。だが宗二は茶人としての生涯を全うするつもりでおり、堺に帰らず、越前《えちぜん》の前田《まえだ》利家《としいえ》の家臣となった。だが吏僚とされたのが気に入らず、秀吉の弟の秀長《ひでなが》の茶頭に転じた。

宗二は穏やかな性格の秀長とは気が合ったが、秀長を使って秀吉の専横を止めようとしたため、再び秀吉の怒りを買い、秀長の茶頭を解任され高野山《こうやさん》に登るよう命じられた。だが隙を見て逃げ出し、利休の相弟子の板部岡江雪斎を頼って小田原に落ち延びてきたという次第だった。

「つまり宗二殿は、この国で当家以外に居場所はないと仰せか」

「はい。私のような寄る辺なき茶人を受け容《い》れていただき、お礼の申し上げようもありません」

「こちらこそ上方の動静を摑めず苦慮していたところだ。いろいろお尋ねしてもよろしいか」

「何なりと」

氏直は核心から問うた。

「当家が平身低頭しても、関白殿下は当家を攻めるおつもりか」

「言うまでもなきこと」

宗二が当然のように答える。

「いかに平身低頭して臣従を誓い、一時的にそれが認められようと、北条氏に残されるのは、せいぜい伊豆・相模両国。それも五年もすれば転封を言い渡され、十年後には改易となるでしょう」

「どうして、そう言えるのですか」

「第一に秀吉は家臣に分け与える土地が不足してきています。第二に北条家が敵対してきた諸大名が、あることないことを秀吉に讒言《ざんげん》するからです」

真田《さなだ》、佐竹、宇都宮、結城《ゆうき》、里見《さとみ》といった大名は、いち早く秀吉の懐に飛び込んでおり、秀吉の覚えもめでたい。当然、境目争いでも有利な裁定を下され、また北条家が豊臣大名に名を連ねたとしても、「謀反の疑いあり」といった讒言を繰り返すと、宗二は言っているのだ。

「そして第三に――」

宗二の目が光る。

「秀吉が最大の脅威と目しているのは家康です。その家康が東海道を牛耳《ぎゅうじ》ることで日本を分断し、さらに後々、上洛戦を行うに容易な地を占めている限り、秀吉は枕を高くして眠れません」

「つまり徳川家を移封させると――」

「そうです。秀吉は家康を京から遠い地に移封し、その一方で駿河《するが》、遠江《とおとうみ》、三河などに子飼いの大名を入れることで、家康の上洛を阻みたいのです」

「そのためには同等の領国が要る。それが、われらの領国だと言うのですか」

「いかにも。家康ほどの大領の主をすっぽり移封するとしたら、関東しかありません」

秀吉とその奉行衆は豊臣政権を永続させるという一点だけを考え、あらゆる手立てを講じようとしていた。つまり北条家の存在など、豊臣政権を永続させるという目的においては何の障害にもならないが、障害になり得る徳川家を移封させたいがために、北条家を滅ぼそうというのだ。

「まさか、そこまで考えていたとは――」

「秀吉自身が賢いのはもとより、石田治部少輔《いしだじぶのしょう》（三成《みつなり》）をはじめとした奉行衆は、すでに秀吉没後の豊臣政権のあり方までをも考え始めています」

「何ということだ。では、和睦などあり得ないではないか」

「しかり」

その時、咳払《せきばら》いと共に江雪斎が発言を求めた。

「しかし宗二殿、それは少し考えすぎではありませんか」

「そんなことはありません。私ほど秀吉を知る者はおりません。強い者には媚《こ》びへつらい、弱い者には情けの一つもかけない男、それが秀吉です」

氏直が問う。

「関白殿下は、さような御仁なのですか」

「そうです。弱みを見せれば、そこに付け込んできます」

「では、どうすればよいとお思いか」

「まずは一叩きすることです」

「一叩き——、つまり戦えと仰せか」

「そうです。いずこか地の利がある城か山で豊臣勢と一戦交え、これを弾《はじ》き返し、『北条強し』を印象付けることが肝心です」

確かに戦国時代の暗黙の掟《おきて》の一つに、戦わずに臣従ないしは降伏すれば、ずっと見下されるというものがある。その一方、一度でも勇戦奮闘すれば、後に降伏しても一目置かれる。その論理に従い、毛利《もうり》・上杉両氏は信長と戦い、徳川・長宗我部《ちょうそかべ》・島津の三氏は秀吉と干戈《かんか》を交えたのだ。

——彼奴らは手強いところを見せたので滅亡を免れている。

それぞれ抵抗の度合いに違いはあるものの、戦ったという事実は揺るがない。

「しかし今の豊臣勢は天下の大軍、彼奴らのように善戦できるかどうかは分からない」

江雪斎がうなずく。

「その通りです。到底敵う相手ではありません」

宗二がうなずきながら言う。

「戦うも戦わぬもご随意に。おそらく秀吉は、何らかの難癖をつけて兵を向けてくるはず。どのみち討伐は必定なのです」

氏直は宗二の言うことにも一理あると思った。だが安易に決断するわけにはいかない。

「ご高説、深く感謝しております」

「では、戦うと――」

「いえ、しばらく考えさせて下さい」

「それでは手遅れになりますぞ」

「まあまあ――」と言いつつ、江雪斎が間に入る。

「宗二殿、しばらく小田原に滞在し、茶の湯をご指導下さい」

「恐れ入ります。私でお役に立てることなら、何なりとお申し付け下さい」

それで茶事は終わった。

茶室の外に出ると、小雨が降っていた。

「笠《かさ》と蓑《みの》は用意してあります」

江雪斎が待合の壁に掛かった笠と蓑を外す。

宗二がポツリと言った。

「先ほどまで見えていた箱根の山が、もう何も見えません」

「ああ、箱根の山とは笠懸山《かさがけやま》のことですね。あれは箱根山から延びる支尾根の一つです」

笠懸山は後に石垣山《いしがきやま》と呼ばれることになる。

「そうでしたか。あそこに登れば、この城を一望の下に見下ろせますな」

「はい。それゆえ笠懸山には砦《とりで》を築いておきます」

「堅固なものですか」

「いえいえ。旅人の通行を管制する関城のようなものです」

「あそこを取られると、城内の動きを摑まれます。防備を厳にしておくべきでしょう」

「はい。そういたします」

すでに笠懸山の砦は、相当強化されてきている。

中門まで至った時、宗二が決然と言った。

「先ほどの言葉は本気で申しました。もはや覚悟はできています」

「先ほどの言葉――」

「はい。『私でお役に立てることなら、何なりとお申し付け下さい』という言葉です」

それが意味するところを、氏直は察した。

――つまりこの城が囲まれた時、和睦の使者として秀吉の許に赴く覚悟があるというのだな。

「かたじけない」

そぼ降る雨の中、氏直は江雪斎と共に草庵《そうあん》を後にした。

四

三月中旬、秀吉の小田原攻めが突如として中止になった。北条氏は「和戦両様」の構えを崩さなかったが、秀吉は落成した聚楽第《じゅらくてい》に後陽成《ごようぜい》天皇を迎える方を優先したのだ。

ところがこの一大祝典に際し、秀吉は北条氏にも上洛を要請したにもかかわらず、北条氏側はこれを黙殺する形になった。北条家中での豊臣政権に対する外交方針が固まっておらず、結論が出せなかったのだ。

氏直としては是が非でも一族の誰かを送りたかったが、父の氏政と叔父の氏照が「さようなことは無用」と言い張って譲らなかった。だが、この黙殺は秀吉の顔に泥を塗ったに等しく、秀吉を北条氏討伐に傾けさせる大きな要因となった。

五月、豊臣政権側の取次役を担う家康から三箇条の起請文が送られてきた。

そこには以下のことが書かれていた。
・家康は氏政・氏直父子について讒言などしていない。北条氏の領国などわずかも所望していない
・今月中に氏政の兄弟衆（旧知の氏規のことを指す）を上洛させること
・秀吉への出仕を拒否する場合は、（氏直に嫁がせた）督姫を離別してほしい
これは遠回しに「秀吉に従わないなら討伐を受ける」ことをほのめかしており、氏直は事が急を要すると覚《さと》った。

五月、氏規を伴った氏直は、氏政の隠居所を訪れた。

久方ぶりに見る氏政は五十一歳ながら、髪には白いものが交じり、顔の皺《しわ》も増えた気がする。

さらに以前に比べて太り気味で、顔色もよくない。

「二人そろって隠居に何の用だ」

氏政がぞんざいな口調で言う。ここ一年、北条家の舵取《かじと》りが難しくなっているにもかかわらず、氏直が相談に来ないことに立腹し、氏政は「もう政《まつりごと》にはかかわらない」と周囲に漏らしていた。

だが氏直にも言い分がある。

——父上に問うて答をもらえば、その通りにせねばならない。もしその通りにしなければ、さらに関係は悪くなる。だから氏直は距離を置かざるを得なかったのだ。

「父上、さようなものを舅《しゅうと》殿が送ってきました」

氏直の差し出した家康の起請文を読みながら、氏政の顔色が変わっていく。

「これは——、どういうことだ」

氏規が話を代わる。

「徳川家中の手筋を通じ、家康殿の真意を探ったところ、『豊臣家に臣従するなら今しかない』とのこと」

「つまり、このままでは討伐を受けるということか」

「はい。関白殿下は気が短く、のらりくらりと返答を先延ばしする者を嫌うそうです」

「父上」と氏直が青畳を叩く。

「もはや猶予はありません。まずは関白殿下に詫状《わびじょう》を書き、叔父上に上洛いただきます」

「秀吉に何を詫びる」

「これまでの不義を詫び、赦免を請います」

「不義と申すか。われらは不義など何もいたしておらん」

「相手は豊臣家ではありません。朝廷であり、天子様なのです」

秀吉は武家の棟梁《とうりょう》であると同時に関白でもあり、朝廷を代表している。つまり豊臣政権は、朝廷の意思を反映した政治を行う代行機関でもあるのだ。秀吉はこの大義を都合よく使い、自らと政権に正当性を持たせてきた。

氏政が不機嫌そうに言う。

「秀吉というのは、ずるい男だな」

「父上、今更何を仰せですか。ずるいも何もありません。天子様を取り込んだ者は、常にさような立場を取ります」

「そなたは当家をどうしたいのだ」

氏政が話の矛先を変えた。

「当家には多くの家臣がおります。その妻子眷属《けんぞく》や一族郎党を含めると十万を優に超える人々が、当家の禄を食んでいます。かの者たちのことを思えば、当家存続を第一に考えるのは当然なのではないでしょうか」

「それが、早雲庵様の家是《かぜ》に反してもか」

――家是に反しても、家臣と領民を守ろうとしていたのは父上ではなかったか。

氏政は当主の頃、領国を守るために織田政権へ臣従しようとしていた。それは信長の横死によって果たせずに終わったが、あのまま織田政権が天下を取っていたら、北条家はその傘下大名になっていたはずだ。

——その父上が今、家是を持ち出してくるとは。

隠居という責任のない立場がそうさせるのか、老いて頑固になってきているのか、相談をしに来ない氏直に臍《へそ》を曲げているのか、氏政は建前で物事を言うようになった。

——だが、それが父上の寄る辺なのも確かだ。

戦国大名たる者、戦をすれば敵味方に死者が出る。そうした犠牲を出してしまったうしろめたさを否定してくれるのが、「早雲庵様の家是」なのだ。

だが氏直は、それを指摘せずに言った。

「父上、もはや個々の存念を貫ける時代ではないのです。いつまでも早雲庵様の家是に従っているわけにはまいりません」

「それは分かる。わしも当主として、家是と時代の趨勢《すうせい》の矛盾を感じてきた。だがな——」

氏政が苦渋をにじませつつ言う。

「この年になって思うのは、やはり家是に反することをするのは、家臣や領民への裏切りとなるということだ」

「それでも——」

氏直が言葉を絞り出す。

「家臣や領民を守るために、この場は臣従すべきです」

氏規が口添えする。

「大途《だいと》の仰せの通りです。実は関白殿下は成り上がりで、豊臣家の体制は盤石ではありません。つまり殿下が身罷《みまか》られれば、状況がどう変わるか分かりません。それゆえ一時《いちじ》凌《しの》ぎの臣従は致し方ないと思います」

うなずきながら聞いていた氏政が、ため息交じりに言う。

「好きにせい」

その言葉は半ば予想していた。

「では、その方針で和談を進めます。ただ一つだけ申し上げたいのは——」

氏政の双眸《そうぼう》が光る。

「父上と同心して決戦を主張してきた八王子《はちおうじ》の叔父上（氏照）や松田尾張守（憲秀）を抑えていただきたいのです」

氏照や松田憲秀ら主戦派は、「一戦交えることも辞さない」という主張をかねてから持っており、氏直や氏規とは相容れなかった。

「そのことか」

氏政がため息をつくと言った。

「彼奴らは彼奴らの考えで動いておる。わしが、どうこう言えるものでもない」

「では、そうした動きは関知しないと仰せですね」

「ああ、知らんな」

「分かりました」

氏直が威儀を正す。

「では、わが意向に背き、家中で徒党を組み不穏な動きをする輩《やから》は成敗します」

「何だと──」

氏規が間に入るように言う。

「兄上、大途がさようなことをすれば家中の和は乱れ、怨恨や疑心暗鬼が渦巻きます。ましてや分裂すれば豊臣方に付け込まれます。それゆえ未然に抑えてほしいと、大途は仰せなのです」

氏政が苦虫を嚙《か》みつぶしたような顔をする。

「そういうことか」

氏直と氏規は、主戦派をどう封じ込めるかを話し合ってきた。その結論として、大本である氏政を動かすしかないとなったのだ。

「そなたらの考えは分かった。だが一戦も交えず傘下に入れば、三河殿のように、秀吉と対等に近い関係は築けぬ。つまり秀吉の家臣同然に扱われるが、それでもよいのだな」

「はい。覚悟しております」

「分かった。それなら彼奴らに申し聞かせよう」

氏政がようやく同意したので、氏直は内心ほっとした。

かくして天正十六年閏《うるう》五月、氏直は秀吉に対し、「何様にも上意次第たるべし」と書かれた書状を出す。これは「いかなる命にも従います」という謂《いい》で、事実上の臣従宣言でもあった。

秀吉はこれを北条氏の「懇望」と解釈し、諸方面に「赦免」を通知した。これにより戦雲は去っただけでなく、北条氏は領国を削られることもなく、現状が是認されたことになる。

北条氏はこの静謐《せいひつ》を「京都御一所」と呼んで喜んだ。

そうなると「御礼言上」の上洛が必要になる。家康の指名により氏規が上洛することになったが、上洛となれば上洛費用を捻出《ねんしゅつ》せねばならない。

上洛には、それなりの人数の供回りを従えて格式を高めるだけでなく、「御礼金」や「進物《しんもつ》」も必要になる。それは秀吉だけでなく朝廷や仲介役の家康にも贈らねばならない。

早速、勘定方に見積もらせると、二万貫文（現代価値で約二十億円）に上る費用が必要になると分かった。そのため氏直は領国内に分銭《ぶんせん》（特別税）を賦課したので、領民たちは悲鳴を上げた。

かくして領国全土を上げて邁進《まいしん》していた「天下の御弓矢立」は中断を余儀なくされ、その経費が上洛費用に回されることになった。これは氏照ら主戦派にとって、思いもしない事態だった。

そして八月二十二日、上洛した氏規は秀吉に「御目通り」が叶《かな》い、「御礼金」のほかにも、秀吉が進めている方広寺《ほうこうじ》大仏殿造営資金の一部を分担すると申し出た。

こうした申し出を、秀吉は快く受け容れた。

これにより秀吉の「関東仕置」が始まる。まずは関東の諸大名・諸国人の国境画定作業を行うべく、数人の奉行下役が関東に派遣されてきた。

五

前年の正月とはうって変わり、天正十七年（一五八九）の正月の小田原は、祝賀気分に包まれていた。この頃の北条家中では「京都御一所」が流行語のようになっており、誰もが東西の融和を歓迎していた。だが北条氏の赦免に落胆し、再び秀吉の怒りの矛先を向けさせようとする者もいる。その筆頭は上州の真田昌幸《まさゆき》だ。また北条氏に対して積年の憎悪を抱く上杉景勝《かげかつ》もいる。さらに豊臣家中にも、「北条討伐」を主張する輩がいる。

石田三成である。

三成は下野国で北条家と争う宇都宮国綱《くにつな》に上洛を促し、討伐派与党の形成に余念がなかった。

豊臣政権において三成の地位は盤石だ。しかも秀吉は気力と体力の衰えを感じ始めており、自らの死後を託すに足る人物として、今まで以上に三成を重んじるようになっていた。こうした情勢下で、三成の冷ややかな態度は、北条氏の命運を左右するものとなっていく。

二月、板部岡江雪斎が上洛を果たした。実は氏規が上洛した際、秀吉から名胡桃《なぐるみ》領問題のことで、「次は国境を画定するので、そのことに詳しい宿老を送ってこい」と言われていたからだ。

三月、小田原に戻った江雪斎が氏直の許に報告にやってきた。

時候の挨拶などを交わした後、江雪斎が本題に入る。

「書簡でお伝えした通り、上野国における真田家との境目争いの裁定が下りました」

江雪斎の話を聞いた秀吉は、「沼田領三万石を三分割し、二万石を北条氏の、残る一万石を真田氏の領有とする。真田氏が失った二万石の替え地は、家康が弁済する」という沙汰を下した。

本来なら、天正壬午《じんご》の乱後の国分けで、真田昌幸は信州に退去し、家康から同等の替地を与えられるという話だったが、昌幸はそれをよしとせず、上杉景勝傘下に転じた。むろん家康がこれを許すはずもなく、徳川家との間に第一次上田合戦《うえだ》が勃発した。だがこの戦いで徳川勢は惨敗し、昌幸は上州の真田領を守り切った形になっていた。

こうした経緯があることから、秀吉の裁定は、法や取り決めよりも「自力救済（実力主義）」を重視する戦国の通念（掟）を重視しており、北条氏としても受け容れざるを得なかった。

「そうか。真田を関東から排除することができなかったか」

「申し訳ありません。内府《ないふ》（家康）からも信濃《しなの》国内に三万石の替地を与えると口添えしていただいたのですが、どうしたわけか関白殿下は、さような裁定を下したのです」

「そなたができなかったことだ。誰が交渉に当たっても、思惑通りの裁定は引き出せん」

「そう仰せになっていただけると肩の荷が下りた気がします。しかし厄介なことになりましたな」

「ああ、真田安房《あわ》（昌幸）という男は油断ならない。たとえ一万石の飛び地でも、そこでいかようにも舞う男だからな」

「仰せの通り。かの男が油断ならないのはご存じの通り。しかも石田治部少輔と書簡を通して親交があり、意気投合している模様」

「それは由々しきことだな」

昌幸と三成が通じているとなると、どのようなことを企《たくら》んでくるか分からない。

その時、外が騒がしくなると、取次役が駆け込んできた。

「お話し中、ご無礼仕ります。たった今、陸奥守《むつのかみ》様が八王子から参られ、大途に面談いただきたいとのこと」

「陸奥守が何用だ」

陸奥守とは氏政の弟の一人で、八王子城主の氏照のことだ。

「とにかくお会いしたいと仰せで――」

「まず何用か聞いてからにせよ」

「いや、それが――」

そうこうしている間に、氏照が広縁に現れた。左右に氏直の近習がまとわりついているところを見ると、制止を振り切り、ここまで来たに違いない。

――致し方ない。

氏照は北条氏の躍進に多大な貢献をしてきており、氏直も一目置かざるを得ない。

「これは参りましたな」

江雪斎が困った顔をする。あっという間の出来事だったので、江雪斎も退出する機会を失った。

「大途、ご無礼仕《つかまつ》る」

氏照は広縁で形ばかりに一礼すると、許可なく江雪斎の傍らまで進んできた。

近習が色めきたつが、氏直はそれを視線で制した。

その時、「あっ」と驚くや、氏照が江雪斎をにらみつけた。

「この狐《きつね》め、いつ京から戻った！」

慇懃《いんぎん》に平伏した後、江雪斎が答える。

「狐めは先ほど戻り、旅装を解く暇もなく、大途の許に駆けつけてまいりました」

「それは殊勝だが、また益体もない約束事をしてきたのではないか」

氏直がたしなめる。

「陸奥守殿、まずは何用か申していただきたい」

「これはご無礼を――」

江雪斎を横目でにらみつつ、氏照が語り始めた。

「此度《こたび》の上州の裁定、承服しかねます」

「上州は新太郎《しんたろう》殿（氏邦）の管掌であろう。陸奥守殿の口出しすべきことではない」

氏邦の受領名《ずりようめい》安房守は、真田昌幸と同じなので、家中では新太郎殿と呼ばれていた。

「それは承知しております。しかしこの一件は、新太郎から委任されております」

氏照が書状を手渡しする。一読したところ、確かに氏邦が氏照に交渉を委任していた。

氏邦は緊張が高まる上州を監視せねばならないため、鉢形《はちがた》城を動けないのだ。

「委任のことは分かった。つまり陸奥守も新太郎殿も、『裁定には従えん』と言いたいのだな」

「はい。われらが上州から真田を追い出せなかったのは、われらの落ち度です。しかし三河殿が信州国内に替地を用意していると聞きました。つまり真田にとって、上州に飛び地を持つことには何の得もなく、それでも固執するのは、裏に何か意図があってのことです」

氏照の言うことは尤《もっと》もだった。信濃国の上田城を本拠とする真田家が、上野国内に一万石の飛び地を持つことは、財政的にも人員的にも大きな負担となる。

「しかし叔父上――」

氏直は親愛の情を示すため、あえて陸奥守と呼ばずに叔父上と呼んだ。

「豊臣家の裁定に従わなければ、これ幸いと討伐を受けるだろう」

「そうは言っても、三河殿が替地を用意しているのもまた事実。もう一度、江雪斎を送り出し――」

傍らの江雪斎をにらみつけながら、氏照が続ける。

「その線で決着させるのが、向後を考えると上策だと思います」

氏直とて、そうしたい。だが事態は切迫してきており、こうした些細《ささい》なことでも、秀吉に「北条討伐」の口実を与えることになりかねない。

「叔父上の考えもよく分かる。だが関白殿下は朝廷を代行しているのだ。もしも一つ押し返せば、『朝廷の命に従えぬは朝敵』と糾弾され、天下の兵を差し向けられるかもしれない」

「それも重々承知。しかし上州内に孤島のように真田領があれば、商人の通行にも支障を来し、また些細な誤解から戦闘が始まれば、われらは『惣無事令違背』やら『裁定違背』の濡《ぬ》れ衣《ぎぬ》を着せられることは必定」

「分かっている。だからこそ、分別のある者を真田領の周辺の守りに就けねばならん」

真田方の飛び地の拠点城は名胡桃になるはずだ。利根川《とねがわ》を挟み、名胡桃と約四半里の距離にある沼田《ぬまた》城が北条方に明け渡され、名胡桃城監視の役割を担うことになる。

「大途、真田安房守という男は希代の策士。いかに分別ある者でも、かの者の機略に掛かってしまうことも考えられます」

江雪斎が口を挟む。

「陸奥守様、仰せご尤もながら、そこまで案じてしまえばきりがありません」

「そなたは、わしが取り越し苦労をしているとでも言いたいのか」

「そこまでは申しませんが、交渉事には落としどころが肝心。それがしが上方に行き、関白殿下や奉行衆と会った印象としては、もはやここを落としどころとするほかなく、もう一押しすれば、関白殿下が激怒することは必定と見受けました」

「それは、そなたの印象だろう。われらには殿下も一目置く三河殿が付いている。そこで『北条の言うことにも一理あり』と口添えしてもらえばよいではないか」

「そういう根回しは、もうできかねるかと――」

「どうしてだ」

「残念ながら、われらのよき同盟相手だった三河殿は、豊臣家中となりました」

「しかし大途の岳父であろう」

「たとえそうであろうと、三河殿は己の大領と家臣団を守っていかねばなりません。それを考えれば、われらと一蓮托生にはなりたくないはず」

それは三箇条の起請文からも、はっきり分かる。

氏直が間に入る。

「つまり江雪斎は、ここが落としどころだと思うのだな」

「はい。もはやこれ以上のことはできかねます」

「叔父上」と氏直が呼び掛ける。

「江雪斎もさように申している。とりあえず殿下の裁定を受け容れ、情勢をにらみつつ、真田の転封を願い出るということではいかがであろう」

しばし腕組みし、何事か考えていた氏照が言う。

「大途がそこまで仰せなら、致し方ありません」

「分かっていただけたか」

「この氏照、承知したからには、新太郎に申し聞かせます」

「かたじけない」

「では――」と言って一礼すると、氏照が去っていった。

――叔父上が優れた人材であることに変わりはない。

だが、その立場でしか物事を考えられないのも事実なのだ。

――それもまた致し方ない。わしが当主という立場から判断すればよいのだ。

氏政が後景に引いていくことで、主戦派を代表する氏照の発言力は、日増しに大きくなってきている。

「江雪斎」と呼ぶと、われに返ったように江雪斎が「はい」と返事をした。

「豊臣家との駆け引きを考えていたのだな」

「はい。陸奥守様の仰せにも一理あり、交渉の余地が残っているかどうかを再考していました」

「で、どう思う」

「やはり、ここが落としどころです」

「よし、分かった！」

氏直が膝を叩く。

「裁定を受け容れよう」

「御意のままに」

これで方針が決まった。

氏直が秀吉の裁定を「具《つぶさ》に得心（詳細まで納得）」した旨を秀吉に伝えると、同時に、二万石分の替地を信州内にもらった真田昌幸は、家臣に沼田領からの退去を命じた。

秀吉の裁定を受け容れた氏直は、臣従への次の段階として、十二月に父の氏政が上洛することを秀吉側に通達した。この知らせを受けた秀吉は、上使を派遣して沼田領の受け渡しの儀を行うことを伝えてきた。かくして関東静謐への最後の難所は目前となった。

六

ようやく関東の静謐が確実になり、氏直はほっとしていた。しかも現時点での所領を認めてもらえたので、二百三十万余石を確保できたのだ。氏政が信長の膝下にひれ伏した時は、上野国全土と駿河国の河東《かとう》地域を取り上げられたので、家中には中央政権に対する不信感がくすぶり続けていた。だが今回は、懸命な外交努力によって版図《はんと》のすべてを認められたのだ。

――本当によかった。

戦わずして得た収穫の大きさに、氏直は満足していた。

「いかがなされましたか」

広縁に立って外を見ていると、背後から督姫の声が聞こえた。

「箱根山を眺めていた」

「幼い頃から慣れ親しんだ風景ではないのですか」

「そうだ。だがこうして改めて眺めていると、この山々のありがたみが分かる」

箱根山とは特定の山を指す名称ではなく、連山の総称になる。中央の火口丘は駒ヶ岳《こまがたけ》になるが、小田原から見えるのは塔ノ峰《とうのみね》と明神ヶ岳《みょうじんたけ》だ。

「昔から箱根の山には『鬼が棲《す》む』と言われ、東国は『化外《けがい》の地』とされてきました。しかし、こうして箱根の山を越えて輿入れしてみると、さほどの違いは感じません」

「化外の地」とは、文明社会の法や文化が及ばない地のことを言う。

「陸路だと箱根山を越えなければならぬので、西国から見れば、いかにも『化外の地』だろう。だが海の道はつながっている。これから大船が造られるようになれば、東西の行き来は頻繁になり、何ら変わらぬようになる」

「それを担う一人が、あなた様なのですね」

「うむ。豊臣家中の一翼を成し、東西の交流を頻繁にし、共に栄えていく。これこそ当家の新たな存念として、次代に伝えていくべきことだ」

「仰せの通りです。皆が皆栄えれば、戦乱はなくなります」

「そうだな。これまでの戦国の世は、誰もが他人の物を奪って豊かになろうとした。隣国の武田家はその典型だった。甲州は富士山の火山灰が降り積もり、作物がよく実らない。それゆえ武田家は周辺地域への侵略を繰り返した。だが、そうした考えの家は一時的に栄えても、長くは続かない」

「仰せの通りです。伝え聞いた話では、わが実家の徳川家も、幾度となく武田方の侵攻を受け、滅亡の危機に瀕《ひん》していたとか」

「もう、さような時代は終わりにしたい」

氏直の言葉に力が籠もる。

「しかしわが実家には、様々な雑説《ぞうせつ》が入ってきています」

「どのようなものだ」

「関白殿下は徳川家を討ちたい。しかし、そうなると北条家が徳川家の背後を支える。それゆえまず北条家を討ち、徳川家を関東に入れてから討つと」

徳川を滅ぼしたいがゆえに、まずその背後を支える北条から滅ぼすというのは、十分に考えられる方策だ。

「そういう話もあるのだな」

関東平野全域に支城網を張りめぐらせた北条を滅ぼすことができれば、関東に入部し、すべてを一から構築していかねばならない徳川家を滅ぼすことは容易だろう。

「北条と徳川を滅ぼすことが天下統一の総仕上げだと、関白殿下は周囲に漏らしているとか」

氏直にも秀吉の真意は分からない。だが秀吉は朝廷を代表する者として、無法を働くわけにはいかない。つまり、のらりくらり時間を稼いでいくことによって、秀吉の寿命が尽きることも十分に考えられるのだ。

督姫が冷たい声音で言う。

「相手は関白殿下です。ここからの舵取りは難しくなりますね」

「ああ、だがわれらには、舅殿が付いている」

「そうです。父も背後を支える北条家がなくなれば、孤立を余儀なくされます」

「それが分かっておればよいのだが。むろん三河殿のことだ。われらなくして生き延びる手立てを、もう考えておるやもしれん」

だが氏直は、一、二年前とは違う微妙な変化を感じ取っていた。

――もしや家康殿は、北条家を滅ぼすことに加担し、秀吉に徳川討伐の大義を失わせ、ずるずると時を稼ぎ、秀吉の死を待つという方針に切り替えたのではないか。

もしそうなれば、徳川家にとって北条家は不要になる。

「何か不安がおありですか」

「いや、わしは舅殿を信じている。だが、ここのところ密なやりとりができていないのも事実だ。疑心を抱くつもりはないが、舅殿の本心には常に気を配っておかねばならん」

「分かりました。私でできることは、やらせていただきます」

「頼りにしておるぞ」

「はい。父のことはお任せ下さい」

督姫が力強くうなずいた。

七

七月、秀吉の派遣してきた奉行二人と、徳川家から派遣された榊原康政《さかきばらやすまさ》立ち会いの下、沼田城の明け渡しの儀が行われた。沼田領二万石は氏邦の所領に編入され、氏邦は重臣の猪俣邦憲《いのまたくにのり》を沼田城代に任命した。これにより、その御礼も兼ねて氏政が上洛すれば、臣従の過程はすべて終わる。上洛には氏政も乗り気で、この頃から政治の現場へと復帰し始めた。

だが臣従のための上洛とは人質の意味もあり、下手をすると、数年間は上方のいずこかに止め置かれるかもしれないが、氏政はそれも覚悟していた。

氏直が氏政に謝意を伝えると、氏政は「もはやこの老骨は、それくらいしか役に立たんからな」と言って笑った。

だが氏規の上洛以上に供回りの数や献金も増やさねばならず、また滞在となれば、それなりに費用もかかる。そのため見積もった上洛費用は莫大なものとなり、再び御一家衆、譜代家臣、国衆らに分銭を要求せねばならなくなった。

そのため氏直は秀吉に上洛延期を申し入れたが、秀吉は譲らず、双方の激しいやりとりがあった末、最終的には来年正月の線で決着した。

様々な難題を乗り越えつつも、事態は収束に向かっていた。


十月、またしても難題が持ち上がった。沼田城を任せていた猪俣邦憲が真田氏の支配下にある名胡桃城を奪ったというのだ。

この話を聞いた氏直は当初、些細な誤解から生じたことで、合戦にも至っていないことから、退去すれば済む話だと思っていた。現に邦憲はすぐに沼田城に兵を引き、名胡桃城の占拠は一時的なものとなった。

だが氏規から「釈明する必要が出てくるかもしれないので、事情を聞いておくべし」という提案を受けた氏直は、十一月になってから側近を沼田城まで派遣した。

戻ってきた側近の報告によると、名胡桃城内で内紛が起こり、城代の鈴木《すずき》主水《もんど》を家臣の中山九兵衛《なかやまきゅうべえ》が追放し、中山は猪俣に軍勢を率いてきてほしいと伝えたというのだ。

猪俣としては、鈴木と中山のどちらに付くこともできないが、変事が勃発したのは確かなので、兵を率いて駆けつけた。ところが名胡桃城はもぬけの殻となっており、とりあえず入城・占拠したというのだ。

不可解な事件だとは思ったが、とくに軍事衝突もなく、猪俣もすぐに沼田に兵を引いたので、氏直は猪俣に「境目の防備を厳にするよう」伝えただけだった。

十一月二十六日付の氏政から猪俣への書状でも、「沼田領の防備を厳にするように」と申し送っているだけで、とくに問題視することはなかった。

豊臣政権からも何ら沙汰なく、些事として扱われていると察せられた。

ところが上方にいる様々な手筋から、不穏な動きが伝えられてくる。それらは一致して、「秀吉が激怒し、氏政の年内の上洛を実現し、また名胡桃城攻略の張本人を成敗しなければ、来春には北条氏を追討する」と言ってきていた。

それを裏付けるように同月二十二日、沼田領受け取りの御礼と氏政上洛の下打ち合わせのため派遣されていた宿老の石巻康敬《いしまきやすまさ》が拘束された。

この事態に驚いた氏直は、氏政の上洛を前倒しすべく動き出したが、その数日後、驚くべき書状が小田原に届く。

「これは宣戦布告状ではないか！」

氏直の言葉に、評定の場が凍り付いた。

「何と書かれているのですか！」

松田憲秀が引きつった顔で問う。

氏直が内容を説明した。

秀吉は「沼田領引き渡し直後に氏政の上洛がないのは、従属する意思がないこと」「名胡桃城奪取は裁定を無視する行為」として、いかに弁明しようが許さないと伝えてきた。

「ということは、われらは討伐されるというのですか！」

憲秀の言葉に、評定の場は騒然となった。

「何たる無法か！」

「戦なら望むところだ！」

主戦派が息巻く。

「静まれ。まだ戦と決まったわけではない！」

氏直の声で家臣たちは静まったが、氏照が発言を求めた。

「大途、上洛時期が来年の正月となったのは、関白殿下もご承知のはず。また名胡桃城は奪取したのではなく、事情も分からないまま占拠しただけで、すぐに退去しました。これらの話を棚に上げ、一方的に宣戦布告状を出してきたのは、初めから戦うつもりだったとしか思えません」

騒然となる家臣たちを制し、氏直が言う。

「いや、早計は禁物だ。使者を送って弁明すれば分かってくれる」

「それは甘い。これは策謀です。秀吉が練ったか真田が練ったかは分かりませんが、初めから、われらを罠《わな》にはめ、討伐の大義を得るつもりだったのでしょう。今更ながら、美濃守（氏規）の上洛費用を諸城の強化や大砲の鋳造に回しておくべきだったのです！」

氏照が板敷を叩いて反論したが、氏規も負けてはいない。

「兄上、それは違う。此度のことは誤解から生じたもの。少なくとも、名胡桃騒動の顚《てん》末《まつ》を殿下に報告しなかったのは、われらの落ち度。おそらく真田安房はいち早く使者を送り、われらのことを悪し様に讒言したのです」

実はその観測も誤っていた。秀吉は最初から北条討伐を計画していた。その証拠に、十月十日付で奉行の長束正家《なつかまさいえ》あてに「（北条討伐の）兵糧奉行を申し付ける。二十万石を徳川領駿河国の江尻《えじり》か清水《しみず》に送り、蔵を建てておくこと。黄金一万両で追加の兵糧と二万匹分の馬糧を買っておくこと」という書状を出している。

また同日、秀吉は上杉景勝あてに「来年関東陣御軍役之事」という書状を送り、討伐戦が開始された時の軍役を伝えている。

氏照が首を左右に振る。

「真田安房は秀吉のお気に入りだ。われらの言い分など、秀吉は聞く耳を持たぬ」

「では兄者は、われらだけで天下の兵を引き受けると言うのか」

「われらだけではない。三河殿や伊達殿が味方する。場合によっては織田殿も、この機会に叛旗を翻すだろう。さすればこちらに靡《なび》く者も、あまた出てくる」

織田殿とは信長の次男信雄《のぶかつ》のことで、尾張・伊勢・伊賀《いが》三国で百万石の大領を有していた。

「なんと甘い見通しか。兄者はその昔、父上のお供で朝駆けした時のことをお忘れか」

「何のことだ」

「鴨宮《かものみや》まで馬を走らせた時、野犬の群れがいただろう」

「ああ、いた。それがどうした」

「その時、一匹の弱った黒犬に皆で噛《か》みつき、最後はその肉をあさっていた。それを見た父上は仰せになられた。『あの群れには、黒犬の兄弟や子がいたかもしれぬ。だが弱い者は食われる。自分が生き残るためにな。この世も同じだ。孤立すれば皆に食われる。それを肝に銘じておけ』とな」

「あの時のことか」

氏照が嫌悪をあらわにする。どうやら、あまりよい思い出ではないようだ。

「そうだ。三河殿の立場になってみろ。ここでわれらと組んで大博打《おおばくち》を打つより、関白殿下の死後に勝算の高い博打を打つ方が利口だろう。伊達殿や織田殿にしても、われらに何の義理があって味方する。伊達殿は辺境にあり、秀吉を斃すことにさほどの利はない。織田殿は――」

氏規がため息交じりに言う。

「己の器で殿下に対抗できるとは思っていない。万が一、さような野望を抱いているとしても、年寄り（家老）どもが、それをさせるわけがあるまい」

「つまり戦うとなれば、われらは天下の兵を一手に引き受けることになると言うのか」

「そうだ。先手だけで二十万余、後続する西国衆を含めれば三十万余になる」

「それならそれで構わぬ。われらの意地を見せてやるだけだ」

「待て」と氏直が二人を制する。

「もはや当家の方針は決定している。まずは弁明のための使者を送る」

氏規が賛意を表す。

「それがよろしいかと。殿下は話せば分かるお方です。誤解なら解くこともできます」

その時、後方が騒がしくなると、氏政が姿を現した。

「父上――」

「使者の必要はない。わしが行く」

「何と――」

「わしが秀吉の前で平身低頭し、場合によっては腹を切る」

その言葉に、居並ぶ家臣たちは息をのんだ。

「さようなことをしていただくわけには、まいりません」

「まずは聞け」

氏政が氏直の隣に座を占める。

「猿関白は膝を詰め、腹を割って話す者を好むと聞く。どうだ、江雪斎！」

江雪斎が「やれやれ」といった顔で応じる。

「いかにも、その通り」

「それゆえ疑心暗鬼に囚《とら》われず、身一つに近い形で上洛し、猿関白の懐に飛び込んでやろうと思うのだ」

「しかし父上――」

「それで気に入ってもらえず、殺されるのなら仕方がない。わし一人が死ぬだけのことだ。わしが腹を切ったと聞いたら――」

氏政が家臣たちを見回しながら言う。

「降伏開城すべし」

そこにいる者たちから、ため息が漏れる。

誰もが氏政の覚悟を知り、感じ入ったのだ。

──父上は皆のために死ぬつもりだ。

万が一、秀吉に気に入られたとしても、秀吉は北条討伐をやめないかもしれない。その時は腹を切って許しを請うつもりなのだ。

「分かりました。当家のために、ありがとうございます」

「お待ちあれ」

氏照である。

「それでは当家の面目が立ちません。向後のことを考えれば、それなりの扱い（待遇）を望むべきでは」

「どのような扱いだ」と氏政が問う。

「兄上が正月に上洛するのと入れ替わりに、秀吉の生母の大政所を小田原見物に寄越《よこ》してほしいと申し入れるのです」

この一言に家臣たちは騒然となった。

江雪斎が発言を求める。

「それは無理というもの。大政所は岡崎に下向した時より高齢の上、病気がちと聞きます。しかもあの時は、家康殿に嫁いだ娘の旭姫に会いに行くという大義名分がありました。ところが当家に来る理由は、何もありません。そんなことを申し入れれば、逆に殿下の面目をつぶすことになります。この場は平身低頭し、弁明するだけです」

　秀吉が家康に上洛を求め、その見返りとして大政所を岡崎に送ったのは天正十四年（一五八六）で、その時から三年経《た》っている。しかもその時と今では、秀吉の権勢は比較にならない。

「それでも申し入れてみるべきだ。万が一、その条件をのんでくれるかもしれん」

　氏政の代になってから、北条氏の軍事指揮を一手に担ってきた感のある氏照だ。その功績を踏みにじるわけにはいかないが、この場は死活問題なのだ。

「叔父上の言うことは尤もながら、そんなことを持ち出せば、逆に殿下の怒りに油を注ぐことになるやもしれん」

　氏照が憎悪をむき出しにする。

「やってみねば分かりません！」

　江雪斎が口を挟む。

「いいえ、無用なことです」

「そなたはどちらの味方だ。まさか当家が滅亡した後、秀吉に仕えようとでも思っているのではあるまいな」

　江雪斎の顔が紅潮する。

「叔父上、もはや平身低頭するほか道はないのです」

　氏照は膝を叩いて悔しがったが、氏直は押し切った。

これにより無条件で、氏政を上洛させることで一致した。さらに氏規には、徳川家中に使者を送り、家康からのとりなしを依頼してもらうことになった。

「和戦両様」の「和」で、氏直は北条家の方針を一致させたが、万が一に備え、拠点城の強化も並行して行うことになった。これも氏照が強く主張したことで、その必要を氏直も認めざるを得なかった。

——きっと何とかなる。

氏直は、この苦境から何としても脱出するつもりでいた。

ところが秀吉は甘くない。

この条件を携えた使者が上洛しても、秀吉は会おうとせず、十二月十三日、諸大名に対して陣触れを発した。これにより北条討伐は不可避となった。

八

天正十八年（一五九〇）の正月は緊張の中、慌ただしく過ぎていった。

上方からは、豊臣勢の出陣間近という噂《うわさ》が相次いで入ってきており、もはや氏政を送っても手遅れとなっていた。それでも氏政は「行く」と言ったが、氏直は丁重に断った。

——山上宗二殿が言っていたように、秀吉は最初から戦うつもりだったのだ。われらも覚悟を決めねばならぬ。

「和戦両様」は絵空事になり、北条家にとって戦う以外の選択肢はなくなっていた。

小田原城内評定の間では、いかに戦うかで議論が沸騰していた。

板部岡江雪斎が手を尽くして集めた情報を披瀝《ひれき》する。

「諸方面に送り込んだ乱破《らっぱ》によると、敵は二手に分かれて関東に攻め入るとのこと。一手は前田筑前《ちくぜん》（利家）、上杉弾正《だんじょう》（景勝）、真田安房（昌幸）ら北国勢で、碓氷峠《うすいとうげ》を越えて上野国に乱入する模様。一方、秀吉率いる敵主力勢は東海道を下り、箱根峠を越えて侵攻してくる模様」

それを聞いた氏照が強く主張する。

「北国勢には、松井田の城を防衛拠点とし、敵を碓氷峠から中に入れないようにすべし。一方、われらは全軍で富士川の線まで押し出し、敵の渡河途中を叩く。これが最上の策と存ずる」

氏照の弁舌が冴《さ》えまくる。

「富士川の渡河地点は限られており、大軍が一斉に押し渡ることは困難。先手を預かる三河殿は、それをよく心得ておられるゆえ慎重を期すはず。しかし、同じく先手を務める中納言秀次《ちゅうなごんひでつぐ》は、長久手《ながくて》の失態から功を焦っておる。必ずや無理に押し渡ろうとする」

氏政が身を乗り出すようにして問う。

「そこを叩くと申すのだな」

「いかにも」

江雪斎が発言を求める。

「その策には一理ありますが、あまりに危険。この場は華々しく勝つ必要はありません。調儀（作戦）は勝つためでなく、負けぬようにして、どこで和睦に持ち込むかを考えるべきです」

江雪斎同様、穏健派の氏規が言う。

「兄者の策には、いくつかの難点がある。まず、三河殿が本気で戦おうと富士川を押し渡ってきた折は、いかがいたす。続々と届く雑説では、三河殿はわれらに同情する家臣たちから起請文を取り、なみなみならぬ覚悟でこの戦に臨むつもりと聞く。徳川勢の野戦の強さは、われら甲州対陣（天正壬午の乱）でつくづくと味わわされた。さらに中納言秀次の兵は弱いとは申せぬ。秀吉は弱兵を前に出すほど愚かではない。股肱《ここう》の老臣で中納言の左右を固め、押し出してくること必定」

「お待ちあれ」

氏規を制するように、それまで黙していた氏邦が口を開いた。

「まずは、兄者たちが二万の精鋭を率いて富士川の線まで押し出す。敵が渡河してきたところを一当たりし、敗れたふりをして撤退すれば、敵は必ず追撃に移る。そこで、わしら鉢形衆が西伊豆水軍を駆って清水辺りに上陸し、敵の後背《こうはい》を衝《つ》く。すなわち敵を富士川と黄瀬川の内に押し込めて痛手を負わせ、『北条手強し』という雰囲気を作る。その後は固く城に籠もり、敵に隙を見せず、頃合いを見計らって三河殿を動かし、和談を始めればよい」

――かつて山上殿が言っていた策と同じだ。

山上宗二もその策を提案してきた。だが何か一つ齟齬を来すと、上陸部隊は全滅の憂き目に遭う。

――しかも秀吉の首が取れなければ、やがて敵の大軍に揉《も》みつぶされる。

「お待ちあれ」

今度は、松田憲秀に次ぐ重臣の大道寺《だいどうじ》政繁《まさしげ》が発言を求めた。

「水軍を絡ませるのはどうかと。船戦は風雨に左右されます。船が出せなければ調儀は失敗します。よしんばうまく敵の後方に上陸できても、敵が動揺しなければ、上陸した兵は揉みつぶされます。大軍と戦う際の兵力の分散は厳に慎むべし。しかも、あえて緒戦で負けるふりをするなどもってのほか。士気の低い国衆や徒士は四散し、武田家の二の舞となりますぞ」

かつて織田・徳川連合軍の侵攻を受けた武田家は、勝頼《かつより》率いる主力勢一万五千で信濃まで出陣したが、高遠《たかとお》城が落ちたことで、勝頼が信濃国を放棄するや、脱落や逃走が相次ぎ、本拠の躑躅《つつじ》ヶ崎《さき》館に着く頃には一千ほどに、そこから天目山田野《てんもくざんたの》の地に着いた時には四十人ほどに減っていた。

氏邦が反論する。

「何を申すか。敵は二十万余の大軍だ。乾坤一擲《けんこんいってき》の勝負を挑まずして勝機はない。戦の常道を踏むのは、こちらが優勢の時だけだ」

「まあ、待たれよ」

さらに反論しようとする氏邦を制した氏直が政繁に問う。

「そなたは、籠城戦が最上の策と申すのか」

「いかにも。われらは関東に百を超す城を保有しています。小田原城を中心に、それらを連携させて戦えば、かつて上杉謙信や武田信玄を撤退させた時のように、秀吉も必ずや撃退できます。何と言っても敵は大軍。大軍は速戦即決しないと兵糧が尽きます。かつて河越《かわごえ》で大聖寺《だいしょうじ》様が八万の敵を撃破した折も、敵は半年近い包囲に疲れ、食べ物を探していたと聞きました。敵が大軍であればあるだけ、拠点を固守して動かないことが肝心。さすれば敵は自滅します」

氏照が板敷を叩いて声を荒らげる。

「往古の昔から籠城戦は後詰あってのもの。いかに天下の名城でも、後詰なき籠城が成功した例《ためし》はない。しかも小田原は北条領国の西に偏っている。蟻《あり》の這《は》い出る隙もなく囲まれれば、われらは手も足も出ず、支城が次々と自落していくのを拱手傍観《きょうしゅぼうかん》するだけになる。それに反して緒戦で勝利を飾れば、伊達勢の南下をも呼び込むことができる」

伊達勢とは摺上原《すりあげはら》合戦で蘆名《あしな》家を滅ぼし、北条氏同様、秀吉から「惣無事令」違反として糾弾されている伊達政宗率いる奥州勢のことだ。

「いやいや、積極策は自ら墓穴を掘るようなもの」

憲秀がその垂れた頰肉を震わせて言う。

「緒戦の勝利はいかにも肝要。だが敗れれば取り返しのつかないことになります。われらは関東各地の百余城に十万余の大軍で籠もるのです。この規模は往古より例がない規模の籠城戦ゆえ、過去の合戦は参考にはなりません」

憲秀がここぞとばかりに続ける。

「いかに小田原が西に偏っていようと、箱根山を守る山中と韮山《にらやま》の両城は堅固この上なし。いかな大軍でも一月《ひとつき》は足止めできます。たとえ突破されたとしても、屛風山《びょうぶやま》、鷹巣《たかのす》、宮城野《みやぎの》、塔ノ峰などの箱根山城塞群で防げば、小田原へ到ることは容易ではないはず。また足柄山の方に迂回《うかい》されても、深沢《ふかさわ》・足柄・浜居場《はまいば》・新《しん》の諸城があるので同様かと」

氏照が首を左右に振りながら言う。

「だが敵は大軍。下手をすると、ずるずる城を捨てて後退することになるぞ」

「いえいえ、敵は諸城を落とすか、諸城を包囲する兵を置かねばならず、兵力は減殺《げんさい》されていきます。小田原にたどり着く頃には、たかが数万ということにもなりかねません。そこで小田原籠城衆が陣前逆襲を仕掛ければ、勝利はおのずと転がり込みます」

氏照の筋張った手が憲秀を制する。

「待て。それらの城に籠もった者どもが大軍を見ても怖《お》じず、われらの思惑通りに戦うのなら、それもあり得る。だが大軍を前にすれば、恐怖を感じて自落するのではあるまいか」

氏邦が「わが意を得たり」とばかりにうなずく。

「籠城策は関八州のわれらに与《くみ》する国衆が、一味同心（一致団結）して戦うという前提の話だ。野州（上野国と下野国）の諸将は上方の大軍を目にするや、すぐに降伏するだろう。すでに豊臣方と誼を通じている者もおると聞く」

氏邦は「ここが切所《せっしょ》」とばかりに譲らない。

「武田家の最後を思い出していただきたい。あの時、われらは武田の力を過信した。しかし案に相違して、その最後は実にあっけないものだった。まさかあの時、一族衆や譜代家臣までもが逃げ出すなどと誰が思ったか。われらとてそうならぬと、誰が断言できよう」

「あいや待たれよ」

赤ら顔をさらに朱に染めて、憲秀が身を乗り出す。

「それでは、われら何のために関八州百余城の修築にすべての財を注《つ》ぎ込んできたのですか。外敵の侵入には籠城戦で凌ぐという大聖寺様以来の調儀があったからではありませんか。とくに、ここ小田原は天下の名城。たとえ百万の大軍に囲まれようと、五年は籠城できます。かの謙信や信玄でさえ、外曲輪《そとくるわ》一つ奪えなかったのですぞ。秀吉ごときに何ができようか！」

額に玉の汗を浮かべつつ、政繁も追随する。

「仮に野州二国を取られても、それは一時のこと。武相の地を守り切れば、秀吉ごときを撃退するのは容易。そのうち三河殿や織田中将が勝手に陣払いを始めるはず！」

上野・下野・常陸・下総・上総《かずさ》諸国は国衆領が大半で、防戦は国衆に頼るほかない。だが武蔵・相模両国の多くは北条氏の蔵入地なので、重臣や直臣を城に入れて守りに就かせれば勝算が見出せるというのだ。

氏照が再び口を開いた。

「野州二国も放棄する必要などない。碓氷峠に北国勢を釘付《くぎづ》けにしている間に、伊達家に越後を牽制してもらえば、景勝めは勝手に陣払いする。佐竹や宇都宮も同様だ」

伊達家との交渉は氏照が担っており、すでに攻守同盟を締結する寸前まで来ていた。

「お待ち下さい！」

江雪斎が珍しく声を荒らげる。

「真田安房一人に十年以上も苦しめられてきたわれらが、いかにして北国勢を松井田城の線で押さえられるのですか。さらに東海道をやってくる秀吉率いる敵主力勢は強大。山中、韮山、足柄のいずれかの城が落とされれば、箱根や足柄の小砦群《しょうさいぐん》など、ひとたまりもありません。ここはひたすら恭順の姿勢を貫くのみ」

氏規も賛意を示す。

「わしが大途の供をし、富士川河畔で関白殿下を迎える。すべての責を一身に負い、そこでわしが腹を切る。さすれば相模と伊豆だけでも安堵されるはずだ」

江雪斎と氏規の策は、野戦を主張する氏照らと籠城策を譲らない松田憲秀ら双方の激しい反発を買った。戦わずして事態を収めるには、もはや手遅れという雰囲気が、座に満ちていたからだ。

夜になっても、議論は平行線をたどった。だがいくら議論を長引かせたところで、名案は出そうにない。

「皆、聞いてくれ」

氏直の方に皆の顔が向く。

「双方の折衷案を、わしなりに考えた。事ここに至れば、一戦して『北条手強し』を見せねばならないのは尤もだ。しかし乾坤一擲の勝負を掛けてしまえば、それがうまく行かなかった時、すべてを失う。そこでだ——」

氏直が覚悟を決めるようにして言う。

「北国勢は碓氷峠と松井田城の線で防いでもらう。それがだめなら箕輪・厩橋《まやばし》の二城を拠点として長期戦に転じる。東海道をやってくる秀吉の主力勢は、山中城と韮山城の連携によって防ぐ」

氏照が問う。

「では、籠城だけで凌ぐと仰せか」

「そうではない。山中城の線で敵を押しとどめている間に、わしが全軍を率いて箱根山まで押し出し、山中城を後詰する。敵は攻城戦で疲弊しており、勝機は十分にあるだろう。そして敵を三島《みしま》辺りまで蹴散らした後、三河殿を介して和談に持ち込む」

評定の間が静まり返る。

確かに氏直の策なら、北条氏の得意とする籠城戦と後詰決戦が組み合わせられる。しかも箱根山の高低差を考えれば、高所を取れる北条方が優位となる。

「父上、いかがですか」

氏政が唸《うな》るように言う。

「悪くはない」

それで大勢が決した。

夜も更ける頃、ようやく大評定は終わった。

後詰決戦を想定した氏直は三月十八日、自ら箱根山系の屏風山と二子山《ふたご》を巡検し、地形を確かめ、陣所の場所を定めた。

——いよいよ当家の命運をかけた大戦が始まる。

箱根山の寒気の中、氏直は武者震いが止まらなかった。

九

ところが事は、そう容易には運ばない。

三月一日、京を発した豊臣勢主力は二十七日に沼津に入った。これで敵が山中城に攻め寄せることは不可避となった。実は、敵が韮山城か足柄城の攻撃に兵力を集中することも想定し、氏直は小田原城から動けなかったのだ。

西方から小田原に至るには、三つの関門があった。山中城は箱根口を、韮山城は片浦《かたうら》口を、足柄城は河村《かわむら》口を押さえており、敵はこの三つの口のいずれかに兵力を集中してくると思われたからだ。

だが東海道を正面突破してくると分かり、山中城決戦が現実のものとなった。

「出陣！」

二十九日、氏直が小田原城を出陣する。だが湯河原《ゆがわら》付近まで来たところで使者が入った。使者は敵の矢玉を潜り抜けてきたかのように、尾羽打ち枯らしていた。

「山中城が一日も持たずに落ちたと申すか！」

その報告を聞いた時、さすがの氏直も青ざめた。

いったん早雲寺に入り、緊急の軍議が開かれたが、一日で山中城が落城するとは思ってもいなかったので、この先どうするか妙案は浮かばない。結局、小田原城に戻ることに決した。

一方、豊臣勢の一部は韮山城を攻撃するが、氏規を城将とした北条方は敵に付け入る隙を与えなかった。だが箱根口を押さえる山中城を落とした今となっては、韮山城は落とさなくてもよい城になっていた。

その頃、東海道を東進した豊臣方は、先手の徳川勢によって屏風山・鷹巣・宮城野・塔ノ峰の箱根山城塞群を、落城ないしは自落撤退に追い込んでいた。

小さな城に寡兵で籠もっている者たちに、奮戦を期待するのは無理な話だったのだ。

また徳川勢の別働隊により、小田原の西北方面を守る足柄・浜居場・新の諸城も、相次いで落城ないしは自落した。

瞬く間に箱根山と足柄山の防衛線は突破され、小田原への道が開かれた。

家康は四月三日には小田原近郊に到達した。それを皮切りに、続々と豊臣勢が箱根山を下ってきた。その総数は七万――。

敵は小田原城を取り囲むように布陣し、陣所を造り始めた。そして四月六日、秀吉が早雲寺に入った。

これより少し前、佐竹・宇都宮・結城ら「東方衆一統勢力」は国境を突破して下野・下総南部に侵攻を始めており、北条方国衆を圧倒し始めていた。

相次ぐ敗報に驚いた氏直は、近隣の農民・漁民・商人・僧侶らを小田原城内に収容し、籠城戦の準備を急いだ。

ところが四月八日、城内にいた下野国人《こくじん》の皆川広照《ひろてる》が配下の者たちを率いて城外に脱出し、徳川陣に駆け込んだ。広照は以前から家康と誼を通じており、北条方の不甲斐《ふがい》なさを見て決断を下したのだ。

これをきっかけに、城内では直臣による見回りが強化される。

四月十一日、氏直が氏政の御座所を訪れると、氏政が沈痛な面持ちで座していた。

「ご無礼仕ります」

「ああ、大途か」

「一つご相談があり、参りました」

氏政が氏直の背後にいる者たちに目を向ける。

「山上宗二殿と江雪斎か。ということは——」

「はい。お察しの通りです。ここにおられる山上殿が、秀吉との和談交渉を行うと仰せです」

宗二が身を乗り出す。

「一度は死んだも同じこの身。それを拾っていただいた北条家のご恩に報いるには、秀吉との和談の場に送り込んでいただくしかありません」

「そうか。行ってくれるか」

「はい。お任せ下さい。秀吉のことは誰よりも知っています」

「分かった。山上殿に任せる」

これで和談の使者は宗二と決まった。問題は条件になる。

江雪斎が渋い顔で前提となる状況を語る。

「ここまで詰められてしまってから和談となると、相応の譲歩が必要です。しかも関東全域に広がるわれらの城が次々と落とされているので、迅速に進める必要があります」

「そんなことは分かっている。で、どうする」

「まずは、すべての領土を返上することから始めねばなりません」

「それでは降伏開城と同じではないか！」

氏政が怒声を発する。

「仰せはご尤も。しかしながら籠城戦が始まれば、和談は困難となります」

双方が対峙《たいじ》するところまで行ってしまうと、なかなか和談の機運は盛り上がらない。

「譲歩するにしても、武蔵と相模の二国は残してもらえるよう掛け合え」

「それは、ちと難しいかと」

江雪斎が困り果てた顔で答える。

「父上、無理を言ってはいけません。江雪斎の言うことに一理あります」

「いや、待て。逆に一当たりして、この城の恐ろしさを思い知らせた上で、和談を進めた方がよいのではないか」

「それは、おやめになった方がよろしいかと」

宗二である。

「秀吉という男は、兵がいくら死のうと気にしません。しかも天下は定まり、これまでのように槍《やり》一本でのし上がれる時代は終わりました。それゆえ少なくなった出頭の機会を逃したくない豊臣方の将兵は、餓狼《がろう》のように死をも厭《いと》わぬ攻撃を仕掛けてくるはずです。いかに天下の名城でも、四方から一気に平寄せされては、必ずどこかが破られます」

秀吉は己の天下が定まると、下剋上《げこくじょう》ができないように身分の固定化を急いでいた。それゆえ、これから功を挙げて出頭したい者たちは、少ない機会を逃すわけにはいかないのだ。

「うーん」と言って氏政が顔をしかめる。

「父上」と氏直が膝を進める。

「領国のことは二の次です。秀吉にすがってでも、小田原城内にいる徒士《かち》および地下人《じげにん》（足軽雑兵と非戦闘員）の解放を勝ち取りましょう。こちらから出せる条目は、それに絞るべきです」

「しかしな――」

「父上、われらは早雲庵様の時代から民を慈しみ、民が栄えることを願ってきました。それを最後まで貫きましょう」

「われらは滅亡し、そなたは殺されるのだぞ」

「それは覚悟の上。地下人の解放を認めてもらえるなら、すぐにでも関東諸城に降伏を命じ、全領国の返上とそれがしの首を差し出します」

「そなたの首、とな」

氏政の顔が引きつる。

「当然のことです。その代わり、父上以下、重臣たちの命は救ってもらいます」

「ああ――」

氏政が天を仰ぐ。

「早雲庵様以来、善政を布《し》いてきたわれらへの仕打ちがこれなのか。天は何を見ているのか！」

「父上、天を恨んだところで仕方がありません。われらには、力が足りなかっただけのことです」

「ああ、嫌だ。猿関白ごときに頭《こうべ》を垂れるなど、わしにはできぬ！」

「父上、堪えて下さい。早雲庵様、春松院《しゅんしょういん》様、大聖寺様も、この判断を必ずや支持してくれるはずです」

氏政が声を絞り出す。

「分かった。そなたがそうしたいならそうせい。ただし——」

氏政が宗二に顔を向ける。

「山上殿、臣従を渋ったのはこのわしだ。大途の代わりにわしが腹を切るので、それでほかの者は赦免するよう伝えてくれぬか」

「承知しました」

「父上、それはいけません。父上は隠居の身。隠居が腹を切ることで当主が助かるなど、末代までの恥。今は命ではなく名を惜しませて下さい」

「山上殿、大途はこう申しているが、わしの皺首で赦免を勝ち取ってくれ」

「父上！」

「お待ち下さい」

江雪斎である。

「事ここに至らば、誰の首を差し出すか、こちらで選ぶことはできません。まずは秀吉の意向を聞くとしましょう」

それは尤もなことだった。息せき切って降伏条件を提示したところで、聞く耳を持たないに違いない。

「父上、それでよろしいですか」

「勝手にせい」

氏政は再び殻に閉じこもろうとしていた。

――わしがしっかりせねば。

氏直が宗二に向き直る。

「では山上殿、豊臣方とのあつかい（交渉）、よろしくお願いします」

氏直が両手をついて頼んだので、宗二が恐縮する。

「もったいない。お手を上げて下され。私は全力を尽くしますが、すべては秀吉次第。力が及ばぬこともあり得ます」

宗二が苦渋を面ににじませた。

この後、宗二は城を出て徳川家康の陣に出頭し、秀吉との面談を調整してくれるよう頼んだ。

家康が秀吉にそれを伝えると、秀吉は激高し、「かつて高野山にいろと言ったにもかかわらず、宗二は出奔した。それを棚に上げて和談の使者とは言語道断。罪人として縛り上げ、わが前に連れてこい」と命じた。

家康がその通りにすると、秀吉は宗二に死罪を申し渡すが、家康や千利休のとりなしによって機嫌を直し、一転して「宗二の点《た》てた茶が飲みたい」と言い出した。

ところが茶事の場で宗二が和談を持ち出すと、再び激高して「此奴《こやつ》を縛り上げろ」と命じた。

ここまで堪えてきた宗二だったが、あまりの秀吉の身勝手さに呆《あき》れ、「茶事の最中に怒るとは、さすが猿関白。お里が知れますぞ」と言ったので、秀吉は宗二の鼻と両耳を削《そ》ぎ落として磔《はりつけ》にするよう命じた。

その磔台は、新たに城を造り始めた笠懸山（後の石垣山）の最も眺望のいい場所に立てられた。そこは小田原城からでも望める。

磔台が立てられたと聞いた氏直は、それが宗二のためのものだと確信した。

笠懸山の磔台に向かって、氏直は両手を合わせることしかできなかった。

十

北条氏が苦境に陥るのを尻目に、秀吉は笠懸山に総石垣・瓦葺《かわらぶき》の本格的な織豊《しょくほう》系城郭を築いていた。それは腰を据えて小田原城攻めを行うという意思表示だった。その間に、関東各地に散らばる北条方の拠点城の攻略を進めようというのだ。

前田利家、上杉景勝、真田昌幸らが率いる北国勢三万五千は、三月十五日に上信国境の碓氷峠を突破し、北条方の上州諸城への攻撃を開始した。

松井田城を上州の最重要防衛拠点とした北条方は、主戦派の大道寺政繁を守将として防戦に努めたが、四月十九日に厩橋城が落ちると士気はみるみる低下し、二十二日に松井田城も降伏開城した。これにより上州第二の拠点とされた箕輪城も自落し、上州の主要拠点はすべて制圧された。

二十三日には南伊豆の要衝・下田《しもだ》城が降伏開城した。すでに西伊豆の水軍城はすべて落城ないしは自落しているので、伊豆国で残っている城は韮山城だけになった。

二十六日には、小田原包囲陣から別働隊として派遣された徳川勢により、東相模の要衝・玉縄《たまなわ》城が開城した。玉縄城には山中城から逃げ帰った北条氏勝《うじかつ》が籠もっていたが、家康の説得に応じて戦わずして城を開けた。二十七日には江戸《えど》城と葛西《かさい》城も開城した。

五月初旬、下総から上総に侵攻した徳川勢は、小金《こがね》、臼井《うすい》、土気《とけ》、東金《とうがね》、万喜《まんぎ》、大多《おおた》喜《き》、佐貫《さぬき》、勝浦《かつうら》など両総主要十七城をことごとく開城させた。

五月初旬には、北国勢によって武蔵の要衝・河越城が降伏する。これを聞いた松山《まつやま》城も抵抗をあきらめて城を開いた。そして二十二日には、岩付城が壮絶な落城を遂げた。かくして瞬く間に武蔵中央部が制圧された。

北国勢は、北条方が諸城内に収容していた兵糧や武器弾薬を接収し、さらに降伏した国衆を先手にして次の城に攻め寄せたので、戦えば戦うだけ強力になっていった。北条方の「相手の疲弊を待つ」という戦略は、全く裏目に出たのだ。

こうした情報は小田原城内にも続々ともたらされた。当初は惑説（偽情報）として取り合う者はいなかったが、豊臣方は城から見える場所に落城した城の主立つ者の首を並べたので、落城ないしは降伏開城を認めざるを得なくなった。

一方、山上宗二の交渉は失敗したものの、北条方は五月初旬から交渉を再開しようとしていた。まず交渉相手として家康が候補に上がり、密《ひそ》かに督姫に付けられていた武士の一人を家康陣に送り込んだが、家康からは「われらは関白から一切の交渉を禁じられている」というにべもない返事が返ってきた。

確かに家康の立場としては、致し方ないところもあった。氏直がそれを督姫に告げると、督姫自ら家康の許に赴くと言ってくれたが、督姫が城を出るとなると、密かにというわけにもいかない。つまり降伏交渉が城内に知れわたってしまうので、それだけはできなかった。

それでも交渉自体をあきらめるわけにはいかない。家康に続き、板部岡江雪斎が「適任者」と太鼓判を押す堀秀政《ほりひでまさ》を通すことにした。

堀秀政は秀吉股肱の重臣で、情誼《じょうぎ》に厚いことから、好条件での降伏を認めてくれるかもしれない。だが家康のような血縁者でないため、交渉は慎重に行わねばならない。当初は矢文でこちらの意を伝え、夜になってから僧侶を堀陣に送って交渉に当たらせた。

その結果、秀政は和談の取次を承諾してくれたので、氏直は松田憲秀に手筋（交渉窓口）を任せた。

だが条件を詰める段となった五月半ば、秀政が突然の病に倒れ、人事不省に陥ってしまう。これで交渉は暗礁に乗り上げた。結局、秀政は五月二十七日、三十八歳という若さで陣没する。

それを受けて五月末、城内で今後の方針を決める大軍議が催された。

沈痛な面持ちの氏政と氏直が上座に着くと、家臣たちが一斉に平伏する。この見慣れた光景も、これが最後になるかと思うと、氏直にも無念の思いが込み上げてくる。

――ご先祖様並びに死んでいった者たちに申し訳ない。

北条氏とその家臣たちが、血のにじむような努力によって営々と築き上げてきたものが、すべて失われつつあるのだ。それは、初代早雲の時代から北条氏のために死んでいった者たちの死を無にするに等しいことだった。

「評定を始める」

氏直が沈痛な面持ちで語り始めた。

「皆に伝えておきたいのだが、われらは豊臣方と和睦交渉を続けてきた。だが不幸にも、その手筋を担ってくれていた堀久太郎《きゅうたろう》殿が陣没した」

「おおっ」という声が居並ぶ重臣たちから聞こえる。

「それゆえ交渉は頓挫した。また新たな手筋で交渉を始めることになる」

氏照が間髪を入れずに言った。

「事ここに至らば、出戦を仕掛けて敵を蹴散らすほかなし！」

それに賛同する声も一部から上がったが、さほど勢いはない。

「陸奥守は出戦と申しておるが、ただ出るだけでは包囲殲滅《せんめつ》されるだけだ」

「しかしそれを恐れては、この退勢を挽回《ばんかい》する手立てはありません」

「退勢を挽回することは、もはや難しいだろう。今はひたすら恭順を貫くほかない」

氏直の一言で、評定の間は静まり返った。大名家の当主が戦いを放棄する意思を明確にした衝撃は、それほど大きかった。

それでも氏照は引かない。

「では、このまま降伏開城すると仰せか。そんなことをすれば、ここにいる面々は妻子眷属や家子郎党を含め、撫《な》で斬りにされるは必定。かつて武田家の最後のみぎり、勝頼を裏切って降伏した重臣たちを覚えておいでか」

その一言で、皆の顔が青ざめていく。実際に武田家滅亡の折、最後まで忠節を尽くさず、早々に勝頼を見捨てて降伏した重臣たちの大半が殺された。

「わしが腹を切っても、皆の命だけは守る！」

だが氏照は首を左右に振った。

「そのお覚悟は立派です。しかしそれを決めるのは、大途ではなく秀吉です」

氏照の言葉は、皆を現実に立ち返らせた。

「そうかもしれん。だが腹を切るくらいの覚悟を示せば、心を動かせるやもしれん」

そこまで言われては、氏照にも続く言葉はない。

その時、隣でくぐもった声が聞こえた。

「腹はわしが切る。それで赦免を請おう」

「父上――」

氏政が氏直の方をちらりと見て微笑《ほほえ》む。

「もはや、この世に未練はないわ」

それを見た氏直には、込み上げてくるものがあった。

「申し訳ありません」

「そなたがなぜ謝る。かように追い込まれたのは、われらが秀吉以上の力を持っていなかったことが悪いだけで、誰のせいでもない。だが降伏同然の和睦を請う場合は、誰かが責めを負わねばならぬ。それが戦国の掟だ」

「ですから、それを決めるのは、われらではないのです」

氏照の言葉が、腹底にずしりと響く。

「もはや議論を続けていても埒《らち》が明かぬ。今は条件よりも、敵方の誰を手筋として交渉するかだ」

氏直の言葉に皆は黙った。誰も心当たりがないのだ。豊臣方に知己の多い氏規が、韮山城で籠城しているのも痛かった。

この日は結論が出ず、当面は流れに身を任せることに決した。

氏直が広縁に出て月を眺めていると、督姫がやってきた。督姫は侍女を下がらせたので、広縁で二人きりになった。

「月を眺めていらしたのですか」

「ああ、先ほどから眺めているのだが、雲に隠れてなかなか顔を出さぬ」

「まあ」と言って督姫が笑う。

こうした苦境にあっても、督姫は明るさを失わない。

「ここで、こうしてそなたと月を見るのも、今宵《こよい》が最後かもしれぬ」

「何を仰せですか。きっとそんな日が、またやってきます」

「そなたは、そう思うのか」

「はい。もはや大名でなくてもよいではありませんか。食べていく手立てはいかようにもあります」

「しかしな――」

氏直がため息交じりに言う。

「わしは腹を切るつもりだ」

すでにその覚悟を伝えてあるので、督姫は動じない。

「自ら腹を切ると言ってどうなります。すべては関白殿下の思し召《おぼめ》し次第です」

「もちろん、それ以外に道はない。だが腹を切る代わりに、罪なき者どもを解放していただけるよう頼み込まねばならぬ」

「あなた様は、それほどまでに民のことを思っておいでなのですね」

「それが、早雲庵様からのわが家の存念だからだ」

北条氏が大名として登場した当時、たいていの大名や国人は、年貢を徴収する際に五公五民を基本とした。それが正当に行われているなら、まだ農民も文句を言わなかった。しかし代官らの不正がはびこり、農民たちは生きられるぎりぎりまで搾り取られていた。その対抗策として、農民たちは隠田《おんでん》を作り、実際の収穫高と申告する収穫高の差異で食べていた。

それを知った初代早雲庵と二代氏綱《うじつな》は、まず代官の中間搾取を防ぐべく、農民たちに年貢を直接納付させた。続いて指出《さしだし》検地という自己申告制の検地を行い、それぞれの土地の貫高を定めていった。そして最終段階として、氏康に代替わりする際、支配下にある領国に検地奉行を派遣し、実際の貫高を弾き出し、それを「所領役帳」にまとめた。

かくして北条氏は農民の既得権益を強引に奪おうとせず、共存共栄を図れるように配慮しながら領国経営を進めてきた。

「それは、よく存じ上げております」

「そうだったな」

「農民たちと共に栄えてきた北条の領国も、いよいよ潰《つい》えてしまうのですね」

「残念ながらそうなる。だがわれらのしてきたことが、無になるわけではない」

「と仰せになると――」

「わが家の吏僚たちが、別の家に仕官すれば、われらが築いた方法を伝えていける」

「その通りです」

「われらは滅びても、われらが築き上げてきたものは滅びない。われらは――」

氏直が胸を張る。

「滅びるのではなく、役割を終えたのだ」

その時、ようやく雲が晴れて月が顔を出した。

「ご覧下さい。いつかは雲も去ります。いつまでも苦境が続くわけではありません」

「それもそうだな。そなたは、いつもよきことを教えてくれる」

「これからも――」

この時になって督姫が嗚咽《おえつ》を堪えているのに気づいた。

「これからもずっと教えます」

督姫が氏直の胸にもたれかかる。

「そうだ。命ある限り、ずっと一緒だ」

これまで堪えていたものを一斉に吐き出すように、督姫が泣き出した。

その柔らかい背を撫でながら、氏直はよき伴侶を得たと心から思った。

十一

暦は六月に入ったが、状況は好転しない。否、好転しないどころか、事態は悪い方へ悪い方へと転がっていた。

六月五日、伊達政宗が普請途中の笠懸山に参陣したという知らせが、徳川家から射込まれた矢文で分かった。これで外部からの後詰の可能性は全く絶たれ、他力で事態を打開することは不可能となった。それ以降も最上《もがみ》義光《よしあき》や相馬《そうま》義胤《よしたね》ら奥羽の大名も相次いで秀吉の許に出仕し、秀吉に誼を通じていない奥羽の大名はほとんどいなくなった。

伊達政宗出仕の知らせは城内にも伝わり、同日夜、上野国人の和田《わだ》信業《のぶなり》と内藤直矩《ないとうなおのり》が持ち場に放火して城から脱出した。

こうした情報は、たちまち城内に伝わり、将兵の動揺は大きなものとなっていった。

翌六日、夜陰に紛れ、井細田《いさいだ》口（東側の虎口）に使者と称する者がやってきた。使者は重臣の一人の垪和《はが》豊繁《とよしげ》を呼んでくれとのことだったので、豊繁が駆けつけると、旧知の織田家家臣の岡田《おかだ》利世《としただ》だった。

早速、氏直の許に通された利世は、降伏開城を勧めてきた。利世によると、家康から信雄に働き掛けがあり、使者を送ってきたという。

ただ家康が表に立つと秀吉から内通を勘繰られるので、北条家と縁が薄いものの、家康に次ぐ大身の信雄を仲介役にしたらしい。家康と信雄は小牧《こまき》・長久手の戦い以来、親密な関係を続けており、それで依頼しやすかったのだろう。

この仲介は秀吉には内緒で行われているとのことだが、降伏の意思があるなら、うまく取り次いでくれるという。

氏直は「喜んでお願いします」と伝えたが、「城内にいる徒士と地下人の解放」という線だけは譲れないと言い置いた。

六月十四日、頑強な抵抗を続けていた鉢形城が開城した。鉢形城には、氏政の信頼厚い弟の氏邦が入っていたので、氏政の落胆は大きかった。

氏直が眠れない夜を過ごしていた六月十六日の深夜、外が騒がしくなると、取次役が飛び込んできた。

「申し上げます。松田左馬助《さまのすけ》が参っております」

松田左馬助直秀《なおひで》（直憲）は憲秀の嫡男で、すでに松田宗家の家督を継いでいた。

「左馬助が――。よし、会おう」

氏直が対面の間に行こうとすると、取次役が言った。

「左馬助は甲冑《かっちゅう》姿なので、庭に控えております」

「分かった。わしは広縁からでよいな」

「もちろんです」

寝室から広縁に出ると、いくつもの赤い篝《かがり》が昼のように焚《た》かれていた。

「松田左馬助、夜分にご無礼仕りました！」

庭には直秀が一人控えている。

「危急の時だ。構わぬ。で、どうした」

「真にもって――」

そこまで言うと、直秀は手をついた。

「いかがいたした」

「も、申し訳ありません」

直秀が頭を垂れる。

「いったいどうしたのだ。構わぬから話せ」

「わが父と兄が――」

そこまで言うと、直秀は嗚咽を漏らした。

「尾張（憲秀）と新六郎《しんろくろう》が自害いたしたか」

この状況に絶望し、二人が腹を切ったことは十分に考えられる。

「いえ、それであれば、どれほど誇らしかったか」

「ま、まさか――」

「そのまさかなのです。お恥ずかしい限りです」

直秀が差し出す書簡を氏直の近習が受け取り、広縁まで持ってきた。

「これは――」

それを一読した氏直は絶句した。

「手筈《てはず》通り、十七日の丑刻《うしのこく》、笠原《かさはら》新六郎が焔硝蔵に火を点《つ》けます。それを合図に早川《はやかわ》口を開きます。尾張、とな――」

あて名は堀秀治《ひではる》（堀秀政の息子）となっている。

――そうか。堀秀政殿が健在の頃、尾張に交渉を任せていたので、そのつながりで内応の誘いを受けたに違いない。

「信じ難いことですが、わが父と兄が敵に通じていたのです」

「委細を話せ」

「はい。それがしが見回りから戻ると、父と兄が密談をしていました。そこで『こっちに来い』と言うので行ってみると、この話を聞かされました。それがしは怒りと情けなさで絶句しましたが、その場で二人を非難すれば殺されるかもしれません。それで二人に同心したように見せかけ、『矢文はそれがしが射ます』と言って、その書状を取り上げたのです」

直秀は弓の名手として名高いので、二人が矢文を射ることを託しても不思議ではない。

「そうか。それで矢を射ずに兵を集めたのだな」

「そうです。いったん文をもらって外に出て、わが家来を集めて踏み込みました」

「ということは、二人を殺してはいないのだな」

「はい。二人を縄掛けして連れてきております」

直秀が「連れてこい！」と命じると、二人が引っ立てられてきた。

「尾張、どうしてこんなことを――」

二人が庭に座らされる。

憲秀は黙ったまま横を向いていたが、笠原政晴《まさはる》は必死に弁明する。

「大途、お聞き下さい。これは誤解です。われらは敵を欺《あざむ》くべく策を弄したのです」

「どのような策だ」

「焔硝蔵から火が上がったように見せかけ、実際は焚火《たきび》とします。それで敵が早川口に近づいてきたのを見計らい、手勢を率いて打って出るつもりでした」

「今は和談を進めているので、こちらから仕掛けることは禁じたはずだ」

「いや、そうなのですが――」

「兄上、事ここに至って、見苦しい真似《まね》はおやめ下さい」

政晴は直秀の兄だが、妾腹なので笠原家に養子入りしていた。そのため直秀は常に政晴に気を使い、正室腹の兄のように扱っていた。

政晴が直秀を叱りつける。

「この早とちり者め。父上、その通りだと仰せになって下さい」

だが憲秀は目をつぶり、何も言わない。

「笠原、そなたはかつて武田家に寝返り、城を明け渡したな」

天正九年（一五八一）、政晴は、対武田戦の最前線に位置する要衝の一つ、伊豆の戸《と》倉《くら》城を任されていたが、敵の調略《ちょうりゃく》によって寝返り、武田家の家臣となった。しかし翌年には武田家が滅び、路頭に迷っていた。そこを憲秀に拾われ、北条家に詫びを入れて帰参を許されたという過去がある。

――恩を仇で返されたか。

氏直は、政晴の落ち着きのない仕草を見ているだけで嫌悪を催した。

「大途、あれも裏切りではありません。調略です！」

「言い訳は聞きたくない」

「いや、お待ち下さい」

氏直は宿老筆頭の松田家に生まれながら、一度ならず二度までも敵に寝返った政晴が許せなかった。

「左馬助、生かすも殺すも、そなたに任せる」

政晴の顔に喜びの色が広がる。

「ありがとうございます！」

直秀が平伏する。

「大途、それがしからもお礼を申し上げます」

一礼して立ち上がった直秀が政晴の背後に回る。政晴は縄を解かれるのだと思っているのか、笑みを浮かべたまま、「かくなる上は、出戦しかありません。それがしが先手を務め、猿関白のそっ首を落として進ぜましょう」などと言っている。むろん出戦などしないのを見越してのことだ。

「兄上」

政晴の縄を持っていた小者を背後に引かせると、直秀が醒《さ》めた声で言った。

「お覚悟を」

「ん、何だ」

政晴が振り向こうとした時だった。凄《すさ》まじい気合と共に光が一閃《いっせん》すると、政晴の首が落ちていた。その顔には笑みが張り付いたままだった。

それを見た憲秀の顔が青ざめる。

「左馬助、そなたの父はどうする」

「斬ります」

直秀が憲秀の背後で太刀を換えている。

「待て」

そこに現れたのは、氏政だった。

「尾張を殺すことはまかりならん」

「父上、どうしてですか」

「わしと此奴で秀吉の陣に出頭して腹を切る。尾張、それでよいな」

「異存はありません」

「よし、ではわが屋敷に連れていけ。厳重な監視下に置く」

「お待ち下さい」

直秀である。

「わが父は謀反を働きました。その償いをさせなければなりません」

「それでは尾張は無駄死にだ。かくなる上は、皆の役に立つ死に方をしてもらう」

「ご隠居様の言う通りだ。この場は堪えてくれ」

「は、はい」

直秀が刀を引く。

「では、連れていく」

後ろ手に縄掛けされたまま、憲秀が連行されていく。

――宿老筆頭が裏切るようでは、わが家も終わりだ。

氏政の近習に引っ立てられる憲秀の後ろ姿を見ながら、氏直は悄然《しょうぜん》と肩を落とした。

十二

その後も拠点城の落城は続いた。

六月二十三日、小田原城に次ぐ拠点城の八王子城が落城した。城主の氏照が主力勢を率いて小田原城に入っているため、留守は老人や農民ばかりが四千ほどしか籠もっておらず、三万の北国勢に攻撃されては、ひとたまりもなかった。

数日後、八王子城に籠もっていた将たちの妻妾や子らが連れてこられ、敵陣の前に立たされた。これを見た氏照は、それまでの強硬な姿勢が嘘《うそ》のように意気消沈し、病床に就いてしまった。

これで最後の頼みの綱も断ち切られた。というのも八王子城は山間の巨大城で、小田原城が危機に陥った際の詰城のような位置付けにしていたからだ。つまり詰城が先に落とされたことになる。

まだいくつかの城は残っているものの、小田原城は完全に孤立した。

八王子落城の一報は野火のように城内に広まり、将兵たちの士気はみるみる低下していった。

そのため氏直は自ら城内を巡検し、士気の引き締めを行った。

小峯御鐘ノ台《こみねおかねだい》付近を見回っている時だった。氏政の使番が走り込んできた。

「申し上げます。ご隠居様が御屋敷まで至急いらしていただきたいとのことです」

「何があった」

「それは直《じか》にお話しするとのことです」

「火急の折だ。申せ」

「は、はい。御大方様《おんおおかた》と本城御台所様《みだいどころ》がお亡くなりになりました！」

「何だと。どういうことだ」

御大方様とは三代氏康の正室で、氏政や氏照の母にあたる。本城御台所様とは氏政の後室のことで、氏直たちの母にあたる黄梅院《おうばいいん》が亡くなった後、氏政に嫁いできた。

「二人共、数日前まで壮健であったぞ」

「はい、そうなのです。ですから詳しいことは、ご隠居様からお聞き下さい」

「よし、分かった」と答えるや、氏直は巡検を中止し、氏政の隠居所に急いだ。

隠居所の周囲は慌ただしく人が行き交い、中には顔を伏せて泣いている女房もいる。

奥の間には、顔に白布を掛けられた二人が横たわっていた。その前に氏政が座している。

「父上――」

「ああ、大途か」

「いったいどうしたのですか」

「うむ」と言ったきり、氏政が黙り込む。

なおも氏直が尋ねようとした時、背後から板部岡江雪斎の声がした。

「大途、実は――」

「別室で話そう」と言って氏政の前を辞した氏直は、行灯《あんどん》が一つだけ灯った暗い部屋に入った。

「いったいどうしたのだ」

「御大方様と本城御台所様が差し違えて果てたのです」

「何だと――」

氏直が絶句する。

「数日前から御大方様は『死にたい』と漏らすようになり、それを本城御台所様が慰めておられました」

二人は仲がよく、祝宴などで楽しく語り合っていたのが思い出される。

江雪斎が続ける。

「一昨日から、お二人は一つ部屋で寝るようになりました。それで近侍する女房らも安心していたのですが、夜の間に大聖寺様のご位牌《いはい》の前で相果てたのです」

氏直に言葉はなかった。

本来なら降伏後に投降すれば、女性なので一命を救われ、どこぞの寺に入れられて天寿を全うできたはずだ。しかし二人は、そんな人生を拒否したのだ。

「どうやら御大方様の心の病が、本城御台所様にもうつられたようで――」

――そうか。御大方様の心の病が、本城御台所様にもうつったのか。

昨年くらいから、御大方様はふさぎ込むことが多くなっていた。

「こうなれば心配なのは、ご隠居様です」

「刃物は遠ざけてあるのか」

「はい。それがしも近くを離れずにいます」

「そうか。すまぬな」

「それがしのことは気になさらず。それよりもご隠居様をお慰め下さい」

「うむ。そうする」

二人が先ほどの部屋に戻ると、氏政は従前と変わらず座したままだった。

「父上、お気持ち、お察し申し上げます」

氏政がくぐもった声で何か言った。

「わしは死なぬぞ」

それは氏直に向けてというより、自分に向けて言っているように感じられた。

「父上、気をしっかりとお持ち下さい」

「ああ、分かっておる」

「和睦の話は、まだ進んでおりません。ここで父上が自害などすれば、城内の士気は落ち、敵に付け入る隙を与えてしまいます」

「もちろんだ。わしの命は――」

氏政が絞り出すような声音で言った。

「駆け引きの材料にできるからな」

「父上、申し訳ありません」

——これなら心配は要らぬ。

氏直は一礼すると、氏政の前から辞した。


この翌日にあたる六月二十四日、粘り強く戦っていた韮山城が開城した。ここまで奮戦した氏規は、家康の口添えで一命を救われた。かつて家康が今川家で人質になっていた頃、氏規も同様の境遇で、互いに親交があったことが幸いした。

同日、秀吉は黒田《くろだ》孝高《よしたか》（豊臣家家臣）と滝川《たきがわ》雄利《かつとし》（織田信雄家臣）を城内に派遣してきた。どうやら織田信雄を経由した話が秀吉に通り、秀吉が降伏開城を認めたらしい。

氏直は彼らと直接面談し、自らの腹を切る代わりに城内にいる下級武士と地下人を解放してもらえるか尋ねたところ、「関白殿下は、その言を真に殊勝と仰せになり、了解した旨、伝えるようにとのことです」という答えが返ってきた。

氏直は肩の荷が下りた気がした。

氏直が城内を取りまとめるので、七月五日まで待ってほしいと伝えると、それも了解したという返事が返ってきた。

降伏開城の場合、城内の武器や武具、金銀、米穀、調度品などを集めて目録を作り、受取役に提出せねばならない。小田原城ほどの巨大城になると、その作業だけでも時間が掛かる。

　これにより、城内では降伏開城に向けての動きが活発化していく。

　翌二十五日には津久井《つくい》城も開城した。これで小田原城の前衛を成す城は、すべて潰えたことになる。そして二十七日、秀吉は完成した石垣山城へと入る。

　その翌朝のことだった。氏直が寝室で浅い眠りに就いていると、近習が起こしに来た。氏直が何事かと問うと、「城ができています」と言うのだ。そこで櫓《やぐら》に登ると、それまで樹木に包まれていた笠懸山の頂上に、総石垣造りの本格的な城が造られていた。それは一時的な陣城ではなく、半永久的に使う城以外の何物でもない。

　――夜のうちに樹木を取り払ったのだな。

　秀吉は城内の北条方の将兵を驚かせ、士気を阻喪させるために、心憎いばかりの演出をしたのだ。

　――これでは、とても敵わない。

　長く使わない陣城でさえ、本格的なものを築いてしまう秀吉という男に、氏直は畏怖を覚えた。

十三

　七月四日、氏直は氏政と二人で、城内での最後の食事を取ることにした。というのも氏直は、明日五日に投降すると豊臣方に告げてあったからだ。

「父上、まずは一献」

「すまぬな」

　二人は箱膳を間にしただけで、向き合うようにして座った。

「長きにわたり、お疲れ様でした」

「そなたもな」

　今度は氏政が氏直の盃を満たす。

「いろいろありましたが、今は心も晴れ晴れとしています」

「そうか。わしもだ」

「そう言っていただけると、肩の荷が下りた気がします」

「何を言う。すべて悪いのはわしだ。後は堂々と城を出て秀吉の裁可を待つだけだ」

　氏政が笑みを浮かべる。

「父上は本当に悔やんでおらぬのですか。それがしは、ご先祖様や死んでいった者たちに対して申し訳ない気持ちでいっぱいです」

「それは違う。大途、いや新九郎《しんくろう》、まずはこれを読め」

氏政が懐から取り出したのは、短冊だった。

「これは辞世の句（漢詩）ですね」

そこには、こう書かれていた。

氏政吹毛《すいもう》の剣を取り、乾坤《けんこん》を截破《せっぱ》し太虚《たいきょ》に帰す
（氏政はよく切れる剣を取り、天地を切り破り、虚空に帰す）

「父上、これはいかなる謂《いい》ですか」

「わしはよき家臣たち、すなわち吹毛の剣によって己の運命を切り開いてきた。だが最後は太虚に帰るだけだ。つまりこの運命を何ら悔いてはおらん」

「しかし北条家は、これで滅亡します」

「ああ、そうだ。だがな――」

氏政がにこやかに続ける。

「われら北条家は上に誰も頂かず、われらの考える仕置をしてきた。ところが秀吉は、すべて秀吉の仕置に従えと言う。そんなものはわれらでなくてもできる。北条家は

――」

氏政の瞳が潤む。

「上に誰も頂かないからこそ、北条家だったのだ」

その言葉が、氏直の胸に沈殿していた澱《おり》を一掃してくれた。

氏政が続ける。

「関東に王道楽土を築くべく戦い続けてきたわれらは、このまま誰も上に頂かず滅亡する。それこそが、早雲庵様らのご遺志ではないか」

豊臣政権の定めた法に従うのであれば、誰が大名でもできる。北条家は独自の考えで、民百姓の末端に至るまで安堵して暮らせるような仕置をしてきた。それが豊臣政権の一翼を担うとなれば、それもままならなくなる。場合によっては、民百姓を裏切ることにもなりかねない。

「父上、その通りです。われらは――」

氏直が涙を堪える。

「ここで滅びましょう」

「そうだ。これでよいのだ。そしてこの城を出た時から、そなたは北条家当主ではない、そなた自身の生を歩め」

「それがしの生ですか」

「ああ、そうだ。北条家当主という頸木《くびき》から解き放たれたそなたの生だ」

だが氏直には、城を出れば死が待っている。

「どうやらそれは叶わぬようです。それがしは北条家当主として死を賜ります」

「先のことはどうなるか分からん。たとえ切腹を申し渡されても、許された時間を好きなように生きろ」

「はい。そうさせていただきます」

氏直はこの時、すべてから解き放たれたような気がした。

「今宵は飲もう」

「はい。飲みましょう」

氏政がいつになく陽気に盃を飲み干した。

翌日の夕刻、最後の残務処理を済ませた氏直が、いよいよ本曲輪にある屋敷を出ることになった。

最後の装束整えは、督姫自ら手伝ってくれた。言うまでもなく死を覚悟した白装束だ。

「すまぬな」

「何を仰せです。室として当たり前のことです」

「そなたにこうしてもらえるのも、これが最後となるやもしれぬ」

「そんなことおっしゃらないで」

督姫の瞳は涙で潤んでいた。それを氏直は、こよなく美しいと思った。

「さて、支度ができた。行ってくる」

そう言うと氏直は、二度と戻ることのない自邸を出た。

表に出ると、本曲輪を埋め尽くすほどの将兵が居並んでいた。

氏直はその前に立つと言った。

「皆、よくぞここまで行を共にしてくれた。明日からは主従関係を解消するので、自由に他家へ仕官するなり、帰農するなりしてくれ。蔵にある食い物や酒は明日になると接収される。だから今日のうちにすべて食べ尽くし、飲み尽くせ！」

「おう！」という声が上がる。

「わしはこれでこの城を退去し、北条家もここで終わる。だが皆の生はこれからも続く。それゆえ自愛して、新たな生を生きてくれ」

「おう！」

氏直が早川口に向かう。その行く先には、立錐《りっすい》の余地もないほどの兵が並んでいた。

その時、どこからか勝鬨《かちどき》を上げる声が聞こえてきた。

「えい、えい、おう！」

それは初め小さかったが、次第に大きくなり、最後は城全体を覆い尽くさんばかりになっていた。

「えい、えい、おう！」

――北条家最後の勝鬨だ。存分に喚《わめ》け！

勝鬨の中を氏直が行く。

「えい、えい、おう！」

――皆、ありがとう。そなたらは、わしの誇りだ。

氏直は生まれてから今日まで、これほど清々《すがすが》しい気持ちになったことはなかった。

いよいよ早川口が見えてきた。

その門の前で氏直は立ち止まると、そこにいる者たちに告げた。

「皆、北条家のことを忘れ、それぞれの生を歩め。わしもここを一歩出た時から、北条家の当主ではないわしの生を歩む！」

「おう！」

皆が拳を天に突き上げた。

氏直が北条家当主として最後の命令を下す。

「開門！」

門が音を立てて開いていく。

その先に見えたのは、敵の軍勢ではなく目も開けていられないほどの光だった。ちょうど時刻は夕方に差し掛かっており、強い西日が差してきていたのだ。
――わしは北条家の衣を脱ぎ、あの光の中に消えていく。つまり太虚に帰すのだ。
氏直が力強く一歩を踏み出した。
それは終わりではなく、始まりの一歩だった。

その翌日にあたる七月六日、秀吉の沙汰が下った。
それは以下のようなものだった。

・城内の下級武士と地下人の解放は許可する
・氏直は罪一等を減じて高野山に蟄居《ちっきょ》させる
・氏政、氏照、松田憲秀、大道寺政繁には切腹を申し渡す

これを聞いた氏直は父たちの助命を請おうとしたが、先に秀吉の許に参じていた氏規から「沙汰には逆らえません」と説得され、受け容れざるを得なかった。
氏政らが死罪を賜ったのは、主戦派という理由からではなかった。氏政は元当主ながら実権を握っていたとされ、また氏照は御一家衆の筆頭として、松田と大道寺は宿老の代表として「戦う」という政策決定を行ったというのが、その理由だった。

七日、豊臣方から城受取役が派遣され、城の接収の段取りが決められた。そして八日と九日の両日にわたり、下級武士と地下人の解放が行われた。

十日、城内で沙汰を待っていた氏政が城を出て、家康の陣所に入った。ここで氏政は氏直と最後の対面を果たす。

翌日、氏政は侍医の田村安栖《たむらあんせい》の屋敷に入り、氏照と共に腹を切った。介錯は氏規が務めた。憲秀と政繁が切腹した場所は伝わらない。氏政らの首は京に運ばれ、聚楽第の橋に晒《さら》された。

二十一日、氏直が高野山に向けて出発した。

翌天正十九年（一五九一）二月七日、氏直の赦免と一万石の知行が下賜されることが伝えられた。そして八月十九日に秀吉に拝謁し、豊臣家の直臣として認められた。

さらに督姫も氏直の許に戻ることを許され、同月二十七日に二人は再会を果たした。

氏直は覚束《おぼつか》ない足取りながらも、豊臣家の直臣としての新たな生を生き始めていた。少なくなった家臣たちに知行を与えるといった仕事も始めていた。

だが十月下旬、氏直は疱瘡《ほうそう》を患い、十一月四日に死去する。氏直には男子がなかったため、ここに北条氏の嫡流は絶えた。

それでも氏規の息子の氏盛《うじもり》が氏直の養子として認められ、北条宗家は存続を許される。

だがそれは、関東に覇を唱えた在りし日の北条家とは全く異なるものだった。

かくして初代早雲から五代氏直まで、百年に及ぶ北条家の歴史が幕を閉じた。だが北条家が関東で行ってきた善政は残り、家康の関東入部と同時に仕官した旧臣たちによって、その優れた仕組みは継承されていく。

北条氏は滅亡したが、北条氏が行ってきた様々な施策は生き残り、二百六十余年の泰平を築く礎になっていった。

巻末エッセイ
「衣鉢を継ぐ」

火坂さんのご自宅からは相模湾が見える。執筆に疲れた時、着物姿の火坂さんが庭に出て、腕組みしながらあの海を眺めていたかと思うと、感慨深いものがある。

二〇一七年二月、私は本作の担当編集と共に、火坂さんのご自宅を訪問した。擱筆《かくひつ》となってしまった『北条五代』の跡を引き継いで書かせていただくことを、奥様にお願いに上がったのだ。

周知のことだと思うが、火坂さんは二〇一五年二月、急性膵炎《すいえん》でお亡くなりになられた。享年は五十八――。

その八年ほど前、火坂さんは某画伯の旧宅が建つ土地を買い取り、改築を施して移り住んだ。北条氏の本拠の小田原に近い地にあるその邸宅は、落ち着いた佇《たたず》まいの住み心地のよさそうな家だった。

執筆机の背後には広い書庫があり、そこには大量の書籍が生前と変わらず並べられていた。それらを調べつつ執筆する火坂さんの姿が目に浮かぶようだ。

ところが二〇一四年末頃、火坂さんは突然病に倒れ、生死の境をさまようことになる。それでも奇跡的に病状が好転し、退院の予定日まで決まった。

別の編集から聞いた話だが、見舞いで病院を訪れた時、火坂さんは「今回は危なかったが、こうして生き長らえることができたのは、天が私に『まだお前の仕事は終わっていない』と言っているからだろう」と言って苦笑いを浮かべたという。

また奥様から聞いた話だが、退院が決まったので、各社の担当編集を集めて快気祝いを開くことにし、出身地である新潟県の銘酒を病床から注文していたという。

ところが退院予定日の数日前、突如として病状が暗転し、火坂さんは帰らぬ人となる。大きな邸宅には奥様一人が残された。その悲しみを書きつづるのは、私の筆の及ぶところではない。ただ、お二人がいかに仲睦まじかったかは、火坂さんの手書き原稿を、奥様がすべて清書していた一事からも分かると思う。

火坂さんは、愛してやまない奥様と閑静なご自宅、そして膨大な作品群を残し、この世から足早に去っていった。

そのあまりに早い死は、惜しんでも惜しみきれないものがある。だが残された作品群は火坂さんの確かな足跡であり、いつまでも読み継がれていくべきものだ。

私は火坂さんと一度しか面識はない。ある出版社のパーティだったが、その時も慌ただしく挨拶しただけで、親しく会話する機会は遂に持てなかった。

しかし火坂さんの作品は何作も読んできた。作品個々の素晴らしさを語るのは別の機会に譲るが、火坂さんは私たち後進の目指すべき高峰だった。

その流麗な文章で書かれた作品群は、どれも面白いのはもちろん、凜《りん》としたさわやかさに溢れ、まさに王道を往く作家としての風格が漂っていた。

また、そのお人柄を反映してか、作品には下品なところが一切なく、ひたすら清廉で真っすぐ天に向かって伸びる稲穂のようだった。

作家は、肉体の死が訪れても作品が残る。作品は作家が確かに生きていた証しであり、生々しい息づかいを未来に伝えていく。とくに火坂さんのように完成度の高い作品群を残せた上、大河ドラマの原作となる作品まで生み出せた作家は、死を迎える最後の瞬間、充足感に包まれていたはずだ。

私もいつか死を迎える。おそらくその時、自分の歩んできた足跡を振り返り、充足感に包まれているはずだ。だが、一つだけ不安がある。

それは、途中まで書いていた作品が日の目を見ずに埋もれてしまうことだ。

火坂さんは、『北条五代』と題した大作に取り組んでいる最中に病を得た。執筆を始められる時、火坂さんは奥様に「さあ、次は北条だ」と明るい声で言われたという。おそらく火坂さんは、新たな挑戦に胸を弾ませていたはずだ。しかも列車はずっと走り続け、さほど遠くない将来、『北条五代』も過去の停車駅の一つになるはずだった。

しかし火坂さんは、作品の完成という駅の手前で列車を止めねばならなかった。その無念はいかばかりか。

今、冥府におられる火坂さんに心残りがあるとしたら、『北条五代』を完成させられなかったことだろう。私たち後進にできることは、その無念を無念として終わらせず、バトンを引き継ぐようにしてゴールまで走りきることだ。

そして火坂さんの奥様のお許しを得て、不肖私が『北条五代』のバトンを受けることになった。

火坂さんが擱筆した部分から引き継ぐことになったので、その意図をできるだけ汲み、また登場させていたキャラクターも駆使し、三代氏康パートを書き上げた。

その後に続く四代氏政と五代氏直パートは、火坂さんの残したメモがあまりに少ないため、自分なりの考えで書いていった。

かくして、火坂さんの未完の大著『北条五代』を完成させることができた。

今はゴールにたどり着けたという喜びと、火坂さんの名に恥じない作品に仕上がったかどうかという不安が交錯している。

だが少なくとも、天の火坂さんは、この作品の完結を喜んでくれているだろう。

二〇二〇年十一月吉日

伊東　潤

〈おわりに〉

巻末のエッセイにもある通り、本作は故火坂雅志氏の奥様の許可を得た上で、火坂氏の遺稿の後を引き継ぐ形で書き上げたものです。志半ばで擱筆せねばならなかった火坂氏の無念を少しでも晴らすべく、至らないながらも全力を尽くしました。今は火坂氏の冥福を祈るばかりです。

また文中に出てくる「幕府」や「秩序」といった用語は、当時使われていたものではありません。しかし滞りなく読み進めていただくため、適宜使用させていただきました。

伊東　潤

【主要参考文献】

『戦国北条氏五代』黒田基樹　戎光祥出版
『戦国北条五代』黒田基樹　星海社
ミネルヴァ日本評伝選『北条氏政　乾坤を截破し太虚に帰す』黒田基樹　ミネルヴァ書房
『戦国関東の覇権戦争　北条氏VS関東管領・上杉氏55年の戦い』黒田基樹　洋泉社
『北条早雲とその一族』黒田基樹　新人物往来社
『戦国　北条一族』黒田基樹　新人物往来社
『戦国の房総と北条氏』黒田基樹　岩田書院
敗者の日本史10『小田原合戦と北条氏』黒田基樹　吉川弘文館
『図説　戦国北条氏と合戦』黒田基樹　戎光祥出版
『北条氏康の家臣団　戦国「関東王国」を支えた一門・家老たち』黒田基樹　洋泉社
『戦国大名の危機管理』黒田基樹　KADOKAWA
『関東戦国史　北条VS上杉55年戦争の真実』黒田基樹　KADOKAWA
『定本・北条氏康』藤木久志・黒田基樹編　高志書院
『北条氏年表　宗瑞 氏綱 氏康 氏政 氏直』黒田基樹編　高志書院
『戦国北条家一族事典』黒田基樹　戎光祥出版
シリーズ・中世関東武士の研究 第二四巻『北条氏政』黒田基樹編著　戎光祥出版
『後北条氏家臣団人名辞典』下山治久編　東京堂出版
『後北条領国の地域的展開』浅倉直美　岩田書院
『北条氏康の子供たち』黒田基樹・浅倉直美編　宮帯出版社

『北条氏康と東国の戦国世界』山口博　夢工房
『人をあるく　北条氏五代と小田原城』山口博　吉川弘文館
『国府台合戦を点検する』千野原靖方　崙書房出版
『小田原合戦　豊臣秀吉の天下統一』下山治久　角川書店
『戦国時代の終焉「北条の夢」と秀吉の天下統一』齋藤慎一　中央公論新社
『関東戦国全史　関東から始まった戦国150年戦争』山田邦明編　洋泉社
『関東戦国史と御館の乱　上杉景虎・敗北の歴史的意味とは？』伊東潤・乃至政彦　洋泉社
『北条氏滅亡と秀吉の策謀　小田原合戦・敗北の真相とは？』森田善明　洋泉社
『東国武将たちの戦国史「軍事」的視点から読み解く人物と作戦』西股総生　河出書房新社
戦争の日本史10『東国の戦国合戦』市村高男　吉川弘文館
『戦国北条記』伊東潤　PHP研究所
『北条氏康　関東に王道楽土を築いた男』伊東潤・板嶋恒明　PHP研究所
学研歴史群像シリーズ⑭『真説　戦国北条五代　早雲と一族、百年の興亡』学研プラス
別冊歴史読本⑯『戦国の魁　早雲と北条一族』新人物往来社
『小田原市史　通史編　原始 古代 中世』
『小田原市史　史料編　原始 古代 中世Ⅰ』
『小田原市史　別編　城郭』
その他、各都道府県の自治体史、論文・論説、事典類、軍記物の現代語訳版（『北条五代記』『小田原北条記』等）の記載は、省略させていただきます。

解説

呉座　勇一

戦国時代関東における武田・上杉・北条の三つ巴の戦いは、俗に「戦国関東三国志」などと呼ばれる。だが、川中島の戦いで知られる武田信玄・上杉謙信のライバル関係に比して、北条氏（鎌倉時代の北条氏と区別するため、学界では後北条氏・小田原北条氏と呼ぶことが多い）の存在感は必ずしも大きくない。北条氏を主人公としたＮＨＫ大河ドラマはいまだに制作されていない。

戦国時代屈指の有力大名でありながら、北条氏はいささか地味な存在である。けれども親子兄弟骨肉の争いで弱体化したり、優れた後継者に恵まれずに衰退したりする大名が多い中、北条氏は五代にわたって一歩一歩着実に勢力を拡大していった。

この解説では、日本史学界における北条氏研究の最新成果を紹介し、それが本作にどのように反映されているのかを指摘したい。特に初代、北条早雲に関する研究は急速に進んだので、早雲を中心に説明していく。

一般的には北条早雲というと、徒手空拳、裸一貫の「伊勢の素浪人」から戦国大名に成り上がった風雲児のイメージがある。しかし研究の進展により、現実の北条早雲は、室町幕府の重臣である京都伊勢氏の一門であることが明らかにされた。司馬遼太郎の歴史小説『箱根の坂』でも、伊勢新九郎（のちの早雲）は、室町幕府八代将軍足利義政の寵臣である伊勢貞親《さだちか》の一門として描かれている。ただし分家の備中《びっちゅう》伊勢氏のそのまた分家と紹介され、「およそ収入というものがない境涯」が強調された。

ところが、さらなる研究の深化により、右の理解も正確ではないことが判明した。たとえば、早雲の生年に関して再評価が進んだ。従来は永享《えいきょう》四年（一四三二）生まれと考えられており、遅咲きの英雄と言われていたが、近年では康正《こうしょう》二年（一四五六）説がほぼ確実視されている。この新説に従えば、応仁の乱勃発時の早雲は数え年で一二歳。終戦時には二二歳。当時、早雲は京都にいたと見られており、多感な青春時代を戦乱の中で過ごしたと言える。このことは早雲の人格形成に大きな影響を与えただろう。

早雲の本名は伊勢盛時。備中伊勢氏の庶流にあたる伊勢盛定《もりさだ》の次男である（兄の貞興は早世した）。備中伊勢氏は、備中国荏原郷（現在の岡山県井原市）に本領を有していた。ただし、足利将軍家の直臣であったため、所領経営は家臣に任せ、当主は京都で生活を送っていた。盛定・盛時父子は共に京都生まれの京都育ちである。

盛時の父の盛定は伊勢氏本家の伊勢貞国《さだくに》の娘（貞親の妹）を妻に迎えたことを契機に、本家の有力一族として活動した。伊勢氏本家は代々、幕府の政所頭人《まんどころとうにん》（長官）として幕府財政を預かる重臣の家であり、特に伊勢貞親は将軍足利義政の側近として権勢をふるった。盛定は義兄である貞親の右腕として活躍した。盛時も成長すると、幕府のエリート官僚として活動している。

本作の作者の一人である伊東潤の歴史小説『黎明《ぶんめい》に起つ』は、康正二年生年説・エリート官僚像を採用している。新九郎は史実通り、文明十五年（一四八三）に室町幕府九代将軍足利義尚（義政の子）の申次衆《もうしつぎしゅう》（取次役）になっている。本作でも近年の研究状況を踏まえて、新九郎は文明十五年に申次衆となり、その数年後には奉公衆（将軍直属の親衛隊）に出世している。

さて盛時の姉（北川殿）は駿河（現在の静岡県中部・北東部）の大名である今川義忠に嫁いでいたが、文明八年（一四七六）に義忠が戦死すると後継者問題が発生した。義忠と北川殿の嫡男である龍王丸（のちの氏親）はわずか四歳であったため、義忠の従弟である小鹿範満が中継ぎとして家督を継いだ。けれども龍王丸成長後も範満は家督を譲ろうとしなかったため、長享《ちょうきょう》元年（一四八七）に盛時が京都から駿河に下り範満を討ち、龍王丸を家督につけた。

この功績により盛時は今川氏から所領を与えられ、今川家臣となった。しかし盛時はこれ以後も室町幕府に籍を残していた。このため盛時の駿河下向も、幕府の指示ないしは許可に基づくものと考えられている。盛時はいわば本社の幕府から子会社の今川氏に出向したのである。

さらに盛時は隣国伊豆を治める堀越公方の足利政知にも仕えていた。ところが堀越公方家で大事件が起きる。足利政知は長男の茶々丸を廃嫡し、茶々丸の異母弟の潤童子を後継者に定めていたが、延徳《えんとく》三年（一四九一）四月に政知は病死してしまう。すると同年七月、茶々丸がクーデターを起こし、潤童子とその生母である円満院を殺害し、実力によって堀越公方家の家督を継承したのであった。

盛時は明応《めいおう》二年（一四九三）、三八歳の時に伊豆に討ち入り、足利茶々丸を攻撃した。この直前に、盛時は出家し、「早雲庵宗瑞」と名乗るようになった。この出家は、幕府からの離脱や堀越公方家との絶縁を意味するものと推定されている。本作で早雲は「屋台骨の腐れかけた幕府の役人など、いつまでやっていてもつまらぬわ」とうそぶいている。先に触れたように、早雲はもともと幕府直臣であり、足利将軍家の血筋を引く茶々丸は主筋に当たる。早雲の行動はいわゆる「下剋上《げこくじょう》」に他ならない。早雲は明応七年に伊豆を統一する。本作は、旧体制をなぎ倒し、理想の世を切り開こうとする野心家早雲の大胆不敵な行動を生き生きと描いている。

だが一方で、早雲は今川氏親の叔父として、伊豆一国の大名になってからも今川氏の軍事・外交に大きく貢献している。伊豆攻略において早雲は今川氏から軍事的援助を受けており、その恩に報いるために今川氏を支え続けた。また新興の戦国大名である早雲にとって、名門今川氏の後ろ盾が重要だったという側面もある。本作も「当時の今川氏と伊勢氏は、軍事、外交面においてほとんど一体といっていい関係にあった」と指摘している。

現代風に言えば、早雲は戦国大名今川氏という親会社の取締役であると同時に、戦国大名伊勢氏という子会社の社長でもあった。早雲が今川氏から独立した戦国大名になるのは、伊豆統一から十年ほど経ってからのことである。早雲は大胆さだけでなく、挙兵から完全独立まで十五年近くかける慎重さをも兼ね備えていたのである。

二代氏綱は北条氏歴代の中でも影が薄いが、氏綱が創出した「虎の印判状」という行政文書は、以後の北条氏の領国統治システムの根幹となった。全国の戦国大名のうち、最も精緻《せいち》な領国経営を実現したのは北条氏であり、その内政力の生みの親は氏綱だった。また氏綱は、伊勢から北条に改姓し、関東平定という以後の北条氏の戦略方針を決定した。

氏綱は、創業者である父早雲のように権謀術数を駆使することはなかったが、堅実に勢力を維持拡張し、早雲の政治理念であった「民のための政治」を確立した守勢の人と言えよう。本作は、偉大な父に少しでも近づこうと努力する実直な氏綱を魅力的に造形している。

三代氏康は、河越夜戦の劇的な勝利や、上杉謙信・武田信玄との抗争で知られ、北条五代で最も優れた武将とも言われる。本作では、繊細で心優しい少年だった氏康が乱世の名君へと成長していく様が丁寧に叙述されている。

印象的なのは、上杉謙信の評価である。一般的に謙信は「義の武将」と思われているが、本作の謙信は独りよがりの正義に固執する侵略者として描かれており、通説と正反対と言って良い。謙信は、室町秩序の回復を旗印に、たびたび関東に出陣してきた。これは謙信にとっては正義の戦いであるが、氏康から見れば、いたずらに民を苦しめる不毛な戦いに他ならない。氏康の正義は、旧体制の復活ではなく、国衆（武士）や領民（百姓）の生活を保障することであり、関東を平和にすることであった。歴史学者の目で批評すると、北条氏の「義」を持ち上げすぎているようにも思えるが、上杉氏より北条氏の方が領民に配慮した統治を行ったことは、歴史的事実である。

謙信と長く対立してきた氏康だったが、武田信玄の今川領侵攻で状況は一変する。氏康は信玄を討つべく、仇敵謙信と手を結ぶ。学界ではこれを「越相《えつそう》同盟」と呼ぶ。この「越相同盟」に秘められた氏康のねらいについて、本作は大胆な仮説を提起しており、興味をそそられた。本編未読の方はぜひ御確認いただきたい。

四代氏政・五代氏直の時期も関東での勢力拡大は続くが、もはやそれは重要ではなくなっていた。中央に成立した織田政権・豊臣政権との対応が最大の課題となった。早雲以来の理念である「民のための政治」を貫くために中央政権に敗北必至の戦いを挑むか。それとも北条の家を存続させるために理想を捨てて中央政権に膝を屈するか。氏政・氏直は苦悩し、時に衝突しつつも、最後は北条の誇りを守るために手を携えて豊臣秀吉に立ち向かう。

以上見てきたように、北条氏歴代の当主は、それぞれ性格を異にするが、父祖の教えを守り、たすきを受け継ぐかのように領国を発展させ、関東の覇者となった。武田信玄や上杉謙信のような英雄個人の名人芸ではなく、組織の力でここまで成功した大名家は他に類を見ない。

そんな北条五代を主人公にした歴史小説が、不測の事態が原因とはいえ、二人の作家のリレーで紡《つむ》がれたことに運命的なものを感じる。本作は、火坂の急逝により未完になるところを、伊東が書き継いで完結させたものだ。

個性と個性が衝突してしまうのではないかと読む前は不安だったが、バトンの受け渡しはスムーズだ。かといって伊東が自分の持ち味を殺したわけではない。乱暴に色分けするなら、火坂が静で伊東が動だろう。情感豊かに人物を描き出す火坂に対し、伊東は手に汗握る展開で読者を引き込む。クライマックスに向かって盛り上げていくという意味において、不幸なランナー交代が結果的に功を奏した部分もあるかもしれない。

豊臣秀吉の小田原征伐によって北条氏はあえなく滅びた。しかし北条氏の遺産は後世に引き継がれた。ならば彼らは〝勝者〟なのではないか。日常の鬱屈《うっくつ》を一時忘れさせてくれる爽やかな読後感。歴史小説の醍醐味《だいごみ》である。


（ござ　ゆういち／歴史学者）

北条五代《ほうじようごだい》　下　朝日文庫

2023年10月30日　第1刷発行

著　者　火坂雅志《ひさかまさし》・伊東《いとう》　潤《じゆん》

発行者　宇都宮健太朗
発行所　朝日新聞出版
〒104-8011　東京都中央区築地5-3-2
電話　03-5541-8832（編集）
03-5540-7793（販売）

印刷製本　大日本印刷株式会社

ISBN978-4-02-265121-1